EL LADRÓN DE ROSTROS

IBON MARTÍN

EL LADRÓN DE ROSTROS

PLAZA JANÉS

Papel certificado por el Forest Stewardship Council®

MIXTO
Papel procedente de
fuentes responsables
FSC
www.fsc.org   FSC® C117695

Penguin
Random House
Grupo Editorial

Primera edición: enero de 2023

© 2023, Ibon Martín
© 2023, Penguin Random House Grupo Editorial, S. A. U.
Travessera de Gràcia, 47-49. 08021 Barcelona

Printed in Spain – Impreso en España

ISBN: 978-84-01-02808-3
Depósito legal: B-20.206-2022

Compuesto en M. I. Maquetación, S. L.

Impreso en Liberduplex, S. L.
Sant Llorenç d'Hortons (Barcelona)

L 0 2 8 0 8 3

A Virginia Fernández, editora y amiga,
porque sin ti todo esto sería imposible

1

Lunes, 3 de mayo de 2021
Santiago el Menor y San Felipe, apóstoles

Los aros concéntricos todavía no se han extinguido cuando una nueva gota vuelve a caer en la bañera de piedra. En el mismo lugar, con la misma cadencia entre una y otra. Enseguida llegará la siguiente, y después otra más. Y así día y noche desde hace miles de años.

La montaña llora, hace brotar su fría savia a través de las estalactitas del techo, para llenar esa pila de vida y esperanza.

Arantza recorre la cueva con la mirada. Observa los escalones que se pierden en su interior, la ermita de San Elías y, a su espalda, bajo cielo abierto, el abismo que cae a plomo hasta las aguas negras del embalse de Jaturabe.

Está sola, no hay nadie más. Ella y la roca, ella y el agua, ella y el aire. Ese cuervo solitario que se ha posado unos metros más allá y la observa con sus ojillos inteligentes no va a lograr incomodarla.

La bañera de piedra vuelve a convertirse en el centro de su atención. Ya no hay nada más para Arantza. Solo esas aguas mágicas que permitirán que cumpla su propósito.

Sus manos buscan su vientre, lo acarician, le prometen que va a lograrlo.

El vestido cae a sus pies, la ligera corriente de aire que baila por la gruta la hace sentir reconfortada. Es la propia montaña quien está con ella, quien conspira para que esa barriga vea crecer una nueva vida en su interior.

La mano se aleja de su propia piel para probar el agua.

Está fría. Gélida.

No importa.

Arantza piensa en lo que ha estado haciendo en las últimas semanas. No se siente orgullosa. No puede estarlo. Tampoco arrepentida. Está decidida a pagar el precio que sea necesario.

—Vamos allá —se anima en voz baja.

Sumerge una pierna, después la otra, y pronto se encuentra de rodillas en el agua. El frío se le clava con saña, puñales que rasgan cada centímetro de su ser, desde los dedos del pie hasta el ombligo.

La pila exige este sacrificio como hizo antes con miles de mujeres que buscaban una fertilidad que su cuerpo les negaba.

Tiene miedo de que no sea suficiente, Arantza quiere llegar tan lejos como sea posible. Cuanto más se sumerja en esas aguas milenarias más probabilidades tendrá de que sus anhelos se cumplan.

Cuenta mentalmente hasta tres, respira hondo y se dobla sobre sí misma. Sus pechos son la primera parte del torso en entrar al agua. Un frío punzante los envuelve, acariciándoselos sin ternura. Después se sumergen sus hombros y regalan un estremecimiento a todo su ser, que busca una postura fetal. Por último, es su rostro el que se deja devorar por el agua. Su nariz va soltando el aire poco a poco, con la mente en blanco, con las manos apoyadas en ese vientre que tanto ansía llenar de vida.

La voz rasposa del cuervo le llega apagada desde la superficie. Grazna. Una, dos, tres veces.

Ajena a su advertencia, Arantza trata de concentrarse en las burbujas de aire que recorren sus mejillas. Ellas son el cordón umbilical que la une a la vida desde ese útero de roca en el que trata de aguantar el mayor tiempo posible.

—¡Más, un poco más! Si no lo consigues es porque no te esfuerzas lo suficiente —se regaña sin abrir la boca.

Pasan segundos, minutos… La asfixia comienza a marearla y, sin embargo, se impone un último esfuerzo.

Solo cuando las últimas partículas de oxígeno han emergido de su cuerpo y sus pulmones comienzan a clamar desesperados por una nueva bocanada de aire se permite incorporarse.

Sus ojos todavía luchan por sacudirse de encima el agua cuando repara en algo que la paraliza.

Hay una sombra junto a ella, tan cerca que podría tocarla con solo estirar los brazos.

El recelo inicial se torna alegría cuando los rasgos se dibujan. Esa mirada es inconfundible. Ese cabello, esa sonrisa… Es él. Ha bajado del cielo para concederle lo que con tanta fuerza ha perseguido. Hoy, por fin, lo ha hecho bien.

—Gracias —balbucea Arantza sintiendo que las lágrimas le abrasan los ojos.

Tanto tiempo viviendo solo por ser madre y sus ruegos por fin han sido escuchados.

El visitante no responde. Se limita a acercarse sin mutar un ápice la expresión serena de su rostro.

Arantza llora de felicidad cuando esas manos la cogen por la nuca y la empujan de vuelta al agua. *Dios te salve, María, llena eres de gracia…* No opone resistencia ni siquiera cuando su cuerpo convulsiona, obligándola a respirar. *El señor es contigo…* No va a fallar, esta vez va a conseguirlo. *Bendita tú eres entre todas las mujeres…* Nota cómo el agua invade sus fosas nasales y se abre paso hacia los pulmones, inundándolos. *Y bendito es el fruto de tu vientre…* Por primera vez desde que comenzara con el ritual, siente un calor extraordinario en su pecho. *Ruega por nosotros, pecadores…* Nunca había experimentado una plenitud semejante. *Ahora y en la hora de nuestra muerte…* La tensión de sus músculos cede mientras su conciencia se desliza lentamente hacia una dimensión desconocida. *Amén.*

2

Lunes, 3 de mayo de 2021
Santiago el Menor y San Felipe, apóstoles

—Menuda mierda —protesta Cestero.

La única respuesta de Aitor es un suspiro.

—Me hice policía para ayudar a la gente, no para joderles el día —insiste la suboficial.

Acaban de detener el coche patrulla en pleno paseo, sobre la acera. Las miradas de las decenas de personas que ocupan el pretil van girándose hacia ellos. En ellas se lee fastidio. En todas. Y en algunas se suma un punto de desafío e incluso de desprecio.

—¿Vamos? —pregunta Aitor abriendo la puerta del copiloto.

Cestero pasa revista a su uniforme. Todo está en su sitio, incluida el arma reglamentaria, las esposas, la porra... Por último, se coloca la gorra y sale del vehículo.

El aire del mar, cargado de yodo, trata de abrirse paso a través de la mascarilla. Corre una ligera brisa que no logra enfriar los rayos de sol que caen a plomo desde un cielo sin nubes. Hace un tiempo ideal para disfrutar de esas primeras horas de la tarde de un lunes de primeros de mayo. Los surfistas, que cabalgan las olas ahí abajo, en la playa de la Zurriola, se llevan la palma, aunque a la suboficial le gustaría más cambiarse por alguno de los muchos que ocupan el murete que separa el paseo del arenal. Grupos de

I2

jóvenes del instituto cercano, lectores solitarios, trabajadores con su fiambrera y hasta alguna pareja que se besa con la pasión de las primeras veces…

—Ya me dirás qué pintamos aquí —murmura por lo bajo mientras comienzan a caminar junto a ellos para hacerse ver.

—Va, Ane, tenemos que hacer cumplir las normas. Es nuestro trabajo —replica Aitor en tono resignado.

Cestero se detiene ante un grupo de chicos menores de edad. Comienza el baile.

—¿Y tu mascarilla? —le pregunta a uno de ellos.

El joven la reta con la mirada. Son solo unos instantes. Los mismos que tarda en recordar que puede regresar a casa con una multa.

—Estaba comiendo —alega mostrándole el envoltorio de un bocadillo.

—Tienes que ponértela.

—¿Y cómo hago para comer?

Cestero traga saliva. Todos los días la misma historia. ¿Cuándo acabará la maldita alerta sanitaria? Aforos, mascarillas, distancias de seguridad… Medidas que cambian de semana en semana, de ola en ola, profundizando el malestar de una ciudadanía agotada y harta de no saber si algún día podrá recuperar su vida.

—Para comer te la quitas, pero si has terminado te la pones —interviene Aitor en tono cortante.

El gesto de fastidio del chico mientras se coloca la mascarilla viene acompañado de risitas de sus amigos, que se acentúan en cuanto los ertzainas se dan la vuelta para continuar su camino. Alguna mueca burlona o gesto soez, como de costumbre. Mejor hacer oídos sordos.

Conforme se acercan a otros grupos las mascarillas se materializan como por arte de magia. El uniforme hace milagros. Mejor así. No están en ese rincón del donostiarra barrio de Gros para enfrentarse a los ciudadanos, sino para hacer que se cumplan las medidas decretadas por las autoridades sanitarias.

—Hay mucha gente, ¿no? —plantea Aitor.

Cestero asiente. No hay mucha, hay demasiada.

—Para un día que hace bueno…

Sin embargo, sabe qué significa el comentario de Aitor. Debería adoptar medidas, pero no quiere ni planteárselo. En su lugar, se dirige a un grupo de veinteañeras.

—¿Sabes que tienes que fumar a un mínimo de dos metros de la persona más cercana?

La chica que sostiene el cigarrillo dibuja una mueca de sorpresa. Es fingida, claro, por supuesto que conoce la norma. Nadie habla de otra cosa que no sean normas sanitarias estos días.

—No lo sabía.

—Pues ahora ya lo sabes —zanja Cestero.

—¿Y vuestra mascarilla? —añade Aitor señalando a sus amigas.

—Estamos bebiendo —apunta una de ellas mostrándoles una lata de cerveza.

La suboficial se muerde el labio. Si en lugar de estar de servicio estuviera con su cuadrilla haría lo mismo.

—Está prohibido consumir alcohol en la vía pública —indica con poca convicción.

La joven resopla mientras busca en el bolsillo su mascarilla. Hay reproche en su mirada, pero opta por no discutir.

—Terminadlas rápido —concede Cestero.

El paseo continúa. Tras llamar la atención a unas chicas que meriendan sin respetar distancias de seguridad, les toca dar la orden de dividirse a otros que superan la cantidad de personas permitidas por grupo…

Cuando regresan al coche patrulla ninguno de los dos ertzainas mira atrás.

—Esto es absurdo —se lamenta la suboficial.

Aitor no responde. No hace falta.

—Está sonando tu móvil —advierte señalando el bolsillo de Cestero.

—Vaya oído tienes —apunta la suboficial. Después pone cara de fastidio—. Es el jefe… Suboficial Cestero, dígame.

La voz que llega del otro lado no pierde el tiempo en saludos.

—Nos ha llamado un vecino para quejarse. Dice que el muro de Sagües parece la Gran Vía madrileña en plena Navidad.

—Hay gente —corrobora Cestero maldiciendo para sus adentros al delator. Está harta de todos esos policías de balcón.

—¿Se superan los aforos?

La suboficial recorre el pretil con la mirada. Todos los amonestados han vuelto a las andadas y se han olvidado ya de la presencia policial. Hay cigarrillos en algunas manos, mascarillas por debajo de la nariz y ni hablar de distancia de seguridad.

—Probablemente.

—No me vale. Sí o no. Que luego empiezan a circular vídeos y nos cae la bronca.

—Diría que sí —reconoce Cestero.

—Precintad la zona.

Ane siente la tensión en sus maxilares. Ella quería detener a asesinos, luchar contra los maltratadores —se dice mientras su mano izquierda acaricia la placa que la identifica como ertzaina—. Qué desperdicio usarla para enviar a sus casas a unos chavales que comen un bocata al aire libre.

—¿Y qué hacemos con la gente? ¿La sacamos a porrazos? ¡Solo están tomando el sol y respirando aire puro! —suelta con rabia.

—Precintad la zona inmediatamente. No quiero que las redes se llenen de fotos de aglomeraciones en un lugar que nos compete vigilar —escupe el auricular antes de que el jefe de operaciones corte la comunicación.

—Qué locura —lamenta Aitor adivinando la orden que acaban de recibir.

—Te juro que estoy por mandar a la mierda este trabajo y sentarme aquí con ellos a beber cervezas y fumar porros. Estoy harta de todo esto —zanja Cestero antes de activar el megáfono del coche patrulla—. Atención, vamos a proceder al desalojo de la zona por exceso de aforo. Rogamos abandonen el lugar inmediatamente.

Al principio no se mueve nadie. Solo después de repetir la orden con alusiones a las consecuencias de la desobediencia comienzan a retirarse algunos grupos.

Llega algún grito. Fascistas, cómo no.

—Ahora es cuando algún imbécil nos tira una botella y tenemos que pedir refuerzos —lamenta Aitor.

Cestero vuelve a activar el megáfono. Se dispone a dar un ultimátum, pero no tiene tiempo. Su teléfono está sonando otra vez. El oficial al mando querrá asegurarse de que el desalojo se está llevando a cabo.

—Estamos haciéndolo, joder —anuncia Cestero a regañadientes.

—¿Qué dices? ¿Ane? ¿De qué hablas? —contesta su interlocutor.

La suboficial se aparta el aparato de la oreja y comprueba que esta vez no se trata del jefe de operaciones. No, es Madrazo, el oficial que dirige la Unidad de Investigación en la que acostumbraba a trabajar. Hasta que estalló la pandemia y todo el organigrama de la Ertzaintza saltó por los aires.

—Perdona. Me pillas desalojando el muro de Sagües.

—Qué dices… Menuda locura… ¿Sois muchos?

—Aitor y yo. Si no nos sacan de aquí a pedradas será un milagro.

—Pues vais a tener que dejarlo —informa Madrazo—. La Unidad de Homicidios de Impacto tiene trabajo.

3

Lunes, 3 de mayo de 2021
Santiago el Menor y San Felipe, apóstoles

No hay niebla. Tampoco lluvia persistente. Ni siquiera sirimiri. Solo la sombra de las paredes de roca que estrangulan el desfiladero de Jaturabe y unos tímidos rayos de sol que acarician las copas de los árboles más altos. Sin embargo, Cestero no se siente bienvenida. El paisaje atenaza su garganta: un territorio duro, de roca y de agua, de silencios y creencias milenarias.

—No me gusta este sitio —apunta Aitor mientras ella acelera aprovechando una de las escasas rectas de la carretera.

La suboficial no responde. A ella tampoco.

Una vieja central hidroeléctrica abandonada es lo primero que sale a su encuentro. Después las paredes se estrechan más y más, como si quisieran impedir el paso del coche patrulla. El sol ya ni se intuye. El termómetro del salpicadero muestra el descenso de la temperatura exterior.

—¿Has visto? —inquiere Aitor señalando a lo alto.

Cestero asiente. Esos buitres que sobrevuelan la garganta no son el mejor augurio. Aunque tampoco es una sorpresa. Les han avisado de que no van a encontrar una escena agradable.

—Mira, el pantano. —Es la referencia que les han facilitado para localizar el escenario del crimen.

Ni siquiera la presencia de la lámina de agua es capaz de dotar al paisaje de una pizca de calidez. Al contrario. Son aguas negras, encajonadas en un mundo angosto donde apenas queda espacio para el aire y la luz.

Un vehículo policial se encuentra estacionado muy cerca.

—Julia no ha llegado aún —comenta Cestero tras comprobar que el coche de la integrante vizcaína de la Unidad Especial de Homicidios de Impacto no se cuenta entre los aparcados a la orilla de la carretera.

—Suboficial Cestero, UHI —se presenta dirigiéndose a los dos ertzainas que cortan el paso.

Los agentes la observan extrañados de arriba abajo. No es habitual que los integrantes de las unidades de investigación vistan de uniforme. Sin embargo, no hacen preguntas. Se limitan a señalar un sendero que trepa con fuerza.

—Allá arriba. Es terrible. No sé si habréis visto algo así antes... —resume uno de ellos con una mueca de desagrado—. Ánimo.

Cestero respira hondo mientras sube con Aitor al encuentro con el horror. La gravilla del suelo protesta bajo sus pisadas, se suma al susurro lejano de alguna cascada y a los graznidos de los cuervos que anidan en los cortados.

Una construcción les sale al paso cuando apenas llevan un par de minutos caminando. Se trata de una casa de dos alturas, con la pared de roca como fachada posterior y aspecto de haber vivido mejores tiempos. Unos pasos más allá, otros dos ertzainas los saludan.

—Agente Lasaga. Oihana Lasaga —se presenta la más joven.

—Aritzeta —añade el otro mientras le hace un gesto para que sea ella quien los acompañe. Él tiene suficiente con lo que ha visto.

—Por aquí —señala Lasaga guiándolos hasta las escaleras de piedra que conducen al interior de la cueva de Sandaili. Todavía no ha subido un solo peldaño cuando se detiene ante un pilón de piedra del tamaño de una bañera y la observa de reojo—. Esta es solo la primera parte.

Cestero siente que se le revuelven las tripas al ver el amasijo de vísceras flotando en el agua. Sus conocimientos de anatomía son exiguos, pero suficientes para reconocer unos pulmones y un intestino larguísimo. ¿Es el hígado esa parte más oscura? Parece mentira que todo eso pueda caber en un cuerpo humano.

—Joder... —exclama sintiendo que le cuesta respirar.

—Es espantoso —musita Aitor.

La suboficial repara en unas ropitas de bebé que cuelgan de la roca, junto al pilón. Ofrecen un contrapunto extraño en plena escena del crimen.

—¿Y esto...? Nos habían hablado de una mujer. ¿No habrá también...? —Le cuesta terminar la pregunta. Cualquier víctima cuenta, cualquiera es dolorosa, pero los casos de niños asesinados resultan insoportablemente duros.

—No, no, tranquilos. Es probable que no tenga que ver con el crimen. La tradición atribuye propiedades mágicas a estas aguas —explica la agente—. Las mujeres de la zona acudían a esta cueva a practicar rituales de fertilidad.

—¿Acudían? Esta chaquetita de punto parece reciente —apunta la suboficial.

Lasaga se encoge de hombros.

—Las chicas que no lograban quedarse embarazadas venían y se sumergían en la pila. —Cestero observa que continúa hablando en pasado—. Son creencias de antes. Al menos yo no conozco a nadie que continúe haciéndolo hoy en día.

La suboficial introduce la prenda en una bolsa de pruebas. Ella no tiene tan claro que no tenga relación con lo sucedido.

—¿De dónde eres? —pregunta Aitor.

—De aquí, de Oñati —responde Lasaga.

Cestero señala hacia el interior de la cueva.

—¿Seguimos?

—Sí. Si no os importa, os espero aquí —se disculpa Lasaga.

Los peldaños pesan. Se diría que son más altos de lo habitual. Cestero tiene suficiente con lo que acaba de ver en esa pila, es capaz de imaginar el resto, pero es la responsable de la Unidad de

Investigación y no quiere dejar eso en manos de otros. Después de un año en el que la muerte se ha transformado en gráficas y estadísticas repetidas hasta la saciedad por los medios de comunicación, es hora de volver a ponerle cara.

—¿Preparado? —pregunta cuando están a punto de alcanzar el último escalón.

—Nunca se está preparado.

Cestero suspira. Aitor tiene razón. Nadie lo está para asomarse a situaciones que superan cualquier límite imaginable. Y la de esta tarde es claramente una de ellas.

La cueva de Sandaili toma forma a medida que penetran en ella. La linterna despierta sombras extrañas al toparse con las estalactitas. Hay gotas de agua que se desprenden aquí y allá, en busca de los charcos que pueblan el suelo.

La mirada de la suboficial busca a la víctima, pero recala en una ermita construida en el interior de la oquedad. San Elías. Eso que cuelga de su puerta parece otro pijamita de bebé.

—También es reciente —comenta entregándole a Aitor una bolsa de pruebas para que lo recoja—. Diga lo que diga la agente Lasaga, esos ritos antiguos han regresado a esta cueva.

El enrejado de la puerta permite ver el interior del templo. San Elías preside un altar sencillo, ante el que alguien depositó algún día velas y lamparillas de aceite que el tiempo ha consumido.

Más allá reina la oscuridad. La única galería se adentra en las entrañas de la tierra. La mano de la ertzaina busca el teléfono móvil para encender la linterna cuando se da cuenta de que no lo necesita.

El cadáver se encuentra sobre una de las mesas de piedra dispuestas junto a la ermita, allí donde todavía alcanza la luz natural. Huele a sangre, a carne fría. A carnicería.

La mano que se apoya en su espalda la hace dar un respingo.

—La han vaciado —murmura cuando comprueba que se trata de Aitor.

—Cuesta creer que alguien sea capaz de hacer algo así —apunta su compañero con un hilo de voz—. ¿Alguna vez…?

—No, nunca —le interrumpe Cestero—. He visto cosas horribles, pero esto jamás.

La víctima está abierta en canal, tumbada boca arriba. El torso y el abdomen muestran un vacío absoluto, despojados de todo órgano. Hay sangre por todos lados. Mucha sangre.

—Espero que muriera antes de… esto —comenta Aitor acercándose al rostro de la víctima—. ¿Cuántos años tendrá?

—Treinta y ocho —responde la suboficial—. Creía que te lo había dicho, perdona. Es Arantza Muro, de aquí, de Oñati. Han encontrado la cartera entre sus ropas. El robo no parece el móvil del crimen. —Conforme lo dice, Cestero se siente absurda. Por supuesto que no la han matado para robarle. La brutalidad de la escena apunta a un crimen de odio con una importante carga ritual.

Aitor estira la mano hacia los ojos abiertos de la víctima.

—No la toques —le advierte la suboficial. También ella ha estado tentada de cerrárselos. Es espantoso verla mirando al techo de piedra, como si pudiera atender a la conversación que tiene lugar junto a ella—. El más mínimo contacto podría contaminar pruebas.

—Lleva las bragas puestas —señala su compañero—. El móvil sexual también se cae. A no ser…

—A no ser que se las hayan puesto precisamente para que lo descartemos. Lo comprobaremos en la autopsia —termina Cestero mientras comprueba que se trata de un biquini. Las flores de hibisco azules destacan sobre un fondo blanco completamente ensangrentado—. Creo que nuestra víctima ha sido atacada mientras practicaba el ritual de fertilidad.

—La agente Lasaga ha dicho que hace mucho que ya no se practica.

—Y, sin embargo, ahí están esas ropas de bebé para contradecirla. Y la víctima.

Aitor asiente.

—Por eso su propia ropa se encuentra junto a la pila. Quien le ha hecho esto la ha sorprendido mientras se sumergía en el agua.

—Una víctima fácil. Desvalida —resume Cestero—. Hay que ser cobarde y muy hijo de puta.

4

Lunes, 3 de mayo de 2021
Santiago el Menor y San Felipe, apóstoles

Cuando la escalera los devuelve al exterior, a esa antesala de la cueva donde Arantza Muro ha sido sorprendida mientras se bañaba, hay una mujer junto a la pila. Viste con vaqueros y sudadera y observa el agua ensangrentada con las manos en la cara.

—¡Julia! Cuánto tiempo... —saluda Cestero.

Sigue igual que siempre. A sus cuarenta y pocos años, la integrante vizcaína de la UHI continúa teniendo ese físico envidiable de quien hace deporte cada día. Porque llueva o truene, Julia no perdona su hora larga de surf cuando despunta el alba. Ni su baño nocturno antes de acostarse. Precisamente el contacto diario con el salitre y el sol le brinda a su melena unas mechas californianas que asoman levemente por la capucha. Tampoco su carácter parece haberse endurecido. Cuando Julia se gira hacia la voz de su compañera, tiene los ojos llorosos.

—¿Qué locura es esta?

Antes de darle una respuesta, Cestero se funde con ella en un abrazo reñido con todos los protocolos sanitarios.

—¿Cómo estás?

—Bien... hasta que he visto esto —reconoce Julia—. ¿Dónde está la víctima? ¿Arriba?

—No es necesario que subas. De hecho, mejor si no lo haces —le recomienda la suboficial arrugando la nariz. Quiere ahorrarle el sufrimiento de contemplar la escena del crimen de Arantza Muro.

—Tengo que verlo —insiste la agente.

Aitor la coge del brazo.

—No, Julia. Ya nos hemos encargado Ane y yo.

La vizcaína todavía duda unos instantes. Finalmente tira la toalla.

—Está bien. Vosotros ganáis.

Cestero repara en un tipo sentado contra la pared. La mirada perdida, una manta térmica sobre los hombros. La agente Lasaga está agachada junto a él y le pasa la mano por el hombro, trata de reconfortarlo.

—¿Es quien ha descubierto el cadáver? —pregunta acercándose.

—Sí —responde la de Oñati—. Es mi primo. Se llama Gaizka. Gaizka Iriarte. Estaba escalando cuando se ha encontrado todo esto y me ha llamado para dar aviso. Mientras Cestero se acerca a él trata de calcularle la edad. ¿Veinticinco? ¿Treinta quizá?

—Buenas tardes. Soy la suboficial Cestero, responsable de la investigación. ¿Puedo hacerte algunas preguntas?

Gaizka asiente sin abrir la boca.

—¿Conocías a la víctima?

—Aquí de vista nos conocemos todos. Oñati no es muy grande. —El escalador se lleva la mano a la frente y alza una mirada herida hacia Cestero. Tiene unos bonitos ojos negros, que ligan bien con el flequillo moreno que se asoma despeinado a su frente—. ¿Qué coño ha pasado aquí?

Cestero toma unas primeras notas en su libreta.

—Eso nos disponemos a averiguar. ¿Qué hacías tú en Sandaili?

—Escalar. Viene todos los días —aclara su prima, que se gana un gesto de desaprobación por parte de la suboficial. ¿Por qué contesta ella en lugar del testigo?

—Sí, vengo bastante —corrobora Gaizka—. Hoy he hecho dos vías en la zona de la central eléctrica abandonada y pretendía escalar otra que arranca de aquí cuando eso ha llamado mi atención… —Su mano señala la pila de piedra—. Al principio he pensado que era una gamberrada, que se trataría de alguna oveja o algo así… Joder, ¿qué cojones le han hecho?

—¿A qué hora has comenzado a escalar? ¿Cuándo has encontrado el cadáver?

El escalador consulta su teléfono móvil.

—He llamado a mi prima a las cuatro y cuarenta y dos minutos. Acababa de descubrirlo. Y por la zona me encontraría desde las dos y media. Más o menos. He salido de clase a las dos y tenía las cuerdas en el coche. Lo que haya tardado en llegar desde Arantzazu. Un cuarto de hora o así.

—¿Clases en Arantzazu? —inquiere Cestero pensando en el santuario que ocupa el rincón más perdido de las montañas de Oñati. Sabe que en su día hubo un importante seminario allí, pero creía que llevaba años cerrado.

—Cerca de allí. Soy alumno de la escuela de pastores.

—¿Has oído algo fuera de lo normal? ¿Has visto algo que te haya llamado la atención?

Gaizka niega con la cabeza, pensativo.

—Desde ahí arriba se tiene que ver todo. —Cestero levanta la cabeza en busca de la pared de roca—. Habrás visto coches, excursionistas…

—Llevo pensando en ello desde que he llamado a mi prima… Me gustaría decirte lo contrario, pero no tengo ni idea. Cuando estoy escalando somos la montaña y yo. Por eso me gusta este deporte. No pienso en nada, desconecto de todo. ¿Si he oído coches pasar por la carretera? Seguro que sí, pero no les he prestado ninguna atención. Además, un poco más adelante está el barrio de Araotz, y, aunque son solo unos cuantos caseríos, hay movimiento. Van y vienen, no sé si me explico.

—Perfectamente —reconoce Cestero. A ella también le gusta escalar y es precisamente esa sensación de desconexión, de comunión total entre la roca y sus músculos, la que la cautiva—. ¿Sabías que en esta cueva se llevaban a cabo rituales de fertilidad?

—Gaizka asiente—. ¿Has visto en alguna ocasión a la víctima practicándolos?

—No, pero últimamente encuentro ropas de niño colgadas por ahí y eso es señal de que hay quien viene a hacerlos. Después de introducirse en la pila, las mujeres que quieren tener críos dejan ropitas de bebé por aquí. Si sus deseos se cumplen, vienen a entregar limosna a San Elías y se llevan las ropas que dejaron... O eso se ha contado siempre... No sé, tradiciones de por aquí... Cada pueblo tendrá las suyas.

—Pero ya no se hace, son cosas de antes —interviene la agente Lasaga.

Cestero vuelve a mirarla, molesta con sus intervenciones. Gaizka se encoge de hombros.

—Es verdad que antes era más frecuente. Cuando veníamos de críos siempre había chaquetitas y arrullos. Después dejaron de verse, pero ahora han vuelto. No es la primera vez que encuentro cosas de niño en los últimos meses. Supongo que esta maldita pandemia ha removido muchas cosas, también las viejas creencias.

Cestero toma nota de ello. Tal vez se trate de una casualidad, pero cualquier cambio reciente puede resultar trascendente en la investigación de un crimen.

—¿Y qué puedes decirme de la víctima? —La suboficial consulta sus propios apuntes—. Arantza... Arantza Muro. ¿Era la primera vez que la veías por aquí?

—No. Me he cruzado con ella alguna otra vez. La semana pasada o la anterior la vi por la zona. Y antes también. No decía mucho. Saludaba y poco más. Era amable. —Gaizka se dirige ahora a su prima—. ¿Esta chica no estaba casada con Iñigo Udana?

Lasaga asiente con gesto serio.

—Ya verás cuando le comuniquemos lo sucedido. —La agente se gira hacia Cestero—. Es concejal.

—Y no el más popular precisamente —añade el escalador.

Cestero lo apunta en mayúscula.

—¿A qué te refieres?

—Política local —aclara su prima restándole importancia—. Ya sabes… No es fácil contentar a todos los vecinos de un pueblo.

Gaizka abre la boca para añadir algo, pero su mirada se posa en la pila ensangrentada y opta por volver a cerrarla. No es el lugar ni el momento de hablar mal de alguien que acaba de perder a su pareja.

La suboficial cierra su libreta. Tiene suficiente. Por ahora.

—Hemos terminado. Si has tomado fotos, bórralas, por favor.

Uno de los policías que cortaban el paso desde la carretera llega en ese momento.

—Ahí abajo hay una señora que dice que vive aquí.

Cestero y sus compañeros intercambian una mueca de extrañeza.

—En esa casa. —La agente Lasaga señala el edificio adosado a la roca que custodia la entrada a la cueva—. Ahí vive la serora.

—¿Quién? —pregunta Julia.

—La serora es la guardiana de San Elías, algo así como una ermitaña —aclara la de Oñati.

—¿Y vive aquí? —se interesa Cestero antes de dirigirse al policía que ha anunciado su llegada—. Que suba. Tendremos que hablar con ella.

—¿Puedo ir a vestirme? —les interrumpe Gaizka—. Empieza a hacer frío.

La suboficial consulta con la mirada a sus compañeros. Ninguno tiene más preguntas para el escalador.

—Claro. Puedes irte. Si necesitamos algo más, contactaremos contigo.

Gaizka asiente mientras dobla la manta térmica para devolvérsela a los ertzainas. La visión de sus brazos, bronceados y de músculos cincelados al detalle, le resta vulnerabilidad. Ya no es el chico abatido que aguardaba el interrogatorio hecho un ovillo sobre sí mismo.

Conforme desciende hacia la carretera se cruza con la serora, que llega con la cara desencajada. No hay saludos entre ellos, ni siquiera se dirigen la mirada.

—¿Qué ha pasado? —inquiere la mujer deteniéndose ante esa casa que parece abandonada y que de no ser porque se apoya en la propia pared de roca habría sucumbido al paso del tiempo.

—¿De dónde viene? —pregunta Cestero.

—Del pueblo. —Mientras responde, la señora comprueba que la puerta no ha sido forzada.

—¿Ha oído o visto algo que haya llamado su atención? ¿Algo fuera de lo normal?

La mujer sacude la cabeza. Lleva un pañuelo cubriéndole el cabello, como esas viudas de antaño. No es lo único negro en ella, porque viste de luto de la cabeza a los pies. Hasta sus ojos son negros. Negros y pequeños.

—¿No van a explicarme qué ha ocurrido?

—¿Le importa si mis compañeros echan un vistazo a su casa?

—Pero dígame qué está pasando aquí —responde mientras abre con llave para que Julia y Aitor se pierdan en el interior.

—¿Qué ha ido a hacer al pueblo?

La mujer dirige la mirada a las bolsas de plástico que ha dejado junto a la puerta. De una de ellas asoma un paquete de papel higiénico.

—He salido a comprar. Dicen que igual vuelven a meternos a todos en casa y no he querido que esta vez me pille por sorpresa...

Cestero toma algunos apuntes en la libreta antes de continuar.

—¿A qué hora ha salido de aquí?

—A las tres. Estaba empezando el telediario —dice la señora sin pensarlo—. Han dado la noticia de que la cosa se estaba poniendo muy fea y me he dicho: Pilar, ve a la compra antes de que se agote todo. La otra vez...

—¿Recuerda si se ha cruzado con alguien cuando se iba? ¿Había algún vehículo estacionado por aquí?

La mujer comienza a negar con la cabeza, pero pronto se detiene en seco y hace un movimiento afirmativo.

—Cuando he cogido el coche llegaba una chica que viene por aquí últimamente. Pobre... Está un poco desorientada.

Cestero frunce el ceño.

—¿A qué se refiere?

—Supersticiones antiguas. —La mano de la serora señala el lugar donde flotan las vísceras de la víctima. Desde donde se encuentran no alcanza a verse su contenido mortal—. ¿Ha visto esa pila de ahí?

—Me temo que sí —reconoce la suboficial.

Pilar la observa unos segundos sin comprender. Después se lleva una mano a la boca. A pesar de la mascarilla con la que se protege, Cestero sabe que la tiene abierta de par en par.

—¡Ay, Dios mío! Pobre cría… Si es que se la veía tan perdida… ¡Creer en esas herejías! Yo sabía que esos baños en pleno recinto sagrado tendrían sus consecuencias. Ofensas así nunca salen gratis.

—¿Ha hablado con ella? ¿La ha visto preocupada por algo?

—No. Yo ya estaba dentro del coche cuando ha aparecido en su moto. Una roja. —Un suspiro se cuela en su narración. Un suspiro y una mueca de pena—. ¿Cómo ha sido?

—¿Y anteriormente había hablado con ella?

—Solo en una ocasión. Hará un par de semanas. La reconvine por andar desnuda por la cueva. Esto es un lugar sagrado, una ermita.

—¿Qué le respondió ella?

—Que unos pechos no deberían escandalizar a nadie —dice la serora santiguándose.

—¿Y eso es todo?

—Sí. Después de aquello yo me metía en casa si la veía aparecer. No me sentía cómoda. La había advertido de que no estaba obrando bien y continuaba haciéndolo…

El bolígrafo de Cestero echa humo sobre el papel.

—¿Venía a menudo?

—Un par de veces a la semana, o quizá tres.

Aitor y Julia emergen del interior de la casa y hacen un gesto negativo. No han encontrado prueba alguna del crimen.

—Está bien —indica la suboficial dando por cerrada la toma de declaración—. Puede entrar a casa, aunque será mejor que deje la compra en su sitio y se vaya a dormir donde algún familiar. Aquí habrá movimiento; primero buscaremos pruebas y después vendrán las brigadas de limpieza. Mejor si no se encuentra usted por la zona, no será agradable.

La mujer sacude la cabeza ostensiblemente.

—Mi lugar está aquí. Soy la serora, la custodia de la ermita de San Elías. No seré yo el capitán que abandona el barco ante un contratiempo.

5

Lunes, 3 de mayo de 2021
Santiago el Menor y San Felipe, apóstoles

Dos torres achaparradas, de apenas tres pisos de altura, enmarcan un cuerpo central ligeramente más bajo. Brotan cables de la fachada principal y a un lateral llegan unos tubos metálicos que bajan de la montaña y cruzan sobre el río que baña los cimientos del edificio. Al ruido propio del cauce se suma un zumbido continuo. No es desagradable, pero se hace notar. Es la turbina.

Cestero se detiene ante la puerta con cierta aprensión. Y no es por el sonido ni por el aislamiento del lugar, perdido en lo más profundo de un valle apenas habitado. No, no es por eso. ¿Qué más da una casa adosada, un piso o esa central hidroeléctrica aislada cuando se trata de dar la noticia del asesinato de un ser querido?

De todas las labores que le toca desempeñar en su trabajo, informar a los familiares es la que más detesta. Le resulta más sencillo enfrentarse a una espantosa escena del crimen o a una persecución pistola en mano que al desconcierto y la desolación de quienes acaban de perder a alguien.

Su mano va a parar al timbre. El interfono cuenta solo con dos botones. El logotipo de Saltos de Oñati en el inferior le hace pulsar el de arriba, donde una única palabra indica que se trata de la vivienda. No quiere dilatarlo más, de nada sirve continuar anticipándose a la reacción que tendrá Iñigo Udana, el marido de la víctima de Sandaili.

Una lucecita verde indica que la cámara se ha conectado. Cestero se imagina a sí misma en una pantalla monocroma de calidad escasa y alza la mano a modo de saludo.

—Ertzaintza —anuncia acercándose al aparato.

No hay respuesta, pero la puerta se abre de inmediato para mostrarle a un hombre arrasado por el dolor.

—Es ella, ¿verdad?

Cestero titubea. No esperaba algo así. Ha ido directa de Sandaili al domicilio familiar. ¿Cómo es posible que conozca ya la noticia?

—¿Disculpe? —pregunta desconcertada.

—¿Quién ha sido? —Las lágrimas de Udana resaltan esas líneas de expresión que surcan su frente. Su aspecto le dice que es por lo menos diez años mayor que su mujer. Quizá incluso sean veinte… Sí, debe de rondar los sesenta. Viste una camisa bien planchada y unos pantalones de pinzas. Y unos zapatos lustrosos, que parecen listos para acudir a una boda. Huele a recién salido de la ducha—. Es horrible… Mi Arantza no merecía algo así. Han dejado tirados sus órganos en ese pilón como si fueran unos malditos trapos viejos. —Su gesto se rompe por completo, igual que esa voz que apenas logra brotar de su garganta.

—¿Quién le ha explicado todo eso?

Udana levanta hacia ella una mirada herida.

—¡Lo he visto! —exclama señalando hacia el interior de la casa.

La suboficial no comprende a qué se refiere.

—¿Ha estado allí?

El marido sacude la cabeza.

—No. Claro que no. Está en la tele.

Cestero siente que se le eriza el vello de la nuca mientras teclea el nombre de Sandaili en el móvil. El buscador tarda, la cobertura no es buena, pero le devuelve inmediatamente un vínculo a un canal de televisión que anuncia imágenes exclusivas. Y allí está, claro, la pila con los órganos de Arantza Muro.

—Lamento que se haya enterado de esta forma —balbucea—. No debería haber ocurrido.

—Arantza tenía previsto subir a Sandaili después de comer. Llevo llamándola desde que han dado la noticia y no me responde al teléfono... —Una mueca de dolor interrumpe su testimonio—. Sabía que era ella.

—Por lo que veo, usted conocía el paradero de su mujer. ¿Le importa si le hago algunas preguntas? Si no se siente preparado ahora, puedo regresar mañana... Y, si lo desea, aviso a un psicólogo para que le acompañe en este momento tan difícil.

—Lo único que deseo es que cojan a ese asesino y me lo traigan para hacerle yo lo mismo —solloza haciéndose a un lado—. Pase. ¿Qué quiere saber?

Cestero le sigue al comedor. Un ventanal grande se asoma al río, al que vierte en forma de cascada el poderoso torrente que ha hecho girar previamente la turbina. Más allá, en la ladera de enfrente, un par de docenas de ovejas se alimentan en el complicado equilibrio de unos pastos encaramados a un paisaje que no conoce de terrenos llanos. El mobiliario del salón es tan blanco como las paredes, un espacio que invita al relax y que está presidido por una gran lámina de buda en tono plateado. Dos brotes de bambú rematados en espiral ponen el toque vegetal a ambos lados de un televisor tan grande como una pantalla de cine. El sonido está desconectado, de romper el silencio se ocupa el zumbido que llega de la central, pero el rótulo que subraya la mesa de una tertulia habla de carnicería en Oñati. Un recuadro lateral muestra la fotografía que ha visto Cestero en el móvil, esa en la que hace apenas unos minutos ha podido introducirse para observarla desde todos los ángulos imaginables. Agradece que la televisión no sea capaz de trasladar los olores, porque esa sopa sangrienta resultaría aún más insoportable.

—Hijos de puta —masculla cuando la imagen secundaria pasa a ocupar el plano principal. El zoom acerca a todos los hogares las vísceras de la mujer muerta. Las han pixelado con desgana: lo justo para alimentar el morbo de la audiencia mientras fingen sensibilidad hacia la víctima y sus espectadores. Cestero coge el mando a distancia y lo dirige hacia el televisor—. Si no le importa, voy a apagarlo.

Udana se encoge de hombros mientras se seca las lágrimas con el dorso de la mano.

—Yo sabía que esto le haría daño, pero no imaginaba algo así —dice entre sollozos.

—¿A qué se refiere?

—A esos baños en Sandaili. Vivimos en el siglo XXI. ¿Qué sentido tiene ir a meterse en un pilón cuando existen las clínicas de fertilidad? Si ya sabíamos cuál era el problema, ¿por qué no afrontarlo como corresponde?

—¿Usted no estaba de acuerdo en que realizara esos rituales en la cueva?

—Por supuesto que no. Tengo dinero. Solo necesitábamos ir a una buena clínica y someternos a tratamiento. No somos la primera pareja a la que le sucede algo así. Pero no, ella tenía que hacerlo a su manera. Siempre fue un tanto crédula con supersticiones de todo tipo: tarot, chacras, infusiones de hierbajos..., pero los meses de confinamiento terminaron por desconectarla del mundo real. No hubo manera de hacerla entrar en razón.

—¿Hace mucho que querían ser padres?

Udana coge un pañuelo de un dispensador y se suena la nariz antes de contestar.

—No tanto. Un par de años, quizá. Pero enseguida fue evidente que algo no iba bien. Arantza se negó a ir a un especialista y en su lugar empezó a buscar soluciones complicadas. Ya me dirá qué sentido tiene eso del poder mágico de una cueva. ¡Es agua de lluvia!

—Ha dicho que sabía que esos rituales le harían daño —recuerda Cestero.

—Claro. La estaban destrozando psicológicamente. Cuanto más los realizaba, más obsesionada estaba. Porque eso no le traía al hijo que buscaba, sino ansiedad y frustración. ¿Qué esperaba del agua que cae del cielo?

—¿Sabía alguien más que Arantza acudiría hoy a Sandaili? El viudo aprieta los labios.

—No lo sé.

—¿Iba siempre a la misma hora? —continúa Cestero.

—Normalmente sí. Después de comer.

Cestero lo apunta antes de seguir con sus preguntas.

—Necesitaría hacerme una idea de quién era Arantza. ¿Tenía enemigos? ¿Problemas? Amenazas, cambios recientes de actitud... Cualquier detalle, por irrelevante que le parezca, podría sernos de utilidad para dar con su asesino.

—Entiendo —dice Udana—. Pero Arantza era una persona sencilla. Una mujer dulce, soñadora, de buen carácter aunque un poco ingenua. Por suerte, me enamoré de ella y le aseguré una vida cómoda y fácil. Sin preocupaciones. Nunca tuvo problemas con nada ni con nadie. Siempre se salía con la suya, en todo, hasta que se empeñó en lo de quedarse embarazada.

Las palabras del hombre terminan en un llanto que ahoga con un pañuelo y que Cestero respeta en silencio.

—¿A qué se dedicaba? ¿Trabajaba? —inquiere cuando Udana parece calmarse.

Él niega con la cabeza.

—Llevaba ocho años preparando unas oposiciones. Y ahora le había dado por eso del chocolate. Ella lo llamaba trabajo, pero ¿usted cree que vivía de eso? Vender bombones en una tienda para turistas en un pueblo que apenas es lugar de paso no es la mejor idea de negocio. Se lamentaba de que la pandemia había acabado con su proyecto antes de que echara a andar, pero, bueno, la realidad es que no lo necesitábamos. Por suerte contaba con mi apoyo, alguien que trabajaba sin descanso para que pudiera malgastar el tiempo en tonterías.

Cestero contiene a duras penas las ganas de darle una mala respuesta. No soporta el tono condescendiente y falsamente comprensivo con el que Udana se refiere a su mujer. Algo entre las líneas de su relato le permite intuir una discusión recurrente en la pareja a cuenta de eso.

—Y no ha notado nada extraño en su esposa durante los últimos días... —insiste.

Udana piensa la respuesta unos instantes.

—No —dice finalmente—. Arantza era la de siempre.

La suboficial calcula mentalmente la cantidad de mensajes que Arantza habría lanzado a su marido a lo largo de su matrimonio e imagina su frustración al comprender su incapacidad para ver más allá de sí mismo. Está tentada de dar por terminado el encuentro, pero sabe que todavía queda una pregunta por hacer. Los asesinos pertenecen al entorno inmediato de la víctima con demasiada frecuencia.

—¿Dónde estaba usted alrededor de las tres de esta tarde?

Udana cabecea lentamente con la mirada perdida.

—A esa hora estaba en el ayuntamiento. Y también antes y después. Soy concejal de Energía y Agenda Medioambiental. La semana que viene tenemos un pleno importante y últimamente me paso día y noche preparándolo.

—¿Hay alguien que pueda confirmar que estaba usted allí?

—Por las tardes no queda mucha gente en el consistorio... El conserje me habrá visto salir. Él siempre está en su garita.

Cestero apunta que habrá que preguntarle. Después levanta la mirada de la libreta.

—Gracias, señor Udana. Espero poder regresar pronto con la noticia de que tenemos al culpable. Y siento muchísimo lo de su mujer.

6

—Me hubiera gustado acogeros en otras condiciones, pero el maldito virus ha trastocado nuestras vidas.

Su voz es serena, igual que su mirada. Uno de esos hombres que dan la impresión de estar en paz consigo mismo. El oficial Madrazo estima que es lo que se espera del superior de un convento de frailes. Aunque no todo en él cumple los estereotipos. Viste unos tejanos negros y un polo liso de color azul marino. No es que su atuendo sea un canto a la alegría, pero dista mucho del hábito marrón con el que lo imaginaba.

—No se preocupe, fray Inaxio. No se me ocurre un lugar mejor —miente el oficial. En realidad las habitaciones gélidas que les ha mostrado el religioso resultan muy poco acogedoras, y el olor a humedad que flota en ellas indica que no han sido ventiladas desde hace tiempo. Y a pesar de ello, es más de lo que podían imaginar hace solo una hora, cuando han sabido que la hospedería monástica en la que esperaban alojarse se encuentra destinada íntegramente a enfermos de coronavirus que no disponen de un lugar en el que aislarse.

—Toda esta ala del santuario de Arantzazu está pendiente de reforma. Las habitaciones donde cumplen cuarentena los contagiados están renovadas. Hay algunas libres, podría meteros en ellas, pero nunca se sabe cuándo van a llegar nuevos enfermos. Y, además, no me gustaría que os contagiarais por nuestra culpa.

Madrazo comprende que el prior no se sienta cómodo con el lugar que les ha ofrecido. Pero todos los alojamientos turísticos de la comarca se encuentran cerrados por las restricciones sanitarias y el oficial no quiere que los miembros de la unidad tengan que regresar cada uno a su respectivo domicilio para estar de nuevo en Oñati a primera hora de la mañana.

—No necesitamos más, de verdad. Le estamos muy agradecidos.

Fray Inaxio se da por vencido.

—Si mañana todavía estáis aquí, os traeremos la cena —anuncia echando un vistazo de reojo a la bolsa de papel de una cadena de comida rápida que los ertzainas han llevado consigo—. No hace falta que malcomáis cada día... A nuestra cocinera no le cuesta nada preparar cuatro platos más si le avisamos con tiempo. Comida limpia, eso sí: pescado cocido y alguna verdura de guarnición, no esperéis grandes elaboraciones.

—Será estupendo —lo despide Madrazo con una sonrisa forzada. Está deseando que el fraile los deje a solas para poder hablar de sus asuntos—. Hasta mañana.

—Si Dios quiere —zanja aquel mientras se aleja por el pasillo. Sus pasos resuenan en el vacío del edificio hasta que la distancia los devora por completo.

—Parece el hotel de *El resplandor* —comenta Cestero.

Aitor suelta una carcajada.

—Gracias por darnos ánimos.

—Las vistas son una maravilla —discrepa Julia, logrando que todos se giren hacia esa ventana asomada a la montaña—. No me importaría retirarme aquí una semanita.

—Pues ya sabes: contágiate de covid y no tengas síntomas graves —bromea Cestero.

—No sé yo si a mí me dejarían venir. Vivo sola, me parece que esa excusa de que no puedo confinarme en mi propia casa no me serviría.

—Bien… ¿Qué tenemos? —inquiere Madrazo mientras retira el envoltorio de su cena.

—Una mujer asesinada y algún hijo de perra suelto por ahí —resume Cestero.

—Una crueldad extrema y una escenografía inquietante —matiza Aitor—. Mira que en la UHI hemos visto asesinatos macabros, pero lo de esta tarde en Sandaili lo supera todo.

—¿Sabemos algo más de la víctima? —continúa el oficial.

—Es una chica de Oñati: Arantza Muro. Treinta y ocho años; *a priori* no parece tener una vida de riesgo ni problemas con nadie.

—¿A qué se dedica?

—Hace chocolate. Tiene una tienda en la calle principal del pueblo.

—¿Chocolate? —interrumpe Madrazo.

—Su marido me ha dejado claro que no es más que un pasatiempo al que no podría dedicarse de no ser por él —apunta Cestero con gesto de desaprobación.

—¿Qué tal ha ido tu visita?

—Pues imagínate… Cuando he llegado estaba viendo las imágenes del escenario en una televisión gigante. Se ha enterado del asesinato de su pareja del modo más desafortunado posible —reconoce la suboficial.

Madrazo resopla.

—¿Sabemos algo de esto? ¿Quién tomó esas fotos? ¿Habéis hablado con la tele?

—Se escudan en el secreto profesional. No van a desvelarnos su fuente —anuncia Aitor.

—Lo imaginaba —admite el oficial—. Siempre lo mismo. Van a lo suyo. ¿Y cuál es vuestra teoría? ¿Creéis que las ha filtrado el asesino para obtener popularidad? ¿Para provocar el pánico entre los vecinos?

—Nadie lo ha reivindicado por el momento. Alguien sin escrúpulos habrá creído que era un dinero fácil. ¿No habrá sido ese chico que ha dado el aviso del crimen? El escalador... Gaizka —comenta Aitor.

La suboficial asiente con lentitud. No ha parado de pensar en ello desde su encuentro con Udana.

—No me encaja con el perfil de alguien que va vendiendo imágenes desagradables a la prensa, pero hablaré con él.

—¿Quieres que lo haga yo? —plantea Madrazo.

—No, tranquilo. Yo me ocupo —decide Cestero.

—Tenemos un lugar extraño, una cueva a la que se le atribuyen propiedades milagrosas. Y una víctima a la que han eviscerado en una pila ritual —interviene Julia, que ha estado pensativa hasta entonces—. A mí todo esto me huele a algún tipo de ofrenda, un sacrificio humano. No sé... ¿Y si nos enfrentamos a algún tipo de sociedad mágica?

El silencio que se hace tras sus palabras delata que no es la única a la que le preocupa algo así.

—Alguien contrario a los rituales que se llevan a cabo en la cueva... —apunta Madrazo—. ¿Eso de los baños de fertilidad es algo pagano o cristiano?

Aitor, como suele ser habitual, ha indagado sobre ello.

—El origen es claramente anterior al cristianismo. Ritos prehistóricos que la Iglesia trató de hacer propios construyendo la ermita de San Elías en plena gruta.

—Si no puedes vencer a tu enemigo, alíate con él —resume el oficial.

—Iñigo Udana no estaba de acuerdo con que su mujer fuera a darse esos baños. Es más, en nuestra breve conversación desacreditó varias veces las creencias de Arantza. Habló de ella como si fuera una lunática inconsciente —apunta Cestero.

Madrazo toma nota de ello. Cualquier desencuentro debe ser tenido en cuenta.

—¿Qué dice el resto de la familia? ¿Sus padres? ¿Hermanos?

—No tiene. La madre falleció el año pasado, durante el confinamiento. El padre, mucho antes.

—¿Tenemos arma homicida? ¿Pruebas? ¿Testigos?

Cestero niega con la cabeza.

—No se ha encontrado nada en el lugar del crimen. Están cribando la ladera, sin éxito por el momento.

Aitor levanta la mano.

—No he tenido apenas tiempo, pero puedo adelantaros que el concejal de Energía y Agenda Medioambiental, nuestro Iñigo Udana, no es precisamente un político de perfil bajo. Dentro de unos días se celebrará un pleno municipal que tiene al pueblo revolucionado, y detrás de la polémica se encuentra casualmente él.

—¿El marido de la víctima? ¿Qué ha hecho? —inquiere Madrazo.

—Pretende deshacerse de la red municipal de electricidad —resume Aitor antes de ampliar la información—. Primero hay que entender que Oñati no es un caso cualquiera. Se trata de una localidad completamente autosuficiente energéticamente. Cuenta con tres centrales hidroeléctricas que abastecen al municipio, y que son propiedad del ayuntamiento. Toda la electricidad que llega a los hogares y comercios del pueblo es suministrada por su propia red. Energía propia y limpia. El sueño de cualquier municipio.

—Suena muy bien —reconoce Julia.

Aitor asiente antes de continuar.

—Y, sin embargo, Udana quiere que Oñati se deshaga de sus centrales. Ha acordado la venta con una empresa privada de la que, casualmente, es consejero desde antes de meterse en política. Ahora solo falta que el pleno ratifique la operación, pero os adelanto que los vecinos no están precisamente a favor. Se sienten muy orgullosos de un modelo que mantiene al pueblo al margen de la dictadura de las grandes eléctricas.

—Ya no suena tan bonito —apunta Cestero.

—¿Y si alguien ha matado a su mujer para amedrentarle? —plantea Madrazo.

—¿Y por qué no ir a por él directamente? —discrepa Julia.

—Quizá sea más inaccesible. Una mujer desnuda en una cueva perdida en la montaña ofrece un blanco demasiado fácil —señala el oficial—. No descartemos esta hipótesis.

—No la descartemos, no —corrobora Cestero—. Ojalá el mundo no viera a las mujeres como un medio para hacer daño a otros hombres... ¿Sabemos algo de la autopsia?

Madrazo deja su hamburguesa sobre el envoltorio y se limpia las manos con una servilleta de papel. Después coge el teléfono móvil y consulta su correo.

—Aquí tengo algo. —Sus dedos se mueven por la pantalla para agrandar la letra. No le gusta reconocerlo, pero a pesar de que pasa por poco de los cuarenta cada vez le cuesta más ver de cerca—. La causa de la muerte parece ser la asfixia. Habla de cianosis. Vaya, que el cadáver presenta los labios azules por falta de oxígeno y que la han ahogado introduciéndole la cabeza en el abrevadero ese.

—Una pila, es una pila —le corrige Julia.

Madrazo continúa leyendo.

—El forense nos facilita también una hora aproximada de defunción: entre las tres y las cuatro de la tarde.

—Coincide con lo que tenemos —confirma Cestero tras consultar en sus apuntes las declaraciones de la serora y el escalador—. Una se ha cruzado con la víctima pasadas las tres y el otro ha descubierto el cadáver a las cinco menos veinte.

—La sección del torso se ha realizado con una tijera de podar o similar. Se trata de un corte burdo, la buena noticia es que se ha llevado a cabo *post mortem* —resume Madrazo. Después cierra el correo y deja el móvil sobre la mesa. El forense no añade nada más. Está pendiente del análisis toxicológico, que tardará todavía unos días.

—¿Qué hay de esa señora que vive junto a la cueva? ¿Todo normal en su casa?

—Crucifijos, imágenes religiosas, rosarios y velas, muchas velas. Una persona con convicciones religiosas muy marcadas —explica Julia.

—Supongo que hay que tenerlas para retirarse a una ermita —reconoce Madrazo. Después mira a Cestero—. ¿Y su declaración?

La suboficial resume en pocas frases la conversación mantenida con la serora en el escenario del crimen.

—No le gustaba la falta de decoro de la víctima —destaca Madrazo—. Apuntémoslo en grande.

Cestero da una palmada en su libreta.

—Ya lo he hecho, pero creo que, como ha dicho Julia, debemos prestar especial atención al lugar. Esa cueva tiene una carga simbólica evidente. Me preocupa la idea de un crimen ritual. Apuesto a que estas montañas ocultan un sinfín de grutas más apartadas de miradas indiscretas. Pero el lugar era importante para su mensaje. Por eso tampoco se limitó a llenar sus pulmones de agua. —La suboficial les muestra una foto en su tableta. Es la víctima en la fría mesa de piedra donde fue hallada—. ¿Os habéis fijado en la disposición de sus manos? El asesino las colocó ahí, a ambos lados del tajo abierto en su torso. Tiran de la carne, como si pretendieran mostrarnos con orgullo ese interior vaciado.

—Es horrible —musita Julia.

—Muchas culturas insisten en la necesidad de vaciarse de todo para llenarse de nuevo con la gracia de Dios —explica Aitor—. El asesino de Arantza se lo ha tomado de forma literal. Identifica las vísceras con lo terrenal, y su obra persigue lo espiritual. De ahí que se desprenda de ellas sin miramiento alguno.

—¿Y qué mensaje quiere transmitir al abandonarlas en el pilón de Sandaili? —inquiere Cestero—. Podría ser una forma de purificarlas o quizá su manera de censurar esos ritos antiguos.

Madrazo escucha con atención la disección del caso que llevan a cabo sus compañeros. Son buenos, los mejores.

Mientras recogen los restos de la cena, su mirada viaja al reloj. Son las once y media de la noche y aún tiene una conversación pendiente.

—Suficiente por hoy, chicos —afirma decidido—. Mañana a

primera hora seguimos. Podéis retiraros... Ane, tú no. Quiero hablar contigo un minuto.

Mientras Julia y Aitor se dirigen a la zona de dormitorios, Madrazo se acerca a la ventana. La luz de la luna tiñe de plata los picos rocosos que cierran el valle. Es un paisaje duro. Duro y frío.

—¿Qué quieres contarme? —pregunta Cestero acercándose a él.

El oficial se aclara la garganta. Sabe que no va a ser fácil.

—Ane, esta vez seré yo quien dirija la UHI —dice finalmente.

—Siempre lo has hecho.

—Tal vez sobre el papel, pero en realidad quien ha estado al frente de la unidad has sido tú. Lo sabes perfectamente. Yo me he limitado a apoyarte desde comisaría en todo lo que hiciera falta. Esos papeleos que tanto odias, por ejemplo.

Cestero lo observa desconcertada.

—¿Vas a estar con nosotros sobre el terreno?

Madrazo asiente.

—Aquí estoy y no pienso marcharme hasta que demos con el asesino de Sandaili.

Una sombra de inquietud cruza por el rostro de Cestero.

—¿Qué ha cambiado para que dejes de confiar en mí?

El oficial sacude la cabeza.

—No es eso, Ane. Es mi responsabilidad y no quiero eludirla. Mi ausencia en el caso de Hondarribia puso en peligro esta unidad. Los casos mediáticos son un arma de doble filo. Al principio parecían un marrón con el que nadie quería pringarse, pero el buen trabajo que hemos llevado a cabo hace que algunos ambicionen estar en nuestro lugar. Tú lo sabes mejor que nadie. Soy consciente de que desde Erandio quieren prescindir de nosotros y no pienso darles motivos... No pueden soportar que las investigaciones con más eco se les estén escapando de las manos. Y saben que si la UHI se disuelve, el organigrama de la Ertzaintza derivará hacia ellos los casos más complicados. Una unidad de investigación en cada provincia y una central por encima de todas en Erandio... ¿Adónde iban a ir a parar si no los crímenes como el de esta tarde?

—Eso lo entiendo, pero no estás siendo del todo sincero. Si has venido para quedarte hasta resolver el caso es porque crees que lo de Hondarribia fue mi culpa, por enfrentarme al oficial Izaguirre.

Madrazo toma aire. Sabía que iba a ser exactamente así.

—Ane, tienes toda mi confianza. No creo que haga falta que te recuerde que fui yo quien te eligió para ser la responsable de la Unidad de Homicidios de Impacto. No se me ocurre nadie más capacitado para ponerse al frente de una investigación de estas características.

—Pero... —le apremia la suboficial.

—Pero en el caso del asesino del Alarde de Hondarribia se produjeron ciertos roces. Izaguirre desembarcó en la UHI para cubrir el hueco que yo había dejado y te creaste en él un enemigo rencoroso. Ha intoxicado a los de arriba y ahora todos te ven como una persona problemática. —Madrazo busca su mirada y suspira—. Y esa tendencia tuya a actuar por libre no ayuda, Ane. Los protocolos de actuación están perfectamente pautados, no podemos tomar atajos ni poner en peligro nuestra propia integridad física. Si eso supone que hay que dar más vueltas de las que nos gustaría para detener al asesino, pues las damos. Somos policías, no superhéroes.

Cestero pierde la mirada en ese paisaje en blanco y negro.

—Entendido —admite a regañadientes.

—Ane, esto va en serio. No es un capricho mío —le advierte el oficial—. Hace meses que no hay un caso de esta relevancia. Los medios están deseando cambiar de noticias y se van a abalanzar sobre esta como buitres carroñeros: una mujer joven, rituales mágicos, un político local... Ya lo has visto esta tarde. Y eso es solo el principio. Tenemos por delante horas y horas de tertulias y conspiraciones... Nos van a mirar con lupa. A la mínima, se acabó. Si te importa esta unidad por la que tanto has luchado, no permitas que nos la quiten. No se lo pongas fácil.

—Ya te he dicho que lo he entendido. ¿Qué más necesitas? —espeta Cestero, furiosa.

—Que no te enfades —reconoce Madrazo. Odia verla dolida. No conoce una ertzaina más entregada a su trabajo que ella.

—Pues no ha habido suerte —sentencia la suboficial perdiéndose por el pasillo—. Buenas noches.

7

Lunes, 3 de mayo de 2021
Santiago el Menor y San Felipe, apóstoles

Sabe que no va a conseguirlo. Por más vueltas que dé, por más que se abrace a la almohada o que la deje de lado como a un amante con quien no tienes nada más que compartir, no logrará conciliar el sueño.

Echa de menos el mar. Su mar. Ese que la abraza cada día cuando necesita sacudirse de encima los horrores de su trabajo. Porque ser ertzaina no es fácil. Vivir inmersa en los peores instintos del ser humano mientras procuras que los fantasmas no te persigan cuando pones rumbo a tu vida personal no es sencillo. Desde luego no para Julia. Tal vez otros consigan darles esquinazo cuando dejan la placa y el arma en el cajón, pero ella todavía no lo ha logrado. Y después de tantos años de servicio sabe que difícilmente cambiará.

La almohada vuelve a sus brazos, su mente trata de ponerse en blanco una vez más. Ovejas, contar ovejas… Pero los animales que trata de contabilizar trepan ladera arriba y llegan a Sandaili, enfrentándola a la escena del crimen. La imagen de Arantza Muro abierta en canal sobre la mesa de un matarife invade sus pensamientos. Y lo peor de todo es que la escena que la atormenta ni siquiera es real, responde a un dibujo creado por su cabeza. Cestero y Aitor han querido evitar que viera el cadáver para que no tuviera que cargar con esas imágenes, pero ahora son otras distintas, incluso peores, las que su cerebro recrea una y otra vez, desvelando a Julia.

Se siente mal. Su labor es proteger a los demás, no protegerse a sí misma. No tenía que haber hecho caso a sus compañeros. ¿Qué es eso de no acercarse a la víctima por miedo a sufrir? La que ha sufrido es Arantza, una mujer de poco menos de cuarenta años que lo único que ansiaba era quedarse embarazada. Y ella no ha estado allí para consolarla.

Sabe que las víctimas no escuchan, pero eso da igual. Si Julia estuviera en su lugar le gustaría que le hablaran con la calidez que merece un ser humano, que alguien le dijera que siente mucho lo sucedido y le prometiera que van a dar con quien le ha quitado la vida.

Vuelve a cubrir su cuerpo con la manta. Las ovejas siguen ahí, sus balidos resuenan amplificados por las paredes curvas de la cueva. Una no bala. Está bebiendo agua.

—¡Para! ¡Para ya! —exclama Julia abriendo los ojos en cuanto comprueba que no es agua. La oveja alza la cabeza y fija sus ojos cándidos en ella, mostrándole su blanco pelaje salpicado de las vísceras de Arantza, abandonadas en la fría pila de piedra.

Julia aparta la manta de un manotazo y se pone en pie. Tiene que ir al lugar del crimen. De lo contrario esta pesadilla no terminará nunca.

Solo han pasado unos minutos cuando los faros del coche de Julia devuelven la vida a la central hidroeléctrica abandonada que guarda la entrada al desfiladero. Necesita desprenderse de esa sensación de estar en deuda con la mujer. Le debe la valentía que le ha faltado cuando esa tarde no se ha acercado a acompañarla.

Ahora, en plena noche, no será igual. El cuerpo descansa ya en una cámara frigorífica, pero al menos podrá honrar a la víctima en el lugar donde le han arrebatado la vida.

La presa de Jaturabe aparece junto a la carretera. Del otro lado está el ligero ensanchamiento donde se puede aparcar. Julia deja su coche junto al viejo Citroën de la serora. No hay ninguno más. Ni siquiera el ciclomotor de la mujer asesinada. Lo habrán retirado con la grúa.

Su linterna enfoca el sendero, lo baña de luz y despierta sombras que bailan inquietas. No es la mejor compañía para contagiarse de serenidad, pero es preferible a adentrarse a oscuras en la escena de un crimen.

La casa de la serora toma forma a medida que Julia va ganando altura. No hay luz tras sus ventanas. Tal vez esa mujer, Pilar, no tenga tantos problemas para entregarse al sueño. Sin embargo, hay algo que hace detenerse en seco a la ertzaina.

Sus dedos buscan el interruptor de la linterna. Será mejor apagarla para pasar desapercibida.

En cuanto la luz se extingue, comprueba que no se ha tratado de ninguna falsa alarma. El resplandor que brota de la cueva es real. Como si pretendiera subrayarlo, un susurro se suma desde las profundidades de la tierra. Palabras incomprensibles, que la distancia aplaca.

Julia siente que se le hiela la sangre. Sus manos buscan su arma reglamentaria, aunque su tacto metálico le proporciona un alivio solo momentáneo.

Ahora trata de avanzar sin hacer ruido. Su mente le pide frialdad, que dé marcha atrás y avise al resto. Su instinto, en cambio, le dicta que continúe adelante. Los refuerzos tardarían en llegar un tiempo que podría resultar precioso.

Sus pasos la llevan a la escalera que conduce al interior de la cueva. La pila ha sido vaciada. Ninguna oveja podría husmear en ella. Huele a lejía. Alguien ha dispuesto cuatro velas, una en cada ángulo de la bañera labrada a pico en la roca. Su luz cálida oscila ligeramente en el reflejo cada vez que una gota se suma al agua que ha comenzado a llenarla de nuevo.

Los susurros regresan. Julia traga saliva, acaricia de nuevo la empuñadura de la pistola. Se alegra de llevarla consigo. La voz llega de arriba, del lugar que sus compañeros le han vetado y al que el sentimiento de culpa la ha obligado a regresar.

Tiene que subir, comprobar qué está sucediendo en la cueva. Sus pies se niegan a remontar los peldaños, le dicen que no es buena idea. Vuelve a la hospedería, despierta al resto, no hagas locuras...

Pero Julia no puede tirar la toalla. No está dispuesta a hacerlo. Se lo debe a Arantza. Se lo debe a sí misma.

Escalón a escalón, se adentra en las fauces de Sandaili, ese lugar que durante miles de años ha sido fuente de vida y que esa tarde alguien ha convertido en el escenario de la muerte más cruel.

Su propia sombra, proyectada por las velas que ha dejado a su espalda, trata de jugarle malas pasadas, de hacerla tropezar en su ascenso. Solo un poco más y habrá llegado.

El vientre de roca toma forma finalmente. Hay velas por todos lados. Algunas más consumidas, otras menos. El olor a cera, a miel, lo impregna todo. De no tratarse del escenario donde hace solo unas horas una mujer ha sido asesinada y abierta en canal, tendría un cierto aire romántico. Esa noche, en cambio, resulta sobrecogedor.

Un murciélago pasa muy cerca de Julia. No es el único que revolotea por el interior de la oquedad a la caza de los insectos atraídos por la luz. Sus sombras se mueven veloces aquí y allá y las llamas responden vibrando por el influjo de sus aleteos.

La voz, ese susurro que estremece el alma, vuelve a pronunciar unas palabras que la ertzaina no llega a comprender.

Pertenece a una mujer. Está de espaldas, de pie frente a la mesa de piedra donde el precinto policial delata que ha sido hallado el cuerpo de Arantza Muro. Falda larga, chaqueta oscura, pañuelo en la cabeza...

La mirada de Julia recorre fugazmente el resto de la cueva. No hay nadie más a la vista, pero hay zonas que no baña la luz en las que cualquiera podría ocultarse.

—¡Ponga las manos en alto! ¡Policía!

La serora no responde. Tampoco obedece. Los susurros continúan brotando de su garganta.

—¡Le he dicho que levante las manos! Se encuentra en la escena de un crimen…

Ajena a las órdenes de la ertzaina, la mujer continúa con su letanía. ¿Es un arma eso que sostiene en su mano derecha? Julia tensa los brazos, acaricia el gatillo. No comprende nada.

De pronto, los salmos cesan y Pilar, con gesto cansado y rostro pálido, se gira hacia ella. Lo de su mano no es ninguna pistola. Es un crucifijo.

—Estoy haciendo mi trabajo —argumenta.

Julia baja el arma.

—¿No ha visto el precinto policial?

—Vivo aquí. Cuido de este lugar —lo dice con naturalidad, sin altanería ni desafío.

—Salga de ahí. Es el escenario de un crimen. ¿Se puede saber qué está haciendo?

La serora se hace a un lado para mostrarle dos tablillas de madera en las que hay enrolladas sendas velas, largas y finas, como serpientes que trataran de asfixiar a sus presas.

—Las almas de los difuntos necesitan ser guiadas. El otro lado está muy oscuro. Sin esta luz, no pueden hallar su camino en el mundo de los muertos. —Conforme lo dice, gira una de las tablas, adornada con grabados geométricos, para que la mecha continúe consumiéndose lentamente.

—Argizaiolas —comprende Julia. No es la primera vez que contempla esas antiguas tablillas de madera con su cordón de cera alrededor, aunque jamás había visto una encendida. El tiempo ha condenado al olvido esas viejas tradiciones funerarias que todavía se aferran a algunos rincones de las montañas vascas—. ¿Y todas esas otras velas que hay por la cueva?

—Purifican. Una muerte violenta deja tras de sí mucho dolor. Es necesario devolver la armonía a un lugar que ha visto demasiado. Y eso solo se consigue con la oración.

La ertzaina duda unos instantes. En cierto modo ella se disponía a hacer lo mismo, aunque sin rezos de por medio.

—Salga de la cueva, por favor. Deje las velas si quiere, pero regrese a su casa. Nadie puede saltarse un precinto policial. Podría estar comprometiendo pruebas.

—Pero yo vivo aquí —objeta la serora.

Julia guarda el arma.

—Me da igual dónde viva. Aquí no se entra mientras no retiremos esas cintas de plástico. Creo que la suboficial Cestero ha sido clara esta tarde cuando le ha pedido que no saliera de casa.

Pilar dibuja una mueca de fastidio y la interroga con la mirada.

—¿Tú no lo notas?

La ertzaina no comprende a qué se refiere.

—No sé de qué habla.

—Sandaili no es un lugar cualquiera. ¿No percibes la energía que flota entre estas paredes de roca? ¿Por qué crees que fue construida aquí la ermita de San Elías? Sin embargo, esta tarde el equilibrio se ha roto, el mal está ganando la partida, y es necesario trabajar para devolver la serenidad a la cueva.

Julia siente un escalofrío.

—Regrese a casa —insiste—. No toque nada más.

Pilar niega con la cabeza, contrariada.

—No entendéis nada… Debemos cerrar esta puerta. Volverá a suceder.

La ertzaina no quiere seguir escuchando argumentos turbadores.

—Es usted quien no comprende. O abandona inmediatamente la zona precintada o me veré obligada a detenerla.

—Tú sabrás lo que haces —sentencia la serora antes de coger las argizaiolas y regresar a su casa.

8

Martes, 4 de mayo de 2021
San Godofredo de Hildesheim

El comedor de la vieja hospedería recibe a una Cestero que llega bostezando desde su celda. Está segura de haber oído las campanadas que anuncian cada hora. Las dos, las tres... Ahora que lo piensa, tal vez la de las cuatro de la madrugada la ha pillado dormida, pero a las cinco tenía de nuevo los ojos abiertos, eso seguro. Le va a costar adaptarse a ese colchón de austeridad monacal en el que resulta imposible coger la postura.

—*Egun on* —la saluda Julia. Sus ojeras dicen que tampoco ha dormido bien. Estar apartada del mar le estará pasando factura.

—*Egun on.* ¿Ya está lloviendo? —pregunta la suboficial asomándose al ventanal. Los picachos rocosos que cierran el valle se ven envueltos en una niebla lechosa, sobre la que parecen flotar—. ¿Han dicho si parará?

—Ni idea. Y mira que se hace pesado este sirimiri —comenta Madrazo con sus ojos negros fijos en el portátil. El flequillo, ajado por las largas tardes de surf, le cae despeinado sobre la frente, todavía húmedo tras una ducha matinal que no ha logrado desterrar un aspecto soñoliento que le brinda cierto atractivo. Cestero repara en que todavía emplea esa loción para después del afeitado que le regaló ella mucho tiempo atrás. Sus exóticos matices a bergamota son inconfundibles. Casan bien con el tono bronceado de una piel que habla de mar y de sol—. ¿Habéis visto la prensa? Parecen encantados de haber encontrado un tema nuevo con el que azuzar el miedo. La pandemia ya no existe. Todas las portadas giran en torno a Oñati y el crimen de Sandaili. Alguno incluso bautiza a nuestro asesino como el Carnicero de la Cueva.

—Qué desgraciados —se lamenta Julia antes de señalar a Aitor—. ¿Ya os ha dicho que ha hecho los deberes?

—No, aún no —reconoce su compañero—. El conserje del ayuntamiento no recuerda haber visto a Iñigo Udana ayer por la tarde. De hecho, no recuerda haberlo visto en todo el día.

A pesar del sueño que todavía atenaza su mente, Cestero comprende que eso deja al marido de la víctima sin su principal coartada.

—¿Cuándo has hablado con él? ¿Le has llamado?

—Qué va. Ha bajado al pueblo —interviene Julia.

Cestero consulta el reloj. Pasan pocos minutos de las ocho de la mañana. Se imagina a Aitor sacando de la cama al conserje e interrogándolo en pijama en la puerta de su casa.

—Estas cosas se hablan mejor en persona —argumenta el agente.

—Eres increíble —reconoce Cestero. Se reiría de no ser porque necesita urgentemente una buena dosis de cafeína.

—Muy buen trabajo, Aitor —celebra Madrazo—. ¿Creéis que Udana nos ha mentido?

Ninguno tiene tiempo de responder antes de que se abra la puerta y aparezca un fraile. Cabello completamente blanco, arrugas marcadas y hábito marrón. Serio, muy serio. Es la antítesis perfecta del prior que los atendió la víspera.

—Vuestro desayuno —dice mientras empuja un carro metálico hacia la mesa.

Apenas les brinda tiempo a agradecérselo antes de marcharse por donde ha llegado.

—Hombre de pocas palabras —comenta Aitor asomándose a la montaña de pan frito y a un cuenco con mermelada.

—¿Hay café? —pregunta Cestero levantando la tapa de una de las jarras metálicas.

—Y zumo. Y también leche —anuncia Julia llevando las otras dos a la mesa—. Parece el bufé de un hotel.

El olor que brota de la taza cuando la suboficial vierte en ella una generosa cantidad le hace arrugar la nariz.

—Pero ¿qué es este horror? —protesta cuando sus papilas gustativas confirman sus temores. Es soluble, y no precisamente de la mejor calidad—. ¡Esto no es café!

—Venga, Ane, seguro que los habrás tomado peores —le dice Madrazo sirviéndose uno. Después de añadir dos cucharadas de azúcar se lleva la taza a los labios—. No está tan malo. La culpa es de esa manía tuya de no endulzarlo.

La suboficial le muestra el piercing de la lengua como toda respuesta. Conoce suficientemente a su superior como para saber que solo trata de hacerla rabiar. No es que Madrazo sea un maestro cafetero, que con unas simples cápsulas se conforma, pero sabe qué es café y qué no.

—Ostras… —mascula el oficial cambiando la taza por el móvil—. Hay novedades. Y potentes… No sé si Sandaili es un lugar mágico, pero la autopsia revela que Arantza estaba embarazada de siete semanas.

—Qué espanto. Su muerte podría haberse evitado. De haberlo sabido no habría acudido ayer a la cueva —comenta Aitor.

—O quizá sí —discrepa Julia—. Alguien a quien le ha costado tanto que el test le dé un resultado positivo podría continuar con los rituales para asegurarse de que el barco llegue a buen puerto.

—Tiene sentido —reconoce Cestero—. Y casi dos meses de embarazo suponen retrasos y probables síntomas que una mujer reconocería. Sí, apostaría por que ella lo sabía.

Madrazo asiente lentamente.

—Esto abre un nuevo melón de dimensiones considerables… ¿Y si la víctima no fuera Arantza sino su hijo? ¿Quién podría tener interés en que ese pequeño no llegara a nacer?

—Para ello el asesino tendría que haber sabido del embarazo —aclara Julia tras recordar un detalle al que no prestó la atención que probablemente mereciera—. Habrá que empezar por saber quién o quiénes conocían que Arantza estaba embarazada.

En la mente de Cestero hay piezas encajando a toda velocidad. También en la de Julia, que prefiere no desvelar a sus compañeros su escapada nocturna.

—Su marido no aludió al embarazo en nuestra conversación de ayer. Si lo sabía, lo ocultó deliberadamente, y una noticia así hace que el golpe sea más terrible.

—Pues habrá que comunicárselo —decide Madrazo—. Cestero, ¿puedes acercarte a hablar con él? Julia, ve con ella. Estad atentas a su reacción. Aitor, tú indaga más sobre la víctima. Necesitamos conocerla tan bien como si fuera una de nosotros. ¿Quién era Arantza Muro y quién podría querer matarlos a ella o a su hijo? Y quiero saberlo todo sobre cómo era su relación de pareja. Yo haré unas llamadas para calmar los ánimos. Ver Oñati en las portadas ha puesto nerviosos a los de arriba.

9

Martes, 4 de mayo de 2021
San Godofredo de Hildesheim

—¿Sabía que su mujer estaba embarazada?

Julia contiene la respiración. No esperaba que Cestero disparara tan a bocajarro.

Iñigo Udana tarda en recuperarse.

—¿Qué? Es imposible… ¿Quién le ha dicho eso? —pregunta todavía balbuceante. Las ha recibido en la puerta de la central hidroeléctrica de Olate, en cuyo piso superior tiene su vivienda.

La suboficial le explica las novedades de la autopsia. Conforme las escucha, el rostro del político, crispado y desconfiado en un primer momento, va mutando hacia la tristeza.

—Tanto esfuerzo, tantas discusiones, y cuando por fin lo conseguimos me lo arrebatan todo. La vida es injusta —lamenta el concejal haciéndose a un lado para invitarlas a entrar—. Pasen, aquí fuera nos mojaremos.

—Lo sentimos muchísimo —admite Cestero, sorprendida por la grandiosidad del lugar, más propia de una catedral que de una sala de máquinas. La luz triste del exterior se filtra a través de grandes ventanales en forma de arco y baña con una pátina de melancolía las cuatro turbinas que algún día lejano tuvieron un aspecto futurista. El ruido que emiten lo llena todo, hasta el punto de hacer incómoda la conversación.

—Más lo siento yo —lamenta Udana—. No se imaginan lo que hemos luchado por ser padres. Solo Dios sabe los desencuentros que hemos vivido Arantza y yo, las desilusiones y hasta los conatos de ruptura. Y todo porque la naturaleza nos negaba lo que más deseábamos. —El viudo aguanta a duras penas las lágrimas mientras contempla las tripas de la central. El zumbido de las turbinas enmascara el profundo suspiro que deja escapar—. Años tratando de devolver a estas instalaciones la gloria perdida… Tantos o más que por ser padre de esa criatura que me acaban de robar. Y ahora que por fin parece que todo esto podría regresar a manos de ese pequeño, me lo arrebatan… —Udana aprieta los puños en un gesto de rabia—. Pues no pienso permitir que el dolor me doblegue. Si es eso lo que pretende el asesino de Arantza, no lo va a conseguir. No he luchado tanto para saltar del tren ahora que está a punto de llegar a su destino. Lloraré cuando pueda permitírmelo.

—¿A qué se refiere? ¿Quién querría ver a Arantza muerta? —pregunta Julia.

El viudo señala las gruesas tuberías que acceden a la central tras precipitarse desde las montañas que enmarcan el valle.

—Casi veinte kilómetros de conducciones: tubos, canales, y túneles que traen hasta aquí el agua desde diferentes saltos. Por más que busquen no hallarán otra central hidroeléctrica tan ambiciosa en nuestro entorno. ¿Y saben quién mandó construir todo esto? —Hace una breve pausa con entonación para, acto seguido, responder él mismo—: Mi familia. Durante cien años las turbinas de Olate fueron el motor de la industria de este valle. Sin nuestra electricidad esta zona habría seguido siendo un territorio pobre. Aquí no había más que pastores y agricultores que se disputaban la escasa tierra cultivable. ¿Y qué hizo el ayuntamiento para premiarnos por ello? —nueva pregunta retórica—. Nos obligó a malvenderle la central. O mi familia vendía o nos expropiaban. Corría el año 1989 y nos dejaron escoger entre lo malo o lo peor. Una operación injusta y que el tiempo ha demostrado absurda.

Julia trata de morderse la lengua para no replicarle, pero el gesto henchido de Udana, que ha pasado de pronto de ser viudo a concejal, la incita a dar su opinión:

—Tengo entendido que Oñati es todo un ejemplo en sostenibilidad, un pueblo autosuficiente en cuanto a la electricidad. El ayuntamiento produce toda la energía que consume el municipio. Los vecinos no dependen de las grandes empresas eléctricas para abastecerse. Y algo así, en los tiempos que corren, parece digno de celebración.

Udana la fulmina con la mirada.

—Tonterías. Usted es de fuera, no puede entenderlo. Un ayuntamiento no debe ocuparse de estas cosas. Zapatero, a tus zapatos. La gestión pública de la generación de electricidad no tiene sentido. Me duele el alma cada vez que me acerco a comprobar los canales de acometida y los veo en un estado tan lamentable. No se invierte en cuidar las instalaciones, y algo como esto no se mantiene solo. Las piezas acusan el desgaste. Observen el propio edificio —dice señalando hacia un techo que a simple vista se adivina en buen estado—. Como sigamos así se vendrá abajo y entonces sí que habrá que gastar una millonada... Menos mal que la corporación municipal está decidida a revertir la situación. —Julia cruza una mirada con Cestero. ¿Dónde está el tipo arrasado por el dolor con el que han comenzado la visita a la central hace apenas unos minutos?—. Si todo va bien, el próximo pleno dará luz verde a la privatización de la empresa municipal de energía. La central de Olate no regresará a los Udana, pero estará en buenas manos, y eso es lo importante. Sé que es impopular decirlo, pero la gestión privada es siempre mejor que la pública. —El hombre se acerca a un dispensador de agua y llena un vaso de plástico que apura en dos tragos antes de estrujarlo y arrojarlo a una papelera. Una mirada elocuente al reloj de pared que cuelga entre dos ventanales adelanta sus siguientes palabras—. Ojalá Arantza hubiera podido verlo. Lo siento, pero tengo que dejarlas. Pronto comenzará la concentración de repulsa por su...

—No se preocupe. Nosotras hemos terminado —asegura Cestero—. Solo queríamos darle en persona la noticia del embarazo de su mujer.

—Le agradezco el no haberme enterado por la tele —reprocha Udana mientras las acompaña hasta la puerta—. Vaya, ahora llueve con ganas. ¿Les presto un paraguas?

—No hace falta. Nos apañamos con el chubasquero —responde Julia, llenando los pulmones de ese aire cargado de humedad. Tiene ganas de alejarse de allí, de perder de vista a ese tipo. No es habitual que alguien logre irritarla, y Udana lo ha hecho.

—¿Le importa que coja un poco de agua? —pregunta Cestero haciendo amago de volver sobre sus pasos.

—No, por supuesto. Tiene ahí el dispensador —señala el viudo.

Mientras la suboficial se deja devorar de nuevo por el vientre de la central, Julia contempla el torrente que baña los cimientos del edificio. Las cascadas y remolinos que forma se acrecientan a partir de él, gracias al aporte del agua que hace girar las turbinas.

Udana señala la ladera de enfrente, por donde baja uno de los tubos de acometida cuya parte superior se pierde en la niebla.

—El agua llega desde cuatro saltos. Cada uno de ellos a tanta distancia de aquí que obligaron a trazar un entramado de conducciones que recorre toda la parte alta del valle —explica con orgullo—. Una obra faraónica. Si tiene un rato, suba a dar un paseo y véalo. Mucho antes de que se inventara el concepto de sostenibilidad, mi familia ya generaba energía limpia. Por mucho que al ayuntamiento se le llene la boca con su propaganda, el mérito será siempre nuestro.

—Es un lugar espectacular —reconoce Julia sin entrar en más polémicas.

—Lo es —corrobora el concejal antes de suspirar—. Y por eso mismo es tan injusto que me esté pasando algo así precisamente en este momento.

Julia aprieta los labios a modo de respuesta. Da igual el momento escogido cuando se trata de asesinatos de personas inocentes. Especialmente cuando uno de ellos daba todavía sus primeros latidos en la aventura de la vida. Pero Udana no quiere oír una palabra más. Delirios de grandeza de un hombre que no parece darse cuenta de que dos seres inocentes han sido asesinados.

Los pasos de Cestero se esconden tras el rugido del río y las turbinas, pero ahí llega de vuelta.

—Ya estoy —anuncia enroscando el tapón de su botella metálica.

—Pues no me alargo en despedidas, disculpen. Dentro de una hora me esperan en la plaza —anuncia Udana.

La suboficial asiente.

—Muchas gracias por su colaboración. Cualquier cosa que recuerde, avísenos. A menudo las claves que resuelven los casos se encuentran en los detalles más insignificantes.

—Descuide. Así lo haré.

Cestero finge recordar algo. Julia sabe perfectamente de qué se trata. El cargador guarda una última bala y ha llegado el momento de dispararla.

—Solo una cosa más… —dice llevándose un dedo a la cabeza—. El conserje no recuerda haberlo visto ayer por el ayuntamiento.

Julia estudia la reacción de Udana. Son los labios quienes lo traicionan. Tiemblan y se fruncen. Sus ojos hablan de ira contenida. No le gusta que lo contradigan.

—Siempre nos sucede con él. Se pasa el día haciendo sudokus o colgando en Instagram sus proezas con la bici eléctrica en lugar de dedicarse a comprobar quién entra y quién sale del edificio. Pero estuve allí, claro. Encontraré la forma de demostrarlo, no os preocupéis. En cualquier caso, tampoco os obcequéis con ello. Arantza era mi vida y cualquiera en este pueblo sabe que si hay alguien destrozado por ese crimen salvaje soy yo. —Ahora sus labios se curvan hacia abajo, y en esta ocasión su mirada también se suma a la tristeza. La voz se le quiebra antes de su última frase—. A mí también me mataron ayer en esa maldita cueva.

10

Martes, 4 de mayo de 2021
San Godofredo de Hildesheim

La nariz de Cestero se asoma a la taza. Un sutil aroma floral enmarcado por notas a madera. Y también unos matices cítricos. Es sorprendente. Tanto que le cuesta llevárselo a los labios para profanar esa maravilla.

Mmm…

Ahora son sus papilas gustativas quienes toman el relevo para añadir la acidez y el amargor correcto a la amalgama de sabores. Es sencillamente perfecto. A veces hay que viajar a los pueblos más recónditos para tener una cita con el mejor café.

—Esto sí es café. Y de los buenos —celebra acercándole la taza a Julia, que ha preferido un té.

—Aquí no puedes servir cualquier cosa —les comenta el tipo que atiende la barra—. Somos un pueblo chocolatero. Desde que el cacao comenzó a llegar de América, medio Oñati se ha dedicado a la fabricación de chocolate. Y ya se sabe que cacao y café van de la mano. En este pueblo es raro que los tomes malos en algún lugar. Y queso, por supuesto. A ver quién se atreve a dar mal queso en Oñati… Que también hay mucho pastor en estas montañas.

—No seas exagerado, Perosterena… —le regaña un hombre

tocado por una txapela que le queda claramente pequeña—. Hay más queso malo que bueno en este pueblo. Y cafés, para qué te voy a contar...

El tabernero sacude la cabeza con gesto hastiado.

—Ni caso. La cosa es quejarse —dice dirigiéndose a las policías—. No hay nada peor que un pastor jubilado. Tantos años solos en la montaña los vuelven ariscos.

—¡Encima! Si te estoy defendiendo... Ya quisieran los demás tener el queso y el café que tienes tú.

—No le hagas tanto la pelota, que este es capaz de subirnos los precios —protesta otro que toma un vino en una de las cuatro mesas que hay contra la pared. Al girarse hacia él, Cestero repara en las bolsas de plástico que descansan a sus pies. De una de ellas asoman los tallos de un manojo de puerros.

La suboficial apura su taza y la deja sobre la barra.

—Ponme otro, por favor.

—Mira, otra igual. A mí me pasa lo mismo. El amigo Perosterena se empeña en servirnos un dedal de café. ¿Te extraña que se haya comprado un coche nuevo? La culpa es nuestra por seguir viniendo —refunfuña el pastor.

—Con el vino hace lo mismo —añade el de la mesa—. Voy a empezar a traer una lupa para verlo.

El tabernero pone los brazos en jarras y les dedica una mirada entre divertida y cansada.

—¿Por qué tengo que aguantar todos los días lo mismo?

—Porque te pagamos —se burla el pastor.

—Vaya cruz —protesta Perosterena antes de girarse hacia el molinillo.

Cestero dirige la mirada hacia el exterior. Las calles de Oñati están en plena ebullición. El reloj de pared que cuelga sobre la cafetera dice que faltan pocos minutos para las doce del mediodía, y las tiendas están a rebosar. Hay cola en la panadería de enfrente y son tantos los clientes de la carnicería aledaña que no caben en el interior del establecimiento.

Un pueblo con vida.

—¿Qué te ha parecido Udana? No estaba muy afectado. ¿Crees que lo sabía? —inquiere mirando a Julia.

Su compañera levanta la vista de su taza de té.

—No sé. Su reacción me ha sorprendido e indignado a partes iguales. No solo han matado a su mujer de forma despiadada, sino que se han llevado con ella al hijo que esperaban. Y en lugar de derrumbarse, el tipo nos hace una visita guiada por su central eléctrica. Es un narcisista de manual. Apenas ha tardado unos segundos en desplazar la atención de su mujer y su hijo hacia sí mismo.

—Mi primera impresión ayer fue parecida. Intentó mostrarse como un buen esposo, paternal y comprensivo, pero solo hablaba de lo afortunada que había sido Arantza al conocerle. Hoy el marido ha dejado paso al político en campaña…, calculando con frialdad cuánta hipocresía es necesaria para sacar beneficio de su desgracia —apunta Cestero—. Ese hombre solo se quiere a sí mismo. Y a su central. Se diría que lo único que lo entristecía de la noticia del embarazo de Arantza era que ese hijo que estaba en camino no llegara a ver que su padre había recuperado las instalaciones para la gloria de la familia.

La suboficial asiente. Es exactamente la sensación con la que ella ha salido de la hidroeléctrica de Olate. Va a añadir algo cuando una corriente de aire frío la hace volverse hacia la puerta.

—Todavía hay guisantes —anuncia la mujer que acaba de entrar mostrándole una bolsita llena de bolitas verdes al pastor jubilado. En la otra mano lleva el *¡Hola!* enrollado y atado con una goma.

—A mí no me los hubieran vendido, desde luego. A estas alturas estarán más duros que una piedra. Si acaso unas pochas —responde el hombre—. La semana pasada llevé yo las primeras. Con tomate y pimiento, una delicia. Ni en el Arzak.

—¿Y cebolla, no les echas? —pregunta el de la mesa.

—¿Cebolla? Claro. ¿Y qué he dicho, pues?

—Déjalo —comenta Perosterena guiñándole un ojo—. Tiene la cabeza para allá. Solo le sirve para quejarse de mi café.

—De tu café no. Me quejo de lo poco que nos pones por un euro con treinta. Y no me digas que es lo normal, porque entonces harían más pequeñas las tazas. ¿Para qué iban a tener cuatro dedos de altura si hay que dejar tres llenos solo de aire?

—¿Ya estás como siempre? Lo tendrás amargado al pobre Peros —interviene la señora.

—No te preocupes, Maite. Peor lo tienes tú, que este en casa será insoportable. Desde mañana se lo pondré doble para que deje de darme la tabarra —decide el tabernero mientras echa un vistazo al reloj—. ¿No vais a la concentración?

—¿A qué hora es? —pregunta el del vino.

—A las doce. Yo bajaré la persiana cinco minutos. No podemos permitir que algo así quede sin respuesta. Pobre chica… A veces venía por aquí. Era maja. Tomaba el café sin azúcar, como ella. —Perosterena señala la taza de la suboficial.

—Qué barbaridad…—exclama el pastor dejando caer unas monedas sobre la barra—. Ponme otro, anda. Y esta vez llénalo más. Mi señora querrá un poleo de los suyos.

—Tu señora no quiere nada —le corta su mujer—. Y tú tómate el tuyo de trago, que tenemos que llegar al minuto de silencio.

Cestero vuelve a consultar el reloj y apura el café.

—Nos pasaremos por la concentración —anuncia bajando la voz—. Creo que encontraremos en ella a quien tomó las fotos que han acabado en los informativos.

Julia asiente lentamente mientras da un trago a su té.

—¿Te importaría ir sola? No sé si Udana conocía el embarazo de su mujer, pero creo que alguien más lo sabía. Me gustaría acercarme por Sandaili a hablar con la serora.

—¿La mujer de la cueva? —se extraña la suboficial—. ¿Por qué?

Su compañera se entretiene con la cucharilla. La sostiene entre ambas manos, la gira hacia aquí y hacia allá, hasta que finalmente alza una mirada culpable hacia Cestero.

—Anoche estuve allí. No podía dormir. Sé que Aitor y tú lo hicisteis con vuestra mejor intención, pero no ver a la víctima no me ayudó. Mi mente trabaja de maravilla cuando se trata de ponerme la zancadilla. Sé que la imagen que me esperaba si subía aquellas escaleras era muy dura, pero te aseguro que las construidas por mi cabeza no fueron más halagüeñas.

—¿Por qué no me despertaste? Habría ido contigo. Es una temeridad regresar a un escenario como aquel sola y en plena noche. —Conforme lo dice, Cestero siente que no es la más adecuada para reprocharle algo así—. Has hecho bien en no decírselo a Madrazo. Quiere que hagamos las cosas bien. Pero la próxima vez avísame y vamos juntas. ¿Vale?

—Claro —admite Julia.

—¿Viste algo? ¿Estuviste con la serora? —inquiere Cestero.

—Sí. Estaba allí. Había velas por todas partes y rezaba en latín. Me dan escalofríos al recordarlo.

—¿Y por qué quieres regresar?

Tengo una intuición.

Perosterena se acerca a ellas.

—Disculpad. Tengo que cerrar un momento.

—Sí, perdón. Ya nos íbamos —admite Cestero.

El matrimonio que rompía la calma ya está saliendo por la puerta.

—¿Te esperamos, José? ¿Vienes a la manifestación? —pregunta el pastor jubilado girándose hacia el tipo del vino. Él también se ha puesto en pie y está recogiendo sus bolsas de la compra.

—Yo no. ¿De qué le sirve a esa chica que nos juntemos nosotros a dar voces en la plaza? Eso son tonterías. Yo me voy a casa que es donde mejor se está. Que las calles hoy no son seguras. Esto es cosa de un loco, de un maldito loco… Como ella… Ir a bañarse en esa pila a estas alturas… Si es que la pandemia le está dejando la cabeza para allá a más de uno. Y cuidado, que una vez que el perro de presa ha probado la sangre, no hay manera de pararlo.

Cestero siente un estremecimiento. Ojalá esas palabras se queden solo en un mal presagio.

De aquel que cree en mí brotarán ríos de agua viva.

Juan 7:38

Mi barquito era el más rápido. Siempre lo era. Por mucho que regalara unos segundos de ventaja a los demás antes de depositarlo en el agua, no había día que el mío no llegara en cabeza. A veces contaba incluso hasta veinte antes de incorporarlo a la carrera, y ni siquiera así llegaba por detrás.

Ahí comencé a comprender que tenía razón mi padre cuando me decía que estaba llamado a hacer algo grande, que todavía era demasiado joven, pero que algún día lo descubriría.

Porque por mis venas no corría una sangre cualquiera.

—¡Allá va el galeón de Lope de Aguirre! ¡El Amazonas no será nunca un impedimento para él! ¡Vamos! ¡A la conquista! ¡El Dorado es nuestro! —celebré cuando sobrepasó al barco de Migueltxo. Todavía quedaba por delante el de Itziar, pero era cuestión de tiempo que lo dejara atrás. Como siempre.

Aquel canal que recorría toda la parte alta del valle se convertía cada tarde en escenario de nuestros juegos. Las hierbas y bosques que lo rodeaban eran para nosotros la mismísima selva amazónica; las ramas que el viento derribaba, cocodrilos; y hasta los diminutos piscardos que se espantaban al paso de nuestros esquifes se nos antojaban peligrosas pirañas.

A pesar de todas esas amenazas para la navegación, la regata terminaba siempre igual, con los barquitos de papel precipitándose al vacío a través del tubo de fuerza de la central hidroeléctrica. La turbina los descuartizaba, y a veces, cuando jugábamos río abajo horas después de la carrera, encontrábamos sus restos enredados en la maleza de la orilla.

El de Itziar se me resistía aquella tarde. A pesar de que el mío había llegado casi a su altura, no lograba sobrepasarlo. Y el final del recorrido estaba muy cerca. El sumidero que devoraba el caudal no estaba a la vista, pero conocíamos cada metro del canal. Solo faltaba una curva a la derecha y aparecería al alcance de los dedos, dispuesto a zanjar la vida efímera de nuestras naves.

Cualquiera que hubiera podido apostar en ese momento lo habría hecho por Itziar. Sin embargo, yo sabía perfectamente que el ganador iba a ser yo.

Como siempre.

—¡Vamos, chicas! —animaba Itziar con todas sus fuerzas. Porque en la tripulación de su nave no había un solo hombre. Eran todo mujeres: piratas de parche en el ojo y pata de palo, pero del otro sexo al fin y al cabo.

Yo no decía nada. Estaba tranquilo. Sabía que los de Lope de Aguirre lograrían que el viento hinchiera sus velas y acabarían dando la sorpresa. Igual que cuando se rebeló contra ese Felipe II que decidía caprichosamente sobre los hombres que enviaba a morir allá, en las selvas amazónicas, y se lanzó a conquistar el Perú. Él contra todos, abriéndose paso contra viento y marea.

No faltaban más de dos metros para la meta y la ventaja de la nave rival era evidente. Cualquiera hubiera creído imposible que mi galeón saliera victorioso de ese lance.

Cualquiera menos yo.

—¡Venga, Itziar! —exclamó Migueltxo. Había dejado de acompañar a su embarcación para adelantarse hasta la línea de meta. Comprender que por fin alguien estaba a punto de destronarme le hizo ponerse de su lado.

Me dio rabia oírle, pero no lo culpo. Con los años he comprendido que los perdedores necesitan unirse para ser capaces de digerir su frustración.

A falta de un metro la galera de las chicas piratas aventajaba en un palmo largo a mi galeón. Todo parecía decidido. Mis contrincantes saltaban ya en una celebración adelantada.

Y entonces sucedió algo que congeló su alegría.

Juro que no había ninguna brizna de hierba que se interpusiera en el canal, ni tampoco raíz alguna que zancadilleara el campo de regateo. Sin embargo, el barquito de Itziar frenó en seco. Una mano invisible lo retuvo mientras invitaba al mío a adelantarlo, y solo lo liberó una vez que el tubo de fuerza hubo devorado mi nave.

Había ganado. Una vez más.

No lo celebré. Al menos en voz alta. A esas alturas había aprendido que la grandeza de los ganadores pasa por no restregar sus victorias, porque por mis venas corría, y seguirá haciéndolo hasta que Dios me llame a su seno, la sangre del hombre más valiente que ha dado Oñati. Si perder no estaba en el diccionario de mi vida era porque estaba llamado a ganar. Exactamente igual que Lope de Aguirre.

—Mi padre dice que estaba loco —soltó Migueltxo en cuanto su esquife siguió a los nuestros al abismo.

Recuerdo sus palabras como si me las estuviera escupiendo en este preciso momento. Y mira que han pasado años. Recuerdo cada nota de su entonación, incluso el gesto despreocupado con el que las disparó. Se me clavaron como un puñal, me desgarraron el alma.

—¿Quién? —le pregunté.

—Ese Lope de Aguirre de tu galeón del que siempre nos hablas.

—Tu padre sí que está loco.

—Oye, que yo no me he metido con el tuyo.

—Pero te has metido con mi tatarabuelo.

—Yo no me he metido con él. Solo he dicho que estaba loco. Además, mi padre dice que tampoco es tu tatarabuelo. Eso sería si fuera el padre de tu bisabuelo, pero Lope de Aguirre vivió hace quinientos años.

—Pues será mi supertatarabuelo o como se diga. Y fue el hombre más valiente que ha nacido en Oñati. Combatió a los indios, conquistó tierras indómitas y desafió a la todopoderosa corona española.

Migueltxo no insistió. No ese día, pero lo haría más adelante. Entonces todavía no sabía entender qué le ocurría, pero hoy sé que era la envidia. No todo el mundo lleva en sus genes la llamada a hacer cosas que cambiarán la historia, y debe de doler comprender que no eres más que un cualquiera entre miles de millones de personas condenadas a ser meras espectadoras de la historia.

Yo, sin embargo, había llegado al mundo para salvar a todos. Incluido a ese Migueltxo que aquella mañana me hacía daño con sus palabras.

11

Martes, 4 de mayo de 2021
San Godofredo de Hildesheim

El dolor está presente. Desborda los rostros de las decenas de personas, centenares probablemente, que se han concentrado en la plaza de los Fueros. En algunos asistentes toma la forma de lágrimas que abrasan las mejillas, en otros se traduce en gestos de rabia que claman venganza. No hay palabras, al menos en voz alta. Quien manda es el silencio, un minuto que son muchos y que solo las doce campanadas del reloj de ese ayuntamiento de formas barrocas se han atrevido a profanar.

El cielo ha decidido sumarse al duelo con un tono gris que roba cualquier atisbo de color a la plaza central de Oñati. La lluvia, que caía con fuerza, ha cedido el testigo a un sirimiri intermitente que obliga a los asistentes a humillar las cabezas.

No faltan las cámaras de televisión, claro. Están apostadas en distintos rincones. Algunas enfocan la concentración de repulsa desde los balcones, otras lo hacen desde el abrigo que les brindan los soportales. Cestero observa que por el momento trabajan con respeto y a cierta distancia de los concentrados.

Iñigo Udana está, cómo no, en primera fila, tras la pancarta que demanda justicia para Arantza cuyas letras moradas se reflejan en el espejo perfecto de los adoquines mojados. Lo arropan el alcalde y la corporación municipal al completo. Parece bastante entero, igual que hace escasamente una hora cuando les mostraba a Julia y a ella la central hidroeléctrica.

La mirada de la suboficial, sin embargo, no lo busca a él. No, busca a alguien más joven e incluso atractivo. Gaizka Iriarte, el escalador que dio con el cadáver, no puede andar lejos. Uno a uno, Cestero recorre los rostros de los presentes. Uno a uno los descarta.

Los jubilados son mayoría, aunque los estudiantes también se dejan ver. Los vecinos de mediana edad, en activo, no habrán podido salir a tiempo del trabajo para sumarse a un acto de repulsa.

Está a punto de tirar la toalla cuando lo ve. Se encuentra en el extremo opuesto de la plaza, entre algunos jóvenes que bajan la edad media de los concentrados. Gaizka también la ha visto y responde al saludo de la suboficial con un leve movimiento de cabeza.

Conforme se dirige hacia él, Cestero se siente observada. El chubasquero rojo con el escudo de la Ertzaintza no ayuda precisamente a pasar desapercibida.

Apenas ha dado unos pasos cuando una mano se aferra con fuerza a su brazo. Pertenece a una mujer que tiene los ojos inundados de lágrimas y los labios contraídos en una mueca de inmensa tristeza. Pelo largo y negro recogido en una cola de caballo, pantalones ceñidos y una chaqueta ligera, de las que se emplean para hacer deporte. El bronceado de su piel se ve poco natural en una primavera marcada por la lluvia.

—¿Verdad que no sufrió?

El cadáver abandonado en la cueva regresa con fuerza a la mente de Cestero. Los labios que la asfixia tornó azules, esa mirada aterrorizada y congelada por la muerte, sus órganos arrojados al agua... La televisión se ha ocupado de que esa imagen entre en cada casa de Oñati. Es demasiado evidente que Arantza sufrió. ¿Quién no lo haría cuando te sumergen la cabeza en agua hasta que tus pulmones no aguantan más y la aspiran?

—No sufrió —asegura con un tono que le hubiera gustado que brotara más creíble.

—Arantza era maravillosa, pura luz. Tenía un aura especial que acompaña a pocas personas. No merecía lo que le ha ocurrido.

Cestero está tentada de añadir que nadie lo merece, pero opta por callar. Son palabras que no arreglarían nada.

—Era mi alumna. Nunca faltaba a clase. La meditación la ayudó mucho a sobrellevar la pesada carga que arrastraba con lo de la maternidad.

Sus palabras despiertan la atención de Cestero. Ya no está ante una vecina del pueblo, compungida ante el suceso, sino ante alguien con quien Arantza compartió sus preocupaciones de los últimos meses. Algo le dice que esta mujer la escuchaba más que el viudo que en este momento se exhibe junto a la pancarta.

—¿Sabía que Arantza estaba buscando ser madre en Sandaili?

—Naturalmente. No había secretos entre nosotras. Y no me hables de usted. Me haces sentir vieja.

Cestero trata de calcularle la edad.

¿Cincuenta y cinco?

Algo así.

Muy bien llevados. Ayuda desde luego su complexión atlética y un leve maquillaje con el que destierra sabiamente cualquier atisbo de cansancio.

Una vecina de concentración se lleva un dedo a los labios rogándoles silencio. Otros se suman con miradas cargadas de reproches. La suboficial comprende que no es momento ni lugar.

—Si no te importa, me gustaría hablar contigo más tarde.

—Cuando quieras. Mi casa es la tuya. Soy Gema. Busca el caserío Belamendi, en el barrio de Araotz. Me encantaría ser de ayuda. Por Arantza, lo que sea.

Cestero continúa su camino. Todavía faltan bastantes metros para llegar hasta Gaizka.

Sin embargo, en cuanto dirige la vista hacia el lugar donde se encontraba el joven, comprueba que ha desaparecido.

—Mierda —masculla sintiendo que su corazón se acelera.

No le gusta nada esa desaparición. Nadie se marcha en plena concentración. Si ha huido, ha tenido que ser para evitar enfrentarse a sus preguntas.

Camina tan rápido como puede hasta el último lugar donde lo ha visto.

—Estoy buscando a Gaizka —anuncia dirigiéndose a una señora de impermeable amarillo chillón que estaba junto a él.

—¿A quién?

—Un chico que estaba aquí hace un minuto. Justo aquí, a su lado.

—Ah, ese. Acaba de marcharse.

—¿Adónde?

Su interlocutora contesta con una mueca. No tiene ni idea. No lo conoce.

Cestero da un paso atrás y mira alrededor.

Nada.

No hay nadie en los soportales y el único paraguas que se ve en una de las calles que parten de la plaza protege a una mujer de cabello rojo y largo.

—¿Pregunta por Gaizka? —se interesa una chica acercándose. Es más joven que la del abrigo marinero, rondará la edad del desaparecido.

—Sí —confirma Cestero—. ¿Dónde está?

—Ha subido a la escuela. Tenía algo urgente que hacer.

—¿A la escuela de pastores? —inquiere la suboficial al recordar que mencionó que estudiaba allí.

—Sí, algo de una oveja enferma. ¿Por qué lo buscas?

Cestero no responde. Tampoco pierde un segundo. Tiene que subir a esa escuela, aunque algo le dice que allí no encontrará ni rastro del escalador.

12

Martes, 4 de mayo de 2021
San Godofredo de Hildesheim

El desfiladero de Jaturabe está especialmente silencioso esta mañana. Los buitres lo sobrevuelan en círculos, vigilantes, pero no hay rastro de los ruidosos cuervos que anidan también en los cortados. Ni siquiera el agua que salta desde los aliviaderos de la presa lo hace con estrépito. Se diría que el valle contuviera la respiración a la espera de acontecimientos. O quizá también guarde su particular minuto de silencio ante las vidas segadas en sus entrañas.

Julia asciende con paso decidido hacia la cueva de Sandaili, pero no llega a acceder a ella. Se detiene ante la casa de la serora, una construcción de piedra, tan cargada de años como seguramente de historias personales. ¿Cuántas mujeres habrá visto pasar en busca de una descendencia que la naturaleza les negaba? ¿Cuántas lágrimas se habrán derramado junto a sus paredes?

La ertzaina respira hondo antes de llamar a la puerta con los nudillos. Es metálica, fría, igual que la voz del cuervo que contesta desde el alero. Sus ojillos escrutadores se clavan en la recién llegada. Un nuevo graznido. Dos. Su cabeza gira a un lado y a otro para contemplar mejor a la intrusa.

—Sabía que no andaríais lejos —mascula Julia. No le gustan esas aves vestidas de negro. Pájaros de muerte, pájaros de mal agüero.

Cuando la ertzaina vuelve a bajar la mirada hacia la puerta da un respingo. No esperaba verla abierta, y menos aún que hubiera alguien observándola. Sus ojos son tan negros como los del cuervo, inexpresivos, y su tez, muy blanca, fruto de una vida poco amiga del aire libre.

—No he tocado nada. Desde anoche no he salido de aquí —se anticipa la serora en cuanto reconoce a Julia.

La agente no pierde el tiempo en saludos.

—Usted lo sabía —afirma copiando la fórmula de Cestero.

En este caso, sin embargo, su disparo no produce el sobresalto que su compañera ha logrado con Udana. Pilar se limita a mirarla. En realidad es más que mirar, la está estudiando, deteniéndose en cada rasgo, en cada detalle de su rostro.

—¿Nos conocemos? —pregunta.

Julia siente algo parecido a un escalofrío.

—Claro. Estuve anoche aquí.

La serora sonríe condescendiente. No se refiere a eso.

—¿Eres del pueblo?

—No. Soy de Bizkaia. Pero no me ha respondido. Usted sabía que Arantza estaba embarazada.

Los ojillos de Pilar brillan ahora con aire ausente. Durante largos segundos no dice nada, aunque finalmente se hace a un lado para invitar a Julia a entrar.

—Pasa. Tengo la cera al fuego.

La ertzaina se deja engullir por el edificio. En los casi veinte años que lleva trabajando ha visitado muchos hogares, algunos realmente poco acogedores. Ninguno, sin embargo, como esa casa oscura y asfixiante que le recuerda al estómago de un animal. La serora vive en condiciones que tal vez fueran habituales en los tiempos de posguerra, pero semejante austeridad no es propia de estas alturas del siglo veintiuno.

Las paredes están ennegrecidas por la humedad y la escasa ventilación. Ayudará también el humo de las velas, que apenas logran contagiar una brizna de calidez a una cocina que ha vivido tiempos mejores. La encimera es de azulejos. Blancos, cuadrados, igual que los que cubren las paredes, pero tienen las esquinas desgastadas por el uso.

—Siéntate, si quieres —ofrece Pilar señalando una banqueta junto a una sencilla mesa con tantas capas de pintura blanca que sus cantos se ven redondeados.

—No hace falta. Me quedo aquí, con usted.

La serora, de pie ante los fogones de gas, remueve el contenido de una cazuela de aluminio con una cuchara de palo. Se trata de una sustancia dorada, ambarina, y el olor dulzón que emana de ella enmascara en parte el hedor a humedad que reina en el lugar.

—Hay que fundirla lentamente, sin que llegue a hervir. No creas que la fabricación de velas no tiene su misterio. —La mujer coge algo parecido a un lingote y se lo entrega. Hay otros seis sobre la mesa—. Aquí tienes la cera antes de pasar por la cazuela. Huélela. Verás qué maravilla. Recién sacada de las colmenas.

—¿Tiene abejas?

—Yo no. Los frailes. Aquí nos ayudamos todos. Por eso duele especialmente lo que ha sucedido con esa muchacha.

—¿Le importaría encender la luz? —pregunta Julia. No se siente cómoda en un espacio tan lúgubre.

Pilar suelta un sonido áspero que pretende ser una risa, aunque a la ertzaina le trae a la mente el graznido de ese cuervo negro que la espiaba desde el tejado.

—Ay, hija mía… Aquí no hay de eso. Butano y velas. Esto no es un chalet en la montaña. Se trata de renunciar a las comodidades del mundo para estar más cerca de Dios.

Julia se gira en busca de alguna bombilla. No la hay. Tampoco enchufes ni cables a la vista.

—Perdón. No me había dado cuenta.

—Pensarás que solo una vieja loca como yo se retiraría a vivir en un lugar así —bromea la serora.

La agente fuerza una sonrisa mientras trata de calcularle la edad. Algo le dice que aparenta más años de los que tiene. Ese cabello corto y gris que hoy lleva al descubierto, la falda larga que viste, esa blusa con volantes, esa chaqueta de lana... Nada en ella es un canto a la juventud. Y, sin embargo, su rostro carece de arrugas. No debe de pasar de los sesenta y pocos años. Vieja, lo que se dice vieja, no es. Aunque tiene razón en que alguien en su sano juicio difícilmente se retiraría a vivir en esas condiciones.

—¿Cuánto tiempo lleva en Sandaili?

Un nuevo silencio, una nueva mirada larga, de esas que desnudan el alma. De esas que incomodan. Y más cuando la serora asiente lentamente como si acabara de comprender algo. Sin sonrisas, sin aclaraciones.

—Va para dos años. Dejé mi hogar y me retiré aquí. Y no estoy loca, no. Solo siento un profundo amor por Dios y he renunciado por él a los placeres mundanos —apunta antes de darle la espalda para introducir un cordel en la cera fundida. Lo empapa a conciencia y después lo extrae para colgarlo de un gancho del techo—. ¿Habías visto alguna vez cómo se hacen las velas?

—No —reconoce Julia—. Pero no ha respondido a mi pregunta. ¿Por qué tenía anoche dos argizaiolas encendidas? Una por cada persona difunta. Así lo manda la tradición. Usted sabía que estaba embarazada, ¿verdad? ¿Qué tipo de relación tenía con Arantza? ¿Le dijo alguna vez que temiera por su vida? ¿Le habló de algún enfrentamiento con alguien?

La serora esboza algo que pretende ser una sonrisa mientras sumerge de nuevo la vela naciente en la cazuela. Solo un baño fugaz antes de volver a colgarla del techo para que se solidifique.

—Así una vez tras otra, hasta que la cera alcance el grosor necesario. Es un trabajo que requiere de paciencia, no creas que cualquiera sería capaz de hacerlo. —Pilar niega con la cabeza—. Ya le dije a tu compañera que no trataba con esa chica. Cuando la veía aparecer me metía en casa. Estaba muy perdida la pobre.

—Y sin embargo usted sabía que esperaba un bebé —insiste la ertzaina.

La serora llena lentamente sus pulmones.

—Una ya ha visto demasiado.

—¿Quién se lo dijo?

—No lo entiendes, ¿verdad? —inquiere Pilar. ¿Es desdén lo que muestran sus labios?—. Cuando consagras tu vida a la adoración las verdades se te muestran sin que las busques.

—¿Conoce a Iñigo Udana, el marido de la víctima?

La serora suspira.

—No.

—Pero alguien tuvo que decirle que estaba embarazada.

—Fue Dios. Ya te lo he dicho.

Ahora es Julia quien deja escapar un profundo suspiro.

—¿Y no te ha dicho quién mató a Arantza al otro lado de esta puerta? —pregunta furiosa.

La serora la observa escandalizada.

—Eso es una blasfemia. Además, es cosa vuestra. Lo mío es iluminar el camino a la paz eterna a su alma y a la de su retoño.

—¿Quién en el pueblo querría matar a una mujer como Arantza?

Pilar mueve su cabeza.

—La plaga nos ha cambiado a todos. Incluso lugares tranquilos como este se han visto desbordados por la angustia, por el dolor. Crímenes como el de esa chica son propios de capitales desquiciadas, no de un mundo rural y armónico. Mucha gente de la ciudad ha buscado refugio en lugares apartados como Oñati. Esto ya no es lo que era. El equilibrio se ha roto. Nos han traído modos de vida que no encajan en nuestro valle.

Julia es incapaz de ocultar una mueca escéptica. Si algo le ha enseñado su profesión es que el horror no entiende de geografía ni de urbanismo. Cuando la destinaron a la comisaría de Gernika, en plena Reserva de la Biosfera de Urdaibai, se imaginaba patrullando entre caseríos y acantilados para aclarar el robo de unas calabazas o cortando carreteras ante una carrera ciclista. La realidad, en cambio, resultó ser muy diferente. Denuncias por malos tratos, robos con violencia, asesinatos… El mundo rural es muy diferente de ese fresco costumbrista que pintan quienes viven en la ciudad y se sumergen en él las mañanas de domingo.

Julia le explicaría lo equivocada que está, pero comprende que por ese camino no llegará lejos.

—Y usted, ¿quién es en realidad? ¿De qué ha huido? —inquiere buscando un giro.

La serora esboza una mueca de sorpresa mientras vuelve a introducir la vela naciente en la cazuela. Su grosor comienza a ser definitivo.

—Ya conoce mi nombre: Pilar Hernández.

—Sí, eso lo sé. Pero acaba de decirme que se mudó hace un par de años. ¿Por qué está aquí? ¿De qué se esconde? ¿Qué empuja a una mujer, que ni es vieja ni está loca, a retirarse a vivir como una ermitaña?

—Vaya, sus prejuicios acaban de aflorar. Es injustificable que alguien decida dedicar su vida a orar y custodiar un lugar sagrado, ¿verdad? —protesta la serora—. Antiguamente se respetaba a los eremitas que decidían aislarse del mundo. Hoy se nos ve como unos tipos peligrosos, porque esta sociedad enferma teme a la soledad y sospecha de quien la busca. Si te mueve lo terrenal, lo material, no hacen falta explicaciones. Ahora bien, como tu motor sea lo espiritual, algo escondes. No, yo no maté a esa pobre chica y tampoco sé quién lo hizo.

Julia aprieta los labios sin saber cómo responder. Lamenta que su agresividad haya truncado la conversación. Durante los siguientes minutos, se limita a observar cómo Pilar enrosca la fina vela que acaba de fabricar alrededor de una de las argizaiolas como las que se consumieron en la cueva. Está bien trabajada, con los motivos habituales en el arte funerario vasco. En este caso se trata de hélices, pero una mirada rápida al resto le muestra rosetones, motivos geométricos, astrales... La otra, de menor tamaño, aguarda su turno sobre la encimera. No es la única. Hay una tercera algo apartada.

—¿También talla usted? —pregunta Julia cogiendo una de ellas.

La serora niega con la cabeza.

—Me conformo con las velas. Dios no me otorgó el don de labrar la madera.

—Son muy hermosas —reconoce Julia.

Pilar ha terminado de enrollar la vela. La argizaiola está lista para encenderse de nuevo.

—Son mucho más que eso. Este es un arte antiguo, nacido de la fe en la vida después de la muerte. Son guías. Sin su luz el alma de los difuntos puede errar el camino. Cuando yo era niña oí una historia que todavía llevo aquí dentro —explica llevándose la mano al pecho—. No recuerdo el lugar, pero sí que sucedió en la zona minera de Bizkaia y que fue una noticia muy triste porque hubo hombres que perdieron la vida. Se produjo un derrumbe y varios mineros quedaron atrapados bajo tierra. Durante el tiempo que tardaron en sacarlos de allí, la madre de uno ellos mantuvo encendida una vela en la iglesia. Salvo un día, en que la encontró consumida por completo. ¿Y sabes qué ocurrió? Que cuando lograron rescatar con vida al muchacho contó que de todos los días que había pasado allí abajo, solo uno le había faltado comida, bebida y luz. Hicieron cuentas y coincidió con la jornada que su madre había dejado la vela sin prender.

—Vaya —se limita a responder Julia.

—No me crees —le dice Pilar, frotándose los antebrazos—. Pues te aseguro que cuando alguien muere no es muy diferente a lo que vivió ese minero. El alma ha de abrirse camino en la oscuridad en su viaje hacia la eternidad.

Julia deja pasar unos segundos. No quiere ser descortés, pero comienza a sentirse asfixiada allí dentro.

—Lo que creo es que no va a confesarme cómo supo del embarazo de Arantza, ¿me equivoco? —inquiere dando un paso hacia la salida.

Pilar estira por las puntas un nuevo cordel que se dispone a bañar en la cazuela. Hay rabia en su gesto.

—¿Otra vez? ¿Acaso no has escuchado todo lo que he dicho? No estás preparada para entender la palabra de Dios —espeta con una dureza que rompe por completo con el tono neutro que ha guiado sus palabras hasta ese momento.

La ertzaina la observa confundida. No esperaba una reacción así. Después estira la mano hacia la puerta.

—¿Cómo se abre? —pregunta al reparar en que no hay manilla. La angustia de saberse encerrada acelera el ritmo de su corazón mientras los pasos de la serora resuenan a su espalda.

—Me he despistado… —apunta la serora introduciendo una llave en la cerradura. Su tono vuelve a ser amigable—. Acostumbro a dejarla puesta por dentro. Imagínate que se desata un incendio en plena noche y tengo que salir corriendo.

—Claro —dice mecánicamente Julia agradeciendo el aire fresco y húmedo del exterior.

La voz del cuervo atrae su vista hacia arriba. Continúa ahí, sobre el alero, y su mirada sombría le impide seguir reprimiendo el escalofrío que lleva un buen rato pidiendo emerger.

—Anda con cuidado, Julia. —La ertzaina se vuelve y se sobresalta al ver el rostro de Pilar muy cerca del suyo—. Van a seguir pasando cosas. Cuando se abre una puerta al mal, es complicado cerrarla. Permíteme un consejo: comienza a rezar, deja de dar la espalda a la fe.

La ertzaina querría decirle que ella se basta y se sobra para protegerse, pero un portazo le indica que es tarde. La serora ha vuelto junto a sus velas para los difuntos, pero esas palabras se mezclan con los graznidos para flotar como un mal presagio en la antesala de la gruta.

13

Martes, 4 de mayo de 2021
San Godofredo de Hildesheim

Desde fuera es un caserío más. Uno reformado y ante el que existe una explanada de aparcamiento demasiado grande para tratarse de una simple casa familiar, pero un caserío al fin y al cabo. Sin embargo, en cuanto Cestero se asoma al interior comprende que no está accediendo a una vivienda. Hay un mostrador desatendido en un recibidor al que se abren tres puertas. Una deja entrever un despacho cuyo único escritorio ocupan montañas de papeles en un orden discutible; otra, un aula con filas de mesas dispuestas ante una pizarra. Un pictograma anuncia en el tercer acceso que se trata de los aseos.

—*Egun on.* ¿Hay alguien? —pregunta alzando la voz.

No hay respuesta.

Tras volver a intentarlo con idéntico resultado, Cestero regresa al exterior. El Ford Fiesta rojo junto al que ha aparcado su Clío sigue ahí. En algún lugar debe de estar su propietario.

Tal vez en el corral.

Sus pasos la apartan del edificio principal de la escuela de pastores, en el que originalmente vivió alguna familia, y la dirigen hacia el cobertizo que se levanta algo más allá. Los balidos delatan que por lo menos allí hay seres vivos. Falta comprobar si entre ellos se encuentra además algún humano.

A primera vista no se intuye a nadie. Solo algunas ovejas que se giran al oírla llegar. Durante los siguientes minutos la observarán sin dejar de rumiar, con ese gesto entre curioso y despreocupado tan propio de los animales de granja.

Pero no hay rastro del escalador que busca.

O eso cree ella.

—*Egun on*, agente. —La voz, que llega de muy cerca, sobresalta a Cestero. Su mano derecha busca instintivamente su pistola.

Es Gaizka. Lo tiene a solo dos pasos, sentado en el suelo junto a una oveja negra que se lame una pata.

—¿Por qué te has escapado? —inquiere la suboficial mientras él se pone en pie y se limpia las manos en un rudimentario lavabo formado por una manguera y un cubo de hojalata.

—¿Yo? ¿De dónde?

Cestero va a responder que de la plaza, pero decide no perder el tiempo en aclaraciones innecesarias que van a llevarle a ninguna parte.

—Ayer respeté tu intimidad y no revisé tu teléfono, pero fui muy clara: te pedí que si habías tomado fotos del escenario las borraras. ¿Ha valido la pena? ¿Te han pagado mucho?

El joven finge sorpresa. Va a tomar el peor camino: negarlo todo. Sin embargo, algo en el gesto de la ertzaina le hace recular.

—Te aseguro que yo no he sido. Jamás haría algo así. Cuando llegué y vi la pila llena de vísceras saqué una foto y la compartí en el grupo del club de escalada… Te juro que pensaba que eran los restos de algún animal y me preocupaba que fuese una gamberrada o incluso el ataque de un lobo. Hasta que no subí arriba y descubrí el cadáver no me imaginaba que pudieran ser humanos. —El aprendiz de pastor se lleva la mano a la nuca, agobiado. Sus ojos negros tratan de mantener la mirada de Cestero, aunque acaba clavándolos en el suelo—. En cuanto llegué a casa escribí para pedir que la borraran. Pero…

—Pero es evidente que alguien no lo hizo —concluye Cestero—. ¿Eres consciente de lo doloroso que es para los que querían a Arantza ver esas imágenes una y otra vez?

Gaizka asiente con una mueca de dolor.

—Me gustaría poder remediarlo. Estoy hecho polvo. ¿Crees que puedo pedir perdón a su familia?

—Demasiado tarde para eso, ¿no te parece? —Su mirada recorre la nave. El único movimiento llega de las escasas ovejas—. ¿Estás solo?

—Han bajado todos a la concentración. Ya no volverán. Nos han dado el resto del día libre.

—¿A ti no? —Cestero vuelve a recordar la manera precipitada en la que ha abandonado la plaza de los Fueros.

Gaizka señala el animal que estaba atendiendo cuando ella ha llegado.

—Alguien tiene que ocuparse de ella. Se hizo un corte en la pata y lo tiene infectado. Hay que aplicarle antibiótico en crema cada cierto tiempo —responde mostrándole un tubo verde y blanco—. Todas las ovejas que ves aquí requieren sus cuidados. Las sanas están fuera, pastando. Mira, aquellas dos son muy mayores y no aguantan el ritmo del resto. Tampoco dan leche. En una explotación normal habrían sido sacrificadas. Si no son rentables no interesan.

Como si comprendiera que hablan de ella, la oveja negra bala con fuerza. En realidad, parece más el chirrido de una puerta oxidada que la voz de un animal.

—¿Qué le pasa?

Gaizka sonríe sin apartar la vista de la oveja.

—La pobre se quedó afónica por un virus y ya nunca más ha conseguido balar como sus hermanas.

Unos pasos a su espalda hacen girarse a Cestero.

—¿Qué es esto de traerte aquí a tu novia? —bromea el recién llegado. Se trata de un hombre de barba blanca, bien arreglada, y mirada amable. Su camisa de cuadros verde, a medio remangar, le da aspecto de leñador de los que aparecen en los cuentos infantiles.

Gaizka se rasca la cabeza, incómodo.

—No es mi novia. Es ertzaina. Viene por lo de ayer. —Después se vuelve hacia Cestero—. Él es Javier Ayala, el director de la escuela.

El gesto distendido de Ayala se ha ensombrecido al recordar lo sucedido en Sandaili.

—Vengo del minuto de silencio. ¿Saben algo ya? ¡No creerán que es alguien de esta escuela!

Cestero niega con la cabeza.

—Está aquí porque ayer metí la pata, Javier —confiesa Gaizka—. Tomé una foto de la pila y la envié a unos amigos antes de saber que era la escena de un crimen. Es la que han sacado en la tele.

—Ay, los móviles... —comenta el director con una mueca de disgusto—. No somos conscientes del peligro que tienen. Peligro y poder. Hay que pensárselo dos y tres veces antes de pulsar el botón de enviar. Y esos amigos que dices igual no lo son tanto. ¿No serán compañeros?

—No, no —se apresura a aclarar Gaizka—. Son colegas de escalada.

—Pues desconfía de ellos. Cualquier día te aseguran mal la cordada y te dejan caer al vacío.

El escalador dibuja una sonrisa de circunstancias.

—No sé quién de ellos la ha filtrado, pero ya me ha dejado caer. Qué vergüenza. No he pegado ojo en toda la noche. En cuanto vi la foto en la tele se me vino el mundo encima. ¿Cómo pueden existir medios de comunicación capaces de airear ese tipo de imágenes?

Ayala apoya una mano en el brazo de Cestero.

—No se lo tengáis en cuenta. Gaizka es muy buen chaval. De los mejores aprendices que han pasado por esta escuela. Tiene vocación y ganas de hacerlo bien. Será un gran pastor.

—Si es que algún día consigo reunir un rebaño —matiza el joven.

—Seguro que sí. Si es necesario encontraremos a alguien que te eche una mano. —El director vuelve a dirigirse a la ertzaina—. La mayoría de quienes llegan aquí son hijos e hijas de pastores. Cuentan ya con su rebaño y sus propias instalaciones. Quieren aprender a gestionarlo, introducir mejoras, modernizarlo... Lo que servía hace treinta años ha dejado de ser válido ahora. La base es la misma, estamos ante un oficio milenario que se originó en la prehistoria. Sin embargo, existen técnicas nuevas y también exigencias que hace nada no estaban aquí. Europa... O pasas por la escuela o lo tienes complicado. Pero Gaizka parte de cero. Lo suyo es completamente vocacional.

—Mis padres trabajan en las cooperativas de Mondragón —explica el escalador—. Yo también seguí sus pasos y estudié una ingeniería, pero me di cuenta de que no es lo mío.

Ayala señala al otro extremo del corral.

—¿Qué tal está nuestro corderito?

—Parece que bien. Hace un momento estaba mamando —aclara Gaizka.

El director le hace un gesto a Cestero para que lo acompañe hasta un cercado de madera. En su interior hay una oveja con un cordero cubierto con la piel de otra cría, como si se tratara de un abrigo.

—¿Y eso? ¿Tiene frío? —pregunta la suboficial.

Gaizka niega con un gesto y sonríe cuando ve que el pequeño se acerca a la ubre y comienza a mamar.

—Cosas de Ayala.

—Pero ha dado resultado —se defiende el director—. A este pobre corderillo lo abandonó su madre. A veces ocurre, también en el reino animal. La solución más habitual suele ser tirar de biberón, pero esta otra oveja que ves con él perdió a su cría el día anterior. Le quitamos la piel al animal muerto y se la colocamos encima al otro. La madre lo olió y lo reconoció como propio. De lo contrario no lo estaría amamantando.

Cestero observa la escena con ternura. Odia tener que romper el momento, pero no ha subido a la escuela a hacer un curso acelerado de pastoreo.

Sin embargo, antes de que logre abrir la boca, Gaizka se adelanta.

—Son ovejas latxas, igual que todas las que tenemos aquí —señala con la mirada fija en el animal.

—Aquí y en la mayoría de los caseríos vascos. Se han convertido en todo un símbolo de este país siempre verde —aclara Ayala—. La raza latxa es una de las más primitivas que se conservan en el mundo. Es fuerte y tiene una capacidad de adaptación impresionante. En nuestras montañas el clima no es fácil, no es ningún secreto que aquí llueve con frecuencia, y a esta oveja le ayuda contar con una lana que seca con facilidad y evita que el animal se enfríe. A lo largo de la historia ha habido intentos de introducir otras razas foráneas, pero ninguna ha logrado aclimatarse como ellas.

—El nombre le viene precisamente de la lana. Significa basta, áspera, en euskera —indica Gaizka.

—No es la lana más preciada, no —reconoce el director—. Se usa para hacer colchones o alfombras, poco más. Pero no hay leche como la de estas ovejas. Sin ellas, nuestro queso no sería tan especial.

Cestero asiente antes de decidirse a hablar.

—Gaizka, volviendo al asunto de las fotos... Tengo que averiguar quién hizo llegar la imagen a la prensa. Supongo que eres consciente de que tendrá consecuencias. Si tan arrepentido estás, es hora de demostrarlo.

El escalador suspira con gesto de circunstancias.

—Lo siento muchísimo.

—Pensaba que tomar fotos o vídeos en la calle no era delito —interviene el director—. Está claro que ha sido de mal gusto difundir esas imágenes, pero de ahí a tener que pagar una multa...

—No es delito siempre y cuando no afecte gravemente a la intimidad de la víctima o a su integridad moral —le corrige Cestero—. Si además se ha ganado dinero con ello... No sé, podríamos estar hablando hasta de penas de prisión. Pero no soy yo quien debe determinarlo. Mi trabajo consiste únicamente en recabar la información. Será el juez quien lo decida, pero es grave.

Gaizka asiente.

—La he cagado y asumo las consecuencias. Te prometo que me enteraré de quién fue el cabrón que vendió mi foto sabiendo de qué se trataba.

La suboficial se excusa. Tiene que contestar al móvil. Es Madrazo.

—Cestero —se presenta apartándose un par de pasos.

—¿Dónde estás? —pregunta el oficial—. Deja lo que estés haciendo. Me acaba de llamar el forense. Tiene algo importante y quiere que lo veamos en persona.

14

Martes, 4 de mayo de 2021
San Godofredo de Hildesheim

Cuando Cestero empuja la puerta del Instituto Vasco de Medicina Legal siente un cosquilleo en el estómago. No es habitual que un forense les llame para que acudan a comprobar algo con sus propios ojos. Y menos aún que no les adelante nada por teléfono.

—¿Te he contado que mi primer trabajo fue instalar estas puertas? —bromea su superior.

La suboficial finge sorpresa.

—No me digas… No sabía nada.

Después ambos estallan en una carcajada que les permite sacudirse de encima la inquietud. Al menos por un instante.

Mientras el pasillo va devorando sus pasos tratan de enumerar las veces que él se lo ha explicado. A ella y a todos los que se ponen a tiro. Fue muchos años atrás, antes incluso de ingresar en la academia. Un Madrazo que había terminado el bachillerato y que quería comprarse una tabla de surf de primera mano. Eso, y pagarse un viaje por las Landas francesas en busca de las mejores playas donde coger olas. Una agencia de trabajo temporal, los nuevos juzgados de Donostia en plena construcción y unas puertas que pesaban un quintal y que precisaban de media docena de jóvenes para trasladarlas desde el camión hasta su futuro emplazamiento… Cada vez que el oficial al mando de la UHI visitaba con alguien las instalaciones judiciales, no perdía la ocasión de explicárselo con pelos y señales.

Ya no. Eso era antes de que Ane le confesara que toda la Ertzaintza estaba al día de su vital aportación al nuevo Palacio de Justicia de la ciudad.

La puerta de la sala de autopsias no es de las de Madrazo. Se trata de una doble hoja metálica sin pomposidad alguna. Cestero pulsa el timbre y aguarda junto al altavoz una respuesta que no llega. En su lugar se oye el zumbido eléctrico que desbloquea la cerradura y un hombre vestido con un traje desechable de la cabeza a los pies se asoma al quicio entreabierto.

—Has venido rápido —celebra el forense mirando al oficial. Se llama Gaiztarro, Félix Gaiztarro, y no es la primera vez que Cestero trata con él. De hecho, no es precisamente su preferido. Siempre que sale de allí se lleva en la mochila la sensación de haber sido ignorada en beneficio de su acompañante varón.

Los ertzainas siguen al médico a una sala marcada por la intensa luz blanca. Fría. Igual que el acero inoxidable que está por todas partes: armarios, mesas, instrumental… No hay nada que parezca ser de otro material. Salvo la sábana azul que cubre la única de las cuatro mesas de autopsias que está ocupada.

Gaiztarro se dirige a ella y retira la tela que cubre el rostro del cadáver.

—Creo que ya os conocéis —comenta mientras les hace un gesto para que se aproximen sin miedo. Después coge unas pinzas y las dirige a la frente de Arantza. Sus ojos están cerrados, transmite serenidad a pesar de esos pómulos tan hundidos—. Aquí está lo que quiero que veas.

Cestero observa un pedacito azul adherido al arranque del cuero cabelludo. No es el único. Varios más se extienden por los cabellos cercanos.

—¿Qué es?

Gaiztarro empuja hacia Madrazo una pequeña bandeja en la que ha recogido varios fragmentos del mismo material.

—Alginato, una sal soluble que disuelta en agua permite tomar una impresión tridimensional de cualquier objeto. Es lo que emplean los dentistas cuando quieren obtener un molde de nuestra dentadura, por ejemplo. No precisa prácticamente de tiempo de secado. Después no hay más que rellenar el negativo obtenido con yeso o algún otro material para obtener una réplica exacta del objeto en cuestión. —El forense tiende una lupa al oficial—. Fíjate en los ojos. Sus pestañas también muestran restos de esa masa.

—El asesino ha realizado un molde a partir de su cara —comprende Cestero.

—Tráeme esos papeles —ordena Gaiztarro dirigiéndose por primera vez a la suboficial.

Cestero lo observa con los ojos tan abiertos que por un momento teme que se disparen contra el médico. El piercing de su lengua repasa lentamente el interior de sus incisivos superiores. Muy lentamente.

—Por favor —escupe finalmente con rabia.

Gaiztarro no comprende. Su mirada busca apoyo en Madrazo.

—¿Qué ha dicho?

Ane abre la boca para replicarle de nuevo, cuando le sorprende la voz del oficial.

—Ya los cojo yo —zanja su superior adelantándose a por los folios, que descansan en la báscula de carnicería que pende sobre una encimera.

El forense masculla algo, contrariado, pero recoge los documentos que le entrega Madrazo.

—¿Qué sabes de las máscaras mortuorias? —pregunta regresando al tema.

—Es una técnica antigua que consiste en obtener una copia del rostro de una persona fallecida —resume Cestero. Recuerda haberlo estudiado en uno de los cursos de criminología a los que asiste en cuanto tiene ocasión. ¿Era en aquel que impartía Paz Velasco?

—Hay constancia de que se ha empleado, al menos, desde tiempos de los egipcios. Si hoy conocemos rostros como el de Tutankamón, Agamenón o Julio César se debe en parte a aquella costumbre funeraria, que otras culturas siguieron perfeccionando —explica Gaiztarro—. La época dorada de la máscara mortuoria se vivió entre los siglos XVII y XIX, y Napoleón Bonaparte también tiene la suya. Reyes, emperadores, guerreros o generales buscando la inmortalidad en el preciso momento de su muerte, qué paradoja. La lista de hombres cuyos rasgos físicos fueron perpetuados de este modo es larguísima y llega hasta nuestros días. Alfred Hitchcock, sin ir más lejos, también cedió a la vanidad…

—Y crees que estamos ante algo así —aventura Madrazo.

El forense asiente con solemnidad.

—No lo creo, estoy completamente seguro. Alguien ha obtenido un molde de la cara de Arantza. Ahora solo tiene que rellenarlo con el material que desee y ya tiene la máscara mortuoria de su víctima.

Cestero aplaca a duras penas un escalofrío. No le gusta el cariz que está tomando el caso.

—Nos enfrentamos a un ladrón de rostros —reconoce Madrazo.

—Y no de cualquier rostro —matiza la suboficial—. Sino de aquel al que antes ha despojado de vida.

15

Martes, 4 de mayo de 2021
San Godofredo de Hildesheim

Sopa de ave, merluza al vapor y yogur natural. No puede decirse que la cena haya sido de restaurante de autor. Ni falta que hace. Julia lo prefiere así. En casa no habría sido muy diferente. Y eso en el mejor de los casos, porque hay noches que llega tan cansada, tan saturada de trabajo, que hierve un poco de avena en leche y no se mete nada más entre pecho y espalda. Se trata de una receta tan nutritiva como poco apetitosa que descubrió en uno de sus retiros de meditación en la selva tailandesa.

Los pasos de la ertzaina resuenan en la noche de Arantzazu. A falta de mar donde desnudar su mente, Julia ha salido a tomar un poco el aire. El resto de la UHI se ha quedado de tertulia en el comedor, pero ella necesita reencontrarse consigo misma antes de dormir.

Ese asunto del robo de la imagen de la víctima le resulta espeluznante. ¿Quién puede ser capaz de destripar a una persona y detenerse a tomar un molde de su rostro antes de abandonar la escena? ¿Acaso quiere recrearse en su gesto de dolor, en su grito? Es horrible.

Sus pasos la conducen hasta la escalinata que desciende hacia la entrada principal de la fachada de la basílica. Julia se sienta en el segundo o tercer escalón, tampoco se detiene a contarlos. Parece un buen lugar para estar tranquila. Las farolas apenas alcanzan a iluminarlo y, salvo un murciélago que aletea allá arriba, no se percibe movimiento.

Sus pulmones se llenan con el aire fresco de la noche y su mente trata de desterrar la imagen de ese molde funerario. También el rostro de la serora. No le gusta esa mujer. No le gusta cómo la mira, ni tampoco la sensación de que calla mucho más de lo que cuenta. Pagaría por saber cómo descubrió que Arantza estaba embarazada. Algo le dice que su relación con la víctima no era tan inexistente como defiende.

Piensa en ello cuando unos pasos la hacen girarse.

—Qué manera de plasmar el amor a Dios, la entrega incondicional, ¿verdad? —señala el recién llegado. Es fray Inaxio, el superior del santuario. Tampoco esta noche viste hábito monacal, sino una sencilla sudadera negra y unos vaqueros.

Julia comprende que se refiere al friso de los apóstoles que Oteiza esculpió para esa fachada frente a la que se ha sentado. Está tentada de decirle que le interesaba más el ulular lejano de ese búho que se escucha de fondo, pero el gesto amable del religioso la desarma.

—Está muy logrado, sí —comenta tratando de corresponder a su tono afable.

Fray Inaxio esboza una sonrisa comprensiva. No ha conseguido engañarlo.

—No eres practicante, ¿verdad?

—No. Lo cierto es que ni siquiera me considero creyente —confiesa Julia.

—Todos creemos en algo. Quizá no lo llames Dios, pero está ahí. Lo necesitamos para vivir —aclara el prior sentándose junto a ella.

—Yo prefiero ser una con la naturaleza: el mar y yo, el bosque y yo, sin plegarias ni confesiones ni nada de eso. Nadar, vaciar mi mente, sentirme plena sin necesidad de más... Creer en entes abstractos no va conmigo. Y, si te digo la verdad, me siento más cercana a otras religiones menos regañonas, como el budismo.

Fray Inaxio asiente sin mostrar decepción por sus palabras.

—Más que una religión u otra, lo importante es la fe. Nunca dejar de creer en el ser humano —sentencia antes de guardar silencio para permitir a la campana tocar tres cuartos. Las diez menos cuarto.

Julia alza la vista hacia el campanario, una torre cuadrada adornada por un sinfín de formas piramidales que le brindan una apariencia áspera. Las últimas luces del día se han extinguido y el mundo se ha vuelto frío, del color de la luna.

—Cuarenta metros de verticalidad —anuncia el prior siguiendo su mirada—. Sus puntas de diamante representan las espinas del árbol donde el pastor halló a la Virgen. ¿Conoces la leyenda?

—No —reconoce Julia.

—Hay que volar atrás hasta el año 1469… Un pastor oyó un cencerro que no paraba de sonar y lo siguió, pensando que se trataría de un animal perdido. Imagínate la sorpresa que se llevaría cuando llegó al lugar del que procedía el sonido y lo que encontró fue una imagen de la Virgen oculta en un espino. Y aquí lo tienes. Cinco siglos después, el santuario que se construyó alrededor de aquel hallazgo ha crecido hasta convertirse en lo que ves hoy.

La campana repite el toque de menos cuarto para reforzar su mensaje.

—Este lugar es especial —comenta Julia. No miente. Lo siente así.

—¿Arantzazu? —pregunta fray Inaxio—. Muy especial. Todos los lugares sagrados lo son a su manera, pero, dejando de lado las creencias y tradiciones, este rincón del mundo sigue siendo diferente. El barranco donde fue levantado el santuario es pura roca. Y pura roca es el edificio. La comunión con el paisaje es máxima.

Tiene razón el fraile: todo en Arantzazu, comenzando por las montañas que lo rodean y terminando por el propio edificio, resulta duro, afilado como el espino en que hallaron a su virgen.

—Este es un proyecto singular como pocos. Se quiso alcanzar a Dios eligiendo para ello a los mejores artistas vascos: Sáenz de Oiza, Chillida, Basterretxea... Casi todos ellos tuvieron que sortear dificultades para que su trabajo llegara a buen puerto, ya que el obispado no supo entender la valentía de su propuesta. Pero la verdadera joya y la más incomprendida se encuentra en la fachada —continúa el religioso. Sus manos se abren como si pretendieran abarcar el friso que se extiende de lado a lado del frente—. Los apóstoles de Oteiza.

Julia mira las esculturas. Una junto a otra, todas de un tamaño similar, pero todas diferentes al mismo tiempo, formando una larga fila de apóstoles que la luna menguante apenas se atreve a bañar de luz. Las sombras que proyecta el astro, sin embargo, las hacen cobrar una vida en la que no hay resquicio alguno para el color.

—¿Y por qué son catorce? —pregunta tras contar las figuras.

—Porque hablamos de Jorge Oteiza —responde el fraile a modo de resumen—. Un genio como él no iba a ceñirse a las reglas. Si eran doce pues él ponía catorce, y si le preguntaban el motivo no se molestaba demasiado en aclararlo. Alguna vez dijo que se trataba de un homenaje a sus orígenes marineros. Nació en Orio y allí el deporte del remo es una religión. Catorce son los integrantes de una trainera: trece remeros y el patrón, Jesús como comandante y los demás prestos a obedecerle. Pero esa es solo una de las explicaciones posibles.

Julia observa confundida las formas irregulares de las esculturas. Apenas logra identificar con claridad los rostros de los apóstoles vueltos hacia arriba, hacia ese Cristo muerto a los pies de su madre que corona la fachada.

—Sin embargo, a mí me produce desasosiego —confiesa.

Fray Inaxio chasquea los dedos.

—¡Exacto! Eres buena con las palabras. Desasosiego... Eso es lo que la Iglesia sintió al ver su obra y, durante muchos años, estas figuras de piedra permanecieron en la cuneta a merced de las nevadas, la lluvia y el sol. Abandonadas sin clemencia.

Julia finge que escucha mientras piensa cómo despedirse. Fray Inaxio es una agradable compañía, pero ella pretendía pacificar su mente, respirar aire puro, llevar sus pensamientos a cero, y lo que está consiguiendo es lo contrario. Si algo la alejó de la religión católica fueron precisamente esas imágenes dolorosas que pueblan las iglesias. Fueron muchas las misas a las que sus padres la arrastraron, muchas las mañanas de domingo viendo santos martirizados en el retablo donde trataba de refugiar su vista de los mensajes apocalípticos del sacerdote.

Y esos apóstoles de formas torturadas la conectan con una realidad de la que huyó en cuanto tuvo edad y arrojo para escoger.

—Los verdaderos artistas siempre arriesgan y se adelantan a su época. Eso es lo que le sucedió a Oteiza. ¿Cómo expresar la fe? ¿La entrega absoluta? —continúa fray Inaxio, tan extasiado que se diría que los observa por primera vez—. Esculpió una robusta piedra caliza de Markina y la convirtió en algo ligero. Borró los rostros de los apóstoles y vació los cuerpos para ofrecérselos a Dios. El propio escultor los describió como animales sagrados abiertos en canal y…

Julia siente de pronto que le falta el aire. Se obliga a parpadear una, dos, tres veces. Y cuando enfoca de nuevo la mirada siguen ahí. Ahora lo ve con claridad.

Bienaventurados los llamados a las bodas
del Cordero.

Apocalipsis 19:9

El sirimiri no daba tregua. Nos acompañó en todo el viaje en
autobús y era demasiado evidente que iba a chafarnos la excursión, como tantas otras veces.

Ya no hay tantos días así, el clima ha cambiado, pero en aquellos tiempos los inviernos eran semanas enteras de ese maldito
calabobos que nos obligaba a salir al recreo con chubasquero. Y a
ganarnos una bronca tras otra por volver a casa con los calcetines
mojados y la garganta tan roja como la bandera de esos rusos de
la hoz y el martillo que nos amenazaban con sus armas nucleares.
Porque por mucha sangre de Lope de Aguirre que corriera por
mis venas, los constipados no acostumbraban a esquivarme.

Recuerdo a mi madre repitiéndome que no se me ocurriera
quitarme el impermeable, que me acabara todo lo que las del comedor pusieran en mi bolsa, que no me comiera la chocolatina,
si es que la bolsa de pícnic incluía una, antes de la manzana. O la
naranja, o el plátano, o cualquiera que fuera la fruta que viniera
con el almuerzo.

Vaya, que no parecía que nuestra excursión a Arantzazu fuera
a ser algo memorable. Acabaríamos comiendo los bocatas en algún frontón, a cubierto de la lluvia, y aburriéndonos durante ho-

ras a la espera de que el autobús de la escuela regresara a por nosotros. Como tantas otras veces.

La profesora... ¿Cómo se llamaba? ¿Belén? ¿Ana? No sé, ya las mezclo, ya no sé a qué curso corresponde cada una... El caso es que la profesora se hizo a un lado en cuanto llegamos al santuario. Era al fraile que nos recibió a pie de autocar a quien correspondía explicarnos lo que nos disponíamos a visitar.

Lo primero que vi fue el campanario. Era como esos rascacielos que veía en las películas, pero en ellos no repicaban las campanas como el azar quiso que sucediera a nuestra llegada al santuario. Era la primera de las tres llamadas a misa.

—Arantzazu es un lugar especial —recuerdo que comentó el fraile en cuanto las campanas se lo permitieron—. Hace quinientos años un pastor encontró en un espino la imagen de la Virgen que todavía veneramos en la basílica.

—¿Y quién había escondido la Virgen en un árbol? —preguntó alguno de mis compañeros.

—Eran tiempos difíciles —continuó el guía sin ningún interés en responderle—. Los vecinos de estos valles estaban sufriendo la ira divina en forma de una sequía que agostaba las fuentes y que hacía que los animales murieran de sed. Las huertas no daban fruto. Había hambre.

Le mirábamos con la boca abierta. Para un grupo de niños y niñas de nueve años todo aquello resultaba fascinante, mucho más que las puntas de diamante y otros detalles de la construcción que enorgullecían al fraile. ¿De verdad era posible todo eso en un lugar donde nunca paraba de llover?

—¿No había sirimiri? —pregunté yo, imaginando un mundo en el que poder olvidar el impermeable sin ganarte una bronca.

—Nada. Ni sirimiri ni tormentas. Solo sol y más sol —sentenció el fraile.

Alguien dijo que quería vivir en un lugar así y se ganó una mirada fulminante de la profesora. El religioso no estaba bromeando.

—¿Y sabéis qué hizo la Virgen? —preguntó con tono misterioso. Era un gran narrador, acostumbrado a las visitas escolares—. Trajo la lluvia. Cuando el pastor bajó al pueblo a contar que se le había aparecido en el bosque, los vecinos decidieron subir en procesión en su busca. Y entonces comenzó a llover.

—¿Y si ahora le pedimos que deje de llover nos hará caso? —propuso alguno de mis compañeros.

El fraile bajó con paso lento algunas de las escaleras que llevaban a la puerta de la basílica. Solo algunas. Después se detuvo ante la fachada y señaló la larga fila de esculturas que la ocupa de lado a lado.

—Estáis ante la obra más importante de Jorge Oteiza: el friso de los apóstoles. —Entonces las campanas comenzaron a tocar de nuevo. Segunda llamada a misa. Las palabras del fraile se alzaron sobre ellas, un imponente duelo entre lo sagrado y lo mundano—. En esa roca están los hombres que fueron escogidos personalmente por Jesucristo. Aquí los veis en pleno juramento, ofreciendo su propia vida por Dios y el evangelio. No estáis viendo unas simples esculturas. No, estos hombres de piedra se han vaciado a sí mismos porque su corazón pertenece a todos los demás. Es su amor por Cristo y por el resto de nosotros lo que los ha llevado a despojarse de todo.

—¿Y por qué son catorce? —preguntó alguien.

El franciscano se limitó a sonreírle.

—¿Cuántos años tenéis? ¿Ocho?

—Nueve —contestó un coro de voces.

—Yo ya tengo diez.

—Y yo.

El fraile levantó la mano para pedirnos silencio. Lo mismo daba nueve que diez. Incluso si hubiéramos contestado doce o catorce su mensaje no habría cambiado ni una coma.

—Todavía veréis mucho mundo. Viajaréis aquí y allá, conoceréis lugares hermosos y obras de arte con las que el ser humano ha tratado de aproximarse a Dios. Pero nunca, jamás, daréis con algo como lo que Oteiza ha creado para Arantzazu. En estos apóstoles se encuentra la esencia de nuestra religión. Estos hombres puros se han vaciado de todo para entregarse a algo mayor que ellos. Se han llenado de Dios, y nada hay más bello que eso.

Nuestro guía nos habló después de la Piedad que el propio Oteiza esculpió para completar la fachada y continúo su camino hacia el interior del templo. Mi profesora le siguió, igual que el resto de sus alumnos.

No todos.

Yo no podía. Era incapaz de dar un paso más, incapaz de apartar la vista de esos hombres capaces de desprenderse de todo por amor a los demás. Incluso si ello suponía abrirse en canal y despojarse de sus órganos, acabar con su propia vida.

Una fuerza superior me impedía alejarme de allí, porque fue esa mañana cuando Dios comenzó a mostrarme el camino.

16

Martes, 4 de mayo de 2021
San Godofredo de Hildesheim

—Esa constelación de ahí es Leo —señala Aitor dibujando en el aire algo parecido a un trapecio—. Y esa estrella que brilla más que las de alrededor es en realidad un planeta: Marte. ¿Veis que es un poco rojo?

Cestero fuerza la vista.

—Más o menos —reconoce. Ella no lo calificaría de rojo. Más bien naranja.

—Yo lo veo blanco —añade Madrazo.

La suboficial se ríe.

—A ver si vas a necesitar gafas... Claro, ya vas teniendo una edad.

—Serás... —protesta el oficial propinándole un empujón—. ¿Y la estrella polar? A mí me interesa aprenderme esa por si un día me quedo a la deriva en mi tabla de surf. Es la que emplean los marineros para situar el norte, ¿no?

Aitor barre rápidamente el firmamento con la mirada.

—No se ve. Nos la tapa el propio edificio. Pero es fácil de encontrar, una estrella muy brillante a medio camino entre la Osa Mayor y Casiopea.

Cestero apoya las dos manos en los hombros de Aitor.

—Me parece que primero tendríamos que aprender a identificar esas dos constelaciones.

—El carro y la uve doble. No me digas que no conoces ni siquiera esas —protesta su compañero—. Pues ya tenemos deberes para las noches que nos toque ir de patrulla.

—¿Y esa estrella que parpadea? —señala Madrazo regresando al cielo.

Cestero se gira sorprendida hacia su jefe. Nunca lo había visto interesarse por la astronomía.

—Eso es un avión. ¿No ves que se mueve? —exclama Aitor.

—¡Las gafas, abuelo! —se burla la suboficial.

La carcajada, a la que ahora se suma hasta el propio Madrazo, se ve truncada por tres golpes en la puerta.

—Adelante —dice Cestero.

Es el fraile que les ha traído el café de polvos esa mañana.

—Hay un hombre que pregunta por vosotros —anuncia sin saludos, tan parco en palabras como a primera hora—. Dice que trabaja en el ayuntamiento.

No ha terminado la frase cuando se hace a un lado y deja pasar a un tipo que resulta simpático al primer golpe de vista. La suboficial comprende enseguida que es efecto de esa cabeza tan redonda, a la que contribuyen una calva perfecta y un cuello casi inexistente. Recuerda de algún modo a los ositos de peluche.

—Hola —saluda Madrazo—. Soy el oficial al mando de la UHI. ¿En qué podemos…?

—Es el conserje del ayuntamiento —le interrumpe Aitor—. El que no vio a Udana ayer por la tarde.

El tipo asiente con un amago de sonrisa.

—Por eso mismo vengo. He recordado que lo vi. Yo comencé mi turno a las dos de la tarde y él ya estaba en su despacho. Se marchó a las cinco y media.

Cestero cruza una mirada con Madrazo. No le gusta nada cuando los recuerdos de los testigos cambian de una forma tan radical.

—Esta mañana decías no haberlo visto y ahora sabes hasta la

hora a la que se fue de allí... —comenta Aitor en tono escéptico. Tampoco a él le convence el cambio de versión.

La mirada del conserje viaja de uno a otro de los ertzainas. Está nervioso, es evidente.

—Lo siento. Estaba al teléfono cuando se marchó... Ya sabéis, cuando estás en una conversación no retienes mucho de lo que pasa alrededor...

—Mal asunto para alguien cuya labor es custodiar el edificio consistorial —sugiere Cestero.

El conserje aprieta los labios, igual que haría un muchacho a quien la profesora regaña.

—He creído importante contároslo —dice sin mayores explicaciones.

—¿Has hablado con Udana? —interviene Madrazo—. ¿Ha sido él quien te ha hecho cambiar tu testimonio? Espero que sepas que te puedes meter en un buen lío si estás encubriéndolo.

—No, por favor. Yo nunca haría algo así. Preguntad en el ayuntamiento. Tengo cincuenta y cuatro años y llevo desde los veinticinco trabajando allí. Cualquiera pondría la mano en el fuego por mí.

Cestero suspira. Ella, desde luego, no lo haría, y por el gesto de sus compañeros comprende que ellos tampoco. Si Udana pretende sacudirse de encima cualquier sospecha con esta maniobra, está consiguiendo precisamente lo contrario.

—¿Y qué ha sido lo que te ha hecho recuperar la memoria de repente? —pregunta a sabiendas de que no lo va a pillar en un renuncio. Traerá la lección bien aprendida.

—Pues algo tan tonto como la alfombra de la entrada. Está vieja y se levanta. Hoy una mujer ha tropezado y se ha caído. Eso me ha hecho recordar que ayer Udana al salir estuvo a punto de irse al suelo. Y he podido comprobar la hora consultando en el móvil la hora de aquella llamada. Pobre hombre, qué horrible lo que le ha pasado...

La suboficial asiente. Sabía que respondería algo así.

Cuando Madrazo comprende que ni ella ni Aitor tienen más preguntas, le da las gracias al conserje y lo acompaña a la salida.

—¿Qué os parece? —pregunta cuando regresa.

—Que miente.

—Eso es evidente. Pero ¿por qué?

—Quizá Udana lo ha amenazado con hacer que lo despidan —plantea Aitor—. Pero esto es tan burdo que lo único que consigue es que nos fijemos más en él.

—¿No hay cámaras de vigilancia que nos permitan comprobar si está mintiendo? —inquiere la suboficial.

—No hay. Esto es un pueblo, Ane —comenta Madrazo—. Aquí no acostumbra a pasar nada.

—Pues menos mal, porque tenemos una mujer abierta en canal —lamenta Cestero.

Una irrupción repentina corta en seco la conversación. Se trata de Julia.

—¡Venid! ¡Rápido! —exclama nada más abrir la puerta—. ¡Tenéis que ver algo!

—¿Qué pasa? —pregunta Madrazo mientras la siguen por el pasillo.

Julia no responde. Se limita a caminar deprisa con una linterna en la mano. Una vez en el exterior gira hacia la basílica que constituye el elemento central del santuario. Al llegar frente a la fachada principal se detiene y enciende el foco para bañar de luz una fila de esculturas.

—¿Qué veis? —pregunta la agente.

—Los apóstoles de Oteiza —apunta Aitor—. La obra cumbre de uno de los artistas vascos más importantes de todos los tiempos. Fueron polémicos en su día. Muy polémicos. Tanto que el Vaticano prohibió que se instalaran y estuvieron un montón de años tirados a la orilla de la carretera.

—Exacto —corrobora Julia recorriéndolos con el haz de luz—. Oteiza los esculpió abiertos en canal, como animales sagrados. Se han vaciado por completo para ofrecerse a Dios, libres de todo lo mundano.

El silencio de sus compañeros le dice a Cestero que también ellos acaban de quedarse con la boca abierta. Esos hombres de piedra ofrecen una imagen que se les hace espantosamente familiar.

Las manos de cada una de las esculturas tiran de ambos lados de su torso, para mostrar con orgullo un desgarrador vacío en el lugar donde algún día estuvieron sus entrañas.

Exactamente igual que el cadáver de Arantza.

—El asesino no solo se llevó la imagen de su víctima, sino que convirtió su cadáver en uno de estos apóstoles.

—Madre mía —masculla Aitor—. La obra de Oteiza…

—Pues le ha salido un imitador. Solo que con personas de carne y hueso —apunta Madrazo.

Cestero coge la linterna y contempla detenidamente una de esas esculturas. Su rostro sin rasgos, con los ojos apuntando al cielo… No necesita regresar a la foto de Arantza muerta sobre aquella fría mesa de piedra para comprender que está viendo lo mismo.

—Es brutal. Los apóstoles eran doce, ¿no?

—Los de Oteiza son catorce —señala Aitor.

—Catorce —corrobora Julia.

El silencio que se establece a continuación podría cortarse con un cuchillo.

—No corráis tanto —dice Madrazo finalmente—. Da igual doce que catorce. Tenemos una víctima y no vamos a tener ni una más. No sé si ese cabrón pretende volver a matar, pero si es así no se lo vamos a permitir.

17

Miércoles, 5 de mayo de 2021
San Hilario de Arlés

Es grande. Inmensa. Se yergue sin compasión, creciendo a un ritmo tan constante como implacable. Su intenso azul va tiñéndose de un luminoso tono verdoso conforme se alza hacia un cielo plomizo que amenaza tormenta. Madrazo duda y sabe que eso es precisamente lo último que puede permitirse. Cuando estás ante una ola que te triplica en tamaño tienes dos opciones: lanzarte a por ella o clavar la tabla para salvarla por debajo, aun a costa de introducirte en una centrifugadora de la que saldrás maltrecho. Con la Belharra, en cambio, no hay alternativa. Es cabalgarla o morir. Ni siquiera puedes domarla, porque monstruos como ella no pueden ser sometidos. Lo único que permiten es deslizarse por ellas en un festín de adrenalina sin otra concesión al disfrute que saber que lo has conseguido. Porque a diferencia de olas de escala más humana, la Belharra es inclemente. Sus veinte metros de altura la convierten en un edificio de cuatro plantas dispuesto a enterrarte vivo al menor error.

Madrazo sigue dudando. Tiembla, y no es de frío. El monstruo comienza a abalanzarse sobre él. Su cresta blanca se asoma ya en lo más alto.

Es tarde.

Ya no hay tiempo para lanzarse a por ella, y menos aún para huir.

Madrazo no sabe si santiguarse o echarse a llorar. Ha sido un idiota. Con monstruos como ella no se juega.

La mirada del oficial viaja hacia tierra firme. La distancia le impide verlos, pero sabe que allá a lo lejos, en el arcén de la carretera que une Hendaya con San Juan de Luz, hay decenas de curiosos armados con prismáticos y teleobjetivos. Hacía tres años y dos meses que la Belharra no se decidía a atacar la costa vasco-francesa y ningún aficionado al surf está dispuesto a perdérselo.

Se los imagina mudos de asombro ante ese incauto del otro lado de la frontera que se ha atrevido a desafiar al coloso para quedarse paralizado por el terror en el último momento.

Cuando su vista busca de nuevo la ola la ve precipitándose sobre él. Madrazo respira hondo a la espera de que todas esas toneladas de agua salada le caigan encima. Probablemente se trate de la última bocanada de oxígeno de su vida.

—¡No es el padre!

El Atlántico tira de Madrazo hacia las profundidades, le arranca la tabla de surf, le golpea con ella. Los brazos del ertzaina se agitan en busca de una superficie que jamás alcanzarán. La fuerza centrífuga de la ola es tan brutal que no logrará emerger antes de haberse ahogado.

—Udana no es el padre.

Madrazo no comprende nada. Siente los pulmones ardiendo, a punto de explotar por la falta de aire, y, sin embargo, esa voz está ahí mismo, acompañándolo camino de su muerte.

Los ojos del oficial se abren para enfocar a duras penas esa figura que acaba de irrumpir en medio del mar. Sus párpados se abren y se cierran varias veces para cerciorarse de que no es ningún sueño. No, no lo es. Cestero está ahí, plantada a los pies de su cama.

—¿Qué haces aquí? ¿De qué hablas? —pregunta el oficial, incorporándose sobre los codos. Todavía le falta el resuello.

—Joder. Ni que hubieras visto un monstruo —comenta Cestero al verlo tan agobiado—. Decía que Iñigo Udana no es el padre. El niño que esperaba Arantza no era suyo.

—¿Qué hora es? —la mirada de Madrazo busca ahora la ventana. El leve tono rojizo del alba dibuja los contornos de las montañas, pero todavía es noche cerrada—. ¿De dónde has sacado esa información?

La suboficial tuerce el gesto.

—Te vas a enfadar —reconoce.

Madrazo resopla mientras se aparta la manta y se gira para apoyar los pies en el suelo. No quiere que la ola lo vuelva a atrapar lejos de tierra firme.

—Joder, Ane... ¿Qué coño has hecho esta vez?

—El día que fui a comunicarle a Iñigo Udana que su mujer había sido asesinada, me marché de allí con la sensación de que sin apoyo médico no era posible que tuvieran descendencia. De hecho, diría que Udana sabía perfectamente que quien tenía problemas de fertilidad era él. —Conforme Cestero se explica, Madrazo va hundiendo el rostro entre las manos. Comienza a imaginarse por dónde van los tiros, y su mente, todavía en pleno Atlántico, vuelve a pedirle que haga acopio de oxígeno ante lo que se le viene encima—. Su reacción cuando le dijimos que Arantza esperaba un niño no hizo sino confirmarme mi sensación.

—Y le tomaste una muestra de ADN sin permiso —remata Madrazo.

La suboficial asiente.

—Solo tuve que recoger un vaso de plástico de la papelera. No es tan grave.

—¿Cómo estás segura de que era Udana quien había bebido de él?

—Porque lo tiró delante de nosotras. Fingí que me quedaba atrás para rellenar la cantimplora y me lo guardé en el bolsillo. No he cometido ninguna ilegalidad. La recogida de muestras abandonadas o dejadas voluntariamente está permitida.

Madrazo reconoce que tiene razón.

—¿Por qué no me lo contaste antes de enviar la muestra al laboratorio?

—Porque no he querido salpicar la investigación con algo que quizá era una sospecha infundada.

Madrazo sacude la cabeza.

—Ya está... Cestero actuando por libre. ¿No ves que son este tipo de actitudes las que te tienen en el punto de mira de los de arriba? No te haces ningún favor, Ane. Ni a ti ni a nuestra unidad.

Los ojos de la suboficial brillan. Tal vez alguien que no la conozca bien lea en ellos vergüenza por la reprimenda, pero Madrazo sabe que hay en ellos más rabia que arrepentimiento.

—Fue todo repentino. Una corazonada.

El oficial resopla. A veces preferiría enfrentarse a la Belharra que a Cestero.

—Soy tu superior, Ane. Tienes que contarme estas cosas. Ahora vamos a mantener esto en secreto. ¿Vale? No quiero que al dolor de la pérdida Udana tenga que añadir el de saber que su mujer le era infiel. Por el momento trataremos de averiguar quién es ese padre sin hacer ruido.

—No me gusta nada ese tío. Nos está mintiendo —espeta Cestero—. Me jugaría el cuello a que Udana no estaba en el ayuntamiento cuando su mujer fue asesinada. ¿Y si Arantza le dio la noticia de su embarazo y él la mató como represalia?

—¿Por qué? —El salitre de la Belharra todavía embota la mente del oficial.

—Porque sabe que él no puede ser el padre. Udana no parece precisamente el tipo de hombre capaz de mirar hacia otro lado y fingir que es suyo un niño que no lleva sus genes. Está obsesionado con la gloria de su familia y con restituir la afrenta que les infligió el Ayuntamiento de Oñati al municipalizar la electricidad.

Madrazo asiente lentamente.

—Voy a solicitar formalmente una prueba de paternidad a Udana —anuncia pensativo.

—Si ya la tenemos...

—Lo sé, pero tratemos de hacer las cosas con tacto. No es lo mismo decirle a un viudo que le hemos robado el ADN que rogarle su colaboración dentro de un procedimiento rutinario.

—No va a ser fácil —objeta Cestero.

—Hazme caso por una maldita vez. Iré a verlo y se lo pediré amablemente. Llegaremos al mismo punto en el que estamos sin necesidad de que nadie cuestione nuestra actuación. —Madrazo se mira de arriba abajo. Solo lleva puesto un pantalón corto que deja a la vista su torso desnudo. Tampoco es que se sienta incómodo. Ane lo ha visto con menos ropa. Y no pocas veces, que fueron muchos los meses de relación, truncada únicamente cuando él le propuso dar un paso adelante y ella le contestó distanciándose. Aunque de eso hace ya mucho tiempo—. Voy a vestirme. Despierta a tus compañeros. Silvia no tardará.

—¿Silvia? —inquiere Cestero.

—Sí, a la vista de lo que descubrimos ayer, le he pedido que venga a echarnos una mano. Desayunará con nosotros.

Ane asiente mientras abre la puerta para marcharse, pero antes le señala el abdomen.

—Cuando salimos no estabas tan bueno.

Madrazo suelta una carcajada. Cestero acaba de conseguir que se olvide de su enfado.

—Tú quisiste perdértelo —la desafía él.

Ella esboza una sonrisa.

—Igual precisamente por eso —añade con una mueca burlona. Después sale de la habitación.

—Ane —la llama Madrazo antes de que la puerta se cierre. Ella se detiene y se gira hacia él—. Eres ingobernable, pero has conseguido una información relevante. Buen trabajo.

18

Miércoles, 5 de mayo de 2021
San Hilario de Arlés

—¿Me da tiempo a bajar al pueblo a por un termo de café? —pregunta Cestero tras comprobar que la jarra humeante contiene lo mismo que la víspera.

Madrazo consulta la hora.

—No creo. Son diez kilómetros de ida y otros tantos de vuelta... Tardarías demasiado. ¿Por qué no llamas a Silvia? Igual puede pasarse por una cafetería antes de subir.

La puerta que se abre, sin embargo, les advierte de que es tarde para los pedidos a domicilio.

—Buenos días, UHI —saluda la psicóloga que colabora con ellos en los casos más complejos. De edad similar a Julia y estatura parecida a Cestero, las gana a ambas en bronceado. No es una novedad. Si hay un rayo de sol, por fugaz que este sea, no la pillará dentro de casa sino en la playa más cercana.

—¡Silvia! ¿Cómo estás? —exclama la suboficial aproximándose con intención de darle un abrazo. La recién llegada, sin embargo, tiende hacia ella un puño cerrado que le recuerda que el saludo debe ceñirse a chocarle los nudillos. La maldita pandemia.

—Pues falta de vitamina D. ¿Cómo pretendes que esté? Este clima vuestro... ¿Os extraña que a la gente se le crucen los cables?

Los ertzainas se ríen. La palentina siempre rezonga. De la lluvia, de que la gente es muy cerrada, de… La cosa es protestar y hacer notar que dejó su feliz vida castellana por seguir a un novio que le prometió que el clima del norte no era tan malo como se decía.

—Pues hoy además de vitamina solar te faltará cafeína —señala Cestero.

—¿No hay café?

—Sí que lo hay. No hagas caso a esa exagerada —indica Madrazo sirviéndole una taza.

La psicóloga se acerca a la ventana, tras la que flotan penachos de niebla matinal que danzan entre paredes de roca y bosques durmientes.

—Qué paisaje más duro. Incluso en un día claro debe de ser áspero, inhóspito. No me extraña que llame a las supersticiones. ¿Os habéis fijado en que siempre es en lugares así donde perduran tradiciones ancestrales como la de Sandaili? —señala antes de dar un trago que la obliga a girarse con gesto horrorizado—. Pero ¿qué coño es esto?

—Menos mal que alguien me entiende —celebra Cestero.

La psicóloga abandona su taza sobre la mesa y los observa con gesto serio.

—Volverá a matar. Salvo que le encontremos antes.

La suboficial aplaude la sinceridad de Silvia. Le gusta trabajar con ella. Siempre tan directa, tan clara, sin dar vueltas absurdas ni perderse en teorías que no conducen a puerto alguno.

—¿Qué te lleva a esa conclusión? —pregunta Madrazo.

—Todas las escenas del crimen cuentan una historia —explica la psicóloga—. El asesino no deja simplemente un cadáver, sino que impregna su huella emocional en ella. Es necesario aprender a leer los mensajes que ha elaborado, y si leo lo sucedido en Sandaili me encuentro con que quien mató a Arantza lo hizo siguiendo una fantasía que había planificado con anterioridad. No era alguien que pasaba por allí y sufrió un arrebato. Llevaba consigo el material necesario para cometer esa salvaje mutilación del cadáver y para obtener el molde de su rostro. Dicha lectura también me cuenta que nos enfrentamos a alguien que se siente seguro, que conocía el lugar y que sabía que tendría el tiempo necesario. Aprovechó la intimidad de una cueva en la que encontraría a su víctima desprotegida, vulnerable. Lo que más me ha inquietado ha sido saber que Arantza no opuso resistencia. No sé qué tipo de relación existía entre ellos, pero la víctima no intentó impedir lo que iba a suceder. ¿Por qué? —Silvia deja que transcurran unos segundos antes de continuar—. ¿Se ofreció la víctima igual que los apóstoles del friso? ¿O acaso era incapaz de rebelarse contra su atacante?

—Los aquí presentes pensamos que en Sandaili se llevó a cabo un crimen ritual —señala Madrazo.

—No lo dudéis —afirma Silvia—. Existe una manipulación evidente de la escena de Sandaili. Acabó con su vida y la de su hijo no nacido en la pila destinada a los ritos de fertilidad, pero no la abandonó allí. Trasladó el cuerpo a una escena secundaria para recrear lo más fielmente posible su fantasía. Se dedicó a vaciarla para convertirla en uno de los apóstoles que esculpió Oteiza. Y me alarma muchísimo ese robo de la imagen de la víctima. No sé si recordáis a Glatman, un tipo al que bautizaron como El Coleccionista. Los investigadores encontraron en su casa una caja con decenas de fotos que había tomado de sus víctimas. Las fotografiaba cuando todavía estaban vivas, pero, sobre todo, una vez las había matado. Así pues, no solo me preocupa esa inquietante firma artística, sino también la pulsión del fetiche que implica llevarse un molde de su expresión al morir. Parece que tenemos un coleccionista de rostros que busca inmortalizar su ejecución, conservar para su disfrute la imagen que resume su poder, el producto de su obra.

—¿Crees que lo hace empujado por creencias cristianas? —plantea Julia—. ¿Que se siente Dios frente a sus apóstoles?

—Es muy probable que sea creyente, pero no tengo datos suficientes para saber qué pretende con sus actos. Lo que sí tengo claro es que se trata de una persona obsesionada con la imagen.

Tanto la plasticidad de la escena elaborada en la cueva como el trofeo en forma de máscara indican que tendréis que orientar vuestra investigación hacia personas interesadas en las tradiciones milenarias de estos valles, admiradoras del arte y los trabajos artesanales, con un alto concepto de sí mismas...

—Espeluznante —comenta Julia frotándose los brazos.

—Aunque bastante habitual —admite Silvia—. No es el primer asesino, ni será tampoco el último, que se lleva un recuerdo de su acción. Cabello, un pedazo de ropa, una prenda interior... Hay quien incluso seccionaba uno de los pies de sus víctimas y los coleccionaba en su desván. Sin embargo, el asesino de Sandaili no ha elegido un objeto sino algo mucho más personal: el rostro de la muerte que él mismo ha provocado, el último suspiro antes de que el alma abandone definitivamente el cuerpo.

El silencio que sigue a sus palabras delata que sus apuntes han logrado estremecerlos a todos.

—¿Piensas que Arantza fue escogida expresamente o solo porque se trataba de alguien que realizaba el rito de fertilidad? —plantea Aitor tras unos segundos.

La psicóloga asiente, pensativa.

—Víctima escogida o víctima de oportunidad... Es difícil responder con lo que sabemos en este momento. No cabe duda de que Arantza era un objetivo fácil: sola, tomando un baño semidesnuda en una cueva poco transitada... El hecho de que el asesino «robara» su rostro, unido a la ausencia de lucha por parte de la víctima, me empuja a pensar que había algo personal. Y esto es importante, porque necesitamos averiguar qué lo llevó a elegir a Arantza y no a otra persona. Solo así podremos adelantarnos a su siguiente actuación —explica cogiendo un papel y trazando en él un breve diagrama con dos opciones—. Que su atroz asesinato estuviera dirigido contra una mujer que ofendía su fe realizando ritos paganos de fertilidad en Sandaili, o que escogiera a Arantza porque su sacrificio resultaba imprescindible para su misión. Esto sería lo primero que tenéis que aclarar para salvar a posibles víctimas futuras. Porque, insisto, estoy segura de que volverá a matar. Y no una sola vez. De lo contrario no hubiera elegido la figura de un apóstol como firma.

Cestero suspira. Doce apóstoles… Silvia solo está confirmando lo que todos ellos sospechan desde que Julia les descubrió el vínculo con la obra de Oteiza.

—¿Crees que buscamos a una persona o a varias?

—A una —replica categóricamente Silvia—. Aunque podríamos llegar a valorar la posibilidad de que se trate de un grupo con alguna motivación religiosa, lo descartaría. El tipo de crimen responde más al lobo solitario.

La suboficial lo subraya en su libreta. Está de acuerdo.

Madrazo resopla.

—Muchas gracias, Silvia. Tu ayuda siempre es un privilegio. Empecemos cuanto antes… Aitor, reúne todos los detalles que puedas sobre los apóstoles de Arantzazu: historia, leyendas, problemática… Necesitamos saber por qué Arantza ha acabado convertida en uno de ellos. —El oficial se gira después hacia Cestero y Julia—. Vosotras, bajad al pueblo. Tratad de averiguar quién es el verdadero padre del pequeño que esperaba la víctima. Seguro que alguien sabe algo. Una infidelidad no suele ser fácil de ocultar por mucho tiempo en un pueblo así. Y yo me acercaré a por la muestra de ADN de Udana.

19

Miércoles, 5 de mayo de 2021
San Hilario de Arlés

Julia recorre la calle Barria con la mirada. A pesar de lo temprano de la hora, o tal vez precisamente por eso, hay movimiento. Personas que van y vienen con bolsas de la compra se mezclan con otras que se pierden en el interior de algún bar para tomar el primer, o quizá segundo, café de la mañana.

Han pasado dos días desde el crimen, pero la de hoy sigue sin ser una jornada cualquiera. Se palpa en el ambiente. La muerte de Arantza todavía pesa como una losa sobre la comarca entera, y la calle donde tenía su negocio no es precisamente una excepción.

—Pobre chica. No sé adónde vamos a llegar si ni siquiera en un pueblo como este podemos vivir tranquilas. Aquí estas cosas no pasaban —lamenta una señora tras depositar una rosa blanca ante la tienda de la víctima.

La ertzaina esboza una sonrisa de circunstancias mientras la ve alejarse tirando de su carrito de la compra. Después se asoma a la chocolatería.

Se trata de un establecimiento pequeño, apenas una entrada con un escaparate minúsculo en el que solo hay sitio para unos cuantos chocolates. El horario, que cuelga todavía de allí, contradice a esa puerta cerrada que Arantza no volverá a abrir. Nadie se ha molestado en colgar un cerrado por defunción ni nada parecido. Las flores que se acumulan en el suelo son quienes se ocupan de dar una pista de lo sucedido. Ellas y el precinto judicial que protege la puerta tras un registro que no ofreció avance alguno.

Del otro lado del cristal, entre habas de cacao que sirven de adorno, hay tabletas y bombones que brillan como auténticas joyas. Y lo serán seguramente una vez en la boca.

Un escalofrío recorre la médula espinal de Julia al reparar en una figura.

Es uno de los apóstoles de Oteiza. No uno, sino tres. Uno en cada tipo de chocolate: negro, blanco y con leche. Podrían parecer hermosos en condiciones normales. Sin embargo, Julia no los ve ya con los ojos inocentes de quien observa una escultura de renombre. No, lo que ella percibe en ese pedazo de dulce es una broma macabra. El azar, tan atroz en ocasiones, ha querido que Arantza esculpiera en chocolate su propio futuro.

Su mirada se vuelve ahora hacia el negocio de enfrente. Cestero sigue en el interior. Se han dividido la calle. Los números pares para la suboficial, los impares para Julia. No debe quedar un solo vendedor sin interrogar, al menos mientras no den con alguna pista de la que tirar para dar con el padre del hijo que esperaba Arantza.

Julia coge aire y entra al estanco contiguo a la chocolatería de la víctima. Tabaco, libros, diarios y una pareja tras el mostrador.

—*Egun on* —saluda la ertzaina mostrándoles su placa. Después señala la pared que comparten con el negocio que regentaba la víctima—. Supongo que conocerían a Arantza Muro.

La pareja asiente al mismo tiempo.

—Pobre. Era una chavala bien maja. La semana pasada vino a traerle bombones a Itziar —lamenta él tras sus gafas de pasta negra.

—Era mi cumpleaños —añade su mujer—. Una chica muy detallista. No se le pasaba ni tu santo… Ya no queda gente así. Estamos todos hechos polvo.

—¿Tenía tan buen trato con todo el mundo o sabéis de algún problema con alguien?

La pareja se consulta con la mirada antes de negar con la cabeza.

—La verdad es que no —dice él.

—Seguro que tendría sus más y sus menos con alguien. ¿Quién no los tiene? —interviene su mujer—. Pero no creo que una persona como ella tuviera enemigos. Eso no. Si hasta vendía chocolate. ¿Se te ocurre una tienda más feliz?

—No —reconoce Julia—. ¿Sabíais que estaba intentando quedarse embarazada? ¿Teníais noticia de lo de Sandaili?

—Más o menos —apunta el hombre.

—A ver… Lo que quiere decir Miguel es que no lo sabíamos por su boca —aclara la estanquera—. Arantza era muy reservada para esas cosas, pero Oñati es un pueblo pequeño y alguien la vio en la cueva y nos vino con la noticia. No es habitual encontrar mujeres que sigan practicando el rito.

Julia apunta mentalmente ese dato. Si era *vox populi* que la víctima se bañaba en Sandaili, cualquiera podría haber aprovechado la vulnerabilidad que una situación así ofrecía. Cualquiera que tuviera un motivo para matar a Arantza.

Mientras su mirada se entretiene en las interminables hileras de paquetes de tabaco, busca la manera de preguntar.

—¿Cómo era la relación de Arantza con su marido?

—¿Con Udana? —inquiere la estanquera—. Pues ni idea. Por aquí no aparece mucho.

—Ese evita pasear por el pueblo, no vaya a ser que lo apedreen. Menudo caradura, llegar a concejal y ponerse a conspirar contra los propios vecinos que te han escogido. Lo que está tratando de hacer con la empresa municipal de energía es una canallada. Y lo triste será ver que cuando se vote en el pleno recibirá apoyos que hoy ni siquiera intuimos —lamenta el marido llevando a la espalda una mano en forma de cazo.

—¿Qué opinaba Arantza de ese asunto? —plantea Julia.

Los dos niegan con la cabeza al mismo tiempo.

—Nadie sacaba el tema si ella estaba delante.

La ertzaina aprieta los labios. Necesita volver a reconducir el foco.

—Me habéis dicho que Arantza no parecía tener ningún conflicto con nadie —recuerda para no ir demasiado al grano. No puede desvelar que saben que Udana no es el padre—. ¿Y al contrario? ¿Amigos, amigas… especiales?

El cruce de miradas de la pareja le dice que ha dado en el clavo.

—Nada que nosotros sepamos —sentencia sin embargo la estanquera.

Su marido consulta el teléfono móvil con un gesto despreocupado que a Julia se le antoja forzado.

—¿Nada? —insiste.

—Tampoco creas que aquí nos enteramos de todo —aclara el hombre restándose presión—. Solo vendemos tabaco.

Julia asiente antes de dejarles una tarjeta de visita sobre el mostrador.

—Si recordáis algo, cualquier detalle, avisadnos, por favor.

A continuación hay una mercería. El escaparate, poco mayor que el de la chocolatería, está montado con gusto. Un nido de mimbre acoge una docena de ovillos de lana, como si se tratara de los huevos multicolor de un animal fantástico. A su alrededor hay hilos, agujas de tejer y otros utensilios de labor a los que Julia es incapaz de poner nombre a pesar de haberlos visto repetidamente en casa de su abuela.

Preguntas, respuestas similares a las del estanco… Lo único nuevo es que la mujer que atiende la tienda asegura que se trata de un ritual satánico. Así lo ha dicho la radio.

Más allá hay una quesería. Los primeros quesos de la temporada acaban de llegar. Todavía son cremosos, demasiado para el gusto de la agente. Comparten el espacio con algunos añejos, que llevan desde el año pasado durmiendo en las bordas de la montaña para multiplicar su aroma al tiempo que pierden humedad. Pero no todo es queso de la zona. Los hay franceses, suizos y también llegados desde otros rincones de la península.

—*Egun on* —saluda Julia con la placa en la mano—. Investigo el asesinato de…

—Arantza —termina el vendedor. Es un hombre de barba y pelo rizado que probablemente no haya conocido peine en su vida—. Menudo palo nos ha dado la noticia. Todavía veo esas vísceras flotando cada vez que cierro los ojos.

La ertzaina asiente. Ella también.

—¿La conocía?

El vendedor se lo piensa unos instantes.

—Sí y no —reconoce vagamente—. He oído que andaba obsesionada con quedarse embarazada y que eso hacía que cometiera locuras. Dicen que lo de bañarse en la pila de Sandaili llevaba tiempo haciéndolo. Que encendía velas y todo. A ver si estaba metida en una secta o algo así… Igual ha querido salirse y la han matado por eso. ¿Lo habéis pensado?

Julia le muestra una sonrisa de circunstancias.

—¿Solo la conocía de oídas?

—No, no —aclara el quesero—. A veces venía a comprar. Nos reíamos porque le gustaba el manchego. Vivir en el corazón de la zona de producción del Idiazabal y llevarse queso de La Mancha… Pero no crea, hay mucha gente como ella. De lo contrario no tendría tanta variedad en mi tienda. En Oñati la gente sabe de queso y le gusta probar cosas distintas.

La ertzaina trata de llevar las preguntas adonde le interesa, pero no hay manera. Queso, queso y más queso. Ah, y a Arantza le encantaban también las cuajadas. Entre noviembre y mayo, cuando puede adquirirse leche fresca de oveja para hacerlas en casa, no pasaba una semana sin que se acercara a la quesería a por su litro y medio.

Las preguntas se suceden por toda la calle, llueven al mismo ritmo que los escasos resultados. Arantza Muro era una de esas personas que pasan desapercibidas, con vidas normales y sin estridencias.

—¿Qué tal vas? —le pregunta Cestero cuando ambas ertzainas se encuentran casi al final de la calle.

—Mal. Nadie suelta prenda, y me da la impresión de que algunos saben más de lo que reconocen —protesta Julia—. ¿Y qué me dices del pánico que están extendiendo los medios? Sectas, rituales satánicos, Jack el Destripador... Sensacionalismo a raudales y la amenaza de que todos están peligro.

Su compañera asiente.

—¿Te han dicho que lo han bautizado como el Apóstol? ¡Le han puesto nombre! —exclama la suboficial con gesto de incredulidad—. ¿Cómo habrán sabido de nuestras sospechas?

Julia suspira. Sus recuerdos viajan a la víspera. La escalinata de la basílica, fray Inaxio glosando las maravillas del friso y ella llevándose la mano a la boca al reconocer la firma de Oteiza en el crimen. Todo fue muy rápido. Demasiado. Su despedida atropellada, su carrera hasta la hospedería... El prior no lo tendría difícil para atar cabos y llegar a deducciones por sí mismo.

—Me temo que fui poco discreta delante de fray Inaxio. A los diez minutos debía de saberlo todo el convento...

Todavía están juntas cuando una voz llama a Julia.

—Agente...

Se trata del estanquero.

—Dígame, Miguel —responde la agente, felicitándose por haber recordado el nombre por el que lo ha llamado antes su mujer.

—¿Podemos hablar un momento? —pregunta él dirigiendo una mirada de reojo a Cestero.

Julia le aclara que es su compañera. Puede hablar libremente.

—Mi mujer y yo hemos recordado algo... No nos gusta ir con chismes, pero creemos que hay algo que deberíais saber. ¿Os ha hablado alguien de Andrés?

—¿De quién? —Julia no recuerda haber oído ese nombre.

Cestero también niega con la cabeza.

—Se lo veía a menudo por la tienda de Arantza. Se pasaba allí horas con ella. Incluso muchos días ella cerraba antes de tiempo y se marchaba con él.

—Pero ¿quién es ese Andrés?

—Andrés Oleta, un escultor que vino de Madrid el año pasado. Un iluminado, no crea, pero ella debió de ver algo en él.

Los sentidos de Julia se han puesto alerta al oír esa palabra. Escultor. Igual que el hombre que creó los apóstoles de piedra que alguien decidió imitar.

—¿Oleta? ¿Y no es de aquí?

Miguel asiente. Comprende a qué se refiere. Ese apellido...

—Andrés nació aquí, en el barrio de Araotz, pero se fue a hacer las Américas a la capital hace muchos años. Ahora ha vuelto con ínfulas de grandeza y alguien le ha dado permiso para hacer una escultura en los altos pastos de Urbia.

—¿Qué tipo de escultura? —pregunta Cestero.

—Ni idea. Algo de iglesia. Los de Arantzazu están en el ajo. Si no, para rato le iban a permitir cargarse la montaña.

Las ertzainas no abren la boca. No quieren interrumpir al estanquero ahora que por fin alguien se ha decidido a hablar de verdad.

—Andrés tiene pareja, eh, pero aquí en la calle las malas lenguas dicen que Arantza y él... Ya me entendéis —continúa Miguel.

—No, no le entendemos —responde Cestero para forzarle a ampliar la información.

—Pues que estaban liados. Y los dos tenían sus respectivas parejas... Esas cosas generan roces. No digo que eso sea motivo para matarla, pero... Vaya, que a mi mujer y a mí nos ha parecido importante que lo supierais. Tampoco podemos poner la mano en el fuego, eh, aunque algo había entre ellos, eso está claro.

—¿Y por qué no me lo han dicho antes? —inquiere Julia.

El estanquero baja la mirada, incómodo.

—Porque nadie quiere mancillar la imagen de una muerta. Airear infidelidades no es agradable, y menos las de quien no se puede defender... Pero ¿y si ha sido eso lo que ha motivado su asesinato? No sé... Creo que hoy nuestro deber era contarlo.

—No lo dude. ¿Dónde podríamos encontrar a ese escultor?

El vendedor de tabaco señala una lejanía indeterminada.

—Vive en Araotz. Ha arreglado su casa familiar de toda la vida: Belamendi. No tenéis más que seguir el camino que llega de la cueva de Sandaili y girar a la izquierda después de pasar la iglesia. No queda lejos. La reconoceréis porque está llena de banderolas budistas y otras cosas raras. Su mujer ha convertido el caserío en un centro de meditación, o algo así. Otra iluminada… Y ella sí que no es de aquí.

Cestero asiente. Sabe de quién habla y precisamente tiene una cita con ella.

Quien se conduce con integridad anda seguro;
quien anda en malos pasos será descubierto.

Proverbios 10:9

—Migueltxo me ha vuelto a decir que estaba loco.

Mis palabras se enredaron en el humo de la leche que mi madre había puesto a hervir y danzaron sobre la cocina.

—No le hagas caso —replicó ella mientras freía también el pan de la víspera. No recuerdo si aquella mañana lo hice, pero solía aprovechar que no me miraba para añadir a escondidas una segunda cucharada de ColaCao en mi taza.

—Es que ya se ha repetido dos veces esta semana —comenté mientras espolvoreaba azúcar sobre la nata. Era una delicia. Se formaba en la superficie de la leche una vez que se enfriaba. Mi madre la retiraba de la cazuela y la guardaba en la nevera para que yo pudiera comerla la mañana siguiente. En teoría era para untarla en el pan que ella estaba preparando, pero casi nunca era capaz de esperar.

—Deja de jugar con él. Te tiene envidia. ¿Es que no lo ves? —espetó mi padre levantando la vista de los números que lo tenían entretenido en una esquina de la mesa.

En ese momento me arrepentí de haber hablado. No quería que al llegar al cole me hiciera pasar vergüenza llamándole la atención a quien había osado profanar el nombre de nuestro antepasado.

—No le riñas —le rogué.

Mi padre negó con la cabeza mientras se quitaba las gafas que empleaba cuando le tocaba perderse entre papeles.

—Tu bisabuelo no era ningún loco. No hagas caso de esas tonterías. Hoy es Migueltxo y mañana será cualquier otro. Solo es envidia porque ellos también querrían ser tataranietos de alguien tan grande. Lope de Aguirre ha sido el hombre más valiente que ha dado esta tierra. Fue mucho más que un conquistador; fue la ira de Dios, el único hombre que osó enfrentarse a la todopoderosa corona española. ¿Crees que eso es algo que un loco pueda hacer?

—¿Es verdad que mató a mucha gente?

Los labios de mi padre se fruncieron al tiempo que negaba ostensiblemente.

—¿Y cuántos trataron de matarlo a él? Tu tatarabuelo solo defendió su dignidad y la de quienes le fueron fieles hasta el final.

—Ya está listo el pan —interrumpió mi madre dejando el plato humeante en la mesa. No le entusiasmaban esas conversaciones tan profundas—. Desayunad, venga. Basta de charla.

Un chisporroteo a su espalda la obligó a volverse deprisa. Era la leche. Se había derramado, apagando la llama del quemador. No era la primera vez, ni sería la última, que esa fusión de olor a quemado y gas butano golpeaba mis fosas nasales.

—No quiero que hagas caso a quienes hablen mal de él —me reconvino mi padre después de soltar alguna maldición contra esa manía de la leche de escapar del cazo sin previo aviso—. La envidia es mala enemiga, pero lo es sobre todo para quien la siente. Ese pobre chico sufrirá toda su vida ser un don nadie. Por eso se defiende tratando de hacerte daño. Y habrá más como él. Saben que algún día tú también harás algo muy grande, porque eso es lo que corresponde a quien ha heredado la sangre de los grandes conquistadores.

20

Miércoles, 5 de mayo de 2021
San Hilario de Arlés

Es un viejo caserón que desentona con el entorno. Si el resto de las construcciones de Araotz, ese barrio rural separado de Oñati por ocho kilómetros de carretera, son caseríos sencillos, humildes incluso, Belamendi es un intruso orgulloso.

—Casa de indianos —comenta Julia.

Cestero observa las dos palmeras que flanquean la fachada y solo puede darle la razón. Es un clásico en los valles vascos. Familias que hicieron dinero en América y que cuando regresaron a su pueblo quisieron mostrar al resto que ya no eran esa gente sin posibles que había emigrado años atrás. La aventura transoceánica las había premiado con dinero suficiente para levantar casas imponentes, a menudo de mayor altura que el resto, y siempre identificables por esas palmeras exóticas que traían consigo.

Y salta a la vista que Belamendi es uno de esos trofeos de algún nuevo rico regresado a su hogar cien o doscientos años atrás.

Un graznido rompe el silencio. Es un cuervo, con su sayo negro. Sus ojillos inquietos espían a las recién llegadas desde lo alto del portón de acceso.

—Belamendi. El monte del cuervo —traduce Cestero.

—Muy oportuno —reconoce Julia—. Hay muchísimos por toda la zona.

A los pies del ave hay un grafiti multicolor que da la bienvenida a las visitantes.

Ongi etorri.

Si el mensaje no es suficientemente claro, un cartel de madera cuelga del timbre:

Pasa sin llamar. Estás en tu casa.

Julia consulta a Cestero con la mirada.

—Entramos —decide la suboficial empujando la puerta y despertando las protestas del cuervo, que aletea hasta la copa de un castaño.

El jardín no es grande, aunque sí lo suficiente para acoger una veintena de árboles. Hay varias mesas que una sencilla pérgola protege de la lluvia que amenaza con caer y también una piscina sin limpiar. Lo que llama la atención de las policías es, sin embargo, una estructura en forma de cúpula y tan blanca como la nieve.

—Bienvenidas —las recibe una voz dulce. Las ertzainas se giran hacia la casa—. No, aquí. En el huerto.

—Buenos días, Gema —saluda Cestero—. Prometí que vendría a verla. Ella es Julia, investiga conmigo el asesinato de Arantza.

—Ya te pedí que me tutearas. No me gusta la distancia entre personas.

—Fuiste tú quien le recomendó que recurriera al ritual de Sandaili, ¿verdad? —plantea la suboficial.

La monitora de yoga asiente con gesto grave mientras se acerca a ellas.

—¿Sabéis la fuerza que tiene ese lugar? Miles y miles de mujeres han concebido gracias a esas aguas. ¿Qué sabéis de la mitología de los vascos?

—Lo suficiente —admite Cestero.

—En ese caso sabréis quiénes eran los gentiles. Yo soy madrileña, pero si he acabado en esta comarca es precisamente porque me apasiona su riqueza mitológica.

—Unos seres enormes, de forma humana y fuerza descomunal, que vivían en nuestras montañas —resume Julia.

—Y que se enterraron a sí mismos bajo dólmenes y menhires cuando observaron que la nube negra que representaba el cristianismo se cernía sobre nuestro mundo —termina Gema—. Pues se debe a ellos que las aguas de Sandaili tengan poderes fertilizadores. Estos valles que rodean Oñati eran una de sus moradas preferidas. Y gustaban de refrescar sus genitales, su virilidad, en el pilón de la cueva. —La monitora detiene la narración para asentir con entusiasmo—. ¡Es su fuerza la que está en esas aguas y la que ha asegurado la descendencia a miles y miles de mujeres desde la noche de los tiempos!

—¿Cuándo acudió Arantza en busca de tu ayuda para quedarse embarazada? —pregunta Cestero.

—En realidad no lo hizo —aclara Gema—. Solo leí su mente. Esa pobre niña venía a Belamendi a meditar. Encontraba aquí la paz que no hallaba en ningún otro lugar. Ella jamás me habló de sus problemas de fertilidad, pero enseguida me resultó evidente.

—¿Por qué? —inquiere la suboficial.

La monitora se encoge de hombros con una expresión tan beatífica que comienza a poner nerviosa a Cestero.

—No sabría explicarlo —confiesa.

—¿Cuánto hace de eso? —interviene Julia.

—Algo más de dos meses, quizá tres. Y sé que practicaba regularmente el ritual porque acostumbraba a pasarse por aquí después de llevarlo a cabo.

—¿A qué?

Gema esboza una sonrisa que irradia paz. El caso es que no parece forzada, brota desde lo más profundo de su alma. Sus ojos negros acompañan, muestran una serenidad poco habitual entre quienes tienen a dos policías friéndolos a preguntas.

—A recuperar el calor tomándose un té, a meditar en el domo... Arantza tenía una profunda guerra interna. ¿Quién no la sufre en estos momentos? Nada es fruto de la casualidad... Todo está volviendo. Regresa el lobo, los osos... Los jabalíes invaden los pueblos. Nuestros bosques están cobrando vida a medida que los humanos les hemos dado la espalda para enclaustrarnos en las ciudades. Pero los animales no son los únicos que recuperan terreno. Las lamias, los gentiles, la propia diosa Mari... También ellos están aquí, de nuevo. El cristianismo los enterró bajo montañas de crucifijos. El capitalismo los remató con promesas de un mundo mejor al que todos quisieron abrazarse. Sin embargo, todo se ha demostrado falso. Esta pandemia es el último gran castigo. Se acabó. Hemos abierto los ojos y las fuerzas que nos unían a la naturaleza han regresado. Los viejos lugares sagrados, como Sandaili, se llenan de nuevo de vida.

—Y de muerte —apunta Julia.

El rostro de Gema se ensombrece por primera vez. La curva de sus labios ha virado hacia abajo.

—Pobre niña... ¿Sabéis quién la mató? ¡El miedo! Hay quien quiere detener a toda costa el cambio hacia una vida en la que volveremos al equilibrio entre las personas y la naturaleza, entre el individuo y el cosmos. Y esas personas serán capaces de lo que sea con tal de impedir que dejemos atrás estos tiempos sombríos. Volverán a matar, no lo dudéis.

—¿Sabías que Arantza acudiría a Sandaili la tarde de su muerte? —inquiere la suboficial.

—Claro. Siempre me avisaba cuando salía hacia la cueva. Así yo le iba preparando un té yóguico para cuando terminara su ritual. Aquella tarde me extrañó que tardara tanto. Y entonces oí todas esas sirenas y supe que algo terrible había ocurrido.

—¿Avisaste a alguien de que Arantza se dirigía a la cueva?

Gema sacude la cabeza.

—Yo soy muy discreta.

—¿Ni siquiera a tu marido? —interviene Julia.

—Por supuesto que no. Y Andrés no es mi marido. No estamos casados. Somos pareja. El amor no entiende de papeles.

—¿Cómo era la relación de él con Arantza? —inquiere Cestero.

La monitora arruga ligeramente el ceño. Después su expresión recobra la serenidad.

—Eso tendría que contestarlo Andrés. ¿No os parece?

—¿Y podríamos preguntarle? ¿Te importaría pedirle que salga? —dice Julia mirando hacia el caserío.

—No está. No para mucho por casa. Es como un pájaro. También yo lo soy, aunque yo la libertad la obtengo de aquí —dice señalándose la cabeza—. Él es más terrenal.

—¿Dónde podríamos encontrarlo?

Gema señala el reloj de Cestero.

—¿Qué hora es?

—Casi las doce.

—Pues estará arriba, en los pastos, con su escultura. Allí pasa sus días últimamente. ¿Habéis visto el proyecto? Será una gran obra, el legado de un hombre magnífico al que en un futuro se tendrá muy en cuenta. Por desgracia, a muchos genios el reconocimiento les llega cuando ya es demasiado tarde. Mirad a Van Gogh. Murió arruinado porque nadie quería sus obras. Pero poco importa; Andrés no busca dinero ni ver su nombre en los periódicos. Su única meta es la belleza.

Cestero respira hondo. Sabe que la pregunta que está a punto de lanzar es complicada.

—¿Cómo describirías vuestra relación de pareja?

Esta vez Gema parece incómoda de verdad.

—Pues una relación normal de dos personas que se aman y se respetan. ¿A qué viene todo esto?

—No pretendíamos molestarte, pero tenemos que recabar tanta información como podamos sobre Arantza y su entorno —trata de calmarla Julia—. ¿Desde cuándo vives aquí?

—¿En el mundo?

—No, en Oñati —le corrige Cestero con tono hastiado.

—Si te refieres a físicamente, poco más de un año. Andrés y yo nos vinimos cuando el confinamiento. Esta casa pertenece a su familia y estaba cerrada desde hace tiempo. Cuando los políticos nos obligaron a encerrarnos en casa hicimos las maletas y nos vinimos aquí. ¿Cómo íbamos a meternos meses enteros en un piso de ochenta metros y sin balcón? Pero espiritualmente llevo en Belamendi mucho más tiempo. Cuando entré por esa puerta comprendí que este era mi lugar en el mundo, que había soñado con él desde que tengo uso de razón. Aquí hay una fuerza muy intensa y alguien con una sensibilidad tan especial como la mía no podía seguir viviendo en un triste barrio de Madrid.

Cestero está cansada de tanta palabrería.

—Háblanos de Arantza. Antes has mencionado que libraba una batalla interna.

Gema niega con la cabeza sin perder su sonrisa.

—Arantza era una bella persona. No seré yo quien hurgue en su vida personal —zanja la monitora—. Venid conmigo. He visto que observabais el domo. Os lo mostraré.

—Vamos justas de tiempo —argumenta la suboficial mientras van tras ella. Si la monitora no está dispuesta a colaborar, tendrán que hablar cuanto antes con su marido.

Su anfitriona hace oídos sordos a la protesta y se detiene junto a la huerta donde estaba cuando han llegado.

—Mis verduritas... Todo ecológico y biodinámico. La luna manda cuándo se planta y cuándo se recolecta.

—Tienes fácil el riego —indica Julia al reparar en un arroyo que salta apenas unos metros más allá.

Gema sacude la mano.

—Mis disgustos me ha costado. Lo tenían desviado más arriba. Aquí no llegaba ni un triste hilo de agua. Por suerte, la naturaleza ha recuperado lo suyo... —Conforme habla continúa su avance hacia la cúpula—. Y aquí tenéis la joya de la corona de Belamendi: el domo. Maravilloso, ¿verdad? Si os digo que en cierto modo se lo debo a los frailes de Arantzazu...

—¿Por qué? —pregunta Julia.

—¿Vosotras creéis que realizar un retiro de yoga y meditación puede considerarse un ataque contra la moral cristiana? No, ¿verdad? Pues es lo que argumentaron algunos de ellos para impedir que pudiera emplear su hospedería para un encuentro al que se habían apuntado más de cincuenta personas... El miedo, lo que os decía. Miedo a quien piensa diferente, miedo a perder la posición de poder que ostenta su religión. ¿Cuánto hará que no reúnen a tanta gente en una de sus misas? —Gema sacude la cabeza para reforzar el mensaje—. Gracias a ellos tuve la idea de construir este lugar. Ahora, para organizar mis actividades, solo dependo de los flujos de energía y de los calendarios lunares.

Las ertzainas la siguen al interior de la construcción semiesférica. El suelo es de madera y hay varias filas de esterillas con sus respectivas mantas dobladas. La cubierta la componen decenas de triángulos que tamizan la luz del exterior, bañándolo todo con una etérea claridad blanca.

—Es precioso —reconoce Julia.

Su anfitriona sonríe, agradecida.

—Lo sé. Es muy especial. Cuando quieras tienes aquí tu casa. Precisamente he organizado mañana una vigilia reparadora. Vamos a devolver a este valle la paz que le han robado. Vendrá gente de fuera para unir sus fuerzas con nosotros. Algunos llegarán hoy mismo, otros lo harán mañana a primera hora. Veinticuatro horas de meditación silenciosa trascendental. Estáis invitadas, por supuesto.

—¿Gente de fuera? —se extraña la suboficial.

—Bilbao, Burgos, Santander... Y de Madrid, claro. Hay muchos antiguos alumnos de mi centro de yoga que están deseando ayudar.

—Oñati entra esta medianoche en cierre perimetral por la pandemia. Se ha superado la tasa máxima de contagio. Nadie podrá entrar ni salir del municipio si no es por un motivo de fuerza mayor —le informa Cestero.

Gema le quita importancia con un gesto.

—¿Acaso restaurar el equilibrio que un asesino ha truncado no es suficiente justificación?

La suboficial aprieta los labios, incapaz de responder. Ya se las arreglarán con los agentes que velen por el cumplimiento de la norma en los accesos al pueblo. Ella solo quiere irse de allí. Tanto azúcar comienza a empalagarla.

Unas risas derivan su atención hacia el otro extremo del domo. Vienen de un pequeño grupo sentado en el suelo. Dos chicas, un chico. No parece que mediten precisamente. Esas carcajadas encajan más con la conversación distendida que tendría lugar en un bar.

—Ella es Constance, de Burdeos, y la de pelo corto, Mari Paz, de Madrid. Era alumna del centro de yoga que tuve en Chamberí. Y él es Peru, de aquí, de Oñati. Estudia para pastor, pero le aporta más estar aquí —los presenta Gema.

Los interpelados saludan con un gesto de la mano y no tardan en regresar a su conversación, que deriva de nuevo en las risas de las chicas.

—¿Duermen aquí? —pregunta Julia fijándose en las mantas que tienen al lado.

—Peru no. Bueno, alguna noche le cuesta irse a casa. Sobre todo cuando hay chicas bonitas —explica la monitora con una mueca cómplice—. Mari Paz acaba de llegar para el retiro del que os hablaba. Constance, en cambio, lleva ya unos días conmigo. Hay amigas y amigos que pasan semanas enteras aquí. Lo que necesiten para alcanzar la paz interior… ¡Ay, perdonad! No os he ofrecido ni un té. Ahora lo prepararé.

Julia abre la boca para decir algo, pero su teléfono se adelanta.

—Es Madrazo —anuncia apartándose para contestar.

Cestero la observa con interés. Las últimas noticias eran que el oficial no había conseguido localizar a Iñigo Udana. Y los gestos de su compañera no anticipan las mejores noticias.

—Es una mujer de agua —apunta de repente una voz. Cestero se gira algo confusa. Había olvidado que Gema estaba a su lado. La monitora de yoga tiene la mirada clavada en Julia—. Su espíritu fluye limpio y cristalino, como un arroyo. Aunque a veces puede tener el ímpetu del mar. Sin embargo, percibo una sombra en su corazón. Le vendría bien quedarse en el domo unos días y escuchar sus emociones. El agua estancada acaba pudriéndose.

La suboficial ahoga a duras penas un estremecimiento.

Ajena a esos ojos que la radiografían, Julia continúa con su conversación hasta que finalmente hace un gesto a Cestero para que se acerque.

—Espera, te la paso —dice antes de entregarle el móvil a la suboficial—. Madrazo ha quedado con Udana y quiere que lo acompañe.

—¿No le has dicho que vamos a subir a los pastos?

—Sí —aclara su compañera—. Pero dice que me necesita.

Cestero coge el aparato y se lo lleva a la oreja.

—Dime, Madrazo.

—Ane, Udana me ha citado en media hora. No me ha parecido nada receptivo. Creo que será mejor si Julia viene conmigo. Ella tiene mucho tacto y... vaya, que si no te importa llévate a Aitor a la montaña. Agradecerá un poco de aire puro después de haberse pasado toda la mañana delante de su ordenador.

La suboficial se muerde la lengua para no replicarle. ¿No decía que sería sencillo solicitar una prueba de paternidad al concejal?

—Está bien. Subiré a Urbia con Aitor —admite antes de despedirse. Después señala la verja de entrada, sobre la que se recorta de nuevo la silueta del cuervo—. Nos vamos. Gracias, Gema.

—¿Y el té yóguico? —inquiere la mujer a sus espaldas.

—Tendremos que dejarlo para otro día.

21

Miércoles, 5 de mayo de 2021
San Hilario de Arlés

Después de tantos kilómetros por una pista apta únicamente para vehículos todoterreno se hace extraño llegar a un bar, con su oferta de platos combinados garabateada en una pizarra y sus hombres discutiendo sobre cuántos días han pasado sin que el sol haga acto de presencia. Pero lo que más asombra es su situación en medio de los altos pastos de Urbia, un inmenso mar verde cerrado al norte por las cumbres rocosas de la sierra de Aizkorri. Cientos de cabezas de ganado pastan aquí y allá, dan buena cuenta de esa alfombra infinita de hierba, al tiempo que inundan el ambiente con las notas musicales que brotan de sus esquilas.

Cestero busca la cafetera con la mirada. No hay ninguna a la vista. Y, sin embargo, hay cafés en las manos de algunos de los pastores que pueblan el bar. Porque son pastores, de eso no cabe duda alguna.

—¿Me pondrás uno solo, por favor?

El tabernero asiente mientras se gira hacia Aitor, alza las cejas, pregunta sin abrir la boca si él también quiere algo.

—Para mí nada. Gracias.

Un suspiro acompaña al tipo mientras se pierde por una puerta lateral. Instantes después, regresa con una taza humeante que empuja hacia la suboficial. La primera impresión en cuanto se asoma a su contenido es de decepción. Su color, la falta de espuma... No parece precisamente el mejor café del mundo. Cestero lo aproxima a sus labios con desgana. Con un poco de suerte le servirá para activarse. Y entonces sucede algo: un aroma que no esperaba la traslada de vuelta a su infancia.

El café de esa fonda de alta montaña es el de los tiempos del hambre: rebajado con achicoria para hacerlo más económico y para esquivar las penurias que imponían las cartillas de racionamiento. Ane se siente de pronto en casa de su abuela, esa mujer menuda y de pelo blanco como la nieve que ya jamás fue capaz de acostumbrarse al sabor del café de verdad y continuó recurriendo a la mezcla barata a pesar de que su cartera había dejado de ser la de la posguerra. La suboficial no había vuelto a probarlo desde aquellos días que se le antojan ya tan lejanos.

—Si le echas un chorrito de anís está mejor —sugiere uno de los pastores interpretando erróneamente el gesto de su cara.

Cestero muestra una sonrisa de agradecimiento. Después tiende la taza vacía hacia el de la barra y le pide que vuelva a llenársela. Quiere prorrogar esa sensación tan reconfortante.

—Estamos buscando a Andrés Oleta. Es un tipo que se dedica a...

—¿El artista?

—¿Habéis subido en coche? —se sorprende otro que ha salido a fumar y regresa con el puro a medias encima de la oreja—. Pues si os pillan os van a poner una buena multa. Aquí solo podemos subir los pastores. La pista se abrió para nosotros.

—Son ertzainas. Como no se sancionen ellos mismos... —le advierte el de la barra mientras empuja el café hacia Cestero.

—¿Y tú cómo lo sabes? —pregunta el del cigarro.

—Porque a ella la he visto en el pueblo haciendo preguntas.

—Estarán con eso de Sandaili.

Los dos policías intercambian una mirada, ya acostumbrados a ser reconocidos pese a no llevar uniforme. ¿Piensan continuar toda la mañana hablando sobre ellos?

—El caso es que estamos buscando al escultor —interrumpe finalmente Cestero.

—¿Y qué tiene que ver él con el crimen?

—¿Quién ha dicho tal cosa? —replica la suboficial.

—A mí no me gusta ese tío —sentencia uno que tiene las mejillas rojas, como una Heidi masculina y envejecida—. ¿De qué vive? Porque las esculturas no dan de comer. No me digáis que no es sospechoso. Y su mujer con los retiros esos de yoga tampoco sacará mucho.

—Vete a saber... Hay mucha tontería en el mundo. A ti te pagarán una miseria si quieres vender la leche de tu rebaño, pero hay quien se gastaría millones en un cuadro con cuatro rayas que podría hacerlas mi hijo pequeño —se jacta el del cigarro.

—Su mujer igual está forrada. Que la gente de ciudad por la promesa de aliviar su estrés en un valle perdido es capaz de gastarse mucha pasta. ¿Has visto la cúpula esa que ha construido? Eso no será barato. He oído que vienen hasta de Madrid a meterse ahí dentro —añade otro antes de señalar al tabernero—. Díselo a este, que después del confinamiento del año pasado tuvo llenas las camas del piso de arriba. Todo gente de la ciudad que quería respirar aire puro y desestresarse.

—Los ponía yo a trabajar con las ovejas una temporada. Se iban a enterar de lo que es estrés...

—Nos han dicho que encontraríamos aquí al escultor —les interrumpe Aitor.

El tabernero niega con la cabeza.

—Os han dicho mal. Aquí viene a tomar el café y poco más.

—Estará en la borda de Ayala. Andan con eso de la escultura —dice el de los mofletes rojos.

Alguno de los otros resopla a modo de mofa.

—Arte en la montaña... Tonterías. A ver cuánto tarda Ayala en cansarse de él. Que pasarse horas posando para que un iluminado le dé al cincel no puede ser plato de gusto para nadie.

—¿Y cómo podemos llegar a su borda? —pregunta Cestero. Comienza a estar un poco harta de los ritmos de esos pastores, acostumbrados a que la vida discurra al paso que marcan sus rebaños.

—Es una majada. Unas cuantas bordas y algunos rediles. La de Ayala es la única que tiene cubierta de ramas, tal como se hacía antiguamente. Las demás son de teja —especifica el tabernero.

El que se da un aire a Heidi da un manotazo en la barra.

—Cuidado, eh… Que estoy muy harto de que se hable de Ayala como si fuera el salvador de la tradición. Mucha techumbre de ramas pero debajo tiene uralita. Ya me dirás qué mérito hay en eso.

—Ninguno. ¿Y cuántas ovejas tiene? ¿Cuarenta? Si llega. Me gustaría verlo con rebaños de más de doscientas cabezas, como los nuestros. Eso no es ser pastor, pero, claro, ser director de la escuela de pastores y no tener ni oveja no le parecerá muy consecuente —añade el del puro regresando al exterior con el encendedor en la mano.

—Postureo, como dicen mis nietos —sentencia el Heidi.

El camarero suspira. Por un momento parece dispuesto a replicar, pero finalmente continúa con sus indicaciones a los ertzainas.

—No hay más que seguir el camino que enfila directamente hacia las montañas. Sabréis que no os habéis equivocado porque encontraréis dos largas hileras de piedras flanqueando la pista.

—Gracias. ¿Qué se debe? —Cestero tiene la cartera en la mano y rebusca entre las monedas.

—Nada.

—Pero…

—Estáis invitados. Dad pronto con el asesino de esa chica. Oñati es un lugar tranquilo. No se merece algo así. —Por primera vez el hombre que atiende esa barra muestra algo parecido a una sonrisa. Es leve y fugaz, pero la suboficial agradece sentirse apoyada.

De camino al Qashqai de Aitor ninguno de los dos ertzainas

abre la boca. Necesitan un instante de silencio tras el encuentro con los pastores.

—Tenéis baja la rueda de atrás —les sorprende una voz tras ellos. Es el del cigarro. Está sentado en un banco corrido que se protege bajo un alero de la fachada.

Cestero observa los dos neumáticos que quedan a la vista. Tal vez esté ligeramente más deshinchado el trasero, pero es algo casi imperceptible en cualquier caso. Aunque no es la mejor para valorar esas cosas. Si el coche arranca no suele preocuparse de mucho más. Aitor es diferente. Él es de los que comprueban los niveles de los líquidos del motor antes de cada viaje. Además, se trata de su coche nuevo. El anterior, un Seat León cargado de años, murió cuando la suboficial lo estampó contra un árbol en plena persecución en Hondarribia.

—Creo que tengo un compresor —comenta Aitor abriendo el maletero—. Sí, aquí está. Y también la espuma de reparación de pinchazos. Tendremos que estar atentos a esa rueda. —Se vuelve hacia el pastor y levanta la mano y la voz—. ¡Gracias!

—¿Por qué llevas una trompeta? —pregunta Cestero antes de que su compañero cierre el portaequipajes.

El rostro de Aitor se tiñe de rojo.

—La pesqué.

—¿Cómo que la pescaste?

El ertzaina asiente.

—Sé que suena increíble. Pero te juro que la pesqué. Bajé con la caña a la bocana de Pasaia y la saqué del mar. Tiré del sedal y pesaba un montón. Menuda emoción… Creía que traía una buena pieza y, de repente, salió eso del mar.

—¡Una trompeta!

—Sí, Ane. Yo también aluciné.

Cestero observa su propio reflejo, teñido de dorado. Se ve extraña, deformada por la curvatura del metal del instrumento. No hay marcas de óxido ni otros detalles que indiquen que ha pasado tiempo bajo el mar.

—Pues se ve nueva.

—Ahora sí. Cuando la saqué venía cubierta de algas y mejillones. Me ha costado devolverle la vida, no creas.

—¿Y qué vas a hacer con ella?

El rubor vuelve. En esta ocasión es más bien escarlata.

—Tocarla.

Cestero estalla en una carcajada.

—¿Te vas a hacer trompetista?

—La verdad es que nunca se me hubiera ocurrido, pero me parece que pescar un instrumento musical es una señal. Voy a intentar aprender.

—Pobre Leire —bromea la suboficial, imaginando a la escritora soportando los ensayos en el faro donde viven—. Un momento... ¿No te la habrás traído para...?

Ahora es Aitor el que se ríe. El momento de rubor ha pasado de largo.

—Ya veremos. Tú intenta no darme motivos para enfadarme —zanja el ertzaina entrando al coche. Cestero se deja caer en el asiento del copiloto y pulsa el botón que pone en marcha el reproductor de música.

—¿Qué escuchas? —pregunta.

—Izaro.

La suboficial calla, se deja llevar por esa voz dulce que habla de invierno y de sueños y se descubre a sí misma acompañándola con una batería imaginaria.

—Mola mucho —reconoce—. Aunque ya sabes que mi rollo es otro... ¿Has oído lo nuevo de Belako?

Aitor asiente sin soltar el volante. Conoce los gustos musicales de su compañera. La pista es de gravilla, con algunos tramos convertidos en apenas dos rodadas en la hierba. Las piedras que la delimitan aparecen cuando llevan cinco minutos de marcha y dos canciones a todo volumen. Izaro canta ahora a una abuela que bailaba en la cocina.

Las montañas están ya al alcance de la mano. El mundo verde, de pastos y más pastos, va tocando a su fin. Pronto todo será roca caliza y rampas de vértigo hacia esas cumbres que sostienen un cielo de acero que se adivina cargado de un agua que, por el momento, se resiste a caer.

Desde la distancia las seis bordas que componen la majada parecen una pintura impresionista, con sus matices de colores bailando entre las luces y sombras de las formas rocosas que las envuelven. Se trata de construcciones sencillas, de una sola planta, algunas con las paredes encaladas y otras con la piedra a la vista. Conforme los ertzainas se aproximan, van tomando forma los eguzkilores, esas flores de cardo silvestre con las que los pastores protegen sus puertas de las criaturas de la noche. No son el único guardián del que se han provisto: varios fresnos, el árbol que según la tradición ahuyenta los rayos, crecen entre los edificios y los rediles destinados a la pernocta del ganado más vulnerable.

—Ahí tenemos a nuestro escultor —señala Cestero.

Tiene que ser él. Nadie más sostendría un cincel y un martillo en un lugar así. Está de espaldas, pero se ha girado para ver quién llega. Su primer gesto, ese que surge sin dar tiempo a fingir, es de preocupación, pero lo destierra rápidamente para saludarlos con una sonrisa.

—Buenos días. ¿Andrés Oleta? —inquiere la suboficial. Su mano abierta saluda a Ayala, el director de la escuela, que posa apoyado en un bastón unos metros más allá.

—El mismo —responde el escultor antes de seguir trabajando la roca. Sus golpeteos metálicos envuelven las palabras y casan bien con los balidos de las ovejas que pastan dispersas. Después deja sus herramientas sobre un paño—. ¿Y ustedes son...?

—Suboficial Cestero y agente Goenaga. Investigamos el asesinato de Arantza Muro. Necesitamos hacerle algunas preguntas.

—¿A mí? —El gesto de Andrés muestra desconcierto.

Ayala deja el bastón apoyado en un banco de piedra y señala la borda cubierta de ramas.

—Creo que voy a preparar café.

Cestero agradece el gesto. Así no han tenido que pedirle que los deje solos.

—A usted, sí. Tenemos entendido que conocía a la víctima.

El escultor asiente con un desinterés fingido, que no logra enmascarar su incomodidad. Es un hombre en los primeros años de la sesentena, aunque aparenta alguno menos. Ayuda ese tono de cabello que recuerda el fuego de una hoguera y que no afea ni una sola cana. Cestero se plantea si será teñido, pero desestima la idea al reparar en que comparte color con esa perilla tan bien recortada.

—Alguna vez coincidí con ella en Belamendi. Era habitual en las sesiones de meditación de Gema. Una chica encantadora.

—¿Nada más?

—No entiendo a qué se refiere.

—Hay testigos que aseguran que también era usted asiduo a su taller de chocolate.

Andrés traga saliva. Sus hombros se han hundido de repente. Su mirada busca la seguridad de esa roca que está convirtiendo en pastor. El disfraz de entereza ha caído al primer embate.

—Había algo entre nosotros. Es verdad —confiesa alzando hacia los policías una mirada poco segura. Sus labios se aprietan bajo esa barbita pelirroja—. No me explico quién ha podido hacerle algo así. Era una persona extraordinaria.

—¿Cómo definiría la relación que mantenían?

—Pues la de dos personas que disfrutan estando juntos y que sufren cuando los separan —el rictus del escultor acompaña un tono de voz que va perdiendo fuerza por momentos.

—¿Sabía que Arantza estaba embarazada?

—No. Y ella tampoco.

—¿Por qué?

—Me lo habría dicho. No había secretos entre nosotros.

—Pero sí los había de cara a terceras personas.

—¿A qué se refiere?

—¿Sabían sus respectivas parejas que mantenían una relación?

Esta vez el gesto derrotado de Andrés se tensa. Su voz también recupera la entereza perdida.

—Mi relación con Gema es abierta. Comprendemos que el otro pueda sentirse también atraído por distintas personas y somos felices así. ¿Qué hay de malo en eso?

—No pretendía juzgarlo —aclara Cestero—. Solo le he preguntado si tanto Udana como Gema sabían de su relación.

El escultor tarda unos segundos en responder que no. Ninguno de los dos lo sabía.

—¿Era suyo el niño que esperaba Arantza? —plantea la suboficial.

El gesto de Andrés se descompone. Su mirada busca el suelo.

—Llevo pensando en ello desde que supe lo del embarazo. Siempre me ha hecho ilusión ser padre… Es verdad que en cierto modo mis esculturas son como hijos para mí. Me sobrevivirán, llevarán mi arte a las generaciones que están por llegar… Pero no es lo mismo. —El hombre se lleva la mano al pecho—. Me rompe el corazón pensar que quizá no solo me han robado a Arantza sino también el fruto de nuestro amor.

—¿Cuándo lo supo?

—¿Que Arantza esperaba un niño? Pues como todos, cuando lo publicaron los periódicos. Pobrecilla. La hubiera hecho muy feliz. Lo deseaba con toda su alma.

—Espero que no le importe que le tomemos una muestra de ADN.

El escultor responde sin dudarlo.

—Por supuesto. Necesito saber si esa criatura era mía. ¿Qué tengo que hacer?

—Solo abrir la boca —indica Aitor retirando el precinto de un hisopo.

Andrés recula un paso y se cubre la nariz.

—No se preocupe. Solo va a pasárselo por el interior de los carrillos —aclara Cestero.

El hombre continúa observando el bastoncillo con desconfianza.

—Cada vez que me han acercado uno de esos me han hurgado en la nariz hasta tocarme el cerebro.

La suboficial sabe perfectamente a qué sensación se refiere. Ella también ha pasado por esas desagradables pruebas de antígenos.

—Abra la boca, por favor —insiste una vez más.

Esta vez Andrés obedece y Aitor le recoge unas muestras de ADN que introduce de inmediato en una probeta.

—¿Cómo está tan seguro de que Iñigo Udana no sabía que su mujer y usted…?

—Lo llevábamos muy discretamente.

Cestero piensa en esos estanqueros que lo veían acudir un día sí y otro también a recoger a Arantza. Quizá su relación no fuera tan secreta como cree Andrés.

—¿Conoce personalmente a Udana?

—Poco.

—¿Cómo cree que hubiera reaccionado de haber sabido que su mujer estaba embarazada de otro?

El escultor se vuelve hacia su obra y suspira.

—No lo sé.

—¿No pensaban decírselo?

—No sabíamos nada del embarazo. Ya se lo he dicho.

—Pero llegado el caso, ¿qué pensaban hacer?

—No lo habíamos hablado. La vida debe fluir. ¿No le parece?

—Sí, pero un hijo…

—Eso era lo maravilloso de Arantza. Estábamos juntos porque nos sentíamos completos. Jamás había experimentado algo así con alguien. Era mágico. No me entenderá porque no hay palabras para describirlo.

—Estaban enamorados —resume Cestero.

—Más. Mucho más que eso. Por eso cuando me la arrebataron mi primera reacción fue hundirme, pero después comprendí que nuestro viaje juntos no acababa en esa cueva. —El escultor se gira hacia las rocas que está transformando—. La vida de Arantza continúa aquí. No la ve porque todavía falta mucho trabajo por hacer. Pero tampoco soy amante del hiperrealismo. Y en estas montañas, consagradas al arte vasco, me siento más cercano a la obra de Oteiza, Chillida… No sé si me entiende.

Cestero cruza una mirada con Aitor. Oteiza, los apóstoles de Arantzazu, el cadáver de Arantza convertido en escultura...

—¿Y siempre trabaja con piedra? —pregunta su compañero.

—No siempre. Para mí es importante trabajar con lo que me brinda el lugar. Aquí la naturaleza ha querido que sea roca caliza. Es la propia montaña quien me pide que deje aquí mi legado. Y el suyo. Yo soy capaz de escuchar la vida que late bajo estas formaciones rocosas en plena majada pastoril, me piden a gritos que mis manos las liberen de sus rígidos vestidos de piedra para que las generaciones futuras puedan disfrutar del arte, de la emoción. También me gusta la madera. Pero mi relación con ella es complicada. Es una materia prima noble, permite creaciones más atrevidas que la roca. El problema es que no perdura. Mis obras de arte no pueden morir. Nacen con vocación de eternidad. Y la madera, antes o después, sucumbirá al paso del tiempo.

—¿Dónde se encontraba cuando Arantza fue asesinada? —interviene la suboficial.

Andrés le dirige una mirada incómoda.

—Estuve aquí. Toda la tarde sin moverme de la montaña. No se equivoquen conmigo. Dentro de unos años los amantes del arte vendrán a Arantzazu y no se quedarán en el santuario. Verán el legado de mis padres artísticos y después subirán aquí arriba a disfrutar de mi obra. Tal vez esta majada muera cuando se marchen los últimos pastores, pero en estas rocas siempre estará vivo el pastor con su rebaño, Cristo y sus fieles. Y Arantza, por supuesto. Este lugar nos trascenderá a todos nosotros. Ella, también. —Una pausa dramática para llenar de aire los pulmones—. Suboficial Cestero, alguien como yo no va por ahí matando gente. En mis manos habita el aliento de la creación, no el de la destrucción.

Un silencio tenso sigue a sus palabras. Los balidos de las ovejas y el alegre mantra de sus cencerros se adueñan de todo. A lo lejos ladra algún perro.

—Yo estuve aquí con él —anuncia Ayala asomándose a la puerta de su borda. Trae una cafetera italiana en una mano y varias tazas metálicas en la otra—. Perdonad, pero no he podido aguantarme. Andrés estaba anteayer en el mismo lugar que lo tenéis ahora: dándole al cincel para convertir esa roca en el pastor de su rebaño. Él no mató a esa chica.

El escultor asiente lentamente.

—Gracias, Ayala.

—¿Está seguro? —pregunta Cestero.

—Tan seguro como de que eso de ahí arriba es el cielo —confirma el pastor. Después comienza a verter café en una taza metálica curtida en mil batallas—. ¿Quién quiere?

Cestero acepta la invitación. Andrés, también.

—Está muy rico —agradece la suboficial tras un primer sorbo. Después se vuelve hacia el escultor—. ¿A qué se refiere exactamente con que la vida de Arantza continúa aquí?

—Usted nunca ha escuchado la voz de la tierra, ¿verdad, suboficial? Es normal, la educación que recibimos nos obliga a vivir de espaldas a todo. Nuestra existencia no termina aquí. No podré abrazarla, no podré sentir su piel en la mía, no podré oír su voz, pero Arantza no se ha ido. —Oleta abre las manos en un gesto que pretende abarcar el mundo entero—. Puedo sentirla en el aire que respiramos, en aquellos árboles que florecen, en esa nube que nos sonríe... ¿Ve esa roca? —El escultor señala una piedra algo alejada del grupo principal—. Pues yo ya no veo una roca. Había permanecido muda hasta ayer. Pero la piedra me ha hablado y me ha dictado lo que debo hacer. Ahora sé que Arantza espera en ella a que yo termine mi obra, me ha mostrado el camino. Tenía mi pastor y mi rebaño, ahora la luz de Arantza los acompañará por los siglos de los siglos. Ella seguirá irradiando su fuerza gracias a este humilde escultor que va a convertirla en la mismísima Virgen María. —Andrés sonríe con la mirada perdida—. Mis manos van a regalarle la inmortalidad.

22

La vieja cárcel de Bergara es un hervidero. Las entradas para ver
a Diego León en concierto con sus Deabruak hace semanas que
se agotaron. Julia, sin embargo, lo ha solucionado con una llamada de último minuto.

—¿Ya vamos a caber? Yo estoy mayor para abrirme paso a
codazos —comenta Madrazo.

—¡Venga! Que no es para tanto. Si luego te peleas con olas enormes —se burla Cestero empujándolo al patio interior de la prisión.

—No es lo mismo... —protesta Madrazo—. Y no me peleo.
Bailo con ellas.

—Oooh. Qué bonito... Menudo poeta se perdió el mundo
—se ríe la suboficial.

Cuando por fin logran llegar cerca del escenario, Diego León
y los suyos están culminando los últimos ajustes. El cantante los
saluda con un gesto y les señala la balconada a la que se asoman
lo que algún día fueron las celdas del piso superior. Un cartel
escrito a mano anuncia que la zona más próxima a los músicos
está reservada para Julia, de Urdaibai.

—Qué detalle... No sabía que fuerais tan colegas —apunta
Madrazo.

Julia aprieta los labios. Ha sido ella quien los ha convencido para acercarse a Bergara. Dejar Oñati y la austeridad monacal de Arantzazu por un par de horas les vendrá bien.

—Bueno... Digamos que en Urdaibai nos conocemos todos. Su pueblo, Illumbe, está muy cerca de mi casa. Diego iba a mi instituto... Ahora hemos perdido mucho el contacto. Él se recorre medio mundo con sus giras, pero cuando vuelve a casa no es difícil coincidir con él tomando una caña.

Cestero tiene la sensación de que hay algo más. Tal vez alguna noche de tormenta adolescente.

—No nos habéis contado qué tal ha ido con Iñigo Udana —recuerda la suboficial dirigiéndose a Madrazo y Julia.

—Pues nos ha permitido tomarle una muestra de ADN. Dejémoslo ahí —comenta Julia con una mueca.

—No le ha hecho ninguna gracia —confiesa el oficial—. Que quién nos creíamos que éramos para ir a hurgar en la herida de su pérdida, que nos íbamos a enterar por no dejarlo llevar el duelo como un viudo precisa... Suerte que Julia ha conseguido persuadirlo con su espíritu calmado, porque he llegado a pensar que íbamos a irnos sin muestra. —Madrazo resopla—. Ya veréis cuando le digamos que el hijo no era suyo.

—¿Lo habéis visto en el diario diciendo que el asesinato de Arantza puede haber sido un intento de hacerle retirar la propuesta de privatización de la electricidad? —interviene Aitor mostrándoles la entrevista en su móvil. La foto de Iñigo Udana ante la central hidroeléctrica de Olate ilustra un titular que habla de coacción macabra.

—No se lo cree ni él —exclama Cestero—. Pero como buen político está arrimando el ascua a su sardina. ¿Cuándo es la votación?

—La próxima semana —aclara Aitor.

—Uf, usar una desgracia como esta para conseguir sus objetivos... —resume Julia—. No sé, a mí no me gusta Udana. Cada cual es muy libre de llevar el duelo como desee, pero cuando tu mujer acaba de ser asesinada de una manera tan salvaje, no puedes seguir adelante con tu agenda como si nada hubiera ocurrido. Ese tipo esconde algo, estoy convencida.

El bombo de los Deabruak zanja la conversación. POM, POM, POM... Le siguen los acordes de la guitarra y la voz de Diego León saludando y dedicando ese improvisado concierto al vecino pueblo de Oñati y la mujer asesinada en la cueva.

Durante los primeros temas, la UHI se deja llevar por la música. Incluso Cestero se descubre a sí misma siguiendo el ritmo con unas baquetas imaginarias.

Echa de menos la batería.

Mucho más de lo que está dispuesta a admitirse a sí misma.

—¿Ya os ha contado que pescó una trompeta? —comenta cuando el rock más cañero se torna balada. Su mirada señala a Aitor.

La escasa luz no impide que el rubor que inunda las mejillas de su compañero sea evidente, aunque acaba por tirar la toalla y contarles todos los detalles.

—Y todavía no sabéis lo mejor... —señala Cestero con una mueca divertida—. ¿Qué haríais vosotros si sacarais del mar una trompeta?

—No sé. ¿Llevarla al conservatorio por si alguien la puede aprovechar? —plantea Julia.

—O venderla por Wallapop —se suma Madrazo.

Cestero da un largo trago del botellín para disimular su risa. Su mirada está clavada en Aitor. O lo cuenta él o será ella quien lo haga.

—Vaaale —se rinde él fingiendo fastidio—. Pues yo no hice ni una cosa ni la otra. Lo vi como una señal y me he apuntado a clases. Estoy aprendiendo a tocarla. Tengo ya mi plaza reservada en la charanga del pueblo.

Después de las risas y los aplausos de sus compañeros, el oficial alza el botellín y los invita a brindar.

—Nadie podrá decir que no tengo el equipo más original del mundo. Joder, no hay ni uno al que no le falte un tornillo —se ríe Madrazo mientras las botellas chocan—. Podríamos formar un grupo de música que desafiara a los mismísimos Deabruak. Aitor a la trompeta, Cestero en la batería y Julia podría poner la voz. Yo, de mánager, que no tengo sentido del ritmo.

—Yo ya no toco —suspira la suboficial.

Los demás callan. Saben a qué se refiere. Hace más de un año que no se pone frente a la batería. Se prometió a sí misma que no volvería a hacerlo. Sin Olaia, The Lamiak, ese grupo que habían forjado entre tres buenas amigas, había dejado de tener sentido. El paso del tiempo ha mitigado la rabia y el dolor que la impulsaron a arrojar sus baquetas al mar. Sin embargo, aunque echa de menos la sensación electrizante de la música fluyendo de sus brazos, sabe que aún no está preparada para enfrentarse a los recuerdos de esos tiempos más felices.

—Podrías planteártelo como un homenaje a ella —apunta Madrazo.

Cestero oye el clic de su piercing al chocar contra sus incisivos. Sabe que su jefe, su amigo, tiene razón. A Olaia le hubiera gustado que los sueños de sus compañeras de música y cervezas no quedaran truncados por su muerte.

—Voy a pedir otra ronda —anuncia poniéndose en pie.

—Ane —la interpela Madrazo—. Perdona. No quería meterme donde no me llaman.

La suboficial le replica con un amago de sonrisa mientras se dirige a la barra.

Los chicos que la atienden no dan abasto. No todos los días se tiene a una estrella actuando en tu sala de conciertos. Y por si fuera poco se acaba de agotar el barril de cerveza.

—¿Qué te pongo? —le pregunta uno de los camareros mientras llena de espuma una jarra y después otra.

—Cuatro botellines, por favor.

—¿Puedo invitarte? —pregunta una voz junto a ella.

Cestero se gira y se sorprende al ver a Peru, el joven que hace unas horas se divertía con las dos alumnas de Gema en el domo de Belamendi. Parece que los miembros de la UHI no son los únicos que han bajado de Oñati al concierto. Las manos del chico lían lo que parece un cigarrillo, pero huele demasiado bien para ser solo tabaco.

—Estoy con unos amigos —se excusa Cestero señalando al resto de su equipo.

—Solo una —insiste el joven—. Podrán pasar sin ti.

La suboficial suelta una risa nasal. Quién la ha visto y quién la ve. ¿De verdad se está negando a tomar algo con un tipo tan atractivo?

Peru tiene unos bonitos ojos verdes. ¿O es cosa de la luz? Tal vez sean azules. Tanto da. Resultan magnéticos. Y más con la intensidad que la mira.

—¿Te han dicho alguna vez que los tuyos son preciosos? —pregunta el joven adivinando sus pensamientos. Esa barba de dos días y ese cabello estudiadamente despeinado completan un cuadro que a buen seguro le garantizará muchos éxitos. Sus dedos se acercan al cuello de Cestero—. Me encantan las chicas con tatuajes. Este Sugaar que llevas aquí es una pasada.

Ane se sorprende de que haya acertado a la primera. Lo más habitual es que lo confundan con un dragón. A veces incluso alguien la ha querido halagar llamándola Daenerys, la madre de dragones. Y no. No es un dragón. Es Sugaar, la serpiente macho que la mitología vasca empareja con Mari, la gran diosa de la naturaleza. Ane la lleva tatuada, solo que para poder verla, Peru debería quitarle la camiseta. Y eso no va a pasar.

—Gracias, pero tendrá que ser otro día —se obliga a responder.

Peru no es de los que tiran la toalla fácilmente.

—No habrá más días. Se acaba el mundo. ¿No has oído que en unas horas Oñati entra en zona roja?

La suboficial se ríe mientras regresa junto al resto.

—Has ligado —se burla Madrazo.

—Pues no tengo el mejor día. En otras condiciones le hubiera seguido el rollo —confiesa repartiendo las cervezas—. ¿Y Julia?

Aitor señala el escenario.

—Saludando a su colega.

Cestero se vuelve hacia allí. Julia está charlando con Diego León. Se ríen. Es evidente que hay buen rollo entre ellos. De vez en cuando se giran y observan al grupo de ertzainas.

—Algo traman —dice Aitor.

—Creo que te quieren contratar de trompeta —le suelta Madrazo.

Ane se suma a las risas, pero se le congelan cuando Julia vuelve junto a ellos y la coge de la mano.

—Ven a saludar a Diego.

Cestero contiene la respiración. ¿Por qué ella y no Aitor o Madrazo? Su instinto se pone alerta. El gato encerrado asoma su patita por debajo de la puerta.

—Ay, ay, que esto huele a contrato de los gordos —comenta su jefe entre risas—. Que no nos robe a la mejor ertzaina del equipo, eh.

—Julia...

—Vamos, no te hagas de rogar —insiste su compañera.

La suboficial obedece por fin.

Después de los saludos de rigor, el cantante dispara a matar. El gato ha derribado la puerta y se lanza a por Cestero.

—Mi batería está indispuesto —anuncia fingiendo disgusto—. Te necesito. Solo una canción.

—Ni de coña. ¿Qué te ha contado Julia?

El cantante le apoya una mano en el hombro. Esta vez su voz suena tan cercana, tan cálida y sincera, que resulta complicado decir que no. Se nota a la legua que es un seductor de primera que siempre consigue salirse con la suya.

—Vamos, Ane. Por favor. Solo una. ¿Te sabes nuestro último hit, *Mi vecino francés*?

Cestero traga saliva. Le cuesta. Mira alrededor. Hay gente, mucha gente, pero también con The Lamiak dieron conciertos con público. No eran los Deabruak, pero sabían ganarse al personal.

No es eso, sin embargo, lo que la obliga a rechazar la invitación.

—Eres muy generoso, Diego. Y tú también, Julia. Lo que estáis intentando es muy bonito, pero no puedo hacerlo, de verdad.

El cantante asiente, comprensivo.

—Nada que agradecer, Ane. Ciertas personas, cuando desaparecen, se llevan partes importantes de nosotros mismos. Yo también he pasado por eso. Pero tarde o temprano la música volverá a tu vida, ya lo verás. Cuando estés preparada, avísame. Será un honor para mí que algún día aceptes tocar conmigo. No habrá un homenaje más bonito a Olaia que retomar la música que disfrutabais juntas.

Cestero le promete que lo hará. Después las dos ertzainas regresan junto al resto mientras el batería oficial de los Deabruak recupera su lugar en el escenario y unos acordes dan inicio a un nuevo tema.

—Perdona, Ane. Creí que... —balbucea Julia con un hilo de voz.

Cestero silencia su disculpa regalándole un abrazo. Uno de esos que llegan desde el corazón y se alargan sin que ninguna de las dos partes tenga ganas de zanjarlo. No hace falta decir más.

—Ya ha pillado el pichabrava —comenta Madrazo cuando se unen al grupo.

La suboficial sigue su mirada. No le causa sorpresa alguna ver a Peru fundiéndose en un beso con una chica rubia. Tampoco decepción. Era evidente que es de esos que disparan a cualquiera que se ponga a tiro. Rara vez dormirá solo.

Después su mano busca el móvil. Le ha parecido sentir una vibración... Sí. Tiene una notificación de correo entrante. Lo abre sin interés, pero su mente se pone alerta de repente. Ya no hay baquetas, ni homenajes, ni chicos guapos que traten de invitarla. No, ya solo existen esas ocho letras que separadas no dirían nada pero unidas representan un mensaje contundente.

NEGATIVO

—¿Qué pasa? —pregunta Aitor al reparar en su gesto de estupefacción.

Cestero la mira. A él y al resto de la UHI. Luego coge aire y alza la voz para hacerse oír por encima de la música:

—Que nuestro escultor, Andrés Oleta, tampoco es el padre.

23

Jueves, 6 de mayo de 2021
Santo Domingo Savio

El coche avisa de su llegada desde antes de la curva. Porque es un coche, sin lugar a dudas. El ruido de los camiones es más pesado, menos inquieto. Sor Cándida no necesita abrir los ojos para verlo desfilando por la recta antes de que la siguiente curva vuelva a devorarlo para siempre. Y tampoco para saber que está lloviendo.

Son muchas las noches, los miles de noches, que la monja ha pasado en aquella celda como para reconocer en el acto el tiempo que hace en el exterior. Hoy es la lluvia lo que captan sus oídos, el agua que se aferra a los neumáticos y deja tras de sí una estela que continúa hiriendo el silencio a pesar de que el vehículo ya se ha alejado.

Cuando el ruido se extingue por completo sor Cándida abre los ojos para encontrarse con un mundo conocido. La luz de una farola lejana tiñe de naranja el escaso mobiliario. Un escritorio con una lamparita de porcelana, una silla de madera y el armario donde la monja guarda sus escasas pertenencias. Se trata de una estancia sencilla, aunque luminosa. Si no fuera noche cerrada, la silueta del monte Aloña se colaría por esa ventana que se asoma al mundo exterior desde los pies de la cama. Las mayores cuentan que en el convento viejo la luz escaseaba. Las ventanas eran diminutas y los rayos de sol apenas lograban abrirse paso entre aquellos gruesos muros de piedra. Eso fue precisamente, eso y asegurarse unos ingresos que sostuvieran la economía maltrecha de una congregación cada vez más envejecida, lo que empujó a las monjas a vender el edificio del centro de Oñati para mudarse a las afueras.

Cuentan también las más ancianas que les costó despojarse de las rejas en las ventanas. Sin embargo, ahora todas aplauden la valentía de aquella madre priora que optó por no instalarlas en el nuevo convento. No precisan de barrote alguno para saber que viven en clausura. Lo hacen por amor a Dios y a santa Clara, sin que nadie las obligue a estar allí. No, por supuesto que no hacen falta rejas. Ni sor Cándida ni ninguna de sus compañeras de congregación quieren huir del convento, y quienes viven fuera, cada vez más apartados de la senda marcada por Jesucristo, tampoco desean entrar a la clausura.

Las manos de la monja buscan la botella de agua en la mesilla. Está vacía. Olvidó llenarla por la noche.

Sor Cándida deja escapar un suspiro mientras se incorpora. Tiene sed. A menudo la tiene de madrugada, pero esas anchoas en salazón con las que la hermana cocinera aderezó la ensaladilla rusa de la cena no ayudan.

Necesita beber agua. O lo hace o el sueño no volverá a abrazarla.

Su mano derecha traza ante ella la señal de la cruz al tiempo que su mirada recala en ese crucifijo que la escasa luz viste de naranja. Lo siguiente es tirar de la manilla con cuidado de no hacer ruido y salir al pasillo. El resto de las puertas están cerradas. No todas, la de sor Maura se encuentra solo entornada, como cada noche. La hermana llegada de México prefiere no cerrarla. Lo achaca a una claustrofobia que para las más viejas no son más que manías de juventud. Y es que, claro, la americana cuenta solo cincuenta y ocho primaveras.

El suelo está frío. Sor Cándida lo siente en las plantas de los pies mientras se dirige a las escaleras. La luz se va extinguiendo a medida que los pasos la alejan de su celda. No hay ventanas en el pasillo. Tampoco en esas escaleras que descienden hacia las dependencias comunes del piso inferior. Poco importa la oscuridad cuando una lleva veintiocho años sin salir de esas cuatro paredes. La monja conoce cada centímetro del edificio mejor que si de su propio cuerpo se tratara. No hay lugares prohibidos en él.

Al llegar al distribuidor del piso de abajo regresa la luz. Se filtra a través de la puerta abierta de la cocina. También brota de ella un delicioso aroma a almendrados y amarguillos. Sor Cándida los localiza sobre la encimera: cuatro bandejas que salieron del horno a última hora y que no embolsarán para su venta hasta después del primer oficio de la mañana. Si lo hicieran en caliente los dulces se echarían a perder.

Su boca se hace agua mientras abre el grifo para llenar la botella. Ese olor… Su mirada vuela hacia las pastas. No podrá resistirse. Adora los amarguillos. Tanto que sor Angustias, que ya era anciana cuando ingresó en el convento hace decenios, le reprocha una y otra vez en tono burlón que su vocación para hacerse clarisa no fue otra que el tener libre acceso a esas delicias que ya nunca tendrá que comprar a través del torno que comunica el convento con el exterior.

—Uno no es ninguno —se susurra la monja mientras cierra la botella y se dirige a la bandeja más cercana.

El primero de los amarguilllos llena su boca de placer. Pero comer una sola de esas ambrosías nunca es suficiente. Los dedos de sor Cándida vuelan a por el segundo y después habrá un tercero y tal vez un cuarto. Solo se detendrá cuando el peso de la culpa gane al del placer en la balanza de su alma.

Pero su mano no ha llegado a tocar la segunda pasta cuando se detiene en seco. Alguien viene. La monja vuelve a girarse hacia el grifo y finge llenar la botella. Una cosa es lidiar con la propia culpa y otra soportar las miradas reprochadoras de alguna de sus hermanas.

Los segundos pasan y no aparece nadie. Es extraño, está segura de haber oído algo… ¡Sí, ahí está de nuevo! No se equivocaba. Son pasos, aunque no proceden de la escalera.

—La iglesia —comenta por lo bajo.

Cuando una lleva tantos años sin salir de la clausura es capaz de reconocer el origen de cada uno de los sonidos que se producen en el convento, ya sean coches circulando por una carretera cercana, armarios que se abren en otra celda o alguien rezando en la capilla.

Es extraño. Las hermanas no acostumbran a bajar a la iglesia de noche. El primer oficio del día, maitines, no tiene lugar hasta media hora antes del amanecer y de eso distan aún varias horas de sueño.

Las anchoas… Seguro que ellas tienen también la culpa de que alguna otra de sus hermanas no pueda dormir.

Sor Cándida empuja la puerta que conduce al coro. Allí sí que hay rejas. Las únicas, junto con las que instalaron en la sala de visitas. Separan la zona reservada a las clarisas de la que ocupan los feligreses que acuden a los oficios. Las vidrieras, escasas pero hermosas, tamizan la luz de las farolas del extrarradio oñatiarra para vestir de santidad la iglesia. Rojos, azules, verdes… Los tonos que impregnan las bancadas y el propio retablo resultan mágicos, irreales.

No hay nadie a la vista.

El estómago de la monja ruge contrariado. Le pide que regrese a la cocina, que olvide esos pasos imaginarios y se centre en los amarguillos.

—Solo uno más —se dice la religiosa. La balanza todavía no se ha pronunciado con la contundencia necesaria.

Apenas ha llegado a la cocina cuando vuelve a oír ruidos. Esta vez son algo más que pasos: el chirrido de unos goznes que lloran. Y, sí, proceden de la iglesia.

Sus dedos flotan indecisos sobre los dulces, le ruegan que remate el movimiento para así llenar su boca de placer. Sin embargo, sor Cándida reúne la fuerza de voluntad que necesita para regresar al coro.

Y esta vez lo ve.

Se trata del mismísimo san Miguel, el arcángel responsable de pesar las almas el día del juicio final. El patrón de Oñati. Camina entre los bancos, lento y solemne, se dirige hacia ella, sin pestañear, fundiéndola con esos ojos tan negros.

—Solo ha sido uno... Tenía hambre... —balbucea la monja mientras recula aterrorizada hacia la puerta—. No me lleves. No todavía. Por favor...

Su mano derecha traza una cruz tras otra ante su pecho.

El arcángel se detiene al alcanzar los barrotes. La observa fijamente. Dice mucho sin emplear las palabras, y sor Cándida comprende que le exige que se arrepienta de no haber sido capaz de mantener a raya su gula.

—No lo haré más. De verdad —promete la monja entre sollozos.

San Miguel la observa en silencio todavía unos instantes. Esos ojos, impávidos, en los que es imposible leer emoción alguna, hielan el alma de sor Cándida. Es evidente que está decidiendo qué hacer con ella. Después alza la cruz que porta a modo de báculo y, cuando ella cae de rodillas a la espera de que la castigue, le da la espalda y se encamina a la salida.

La ha perdonado.

Al menos por esta vez.

24

Jueves, 6 de mayo de 2021
Santo Domingo Savio

El domo se ve diferente esta mañana. Y no es por la luz, todavía escasa a esas horas tan tempranas, sino por la armonía que se respira en la estampa que Cestero y Aitor tienen delante. Un barrido visual le arroja unas veinte personas sentadas con las piernas cruzadas y las manos sobre las rodillas. Ojos cerrados, gesto sereno. El mantra gutural que brota de sus gargantas se funde con los acordes reposados de una guitarra que suena a través de unos altavoces ocultos entre plantas de bambú. Ane jamás se ha sentido atraída por el yoga ni por la meditación. Sin embargo, la escena logra contagiarle una inesperada paz.

—A Julia le encantaría —comenta Aitor en voz baja.

—Seguro —admite la suboficial. Porque sabe que se ha quedado en la hospedería redactando informes con Madrazo, que de lo contrario no le extrañaría verla allá dentro.

Su mirada busca sin éxito a Peru. Hay más mujeres que hombres bajo la semiesfera. Muchas más. Gema es una de ellas, claro.

Cestero le indica con un gesto que salga con ellos.

—Seguid sin mí. Tengo que excusarme un momento —comenta la monitora con voz queda.

Algunas miradas la siguen hasta la puerta, pero la mayoría permanecen completamente inmóviles.

—Lo habéis notado, ¿verdad? —comenta Gema en cuanto se une a los ertzainas—. La fuerza de nuestro canto al unísono desborda el propio domo e inunda todo el valle. Estamos brindando a este lugar la paz que precisa tras un suceso tan traumático como el de Sandaili.

—Tenemos que hacerte un par de preguntas —indica Cestero evitando responderle desde su escepticismo.

Gema señala una mesa metálica cercana a la entrada al caserío.

—Nos alejaremos del domo, si no os importa. No quiero importunarlas con nuestras palabras. ¿Ya habéis visto cuánta gente ha acudido a la llamada? Son personas maravillosas. Si todo el mundo estuviera dispuesto a ayudar así, este planeta sería un lugar mejor. ¿Puedo ofreceros hoy un té?

—No, gracias —se disculpa la suboficial. Lo suyo es la cafeína y, además, esta mañana no le apetece nada perderse en las disertaciones de Gema. Hay un crimen que requiere respuestas, y la más urgente es aclarar la paternidad del bebé que esperaba la víctima. Si están en Belamendi es porque su instinto le dice que encontrarán allí lo que buscan—. No queremos robarte tiempo. Seré sincera y directa. Espero lo mismo de ti. Tenemos motivos para creer que el hijo que Arantza esperaba no era de Iñigo Udana. Y, según nos explicaste, la vida espiritual de la víctima giró alrededor de este lugar en los últimos meses.

La monitora asiente en silencio. Su gesto es el de quien sabe que ese momento iba a llegar antes o después. Sus hombros se elevan cuando llena los pulmones para soltar después un profundo suspiro.

—No la juzguéis. Arantza deseaba con todas sus fuerzas quedarse embarazada y eso la llevó a buscarse la vida... Su marido no podía darle hijos. Existía una remota posibilidad, pero siempre con un duro tratamiento de por medio. Sin embargo, en contra de las presiones de Udana, ella apostó por abrazar la naturaleza. Los baños, la meditación en esta casa, infusiones de hierbas poderosas… Su embarazo confirma que eligió el camino correcto.

—Sería importante que supiéramos quién era el padre del bebé que esperaba —añade Aitor.

Gema niega con la cabeza.

—¿Y para quién es importante eso? Yo no creo en los lazos de sangre sino en la comunidad. Los hijos son el futuro de la humanidad, no una propiedad que pueda ser reclamada… ¿Qué daño hacía Arantza engendrando una nueva vida? Si la gente abriera su mente todos seríamos más felices. Y en eso ella llevó la delantera a tantos y tantas gentes obtusas de este pueblo, de este país y de este mundo nuestro.

—No estamos juzgando su libertad de vivir y amar según sus deseos —aclara Cestero secamente. Ojalá hubiera venido Julia en su lugar—. Pero murió llevando en su vientre al hijo de otra persona y necesitamos averiguar si esto influyó en su asesinato.

Los acordes que brotan de las livianas paredes del domo llenan el silencio que sigue a sus palabras.

—La llegada de un bebé siempre es motivo de alegría —argumenta finalmente Gema.

—No siempre. Especialmente cuando hay engaños de por medio —discrepa Cestero.

—¿Lo ves? Ahí asoma la moral judeocristiana —protesta la monitora—. ¡Qué manía! ¿Qué tenéis contra las relaciones abiertas? Os da miedo que el amor fluya con naturalidad.

Cestero arrastra el piercing por la cara interna de sus dientes. Gema consigue sacarla de quicio con esa sonrisa que acompaña cada una de sus negativas a colaborar.

—Lo que mi compañera quiere decirle es que quizá la paternidad de esa criatura se encuentre detrás del crimen de su madre —insiste Aitor.

—Pues yo no creo en esa idea vuestra de la paternidad —objeta la monitora. Su mirada vuela después hacia la entrada a la finca.

Unos pasos a la espalda de los ertzainas confirman que alguien acaba de llegar.

—Peru… Ya me extrañaba que no vinieras un día tan especial —saluda Gema desterrando toda la tensión de su voz.

—Si está aquí la chica de los ojos bonitos… —comenta el recién llegado.

La suboficial esboza una sonrisa de circunstancias. Solo le faltaba eso.

—Muy especiales —corrobora la monitora—. Los ojos dicen mucho de quien está detrás. Esos tonos ambarinos indican que tu elemento es el fuego. Irradias la luz de los osados. Eres fuerte, enérgica, segura e independiente. Una líder natural. Aunque a veces tu pasión te desborda. ¿Me equivoco?

Aitor ahoga la risa ante el gesto contrariado de su jefa.

—¿Ha venido mucha gente? —pregunta Peru señalando el domo.

—Mucha. Está casi lleno. Ya verás qué energía. —Gema desembala una prueba de antígenos y le ofrece el bastoncillo—. Tengo que pedirte que pases por esto. Hay muchas personas y no podemos arriesgarnos a que este retiro sea el origen de un brote.

El joven da un paso atrás.

—¿Qué dices? Paso de hurgarme en la nariz con eso.

—Venga, hombre. No es para tanto. ¿Te lo hago yo?

Peru resopla mientras sacude la cabeza.

—Está bien… Ya lo hago yo. Pero va a dar negativo. A ver dónde iba a contagiarme yo.

Cestero no tiene que realizar grandes esfuerzos para verlo comiéndose la boca con la chica del concierto. Y pondría la mano en el fuego por que ese no ha sido el único contacto estrecho que el aprendiz de pastor ha mantenido en los últimos días.

—Muy bien. Ahora la otra fosa nasal —le guía Gema—. Perfecto. Gracias. ¿A que no era para tanto?

Conforme habla, introduce el hisopo en el líquido reactivo y vierte unas gotas en el test. Por un momento solo se oye la música. La música y el canto de un petirrojo que descansa sobre el respaldo de una silla.

Cestero y Aitor cruzan una mirada. No lo van a tener más a tiro que en ese momento.

—¿Conocías a Arantza Muro? —pregunta el agente.

La suboficial clava la mirada en los maxilares de Peru. Ellos son siempre los primeros delatores cuando hay tensión.

Y vaya si la hay.

—Oñati es un pueblo —dice como toda respuesta.

—Coincidirías aquí con ella —añade Cestero—. ¿Qué tipo de relación teníais?

—Ninguna en especial. Nos saludábamos y poco más. Aquí venimos a meditar.

La mandíbula de Peru continúa diciendo más que sus palabras. Está deseando esquivar esa conversación.

—Negativo —anuncia Gema. Ella también está incómoda—. Ya puedes entrar. Yo voy enseguida.

Cestero espera a que el joven se deje devorar por la semiesfera antes de lanzar su pregunta.

—¿Qué puede decirme de él?

—Que es puro fuego, igual que tú. Le gusta más meditar a solas con las chicas que vienen por aquí que mis clases —anuncia con una sonrisa burlona—. ¿Pero acaso vivir no es eso? No hace daño a nadie. Al contrario. Con veintipocos años es lo que hay que hacer.

—A eso mismo me refería —apunta Cestero—. ¿Él y Arantza...?

El croar de una rana a todo volumen silencia la pregunta de la suboficial.

—¡Ese es mi móvil! —exclama Gema con gesto confundido—. ¡Ay! ¡Qué desastre! Que estoy enviando la música desde el teléfono a los altavoces del domo... ¿Cómo se le ocurre a este hombre llamarme ahora? —La mujer mueve el dedo por la pantalla, hasta que al final logra rechazar la llamada. Los mantras recuperan el terreno perdido en la megafonía, pero solo un instante, porque la llamada vuelve a repetirse. Esta vez la monitora pulsa el botón de contestar—. ¿Qué pasa, Andrés? Estamos en plena meditación...

—Joder… El fraile… Es terrible. —La voz del escultor brota desde el domo.

Gema sacude la cabeza.

—¿Qué pasa? ¿Estás bien? No entiendo nada.

—Está muerto, joder. El fraile está muerto —escupen los altavoces.

Gema busca desesperada el botón de desactivar la conexión bluetooth, pero Cestero le aparta la mano antes de que logre hacerlo. Necesita escuchar esa conversación tan espontánea como alarmante.

—¿Pero de qué hablas, cariño? ¿Qué fraile?

—El fraile. El que abre la ermita… Sebastián. Está muerto. Joder, no sé qué hacer. No puedo llamar a la policía…

Gema dirige una mirada aterrorizada a Cestero, que se lleva un dedo a los labios para pedirle silencio.

—Están aquí, Andrés. Te está oyendo todo el mundo —anuncia la monitora antes de que Ane le arrebate el teléfono.

—Andrés. Soy la suboficial Cestero. ¿Dónde se encuentra? ¿Dónde está ese fraile?

La voz del escultor tarda unos segundos en regresar. Los mismos que Cestero aprovecha para desvincular el móvil de los altavoces del domo. Es tarde. El retiro de meditación que pretendía restaurar el equilibrio en el pueblo acaba de inclinar su balanza claramente del lado del caos. Gritos, carreras, rostros aterrados emergiendo de la semiesfera…

—Yo no he sido. Se lo juro. Me lo he encontrado muerto. Lo han… —Un gemido interrumpe la narración del escultor por unos instantes—. Lo han destripado.

—¿Dónde se encuentra, Andrés?

—Aquí… En Urbia… En la ermita. Madre mía… Pero ¿qué le han hecho?

Cestero hace un gesto con la cabeza a Aitor. Tienen que irse inmediatamente.

—Usted no se mueva de allí. ¿De acuerdo? —ordena la suboficial.

—Yo no he sido. No he sido yo —balbucea el escultor.

—No se mueva. ¿Entendido? Llegamos enseguida —termina Cestero antes de devolver el teléfono a Gema y echar a correr hacia el coche.

—Él no ha sido —asegura la monitora cuando ya apenas pueden oírla.

Señor, hazme conocer tus caminos; muéstrame tus sendas.

Salmos 25:4

Las piernas me pesaban. Dolían. Me rogaban con fuerza que les brindara un descanso. Y a pesar de ello continuaba pedaleando. Quería coronar el alto y verlos de nuevo. Lo necesitaba. Poblaban mis sueños con una fuerza tal que dejaban en segundo plano todo lo demás. Necesitaba estar con ellos. A solas. Comprender el mensaje que me querían transmitir.

A pesar de que habían pasado meses de nuestra excursión a Arantzazu, los torsos abiertos en canal de aquellos apóstoles se me aparecían incluso cuando cerraba los ojos en pleno día.

Sabía que querían decirme algo, pero todavía no había sido capaz de comprender qué era.

Necesitaba verlos de nuevo.

—Vamos, solo un poco más. Estás llegando —recuerdo que me repetía una y otra vez a mí mismo.

No era verdad, o no lo era al inicio de la ascensión, porque son nueve los kilómetros que separan Oñati del santuario. Nueve kilómetros que salvan quinientos metros de desnivel. Quizá no sea más que una tachuela para un ciclista acostumbrado a grandes gestas, pero para unas piernas que todavía no habían cumplido los diez años aquello era el mismísimo Alpe d'Huez.

Todavía no había llegado a la mitad del puerto cuando una densa niebla envolvió mis pedaladas. El mundo verde al que estaba acostumbrado y que me brindaba seguridad desapareció por completo. Sentí miedo, es absurdo negarlo, y aun así seguí dándole a los pedales con fuerza. No podía permitirme tirar la toalla. Debía estar a la altura de la sangre que corría por mis venas.

Aquella niebla lo devoró todo. De pronto no había nada alrededor de mí. Ni caseríos dispersos ni montañas imponentes. Nada. Solo yo y mi esfuerzo.

De vez en cuando me llegaban, aplacados por la niebla, algunos sonidos propios de aquel mundo rural por el que avanzaba sin aliento. Cencerros, el balido de una oveja perdida, el rebuzno de un asno… Estaban ahí, al alcance de la mano, pero a mis ojos todo era tan blanco como la leche que se escapaba del cazo de mi madre.

La campana del santuario me insufló ánimo. Se oía cerca. Tocaba las doce del mediodía y su vibración metálica reverberó largamente en las minúsculas gotas de agua en suspensión. No podía faltar mucho.

Mi mano cogió el bidón de la bicicleta, pero por más que lo apreté no pude beber una sola gota de agua. Hacía varios kilómetros que se había vaciado. Creo que para cuando llegué al cruce de Sandaili ya me la había bebido toda.

Tenía sed. Mucha. Las perlas de humedad que la niebla depositaba en mi rostro y que corrían lentas hasta la comisura de mis labios se me antojaban un verdadero néctar celestial. Pero no era suficiente. No sé cuánto tiempo llevaba pedaleando, pero seguramente más de una hora. Sin agua no podría aguantar mucho más.

Por suerte, los adoquines que marcaban la llegada al santuario estaban allí mismo. Sentir su traqueteo en mis piernas fue la mejor noticia.

Lo había conseguido.

En el preciso momento que los pisé la niebla quedó atrás. Creo que decir atrás no es correcto, porque quedó exactamente a mis pies. Era una imagen sencillamente indescriptible, una sensación que jamás hasta entonces había experimentado.

Los edificios de Arantzazu flotaban sobre las nubes. Yo mismo flotaba sobre ellas. Debajo, en los barrancos y el valle, se extendía un mar de algodón que ocultaba por completo el mundo terrenal. Y allí, en ese paraíso al que había escalado, reinaban las torres de la basílica y las cumbres rocosas de las montañas.

La campana volvió a tañer para reforzar esa imagen. Fue maravilloso. He vivido muchos años ya, y jamás he visto algo igual. Me sentí en el reino de los cielos y sé perfectamente que fue Dios quien me hizo ese regalo. Quería mostrarme que no estaba equivocado y que tenía un plan para mí.

Apoyé la bici en la base del campanario y me senté en la escalinata que baja al templo. Ya no tenía sed. Ya no sentía cansancio alguno. Estaba en el lugar al que llevaba mucho tiempo soñando con regresar. Y allí estaban ellos. Me observaban desde su friso. Sus cuerpos de pura roca irradiaban una luz que desvanecía todo lo demás. Sus torsos vacíos tiraban de mí con fuerza, me hablaban, me lo contaban todo sin necesidad de emplear una sola palabra.

Dejé sonar la campana. Dio la una y también las dos mientras yo trataba de descifrar el mensaje que aquellos hombres de piedra ansiaban transmitirme. Y cuando por fin recuperé mi bicicleta para regresar al valle, lo hice sin haberlo logrado todavía.

Pero si de algo estuve seguro aquel día era de que el secreto se encontraba frente a mí y que yo lograría desvelarlo algún día. Esos apóstoles eran los mensajeros de Dios y tenían algo que decirme. Dios le había pedido a Oteiza que me indicara el camino y yo tendría que recorrerlo.

25

Jueves, 6 de mayo de 2021
Santo Domingo Savio

La ermita se recorta al final de una avenida de fresnos que la niebla convierte en espectros guardianes de un templo del que ha huido todo rastro de color. El mundo se ha tornado gris en los pastos de verano; no queda una brizna verde en la hierba ni azul en un cielo que de pronto se ha vuelto pesado, tan opresivo que Madrazo tiene que hacer verdaderos esfuerzos para llenar sus pulmones.

—Allí hay alguien —anuncia Julia. Han subido a Urbia tan rápido como el mal estado de la pista forestal les ha permitido. Cestero y Aitor estarán al llegar, venían directos desde Belamendi.

Se refiere a un bulto apoyado contra uno de los árboles. Es Andrés, el escultor. Está sentado en el suelo con la espalda contra el fresno y los ojos clavados en un punto indeterminado.

—Delante de la puerta —anuncia sin dirigirles siquiera una mirada.

—No se marche —le pide Madrazo mientras Julia y él continúan su camino hacia la ermita.

Se diría que la niebla se hace más densa a cada paso, que les pide que no sigan adelante. Pero el oficial se exige un paso más. Y después otro. Formar parte de una unidad de Investigación Criminal como la UHI incluye momentos gratificantes, como cuando le pones por fin las esposas a quien ha sido capaz de segar la vida de otro ser humano. Sin embargo, son muchas también las situaciones de una dureza tal que nadie debería tener que afrontar. Pero mientras haya personas capaces de sembrar el dolor tendrán que existir otras que traten de impedírselo.

—¿Prefieres quedarte con el escultor? —le pregunta a su compañera.

—No. Voy contigo —zanja Julia sin dudarlo.

El fraile es al principio solo una silueta desdibujada por las partículas de agua que flotan en el aire, pero conforme se aproximan comienza a apreciarse el contorno del cuerpo. Se encuentra en pleno acceso a la ermita, de cintura para arriba en el interior del templo y de ahí para abajo sobre la hierba húmeda del exterior.

—Joder… —masculla Madrazo.

El cadáver ha sido brutalmente profanado. El torso está completamente abierto, como un libro, desde el cuello hasta la pelvis, y los órganos han sido retirados. Huele a carne fresca. A sangre. A muerte.

—Es el mismo autor —apunta Julia con un hilo de voz.

Las manos del cadáver han sido dispuestas a ambos lados del tajo. Se ofrece, vacío de todo, igual que días atrás hiciera Arantza. O, mejor dicho, hicieran con Arantza.

Otro apóstol.

—Esto no pinta bien —reconoce Madrazo. Aunque en la academia les explican que solo se puede hablar de asesino en serie a partir de un tercer crimen, no le cabe ninguna duda de que se enfrentan a uno.

—Tenía la esperanza de que Silvia estuviera equivocada —confiesa su compañera antes de señalar hacia un lugar indeterminado en la niebla—. Voy al coche a por una manta.

Madrazo comprende que necesite alejarse de la escena. Él también lo haría, aunque solo fuera por unos instantes.

—¿Quién te ha hecho esto? —pregunta casi para sus adentros mientras se asoma al rostro del fraile. Tiene los ojos abiertos, suplicando una ayuda que no ha llegado a tiempo. El oficial se ha enfrentado a esa mirada otras veces. Demasiadas. Es la de quienes comprenden que lo que tienen ante sí es lo último que verán antes de que todo se funda a negro para siempre.

Los labios amoratados indican asfixia. Igual que en el caso de Arantza.

Esta vez no hay agua cerca, pero el cuello del fraile guarda la clave. La marca de la cuerda con la que le han arrebatado la vida es evidente. La autopsia solo podrá confirmarlo.

El hábito marrón descansa en el suelo, a apenas un metro del cadáver. Allí está también el cíngulo, ese cordón que emplean los frailes para ceñirlo a la cintura. Madrazo se pone unos guantes de látex antes de introducirlo en una bolsa de pruebas. Habrá que comprobar si se trata del arma homicida.

—Pobre hombre. Vaya final más horrible —comenta Julia cuando regresa con la manta térmica. El bolígrafo que lleva en la mano se acerca al rostro del hombre muerto para señalar algo—. ¿Has visto? —Se refiere a unos pedacitos de masa azulada que destacan en las patillas mal recortadas. También en las pestañas y en los orificios de la nariz.

—Alginato —deduce Madrazo—. Otro rostro más para la colección del asesino…

Julia tira hacia delante de la capucha del chubasquero. El cielo ha decidido romper a llorar. Lo hace con ternura, con la levedad de un sirimiri que resbala por el rostro del religioso, blanco como la cera.

—No hay marcas defensivas tampoco en esta ocasión. Es posible que le sorprendiera por la espalda. O quizá tampoco se resistió, como Arantza —apunta la agente mientras cubre el cadáver.

—Una víctima fácil. Este hombre tendría sus años y no parece precisamente que acabe de salir del gimnasio —añade Madrazo.

Julia sostiene una segunda manta térmica.

—¿Dónde están las…? —comienza a preguntar. La voz ronca de los cuervos le da la respuesta. Se pelean por algo fuera de los límites visuales que impone la niebla—. ¡Ay, no!

Madrazo también ha caído en ello y corre hacia las aves.

Cuando llegan, los cuervos han alzado el vuelo, contrariados por esa intromisión en su banquete. Sus graznidos, ásperos como el esparto, enmarcan la visión de los órganos del fraile desparramados sobre la hierba.

—Qué barbaridad… —exclama el oficial, mientras ayuda a su compañera a protegerlos de las alimañas con la manta térmica.

—Esto es una auténtica locura —lamenta Julia con el rostro descompuesto—. Tenemos que pararlo ya.

—Y es lo que vamos a hacer —asegura Madrazo, que odia no ser capaz de confiar en sus propias palabras.

Durante unos minutos ninguno de los dos añade nada más. Se limitan a buscar alrededor por si hubiera alguna prueba. Después ambos regresan hasta el escultor. Sigue sentado contra el mismo fresno, absolutamente golpeado por la escena a la que le ha tocado asistir. El sirimiri le resbala por la frente antes de precipitarse al suelo desde la nariz. Es un hombre roto.

—¿Cómo ha sido? —pregunta Madrazo deteniéndose ante él.

Andrés sacude la cabeza, todavía con la mirada clavada en unas raíces que asoman del suelo.

—Iba a entrar a la ermita y casi me tropiezo con él. La niebla era muy densa. No se veía a un palmo… Madre mía… Es horrible. —El hombre hunde su cara entre las manos—. ¿Qué está pasando?

—¿Y qué hacía usted aquí? —pregunta Madrazo.

—Lo mismo que cada mañana. Paso por la ermita a rezar antes de continuar a pie hasta mi escultura.

—¿Conocía a la víctima?

Andrés asiente lentamente. Por primera vez levanta la mirada hacia el ertzaina.

—Fray Sebastián. Era el encargado de abrir el templo. Algunas mañanas coincidía con él.

Madrazo apenas puede prestar atención a sus palabras.

—¿Qué le ha pasado? —pregunta desconcertado. Ese ojo tan amoratado que apenas puede abrir no es lo único que desentona en el rostro del escultor. Disimulado en parte por su barba blanca, tiene el labio inferior partido. Una costra de sangre seca lo recubre muy cerca de la comisura.

—Nada. No tiene importancia.

—¿Cómo que no? Todo la tiene en el escenario de un crimen.

—No, no... No pensará... No guarda relación con ese pobre fraile. Fue una discusión... —resume Andrés recuperando cierta entereza—. Fue Iñigo Udana. Me abordó ayer cuando regresaba a casa después de trabajar todo el día en mi escultura. Alguien le había dicho que Arantza y yo...

El puño derecho del escultor se acerca a la zona magullada para completar la explicación.

—¿Y no interpuso una denuncia? Se trata de una agresión —apunta Julia acercándose.

Madrazo asiente. Es exactamente lo que él estaba pensando. En cualquier caso, habrá que hacer una visita a Udana para confirmar esa historia.

—Estuve a punto de ir a la policía, pero Gema y yo decidimos que alimentar más el odio no era buena idea —confiesa Andrés—. Si nos mudamos a Oñati fue en busca de una vida tranquila que Madrid nos negaba. Fui muy afortunado de compartir mi tiempo con Arantza. Es mejor dejar que el agua vuelva a su cauce. Si ese hombre cree saldada la deuda con estos golpes, prefiero que se quede tranquilo. No quiero problemas. —El escultor entrelaza sus manos y observa suplicante a Madrazo—. ¿Han podido comprobar si...?

—No es usted el padre —se adelanta el oficial.

Los ojos de Andrés vuelven a perderse en la nada.

—Buscaba ser madre a toda costa. Poco importaba con quién —comprende mientras se seca las lágrimas que afloran a sus ojos.

—¿A qué hora abría la ermita fray...? —pregunta Madrazo regresando al crimen.

—Fray Sebastián —completa el escultor—. Depende de la época del año. A estas alturas de la primavera, venía hacia las ocho. Algún día que he madrugado más he encontrado la ermita cerrada.

El oficial consulta el reloj. Son casi las diez de la mañana. El forense tendrá la última palabra, pero podrían haber pasado dos horas desde el crimen.

—¿Por qué no quería llamarnos tras descubrir el cadáver? —inquiere recordando lo que le ha contado Cestero de la conversación del escultor con Gema.

—Porque ahora me tratarán como a un sospechoso.

—¿Y qué pensaba hacer? ¿Dejar que los cuervos se comieran al fraile? Si no es culpable no tiene nada que temer.

Andrés se encoge de hombros.

—Estaba asustado.

Madrazo se acuclilla a su lado.

—¿Cómo describiría su relación con la víctima?

—¿Ve? —inquiere el escultor. Sus ojos se alzan hacia el ertzaina—. Las preguntas que se le hacen a un sospechoso.

—¿Eran amigos? —insiste Madrazo.

Andrés suspira. De nuevo la mirada perdida.

—No. Él hacía su trabajo y yo el mío. Tampoco éramos enemigos, eh, no me malinterprete, pero fray Sebastián abría la ermita y se marchaba. Si nos cruzábamos, nos saludábamos y como mucho mencionábamos algo sobre el tiempo.

—Está bien. Vamos a tratar de reconstruir lo sucedido —decide el oficial—. ¿Cómo ha subido usted?

—En coche —replica Andrés señalando a la distancia—. Tengo permiso para usar la pista.

—¿Se ha cruzado con alguien en su camino?

El escultor niega con la cabeza.

—¿Algo que haya llamado su atención? ¿Algo fuera de lo habitual?

—Nada.

Madrazo observa las manos de Andrés. Están inquietas. Los dedos de una masajean los de la otra y viceversa. Pero están limpias. No hay rastro de sangre. Tampoco en su camisa ni en su chaqueta.

—¿Fray Sebastián vestía siempre con el hábito?

—Yo siempre lo he visto con él —corrobora el escultor.

El rugido de una moto hace girarse a Madrazo.

—Ya empezamos —lamenta imaginando a los primeros curiosos acercándose al escenario. La noticia habrá corrido como la pólvora desde el domo de Belamendi.

La silueta del motorista toma forma entre la bruma. Ha dejado el vehículo en el límite de los árboles y camina decidido hacia los ertzainas.

Julia se adelanta para prohibirle dar un paso más. Cuando lleguen los refuerzos lo primero que habrá que hacer es establecer un cordón policial a suficiente distancia de la ermita. De lo contrario cualquiera podría contaminar el escenario.

—Manténgase alejado, por favor —indica mostrándole su placa policial.

El motorista se retira el casco.

—¿Dónde está? —pregunta con gesto congestionado. Se trata de fray Inaxio, el prior del santuario de Arantzazu.

—Perdona, te había confundido con algún periodista —dice Julia antes de acompañarlo hacia la ermita. Su mano se apoya en la espalda del fraile—. Lo siento muchísimo.

—Dios mío… —exclama fray Inaxio cuando llegan ante la manta dorada que cubre a la víctima.

Julia se adelanta para apartarla ligeramente. Lo suficiente para dejar a la vista el rostro de Sebastián. Ni un solo centímetro más. Aunque la forma cóncava de la manta sobre el torso delata el vacío que hay debajo.

El fraile se cubre la boca con la mano. Después traza la señal de la cruz en su pecho.

—Esto no puede estar sucediendo… —Su voz se quiebra para acompañar a las lágrimas que inundan sus ojos—. ¡Qué barbaridad! ¿Quién puede haberle hecho algo así? Somos hombres de Dios. Esto solo puede ser obra del mismísimo Satanás.

—Lo siento —admite Madrazo acercándose y dándole un afectuoso apretón en el hombro. Entretanto, Julia cubre de nuevo el cadáver—. Le damos nuestra palabra de que este asesinato no quedará impune.

—¿Ha sido el mismo que mató a la chica de la cueva?

—Es muy probable —reconoce Madrazo—. Necesitaremos la colaboración de su congregación, y eso puede incluir preguntas incómodas, dolorosas...

—Lo que necesiten, agente. Lo que sea con tal de que ese demonio no vuelva a actuar.

—¿Cuántos frailes son en el convento?

—Somos treinta y cinco. Algunos muy mayores, tanto que no creo que estén en condiciones de responder preguntas. Pero no ha sido ninguno de mis hermanos. Eso se lo puedo asegurar. —El prior hace una pausa—. Necesitarán tiempo para digerir este horror. Deme unas horas para contárselo a mi manera. Si le parece, esta tarde los reuniré para que venga a hablar con ellos. De todos modos, se equivoca si piensa buscar dentro.

El oficial esboza una sonrisa de cortesía. Ojalá él lo tuviera tan claro. Ha visto demasiadas cosas en su carrera como para saber que quien pone la mano en el fuego de manera tan contundente corre el riesgo de quemarse.

—Comprenderá que no podamos descartar ninguna hipótesis. ¿Recuerda algún desencuentro de la víctima con alguien, bien sea de la comunidad o del exterior?

Esta vez Madrazo tiene la sensación de que el fraile titubea antes de dar su respuesta.

—Fray Sebastián lleva toda la vida con nosotros. Una bella persona, un hombre de Dios al que solo movía hacer el bien, como al resto de nuestra orden.

Madrazo se muerde el labio. Los rodeos no van con él. Sin embargo, con la víctima todavía tendida en el suelo, no se siente capaz de presionar al religioso. Tendrá que seguir en otro momento y en otro lugar.

—Está bien. Gracias por su colaboración. Lo acompaño en el sentimiento.

Andrés Oleta, que aguardaba a unos respetuosos metros de distancia, se dirige al fraile y le da un abrazo.

—Lo siento, Inaxio —balbucea.

—Gracias, Andrés. Gracias. —Las lágrimas desbordan los ojos del prior.

—Me ha dolido en el alma. Pobre hombre, ahí tirado, en la puerta de su querida ermita. No me lo podía creer cuando lo he encontrado —lamenta el escultor—. También lo han abierto como a uno de los apóstoles de Oteiza...

—¿Otra vez? Qué locura... Pero ¿qué está pasando aquí? ¿Quién puede...?

Julia se acerca a Madrazo con el móvil en la mano.

—Los de la comisaría han cerrado ya el acceso a Urbia. Cestero y Aitor están ya aquí y la Científica se encuentra en camino. El juzgado también está avisado —explica resumiendo sus gestiones.

Madrazo se gira hacia la ermita. La niebla se ha disipado en parte y la sábana dorada parece brillar con luz propia, perfectamente encuadrada por la avenida de fresnos. Es una imagen brutal, magnética, que hará las delicias de los reporteros. Si el juez tarda en dar permiso para levantar el cadáver, les estará regalando una portada que hará un flaco favor a la moral de la gente de Oñati. Porque blindar un entorno montañoso es misión imposible. Caminos que suben a los pastos de verano, sendas que se pierden entre cumbres, pistas que conectan unas bordas con otras... Son tantas las vías de acceso al escenario del crimen que por muchos cordones policiales que establezcan será imposible impedir que curiosos y periodistas lleguen hasta allí.

—A los de arriba no les iba a gustar esa imagen —lamenta Julia, adivinando sus pensamientos.

El oficial resopla.

—¿Y a quién le gusta?

—A quien lo ha asesinado —apunta su compañera clavando la vista en el sudario dorado—. No se está limitando a quitarles la vida. ¿Cuánto tiempo dedica a asesinarlos? ¿Un minuto? ¿Dos, a lo sumo? En cambio, se toma su tiempo en transformarlos en uno de los apóstoles de Oteiza. Le importa la simbología de sus crímenes. Quiere que los veamos así.

Madrazo solo puede darle la razón. No parece que se enfrenten a un asesino cualquiera.

—Doce apóstoles… —masculla Julia—. O catorce.

El oficial siente un escalofrío al comprender adónde quiere llegar su compañera.

—No vamos a permitírselo, Julia. Nuestro asesino no arrebatará una sola vida más —sentencia, aunque muy a su pesar siente que sus palabras se escurren como el agua fresca de un torrente de montaña entre unos dedos que no logran retenerla.

26

Jueves, 6 de mayo de 2021
Santo Domingo Savio

Dieciséis. Cestero vuelve a contarlos. Sí, son dieciséis, no se ha equivocado. Dieciséis frailes con la mirada perdida, muchos de ellos con lágrimas en los ojos y el gesto roto por la rabia y la incredulidad. Hasta los más de treinta religiosos que fray Inaxio les ha dicho que viven en el santuario faltan un buen puñado.

—Le hemos pedido que los reuniera a todos —comenta cuando el prior se le acerca.

—Y es lo que he hecho. Cinco de nuestros hermanos no están en condiciones de moverse de su celda. Son muy mayores —aclara el hombre con una mueca de tristeza—. El resto no se encuentra hoy en Arantzazu. No somos una orden de clausura. Cuidado de familiares, visitas a diferentes casas de nuestra orden, formación… Cada uno es libre de moverse adonde considere para servir a Dios y ayudar a los más necesitados.

La suboficial asiente. Si ya están todos, mejor comenzar cuanto antes.

—Buenas tardes —saluda sin poder evitar la sensación de no estar empleando las palabras correctas—. Ante todo quisiera trasladarles el más sincero pésame en mi nombre y en el de todas las personas que conformamos la Ertzaintza. Si estamos aquí no es para importunarlos. Al contrario, les doy mi palabra de que vamos a dar con el asesino de fray Sebastián. Aunque tengamos que remover Roma con Santiago.

La voz de la ertzaina resuena con fuerza, amplificada por la especial acústica de la cripta donde fray Inaxio ha querido congregar a la comunidad. Allí están a salvo de periodistas y curiosos.

—Necesitan saberlo todo sobre nuestro hermano Sebastián —interviene el superior logrando un gesto de asentimiento generalizado. Los frescos que Néstor Basterretxea plasmó en las paredes de la cripta ofrecen un extraño contrapunto a las ropas sobrias de los frailes. Son pocos quienes lucen la casulla propia de su orden. La mayoría viste de calle. Nadie los identificaría como religiosos si se los cruzara en su camino—. Por qué lo eligieron a él y no a cualquier otro.

—Porque es el más expuesto —dice alguien—. Es muy fácil matar a alguien en la soledad de Urbia a esas horas de la mañana.

Casualidad. Azar. Cestero reconoce que es una de las posibilidades, igual que lo es en el caso de Sandaili, aunque no su preferida. Casi nunca sucede así. La experiencia se lo ha demostrado.

—Por el momento trataremos de apartar esa opción —les comunica—. Antes de tenerla en cuenta me gustaría hacerme una idea de quién era vuestro hermano. Debo salir de esta cripta con la sensación de conocerlo como al mejor de mis amigos.

—Sebastián no era de los que se callan —interviene uno de los frailes de mayor edad. Al menos en la apariencia que le brindan una mirada velada por las cataratas y un cabello completamente blanco. Él es de los que visten el hábito tradicional—. Tenía una visión muy clara del mundo y trataba de defenderla.

—Era muy… —Fray Inaxio se vuelve hacia las ertzainas mientras duda sobre la palabra correcta—. Ortodoxo.

Su calificativo despierta las protestas de algunos de los frailes.

—¿Y cómo calificaríais a alguien que se empeña, contra viento y marea, en que todo permanezca inmutable? —insiste el superior.

—Cabezón —apunta alguien.

—No —niega categórico el anciano de las cataratas. Sus ojos son casi blancos, sin apenas color en el iris—. Ni purista ni cabezón. Sebastián era un visionario. Lo único que pretendió fue defender estas montañas de la masificación que el paganismo trae consigo. Luchó por que el espíritu cristiano de contemplación y trabajo arduo, que ha gobernado Arantzazu durante siglos, no se echara a perder. ¿Y acaso el tiempo no le está dando la razón? Por eso lo han matado.

Un murmullo de aprobación se extiende por la cripta.

—Es verdad que todos echamos de menos las mañanas en que podíamos salir a pasear por los alrededores del santuario sin tener que esquivar a decenas de personas.

—Sois unos exagerados —protesta uno de los más jóvenes—. Se pueden contar con los dedos de una mano los días en que estas montañas se masifican. ¿Y acaso no tiene la gente derecho a disfrutar de este lugar?

—¡Esto es un lugar de oración! —le interrumpe el de la mirada nublada.

—Venga, Gorka... No empecemos.

El bastón del anciano golpea el suelo con fuerza.

—¡No me repliques! Llevo aquí muchos más años que tú y he visto demasiado. Lo mínimo que podéis hacer hoy es honrar a vuestro hermano y no escupir sobre su legado. Fray Sebastián ha sido asesinado por defender la integridad de este cenobio que muchos os empeñáis en poner en peligro. ¿Qué tenemos ahora ahí fuera? Gentes en pantalón corto que profanan lugares santos. Vienen con sus malditos móviles y se graban haciendo tonterías, faltando al respeto a lo sagrado. No cumplen ni el más mínimo decoro. El paganismo gana terreno ante nosotros y no sois capaces de plantarle cara. Si hasta la chica esa a la que mataron en Sandaili pretendía que vendiéramos en nuestra tienda esos espantosos apóstoles de chocolate. ¿Y quién tuvo que decirle que no? ¡Nuestro hermano Sebastián!

Cestero escucha los suspiros que brotan desde diferentes ángulos de la cripta. Es evidente que no es la primera vez que esa discusión tiene lugar. La diferencia es que ahora hay un fraile muerto sobre la mesa y eso introduce un incontestable desequilibrio en la balanza.

—Necesitaría saber con quién estaba enfrentado Sebastián —anuncia.

—Con todo el mundo —se oye por lo bajo.

—Él alzaba la voz contra todas aquellas personas y proyectos que consideraba que ponían en peligro la espiritualidad de este lugar —zanja fray Gorka.

—Sí, eso ya lo he comprendido. Pero sería interesante que les pongamos nombre —insiste Cestero.

—La serora —apunta un joven que está ante las extrañas criaturas con las que Basterretxea identificaba las religiones primitivas—. Fray Sebastián se había embarcado últimamente en una cruzada contra ella.

—Esa señora no debería vivir en Sandaili —le interrumpe secamente Gorka. Su gesto severo es un espejo del Cristo que tiene a su espalda, que lejos de ser el hombre sufriente habitual en las iglesias, es un juez que reprocha sus pecados al visitante. El propio color rojo de la pintura amplifica su ira contra la humanidad. Cestero sospecha que no es casualidad que el anciano se haya colocado ante esa pintura—. La Iglesia prohibió la figura de las seroras por los vínculos con la brujería de esas mujeres que se retiraban a vivir a lugares apartados. ¿Acaso pretendemos que en nuestro propio valle se produzcan conductas inapropiadas?

—Venga, Gorka… No seas exagerado. Eso fue hace siglos —le regaña otro de los más jóvenes—. Estamos hablando de una mujer de profundas convicciones cristianas. Lo único que pretende es cuidar de la ermita y encontrarse con Dios en unos tiempos que no nos lo ponen especialmente fácil. Todos los que quieran trabajar por Dios son bienvenidos en este valle.

—Se trata de una figura prohibida por la Iglesia —zanja categóricamente el anciano. El golpe de su bastón en el suelo resuena como una txalaparta entre las paredes repletas de pinturas.

—Estás hablando de prohibiciones de hace siglos que hoy carecen de sentido —discrepa otro hermano.

—¡Hoy tienen mayor sentido que nunca! La fe cristiana se encuentra amenazada por todas esas falsas religiones que ganan terreno día a día. Pero está bien... Vamos... Poned una alfombra al diablo a las puertas mismas de Arantzazu. Igual que cuando pretendíais permitir ese encuentro de yoga en nuestra propia hospedería. Si no llega a ser por Sebastián, que en paz descanse...

Las protestas vuelven a colonizar la cripta.

—Por favor... —los interrumpe Cestero, consciente de que si nadie dirige la conversación llegará la noche y continuarán con su enfrentamiento—. Estamos tratando de averiguar quién y por qué ha asesinado a Sebastián y Arantza.

—Pues preguntad a esas brujas —sentencia Gorka. Su bastón golpea una vez más el suelo a modo de punto final.

Esta vez la cripta se llena de protestas cruzadas. El anciano ha ido demasiado lejos y son muchos quienes le piden contención.

—Basta... ¡Basta ya! —ordena el superior estirando los brazos—. Estamos todos muy nerviosos por lo que ha sucedido. No permitamos que las emociones nos desborden. Tenemos aquí a la policía pidiéndonos nuestra colaboración y lo único que sabemos darle es este espectáculo tan poco gratificante. —Fray Inaxio se gira hacia Cestero—. Lo siento, suboficial. Me temo que me he precipitado convocando esta reunión. Tendremos que dejarla para otro momento. Nuestra comunidad va a precisar su tiempo para digerir este espantoso asesinato.

27

Jueves, 6 de mayo de 2021
Santo Domingo Savio

Oihana Lasaga, la agente Lasaga, se acerca a la ventanilla abierta de la furgoneta. El gesto de hastío del conductor no anuncia el mejor comienzo.

—¿Cuántas veces me vais a parar hoy? A este paso una ruta de cuatro horas me va a llevar ocho —protesta mostrándole su justificante de transportista.

—Lo siento. Tenemos que hacerlo —se disculpa la ertzaina antes darle permiso para continuar.

—Eso me decís todos, pero el que se traga las colas soy yo —rezonga mientras deja atrás el control policial.

Oihana consulta la hora y la apunta en el cuaderno junto al número de DNI del repartidor. Las manecillas del reloj giran con una lentitud exasperante esa tarde. Su compañero, el agente Aritzeta, y ella llevan poco más de dos horas en esa rotonda de acceso a Oñati. La sensación, sin embargo, es que han pasado días sin moverse de ahí.

El siguiente vehículo en la fila es un deportivo rojo. Oihana levanta la mano para pedirle que se detenga y esboza una leve sonrisa.

—Oñati se encuentra en confinamiento perimetral debido a la alta incidencia del coronavirus —explica mecánicamente. ¿Cuántas veces más tendrá que repetirlo? Está harta de esta pandemia y de este nuevo papel que le toca cumplir como agente del orden. Parecía que coartar las libertades más básicas iba a ser cuestión de semanas y ya pasa del año.

—Venimos a un retiro —anuncia la conductora. Es una mujer de unos cincuenta años con gafas de sol y rostro bronceado—. Meditación.

—Lo siento. No puedo permitirles acceder al municipio.

—No puede ser. Venimos desde Bilbao. Ahora no nos vamos a dar la vuelta —interviene la que ocupa el asiento del copiloto. Ella no lleva gafas de sol, pero su edad y su tono de piel son similares a los de su amiga. Si no acaban de llegar de unas vacaciones en el Caribe, deben de ser asiduas a los rayos UVA del gimnasio.

—Lo siento. Sin una justificación de fuerza mayor no puedo permitirlas continuar —repite Oihana con el tono más neutro que es capaz de emplear.

El claxon del Renault que viene detrás hace levantar la cabeza a la ertzaina. Es un chico joven que agita sobre el volante el documento que justifica su desplazamiento.

—¿Ves? Menudo atasco estás formando por tenernos aquí paradas —espeta la que no conduce.

—Den la vuelta, por favor. Oñati está confinado —insiste la ertzaina haciéndose a un lado para permitirlas maniobrar.

La conductora todavía se resiste unos instantes, pero los bocinazos la obligan a tirar la toalla.

—Dime quién eres. Tendrás noticias nuestras —anuncia la otra alzando el dedo a modo de advertencia.

Oihana le dicta su número de identificación. No será la primera vez ni la última que lo haga esa tarde. Que si no sabes con quién estás hablando, que si estás poniendo en peligro tu trabajo, que si soy yo quien te paga el sueldo... Respuestas clásicas motivadas por la impotencia de quien se ve obligado a cambiar de planes.

—Otras dos —suspira Oihana girándose hacia su compañero—. El maldito retiro de Belamendi... ¿A quién se le ocurre montar un encuentro así el día que entramos en zona roja?

—Haberlas dejado pasar —zanja Asier mientras da el alto al siguiente vehículo de su fila.

Oihana no le contesta. Las normas son las normas y, aunque estén tan cansados de ellas como el resto de los ciudadanos, les corresponde a ellos hacer que se cumplan. Pero Asier es así. Siempre. Llevan cuatro años patrullando juntos y no son pocas las discusiones que tienen a cuenta de la permisividad de él, o de la escasa flexibilidad de ella, según desde cuál de los dos prismas se mire.

Y, a pesar de ello, Oihana no cambiaría a su compañero por ningún otro agente. Cuando te enfrentas a un mundo que a veces es hostil es vital tener al lado a alguien en quien confías. Tu vida puede llegar a depender de esa persona que te cubre mientras alguien te dispara. Y Oihana sabe que el agente Aritzeta sería capaz de jugarse la vida por protegerla, igual que ella haría por él y por cualquier otro compañero.

Asier ha detenido ahora un Megane. En su lado de la carretera la cola no es tan larga. Él se ocupa de quienes tratan de abandonar el pueblo. Oihana, de los vehículos que entran.

La fila de coches crece y crece en el lado de quienes quieren acceder a la zona roja. Es hora de salir del trabajo y muchos vecinos de Oñati regresan a casa desde las fábricas del valle del Deba. La ertzaina imagina las radios de todos esos vehículos hablando del fraile asesinado en Urbia hace apenas unas horas. Los teléfonos móviles también echarán humo. Un asesinato es algo terrible, triste; dos son algo terrorífico. Ya no se trata de un ataque puntual contra una persona, sino de una acción que amenaza a todo un pueblo. ¿Quién está matando a gente tan diferente como un fraile y una chica que llevaba a cabo rituales antiguos? La falta de un aparente vínculo entre una y otra víctima está azuzando el miedo a convertirse en el siguiente.

Porque ya nadie en Oñati duda de que habrá un siguiente. La cuestión es cuándo y quién.

A esas horas no hay hogar en el pueblo, ni tampoco taberna o tienda de ultramarinos donde no se hagan quinielas que nada contribuyen a la calma.

Oihana respira hondo mientras se acerca a una nueva ventanilla. Odia los días como hoy. Le gustaría estar trabajando en el caso que tiene a sus propios familiares y amigos en estado de shock, y no pasar las horas en esa rotonda, complicando todavía más la vida a sus vecinos. A veces ser ertzaina es demasiado diferente de lo que soñaba cuando ingresó en la academia.

Piensa en ello cuando el derrape de una rueda llama su atención hacia el otro sentido de la carretera. Es un coche viejo, un Ford gris de carrocería torturada por la intemperie. Lo conduce un hombre de gafas y cabello cano que sujeta el volante con ambas manos.

Asier levanta el brazo para darle el alto. Es solo un instante. Después se percata de que el conductor no piensa pisar el freno. Al contrario. Lo que acciona es el acelerador. Las ruedas delanteras chirrían contra el asfalto y levantan una nube de humo que huele a goma quemada.

—¡Asier! —grita Oihana con todas sus fuerzas. Quiere añadir que se aparte, que salte fuera del alcance de ese energúmeno, que haga lo posible por esquivar ese maldito Ford.

Pero es tarde. Antes de que una sola palabra más brote de su garganta, el cuerpo de su compañero sale despedido por el impacto.

El tiempo se detiene. El mundo entero se detiene.

Son solo unos segundos, o quizá unas décimas de segundo, pero es suficiente para que Oihana comprenda que ese momento marcará el resto de su vida.

—¡Nooo! —aúlla fuera de sí mientras corre hasta su compañero.

Asier ha quedado tendido sobre el guardarraíl, con los ojos tan abiertos como el terror ha querido. Oihana le coge con fuerza la mano, todavía templada, aunque no necesita saber de medicina para comprender que el ángulo de su cuello es incompatible con la vida.

La mirada de la ertzaina busca después el Ford. Se aleja a toda velocidad. Oihana desenfunda su HK USP Compact y le apunta a las ruedas. Va a disparar, su índice acaricia el gatillo, lo tensa ligeramente. Sin embargo, la última gota de sangre fría que bombea su corazón le dicta que no lo haga. Hay demasiados coches aguardando su turno en el control. El proyectil podría rebotar en el asfalto e impactar contra alguno de sus ocupantes. Y eso, a pesar de la rabia que la corroe por dentro, es lo último que puede permitirse.

Todavía está bajando el arma cuando el Ford hace un extraño quiebro e impacta de lleno contra un sedán negro detenido en la fila. Ruido de cristales, humo, líquidos varios inundando la carretera… Oihana no se da tiempo a pensar. Sabe que es su oportunidad y corre hacia allí con el nombre de Asier apretado entre los dientes. Aunque sea lo último que haga en la vida, va a detener al malnacido que le ha arrebatado la vida a su compañero.

Dichosos los que oyen la palabra de Dios
y la obedecen.

Lucas 11:28

—Quiero estudiar en Arantzazu.

Lo dije en cuanto nuestros pies hollaron la cima. Todo el Goierri, esas tierras altas de Gipuzkoa, se extendía ante nosotros como una genial maqueta. Pueblos y aldeas, caseríos solitarios y fábricas pujantes salpicaban un mundo verde al que solo ponían límite las montañas de Aralar, allá enfrente, y la sierra de Aizkorri en cuya cumbre más alta nos encontrábamos.

Mi padre ni siquiera apartó la vista del paisaje para girarse hacia mí.

—No digas tonterías.

Esperaba una respuesta así. Siempre defendía que al seminario se apuntaban quienes no tenían posibles. Hijos de familias humildes que debían recurrir a los frailes para poder continuar con una educación que de otra manera no podrían pagar. Y, claro, nosotros no éramos de esos.

El silbido lejano de un tren intentó desviar mi atención. Me costó dar con él en la panorámica, pero allí estaba, abriéndose camino, incansable, entre colinas moteadas de ovejas y bosques de repoblación.

—No es ninguna tontería. Sé que ese es mi lugar.

—No se hacen cosas grandes en un convento de frailes. ¿Qué diría tu tatarabuelo si supiera que tiras la toalla tan fácilmente? Él, que tuvo que abrirse paso en selvas atestadas de indios…

—¡No tiro la toalla! Es el camino que me marca Dios —objeté, pero apenas me dejó terminar la frase.

—El lugar donde estudiarás lo decidiremos tu madre y yo. Y no irás al seminario. Bajarás a estudiar a Mondragón y después irás a la universidad. Nosotros no tuvimos la oportunidad de hacer una carrera, pero tú podrás hacerla.

Había perdido de vista el tren, pero su traqueteo se abría paso en ese mundo que, por lo demás, se había detenido a la espera de mis palabras.

—Mi tatarabuelo también tuvo que enfrentarse a quienes quisieron decidir por él. Tú mismo me has contado cómo se levantó en armas contra esa corona española que les imponía a él y a los suyos decisiones tomadas al otro lado del océano, en salones y tronos que poco entendían de selvas y tierras salvajes. Y eso lo convirtió en el más valiente de los descubridores, eso hizo que su nombre sea hoy el de una leyenda. —Solo continué cuando mis palabras se acomodaron entre aquellas montañas que algún día vieron nacer a Lope de Aguirre y que contemplaron sus primeros pasos como también hacían con los míos—. No voy a ir a ese colegio al que queréis llevarme. Mi camino está en Arantzazu.

Recuerdo tan bien como si estuviera sucediendo ahora mismo que mi padre se giró por primera vez hacia mí. Su mirada era la de quien acaba de comprender que aquello iba mucho más allá de un simple berrinche de un niño de diez años. Sé que en ese momento se sintió orgulloso de mí.

Y allí, en el techo de nuestro mundo, supe que la decisión estaba tomada.

Ese otoño me apuntarían al seminario.

28

Jueves, 6 de mayo de 2021
Santo Domingo Savio

Cuando Cestero llega al lugar del atropello han pasado solo veintidós minutos, pero la fila de vehículos que trata de abandonar el pueblo alcanza ya los trescientos metros. La carretera se encuentra completamente cortada en ambos sentidos y se ven las luces azules de algún coche patrulla allá al fondo.

Mientras remonta a pie la cola, la suboficial asiste a las conversaciones espontáneas que van surgiendo entre quienes se están viendo atrapados en el atasco.

—¿Qué pasa? —pregunta uno que se baja de un todoterreno.

Se dirige a una mujer que está fumándose un cigarrillo en medio de la carretera. Su vehículo se encuentra unos metros más allá, con la puerta abierta de par en par.

—Control de la Ertzaintza, por ese rollo de la zona roja —contesta ella después de exhalar una nube de humo.

—Joder, qué pesados. Que hagan cribados de antígenos en el resto de los pueblos, ya verás como están igual o peor que nosotros...

—No lo dudes —asegura la otra antes de dejar caer la colilla para pisarla—. Esto es una vergüenza. ¿Tú crees que les importa que lleguemos tarde a nuestras citas?

Un muchacho que ha dado media vuelta y regresa hacia Oñati detiene su ciclomotor junto a ellos y se levanta la visera del casco.

—Tenéis para rato. Hay una buena montada. Un tío se ha saltado el control y se ha llevado por delante a un ertzaina —explica antes de acelerar de nuevo.

Cestero sigue adelante, aunque cuanto más se acerca al cordón policial mayor es la alarma y la indignación. Ya nadie habla de zonas rojas ni de derechos recortados. No, allí delante lo que está en boca de todos es el Apóstol. Ha intentado darse a la fuga al verse acorralado. Un pobre ertzaina ha sido su última víctima.

—Suboficial Cestero, UHI —se presenta mostrando su identificación al agente que impide el paso a los curiosos. Que no son pocos. Aunque tampoco es de extrañar viendo la cantidad de vehículos atrapados en el atasco.

El ertzaina la saluda con una mueca de circunstancias. Los ojos le brillan por la emoción. Ane reconoce esa sensación. Es la de alguien que todavía trata de asimilar la pérdida de un compañero. Asier Aritzeta formaba parte de la comisaría de Arrasate, la misma a la que ha correspondido el establecimiento del cordón policial; la misma desde la que se ha alertado a la UHI de lo sucedido.

—¡Cestero! —la llama alguien mientras ella se agacha para pasar por debajo de la cinta de plástico con el escudo de la policía vasca.

Cuando se gira comprueba que hay una cámara de televisión apuntándola. ¿De dónde ha salido? Una reportera le acerca a la cara un micrófono verde.

—Gracias por atendernos en directo para el programa de la tarde, suboficial. ¿Puede confirmarnos que el Apóstol ha sido detenido?

El piercing de Cestero choca contra sus dientes, su mandíbula se tensa. Tanto que siente los maxilares a punto de estallar. ¿Cómo lo hacen para llegar tan rápido?

A pesar de que su mirada fulmina a la periodista, trata de medir al milímetro sus palabras. Madrazo fue muy claro: nada de problemas con la prensa, nada de malas respuestas ni desplantes. Lo contrario sería dar munición a los que desde la central tratan de cancelar la UHI.

—No puedo adelantarles nada. Los convocaremos a una rueda de prensa tan pronto como podamos.

—Confírmenos al menos el número de víctimas del atropello. ¿Hablamos de un agente fallecido? Hay fuentes que apuntan también la existencia de varios heridos. —El micrófono acaricia esta vez los labios de la suboficial, que respira hondo una vez más.

—Lo siento, no es el momento. Debo remitirla a la rueda de prensa —responde dándole la espalda.

Conforme se aleja, Cestero oye a la periodista dirigirse a cámara. Asegura que la mera presencia de la unidad policial encargada del caso del Apóstol apunta a que el detenido es el asesino que mantenía aterrorizado Oñati. Una buena noticia eclipsada por la muerte de un valiente agente que...

La suboficial suspira. Ojalá fuera todo tan sencillo. Ha resuelto suficientes casos como para reconocer a la legua las afirmaciones que hay que poner en cuarentena. Y esa es claramente una de ellas. Su instinto le dice que el asesino de Arantza y Sebastián tiene la sangre fría necesaria para no perder los nervios en un control policial.

—¡Agente! —la llama alguien que llega corriendo desde un lateral de la carretera. Es un reportero joven, al que acompaña un cámara que todavía se sacude el agua de las zapatillas. Han burlado el cordón policial colándose a través del cauce del río que discurre en paralelo al asfalto. Tan pronto llegan junto a ella le acercan un micrófono y comienzan a grabar—. ¿Podemos celebrar la detención del Apóstol o todavía hay diez vecinos en peligro? ¿Está segura la gente de Oñati?

—¡Basta ya! —exclama Cestero fuera de sí—. ¿Estáis locos, o qué? No tenéis respeto por nada. El papel de los medios de comunicación es informar a los ciudadanos sin generar alarmas injustificadas. Lo que estáis haciendo estos días es vergonzoso. Un secreto de sumario violado una y otra vez, llamamientos al pánico, extender la sensación de que cualquiera de ellos podría ser el siguiente... Si la cobertura informativa hubiera sido más calmada, nuestro compañero Asier Aritzeta hoy estaría vivo.

El periodista no responde. Solo se hace a un lado para permitir a su compañero enfocar los pasos de la suboficial alejándose hacia las tres ambulancias y los otros tantos coches patrulla que la reciben en el escenario. Muchas luces azules juntas, como siempre que sucede algo grave. El resto de la escena cobra vida a su alrededor. La manta térmica que cubre el cadáver del agente atropellado ejerce de imán para la vista, claro, pero hay mucho más.

Cestero reconoce a la agente Lasaga. Está sentada en el suelo, con la espalda apoyada en el guardarraíl, a apenas un par de metros del cuerpo de su compañero. Su mirada cuenta que no se encuentra allí, sino lejos, muy lejos, en ese lugar donde los recuerdos danzan al ritmo del dolor de la pérdida.

La suboficial traga saliva. La escena es dura. Cruda. Contrasta con la cantinela de fondo del río Artixa, que corre valle abajo en busca de su abrazo con el Deba. No es el único que pone una nota de optimismo. Unos tímidos rayos de sol se cuelan entre ramas cargadas de brotes verdes y un mirlo canta a una primavera que lucha, cada vez con más fuerza, por abrirse paso.

El Ford gris que se ha saltado el control está más allá. Debía de circular a bastante velocidad. De lo contrario su parte delantera no estaría tan destrozada. Se ha estrellado contra un Audi negro que venía en dirección contraria y que aguardaba su turno en el control policial. Los daños en él son también importantes.

No se ven ocupantes en ninguno de los dos vehículos. No se ven porque los están atendiendo los sanitarios.

—¿Quién es el del Ford? —inquiere Cestero dirigiéndose a un agente que toma unas fotos del atestado.

—Ese de ahí —le señala. Se refiere a un tipo de pelo blanco que está sentado en la camilla de la ambulancia más cercana. Tiene un corte en la ceja del que ha manado tanta sangre que le ha teñido media cara de rojo. Los puntos de sutura que le está terminando de dar un enfermero parecen haber detenido la hemorragia.

Cestero se asoma a la ambulancia y se presenta. Necesita interrogar al detenido.

—Lo siento, pero tenemos que llevárnoslo al hospital. Hay que descartar daños internos. El golpe ha sido importante —le informa la doctora al mando.

—Solo serán un par de preguntas.

La sanitaria duda. No le gusta la idea, es evidente. Sin embargo, acaba asintiendo y haciéndose a un lado.

—Dos minutos. Ni uno más —concede—. Para vosotros es un homicida, para mí, un paciente. No puedo permitir una pérdida de tiempo que ponga en peligro su vida.

Cestero cruza los brazos y observa fijamente al hombre. Tiene entre sesenta y setenta años, un físico normal, y viste un jersey de pico que deja asomar una camisa blanca bien planchada. De no ser por las salpicaduras de sangre aquí y allá, se diría el empleado de banca que te atendía en la ventanilla antes de que la informatización lo jubilara antes de tiempo.

—No quería atropellarlo. Me puse nervioso... —confiesa el tipo sin que ella abra la boca—. Pero ¿qué iba a hacer? Nos habéis abandonado. Encerrados en el pueblo con un asesino que quiere matarnos... —La mirada del hombre recala en la fina capa dorada que cubre el cadáver. Su frente se arruga, sus ojos se impregnan de terror—. Yo no he sido. Se ha puesto en medio... Sí... ¡Se ha lanzado contra mi coche y no he podido esquivarlo!

Dos sanitarios suben a la ambulancia de enfrente con una camilla en las manos. La ocupa un menor al que Cestero calcula alrededor de diez años. Está tendido boca arriba y tiene la cabeza inmovilizada entre dos bloques azules. Hay sangre en su frente.

—¿Y ese niño? ¿También lo ha atropellado? —les pregunta la suboficial.

—No. Pobre crío... Iba en el coche que se ha saltado el control —explica un enfermero—. Ha salido disparado contra el parabrisas. Lleva una buena contusión. En el hospital le realizarán pruebas para valorar daños cervicales o neurológicos.

—¡Mi nieto! —exclama el detenido—. Es culpa vuestra que le haya pasado esto. Yo solo quería ponerlo a salvo, alejarlo del Apóstol. Nos habéis traicionado. Lo de la zona roja es solo una excusa para encerrarnos con él, abandonados a nuestra suerte. Va a matarnos a todos...

Cestero no sabe qué responder. Sabe que es injusto, pero siente que en cierto modo tiene una parte de responsabilidad en lo sucedido. Tal vez ese hombre lo haya sacado todo de quicio, pero refleja el estado de ánimo que se ha adueñado de Oñati. El miedo y la sensación de indefensión se entremezclan de forma peligrosa con la indignación por el confinamiento del pueblo. Un asesino en serie no casa bien con una alerta sanitaria. Y la UHI, como unidad responsable de la investigación, no ha sido capaz de brindar respuestas que transmitan serenidad a la población.

—Suboficial, un agente pregunta por usted —anuncia un sanitario.

Cestero se gira hacia donde señala y comprueba que se trata de Aitor. Tras él, en la distancia a la que obliga el cordón policial, se recortan ya varias cámaras de televisión. Periodistas. Ellos también deberían sentirse culpables por lo sucedido. Repetir a todas horas que el Apóstol no se detendrá hasta matar a un mínimo de doce personas puede ser la mejor estrategia para ganar audiencia, pero resulta demoledor para la moral de los vecinos.

—No es él, ¿verdad? —pregunta su compañero nada más llegar hasta ella.

La suboficial niega con un gesto.

—Claro que no. El Apóstol no va a dejarse atrapar tan fácilmente.

Aitor mira alrededor y esboza un mohín al reparar en la manta dorada que cubre el cadáver del agente Aritzeta.

—Pobre hombre... Parece ser que tenía dos hijos —lamenta antes de suspirar—. En la radio están dando por hecho que el caso se ha solucionado solo. Así, por arte de magia. Un asesino a sangre fría que, sin embargo, entra en pánico al encontrarse un control motivado por la alerta sanitaria. ¡Absurdo!

—Y más si conoces al personaje. Es un tipo aterrorizado que trataba de huir del pueblo a toda costa. Teme que el Apóstol los convierta a él o a sus familiares en sus siguientes víctimas —resume Cestero.

Aitor saca del bolsillo una bolsita transparente y se la tiende a la suboficial.

—Con todo lo que ha pasado hoy se me había olvidado. Me he dado cuenta al sacar mi identificación para pasar el cordón.

—¿Qué es? —comienza a preguntar Cestero. Sin embargo, inmediatamente se percata de que conoce la respuesta. Se trata de un hisopo, uno de esos bastoncillos blancos que la covid ha convertido en frecuentes durante los últimos meses—. No te creo. ¿De verdad lo has cogido? Yo quería hacerlo, pero no he visto la manera.

—No había más que estirar la mano. Estaba encima de la mesa.

—¿Y Gema? —inquiere Cestero.

—Gema ha mirado para otro lado. ¿No me digas que no te ha parecido que todo eso del test de antígenos era solo para regalarnos el ADN de Peru?

La suboficial recuerda el momento en que la monitora de yoga le ha pedido al joven que se sometiera a la prueba. Tal vez tenga razón su compañero.

—¿Y por qué iba a hacer algo así?

—Por alejar a su marido del foco. Sabe que si Peru es el padre del bebé de Arantza nuestras miradas girarán hacia él.

Cestero reconoce que tiene razón. Aunque eso era antes del asesinato de fray Sebastián. Ahora todo ha cambiado. Ya ni siquiera está segura de que haya que buscar motivos personales tras los crímenes. Quizá el vínculo entre ambos sea sencillamente el tipo de escenario elegido. Los dos han tenido lugar en ermitas, los dos en lugares apartados y cargados de simbolismo.

En cualquier caso, todo eso queda ahora en un segundo plano con un compañero muerto sobre el asfalto.

—Por favor, caballero… —Una voz femenina interrumpe sus pensamientos—. ¡No puede moverse!

—Quítese de en medio. Estoy bien... ¿Dónde está mi coche? Vienen de la ambulancia que está más apartada.

—El señor del Audi —aclara la doctora que ha dado un par de minutos a Cestero—. Ha tenido suerte, porque el impacto ha sido brutal. No sé a qué velocidad circulaba el Ford cuando se ha estrellado contra él, pero si no llega a saltarle el airbag lateral igual no lo cuenta. Puede dar gracias de tener solo algunas contusiones.

—Tengo que ir a por mi coche... —insiste el hombre.

—Ahora no se preocupe por eso. Vamos a trasladarlo al hospital. La grúa se encargará de su vehículo. Lo llevará al taller que usted escoja —le replica la voz de mujer.

—Déjeme en paz. A mí nadie me va a impedir recuperar mi coche. Estoy bien. ¿Ve?

Un golpe sordo remata sus palabras y hace que Cestero y Aitor salgan corriendo hacia allí.

Encuentran al hombre tendido en el asfalto, inconsciente. La enfermera con la que discutía está agachada junto a él comprobando sus constantes vitales. Un médico llega corriendo y se lleva las manos a la cabeza.

—¿Qué ha pasado?

—Le ha dado por levantarse —lamenta la enfermera—. Y se ha mareado.

—¿Has visto quién es? —señala Aitor.

Cestero se acerca a comprobarlo. Le cuesta unos segundos identificarlo con esa boca abierta en un grito mudo y los ojos entrecerrados, pero finalmente logra ponerle nombre. Se trata de Iñigo Udana, concejal de Energía y Agenda Medioambiental del Ayuntamiento de Oñati y viudo de Arantza Muro.

—Hay que trasladarlo urgentemente al hospital —indica el médico, ayudando a los auxiliares a colocarlo de nuevo en la camilla. Hay sangre manando de la boca de Udana... No, es solo el labio. Se lo habrá partido al darse contra el asfalto—. Espero que esta caída no le haya generado más daños que el accidente.

Todavía lo están introduciendo en la ambulancia cuando Cestero se gira hacia Aitor y señala el Audi accidentado.

—Ven conmigo. Vamos a echar un vistazo.

Cuando pasan junto al cadáver del agente Aritzeta el secretario judicial está firmando el certificado de defunción. Los empleados de la funeraria han comenzado con el levantamiento. El nudo en la garganta de la suboficial se estrecha al ver la mano inerte del ertzaina colgando de la bolsa negra.

—No te culpes —trata de animarla Aitor. Muchos años trabajando juntos como para no saber lo que atenaza los pensamientos de Ane.

Cestero suspira. Su compañero tiene razón, pero no es capaz de sacudirse esa sensación cuando hay personas muriendo. Y sabe que, a pesar de sus ánimos, Aitor tampoco está satisfecho.

—Un momento, por favor —solicita la suboficial al conductor de la grúa que está terminando de izar al remolque el Audi de Udana.

El lugar donde el coche que huía ha impactado contra él es evidente. La puerta del conductor está destrozada, igual que la rueda delantera izquierda. El golpe ha partido el eje de la dirección, y no es lo único roto a juzgar por los diferentes líquidos que caen de los bajos.

—¿Qué quieres comprobar? —inquiere Aitor cuando Cestero abre la puerta del copiloto.

—No me digas que no te ha extrañado tanta insistencia en recuperar su coche —apunta la suboficial recorriendo los asientos con la mirada. Hay cristales rotos por todos lados y un airbag deshinchado sobre el asiento del conductor.

—Sí, es raro, pero acaba de ver la muerte a un palmo y no hace ni una semana que han asesinado a su mujer… Cualquier reacción me parecería admisible.

—No cuesta nada echar un vistazo —replica Cestero abriendo la guantera—. Aquí no hay nada: papeles, el chaleco de seguridad y unas gafas de sol. ¿Tú ves algo?

Aitor responde que no. A él le ha tocado el asiento trasero.

—Pues el pleno del Ayuntamiento es el próximo martes. No sé si Udana estará en condiciones de asistir a defender su propuesta de privatizar la empresa municipal de energía —comenta desde allí sin mucho interés.

La imagen del concejal desplomado en el asfalto acude a la mente de Cestero. No lo ve votando en esas condiciones, aunque nunca se sabe. La capacidad de recuperación del cuerpo humano es asombrosa.

—¿Cómo se abre esto? —pregunta dirigiéndose al maletero.

El de la grúa niega con la cabeza.

—Todo el sistema eléctrico se ha ido al garete con el choque. No vais a poder abrirlo.

—Pues tenemos que hacerlo.

El hombre se encoge de hombros.

—Pasaos luego por el taller. Allí lo abrirán.

Cestero muerde el piercing, pensativa. Tiene una corazonada y no puede arriesgarse a dejarla escapar.

—El asiento trasero… —exclama recordando que la mayoría de los vehículos permiten acceder al maletero desde él.

Aitor se adelanta, tira del mecanismo que abate el respaldo y enfoca el maletero con la linterna de su móvil.

—Aquí hay algo —anuncia estirando el brazo—. Es una cartera de trabajo. Pesa. Llevará el portátil.

—¿No hay nada más? —inquiere Cestero cuando su compañero le entrega el maletín. Es negro, de cuero. Solo le faltan las letras doradas para parecer la cartera de un ministro.

—Poca historia… Una bolsa de congelados vacía y un paraguas. Nada más. Espera… ¿Qué es esa cajita de plástico? —responde Aitor introduciendo medio cuerpo en el maletero. La suboficial contiene el aliento—. No, solo es un botiquín de los que regalan las compañías de seguros.

—¿Nada más?

—Nada.

La suboficial observa la cartera. No es lo que esperaba, aunque tampoco tiene claro qué es lo que esperaba.

—Se la llevaremos a la ambulancia. Que la trasladen al hospital con sus objetos personales —decide antes de abrirla. No se siente especialmente orgullosa de hurgar en el bolso de trabajo de alguien que está inconsciente unos metros más allá, pero se asegura que solo será un vistazo por encima…—. ¡Joder! Aquí hay mucha pasta.

Son varios fajos de billetes. Todos de cincuenta euros, ni uno de mayor denominación. Cestero comprende lo que eso significa. El tiempo de los billetes de quinientos quedó atrás en cuanto se demostraron demasiado fáciles de rastrear. Ahora los negocios turbios se pagan con billetes más manejables.

—Esto no tiene buena pinta. ¿Es lo que buscabas? —pregunta Aitor mientras los colocan en fila.

Cestero no contesta. Solo seguía una corazonada.

—Siete fajos. Y no son todos iguales. —La suboficial compara dos de los tacos de dinero. El de la izquierda es claramente menos grueso que el otro. Los demás también se ven diferentes.

—¿Y esto lo has visto? —señala su compañero aproximando el índice a dos letras escritas a lápiz sobre la prueba de agua.

—Iniciales —comprende Cestero—. Cada fajo tiene las suyas. En algunos es solo una letra, en otros, dos. Si las cotejamos con los nombres de quienes votarán el próximo martes ya sabes qué hallaremos, ¿verdad?

Aitor resopla. Claro que lo sabe.

—Y en unos hay más pasta y en otros menos porque la entereza moral de cada cual tiene su propio precio.

29

Julia observa la lámina de agua. Es un espejo perfecto, verde oscuro, casi negro. Los árboles se miran en él, algunos incluso sumergen sus ramas más bajas en el embalse. Beben de él. No hay movimiento, no hay sonido, el tiempo parece detenido, varado en ese tránsito entre la tarde y la noche. El único que se atreve a profanar la quietud es un cuervo. ¿O son varios? La ertzaina no los ve, pero sus graznidos redoblan entre las paredes del desfiladero de Jaturabe. Alertan a los suyos de la presencia de la intrusa.

Porque Julia se siente exactamente así, una intrusa envuelta en una toalla en un territorio inhóspito. Duro. De roca caliza y de un bosque que a esas horas del día que muere es ya reino de sombras.

Las aguas del pantano no la llaman. Sin embargo, necesita nadar. El día ha sido duro, demasiadas citas con el rostro más oscuro del ser humano.

Sabe que si lo hace poco a poco, como cuando desciende por la escalera de roca que la sumerge cada noche en el Cantábrico, no lo logrará. De modo que respira hondo, aprieta los dientes y se lanza de cabeza al pantano.

El frío la abraza de inmediato, una sábana de satén que alcanza cada centímetro de su ser para despojarla de los horrores que atormentan su mente.

Las brazadas la alejan rápidamente de la orilla, la llevan en busca de la paz que necesita. Es su ritual. Cada noche antes de dormir baja al mar desde su salón. Sin su abrazo reconfortante no lograría zafarse de esos demonios que tratan de arrastrarla consigo. Porque ser policía no es fácil.

Pero esta noche no es como las demás. No están las olas, ni el aroma empalagoso del salitre, ni tampoco el griterío desordenado de las gaviotas. Por más que trata de fundirse con el agua, Julia no logra esa comunión que el mar acostumbra a regalarle.

Arantza y Sebastián, fray Sebastián, siguen ahí, en su cabeza. No solo su imagen, también su olor a muerte.

Y ahí está también Asier Aritzeta, con su uniforme ensangrentado y sus sueños truncados por el pánico. Dos hijos y una mujer aguardando en casa a un padre de familia que salió a trabajar y jamás regresará... Julia siente los escasos quince grados del agua atacándola sin piedad. Pero hay algo más que la atenaza, y es peor que el frío: la culpa. No puede evitarla. Ha fallado. Ella y toda la UHI. El atropello de esa tarde no es más que la punta del iceberg, la demostración de que nadie en Oñati se siente ya seguro.

El pueblo entero se encuentra en estado de shock. La situación sanitaria ha puesto la puntilla. Saberse encerrados con un asesino capaz de lo peor ha arrastrado a sus habitantes al borde del ataque de histeria. No ayuda precisamente que los medios de comunicación estén cantando a los cuatro vientos que doce fueron los apóstoles de Cristo y que por el momento solo se han producido dos crímenes. Y eso los que dejan la cifra en la docena en lugar de centrarse en las catorce posibles víctimas que anuncia el friso esculpido por Oteiza.

Julia cierra los ojos y se sumerge por completo en el pantano. Intenta huir de sus pensamientos. Sin embargo, las velas con las que la serora trata de guiar las almas de los difuntos toman forma bajo las aguas. Ahí está la argizaiola, esa candela enrollada en una madera grabada con símbolos antiguos. Solo necesitaría estirar la mano para quemarse con su llama. Otras muchas la rodean.

Doce. Crean un firmamento mortal en las aguas de Jaturabe. Y entre ellas flotan los salmos que brotaban aquella noche en la cueva de la garganta de esa señora vestida de negro.

De pronto la ertzaina siente un escalofrío.

¿Qué ha sido eso?

Porque algo la ha tocado. De eso no hay duda.

Su mirada busca bajo el agua, en ese mundo verde que sus piernas enturbian y al que la claridad moribunda apenas logra penetrar.

Ya no hay velas. Tampoco palabras en latín.

No hay nada.

Pero algo la ha tocado.

Algo o alguien.

Julia saca la cabeza del agua. Respira. Pide calma a su corazón desbocado.

Y entonces comprueba que un par de metros más atrás asoma una planta acuática. Sus ramas trepan desde el fondo en busca de la superficie.

—Así que eras tú el monstruo —murmura con tanto alivio como vergüenza.

Tras unos segundos para recobrar la serenidad, sus brazos vuelven a impulsarla hacia el centro del pantano. Las piernas se agitan también en busca de una velocidad que la aleje, no de la orilla sino de todos sus fantasmas.

Pero no va a ser fácil. Su mente vuelve una y otra vez al caso.

Dos personas asesinadas, sin un nexo evidente entre ellas. Sin embargo, algo le dice que han sido cuidadosamente escogidas. Alguien que da tanta importancia a la forma no puede haber descuidado por completo el fondo. No encaja. ¿Por qué Arantza y Sebastián? ¿Por qué esa puesta en escena tan grotesca?

Las brazadas se aceleran. Tiene que dejar atrás los pensamientos. Es su momento. Si ni siquiera ahora es capaz de apartarse del caso, ¿cómo va a poder conciliar el sueño?

El agua se cuela en su boca. Con cada brazada, con cada nueva inspiración, insulta a sus papilas gustativas, incluso a su sentido del olfato. ¿Dónde está la sal? ¿Dónde el regusto a libertad que le regala el mar? Jaturabe sabe a lodo, a humedad rancia, a bodega mal ventilada. No hay oxígeno en esas aguas retenidas. El mar está vivo; un pantano, en cambio, son aguas muertas, un río al que se ha negado su carácter principal: el de correr libre al encuentro con el océano con el que ansía fundirse.

Como Julia.

La ertzaina detiene su avance. Enfadada consigo misma, se retira las gafas de nadar y observa alrededor. Tal vez la panorámica la ayude a hacer las paces con el mundo. Las montañas se recortan contra un cielo que ya es más negro que gris. No hay estrellas. Las nubes lo cubren todo. Un aleteo la hace alzar la cabeza. Es un pato salvaje, un ánade azulón, que se posa en el agua a apenas unos metros de ella. Por un momento parece dirigirse hacia la ertzaina, pero pronto le da la espalda y nada en dirección opuesta. Una estela va formándose a su paso, una uve que se abre más y más y que pronto alcanzará todos los rincones del embalse. Exactamente igual que la alarma social que ese monstruo que la prensa ha bautizado como el Apóstol extiende ya por todo Oñati.

30

Los últimos rescoldos de la lumbre se han apagado. La vajilla que se acumula en el escurreplatos habla de la peor jornada de trabajo que Aimar recuerda. Desde que a primera hora fray Sebastián ha aparecido muerto, la fonda de Urbia se ha convertido en un centro de peregrinación para periodistas llegados de todos los rincones del país. El escenario del crimen se encuentra a apenas unos pasos de ella y la barra que él regenta ha sido el lugar donde preguntar sobre lo sucedido y avituallar las barrigas de tanto forastero. Solo el atropello mortal de esa tarde a la salida del pueblo ha logrado derivar el foco de atención lejos de los altos pastos.

Las manos de Aimar terminan de contar los billetes. Ha hecho buena caja, la mejor del año, si se deja de lado el día de la romería, cuando Oñati entero sube a Urbia a celebrar misa y mucho más. Y, sin embargo, el tabernero no se siente feliz. De buena gana tiraría por el desagüe cada uno de los euros que ha facturado si con ello pudiera cambiar lo sucedido esa mañana cuando el sol todavía despuntaba.

Las campas de Urbia, ese valle siempre verde colgado a medio camino entre el santuario de Arantzazu y las cumbres de Aizkorri, no merecen lo que ha sucedido. Aimar no ha visto mucho mundo, ni falta que le hace, pero sabe que no hay otro enclave donde la armonía reine como allí. Quien no haya probado a tumbarse en sus praderas infinitas para cerrar los ojos mientras miles de ovejas ponen la música con sus cencerros no sabe lo que es la paz.

Es injusto.

Su mirada busca la ventana. La noche llama a las puertas de los altos pastos. El cielo todavía arde por el oeste, pero apenas restan unas migajas de claridad. Aimar suspira aliviado al comprobar que los últimos periodistas se han retirado. No queda nadie ahí fuera. Solo las montañas y algunas estrellas que comienzan a brillar allá donde las nubes lo permiten.

Tras comprobar una vez más que las brasas están completamente extinguidas, apaga la luz y abre la puerta.

Hace frío fuera. La temperatura ha bajado en picado. Es lo que tiene trabajar a mil metros de altura sobre el nivel del mar. No ayuda ese viento del noroeste que barre la sierra cargado con la humedad del Cantábrico.

Aimar cierra con llave y se dirige hacia el coche. La apertura de la pista cambió su vida. Hasta entonces la única manera de ir del pueblo a los pastos era un sendero solo apto para burros. No hay más que mirar atrás una generación para ver los animales cargados de víveres camino a la fonda y las muchas bordas que pueblan la zona.

Ahora es diferente.

Todo lo es.

Incluso el propio Aimar.

Ha tenido que morir un hombre a un paso de su fonda para comprenderlo.

Antes era feliz. Y además necesitaba muy poco para serlo.

Pocos recuerdos guarda como mayor tesoro que el de aquella noche de luna llena que subió hasta la cima de Aizkorri y durmió allí, asomado a ese balcón sobre un mundo que le parecía ajeno. Tenía diecisiete años. Han pasado otros tantos dos veces y todavía sigue soñando con esa hazaña que en realidad tiene al alcance de la mano.

Pero eso era antes de que el día a día comenzara a devorar sus ilusiones. Ahora todo se limita a cumplir horarios, a abrir la fonda al alba, a tiempo para el desayuno contundente de los pastores, y cerrarla al caer la tarde, cuando no queda nadie que atender. Y nada más, así jornada tras jornada, sin mayores concesiones al alma que soñar con volver a tener sueños.

La imagen de fray Sebastián muerto, abierto en canal, regresa a su mente.

¿Qué le impide tomar el camino opuesto al que desciende al pueblo? ¿Por qué no encaminar sus pasos hacia esa muralla dentada que dibuja la sierra? En casa no le espera nadie. Su matrimonio hace tiempo que naufragó, antes incluso de que la familia creciera. Su exmujer rehízo su vida en Bilbao y vio nacer a tres niñas mientras él se quedaba atrás.

Todavía se regaña por no ser capaz de abandonar la senda marcada aunque solo sea por una noche cuando sus pasos se detienen en seco.

¿Es luz lo que se ve tras las ventanas de la ermita?

Aimar se esconde tras un fresno antes de volver a mirar. De manera casi instintiva sus dedos acarician el tronco en busca de protección, igual que en esas noches de su infancia que dormía con un pedazo de corteza de fresno bajo la almohada. No era un trozo cualquiera, sino ese que había cortado él mismo a navaja en la noche de San Juan, siguiendo tradiciones que hunden sus raíces en la noche de los tiempos. Pero algo le dice que ese tacto rugoso que apaciguaba sus sueños no lo va a proteger de un asesino como el que ha acabado esa mañana con la vida del fraile.

Sus ojos le confirman la primera impresión. Hay alguien en la ermita. No es solo la luz que se filtra a través de los cristales. No, se percibe movimiento, sombras que danzan aquí y allá, lentas pero constantes.

El precinto policial cuelga roto de la puerta.

Sin apartar la mirada del templo, Aimar recula hasta la fonda. Tiene que dar aviso cuanto antes.

Tiembla tanto que sus dedos pierden las llaves cuando trata de introducirlas en la cerradura. Al tercer intento, por fin, logra abrir. No hay luz. Tendrá que arreglárselas con la claridad moribunda que se cuela desde fuera. No puede perder el tiempo arrancando el generador. Tampoco quiere arriesgarse a hacer ruido cuando es evidente que su propia vida corre peligro.

Corre al armario donde guarda los papeles.

Facturas, recibos, albaranes, licencias... De todo excepto lo que está buscando.

La mirada congelada, acusadora, del fraile muerto se le clava desde los trofeos de caza que cuelgan de las paredes.

¿Dónde la guardó?

Aimar abre ahora el cajón de los azucarillos, repleto hasta los topes de terrones encapsulados. Los odia, pero en una fonda de montaña no puede permitirse unidosis en forma de bastón, de esos que se llevan ahora. Le costó dar con un fabricante que continuara la tradición de los terrones. Quien sube a los altos pastos necesita que también en el bar le recuerden que está en un lugar tan detenido en el tiempo como el paisaje que lo rodea. De ahí también esa maldita achicoria que se ve obligado a añadir al café.

Tampoco la encuentra entre todos esos cubitos dulces.

—Maldita sea —masculla entre dientes.

No puede seguir perdiendo el tiempo. Tendrá que llamar a emergencias. Ellos pondrán en marcha la respuesta necesaria.

Empieza a marcar el número en el móvil cuando lo recuerda. Las botellas de licor...

Estaba dando alegría a unos carajillos cuando aquella ertzaina le entregó su tarjeta de visita.

Solo tiene que apartar la de whisky para dar con ella. El membrete de la policía autonómica vasca en la esquina superior le confirma que la ha encontrado.

Sus dedos todavía tiemblan cuando marca el número en el teléfono. No hay ninguna ventana que le permita atisbar lo que está sucediendo en la ermita. El visitante nocturno podría haberla abandonado para venir a por él. Quizá se encuentre ya tras la puerta de la fonda, preparado para lanzarse sobre él en cualquier momento.

Cuando la voz de la suboficial Cestero le saluda a través del auricular, Aimar siente una oleada de alivio. Fugaz, porque sabe que hasta que alguien pueda llegar a socorrerlo pasará un tiempo que podría resultar fatal. Sus palabras brotan tan atropelladas que su interlocutora tiene que pedirle que se calme y que comience de nuevo. De lo contrario no puede entenderle.

—Es el asesino de fray Sebastián. Está de nuevo en la ermita —explica esforzándose por vocalizar cada sílaba sin que los nervios lo traicionen.

Cestero se aparta el teléfono y habla con alguien. Dice algo de un coche y de darse prisa. Después su voz vuelve a sonar con claridad a través del auricular:

—No se le ocurra salir de ahí. Cierre puertas y ventanas, apague las luces y aguarde sin abandonar la fonda hasta que lleguemos. Subimos inmediatamente.

Cuando te vengan buenos tiempos, dis-
frútalos; cuando te lleguen los malos,
piensa que unos y otros son obra de Dios.

Eclesiastés 7:14

Septiembre tardó en llegar.

Las tardes de juegos en la calle, los paseos por el monte y hasta el puñado de escapadas a la playa se me hicieron largos. Contaba los días que faltaban para que comenzara el curso. Necesitaba estar cerca de esos apóstoles de piedra. Necesitaba comprender
qué era lo que Oteiza quería decirme.

Y, por fin, el día llegó. Mi madre lloró dentro del coche mientras mi padre me acompañaba hasta la entrada con una maleta que
pesaba demasiado para mí.

Estuve tres años sin salir de allí, regresando a casa solo unas
semanas en verano y un puñado de días para las celebraciones
navideñas.

Y fui feliz.

Mientras muchos ahogaban sus lágrimas en el silencio del dormitorio porque ansiaban ver a su familia o a sus amigos de antes,
yo sabía que estaba siguiendo la senda que me correspondía.
¿Acaso Lope de Aguirre no sufrió la soledad cuando cruzó el
Atlántico contra viento y marea? Dios nos pone a prueba cons-
tantemente. Y a mí esa travesía del desierto me llevaría al buen
puerto que me esperaba.

Por eso no tenía prisa

Los caminos largos siempre conducen a los mejores lugares. ¿O es acaso la longitud del camino lo que los convierte en especiales?

Las mañanas se nos iban entre clases donde estudiábamos todo tipo de materias, desde las matemáticas que tan mal se me daban hasta teología. Sin embargo, Dios escogió los campos de Iturrigorri para hacerme saber que no se había olvidado de mí.

Como aquella tarde que marqué los siete goles de mi equipo.

Cuando ya llevaba seis, le hice un gesto a Migueltxo para que me pasara el balón. Mi amigo también había ingresado en el seminario. En su caso por necesidad familiar y no porque le hiciera especial ilusión.

Y me lo pasó, claro. Ya entonces todos comprendían que si querían ganar el partido no podían olvidarme.

Cuando el esférico llegó a mis pies no lo dudé. Me encontraba fuera del área, más cerca de la línea del centro del campo que de la portería rival. Por delante estaban Kepa y José Mari, que gesticulaban pidiendo que les diera un pase. No protestaron cuando me vieron tirar a gol. Alguien que no me conociera habría pensado que estaba loco, que malgastaba oportunidades de mi equipo.

Nada más lejos de la realidad.

Aquel balón voló sobre algunos defensas y esquivó al portero para clavarse de lleno en la red.

Y todos corrieron a abrazarme. Querían tocarme, querían sentirse cerca de alguien que comenzaban a entender que estaba bendecido por Dios.

Por eso me gustaban las tardes en Iturrigorri.

Ahora me avergüenza reconocerlo, pero por aquel entonces llegué a pensar que eso tan grande que estaba llamado a hacer pasaba por el fútbol. Me imaginé en la Real Sociedad o incluso en el Barcelona o el Real Madrid. ¿Y si llegaba incluso a marcar los goles de la selección en un mundial?

Suerte que allí estaban ellos.

Los veía cada día.

Los contemplaba cada día.

A veces me sentaba en la escalinata de la basílica y dejaba pasar los minutos y las horas con la mirada fija en ese vacío esculpido en sus cuerpos. ¿Podía haber un acto de mayor generosidad y entrega que el realizado por esos apóstoles de piedra? Era el propio Dios quien había guiado las manos del escultor, quien le había dictado lo que tenía que contarme. Sin embargo, por más que los observaba no lograba leer su mensaje. Hoy sé que todavía no estaba preparado para hacerlo, que me hacían falta aún años de crecimiento.

Y fueron ellos, aquel día que una zancadilla me destrozó los ligamentos de la rodilla, quienes me dijeron que me olvidara del fútbol. Era normal que a mis doce años mi destreza con el balón me despistara, pero no debía permitir que me cegara. Dios lo había empleado, igual que antes hiciera con los barquitos de papel, solo para mostrarme que era el elegido.

Tal vez todavía no fuera capaz de leer en esos apóstoles el alcance de la misión que me tenía reservada, pero comprendí que era infinitamente más importante que marcar el gol que da la victoria a tu equipo.

31

Jueves, 6 de mayo de 2021
Santo Domingo Savio

—Ahí está la ermita —anuncia Cestero en cuanto los fresnos que la protegen se dibujan entre los prados. Su pie derecho afloja la presión sobre el acelerador. Mejor hacer el menor ruido posible.

—Hay luz —confirma Madrazo—. No te acerques más. Continuaremos a pie.

La suboficial atraviesa el coche en medio de la pista forestal y detiene el motor. Cuantas menos facilidades de huida proporcionen al sospechoso, mejor.

—¿Sabemos algo de los refuerzos? —pregunta mientras desenfunda el arma.

El móvil ilumina en tonos fríos el rostro de su superior.

—Vienen dos patrullas, pero acaban de salir hacia aquí —anuncia con tono de fastidio.

—Eso son veinte minutos como mínimo —calcula Cestero.

Madrazo niega con gesto elocuente.

—Más. No todo el mundo conduce como tú —apunta mientras continúa con la mirada fija en la pantalla—. Julia acaba de escribir que viene para aquí. Se viste y sube. Parece que ha conseguido bañarse.

La suboficial no pregunta por Aitor. Después del atropello del agente Aritzeta ha pedido permiso para pasar la noche en casa. Ha dicho algo de coger ropa limpia, aunque ella lo conoce lo suficiente como para saber que lo que echaba de menos era dar un abrazo a su familia. Escenas como la vivida esa mañana en la ermita de los pastores y el homicidio de un compañero son duras de digerir hasta para los estómagos más preparados. Ojalá ella pudiera refugiarse en el local de ensayo con sus amigas, como en los viejos tiempos.

—¿Vamos? —propone abriendo la puerta del coche.

Madrazo no se lo piensa. Busca su pistola y sale tras ella.

La leve bruma que baila entre los fresnos, y que irá a más a medida que avance la noche, amplifica el leve halo de luz que brota de las ventanas del templo. Cestero busca la hierba para avanzar, el camino de tierra que enfila en línea recta hacia la ermita cruje demasiado bajo sus botas.

En realidad no sería necesario. Los grillos se alían con ella. Y con Madrazo. Llenan la noche con su canto, al que se suman además las notas lejanas de las esquilas del ganado que pasa la noche en los pastos. Cestero se siente una extraña en un mundo sereno. Arriba, en el cielo, las estrellas dibujan con claridad la Vía Láctea; más abajo, las cumbres de Aizkorri trazan el límite de las praderas. Y ellos, en cambio, corren a hurtadillas con sus pistolas a punto para disparar.

Al llegar a la ermita ante la que hace solo un puñado de horas ha sido asesinado fray Sebastián, Cestero señala el precinto policial roto. Mientras su mano derecha sostiene el arma, apoya la izquierda en la manilla y la empuja con suavidad hacia abajo. Después hace un gesto a Madrazo para que tome posiciones y cuenta en silencio hasta tres antes de ayudarse con la pierna para abrir la puerta sin miramientos.

—¡Alto! —ordena el oficial irrumpiendo en el templo.

—¡Arriba las manos! —añade Cestero estirando los brazos para cubrirle.

Un rápido barrido visual le permite confirmar que hay una persona frente al altar. Es una mujer. Les da la espalda. Su silueta se recorta contra una fuente de luz tan cálida como tenue.

—Levante las manos inmediatamente —repite Madrazo.

La figura se vuelve hacia ellos.

—¿Qué está haciendo aquí? —pregunta cuando reconoce a la serora.

La mujer se limita a mostrarle la argizaiola que tiene en la mano, como si esa tablilla fuera suficiente explicación.

Madrazo se adelanta y le ordena que deposite la vela en el suelo. No es la única. Hay varios cirios más repartidos por el templo.

—Queda detenida por desobediencia a la autoridad.

—No podéis llevarme presa —escupe la serora dando un paso atrás. La cercanía de la vela baña con una pátina cálida su tez, blanca como la leche. Pero la llama no regala solo notas positivas a su rostro, sino que realza las bolsas ojerosas que enmarcan una mirada glacial.

—Me temo que sí —anuncia el oficial mostrándole una brida—. No me obligue a esposarla.

La mujer lo fulmina con la mirada.

—Ni se le ocurra. Si no cuido de esta argizaiola, ese pobre fraile no encontrará su camino en el mundo de las sombras. La vela debe arder por completo, y mis oraciones han de guiar al alma del difunto. De lo contrario, se extraviará.

Cestero observa la tablilla. Todavía restan tres vueltas del cordón de cera.

—¿Y eso cuánto tiempo es?

La serora sonríe enigmáticamente.

—El que sea necesario. Todo depende de las necesidades de quien está al otro lado. Hay almas que precisan más ayuda para hallar su camino y otras que lo encuentran fácilmente.

Antes de que Cestero pueda responder, Madrazo da un paso al frente.

—Ha roto usted un precinto policial. ¿Se da cuenta de la gravedad de la situación? Se trata del escenario de un crimen.

El gesto de Pilar se endurece.

—Por supuesto que sé dónde me encuentro y por qué. Parece que son ustedes quienes no entienden la trascendencia de lo que está sucediendo aquí. En lugar de agradecerme que esté combatiendo al mal con la pureza de la luz de Dios, pretenden impedírmelo. —Su dedo índice se alza a modo de advertencia—. Lo que está pasando en Oñati no es casualidad. Nuestras acciones tienen un precio.

Madrazo le apoya una mano en la espalda para invitarla a salir de la ermita.

—Acompáñenos al coche, por favor. No nos lo ponga más difícil. —Después se vuelve hacia Cestero—. Avisa a comisaría. No hace falta que suban. Habrá que decirle también al hombre de la fonda que puede salir. Se ha tratado de una falsa alarma.

La suboficial, sin embargo, le hace un gesto para que no corra tanto.

—¿Dónde estaba esta mañana a primera hora, Pilar?

La serora no abre la boca. Se limita a observarla con el ceño fruncido.

—¿Dónde se encontraba entre las siete y las ocho? —matiza Cestero.

—Pues en mi casa. ¿Dónde iba a estar? Si quiere saberlo con exactitud, estaba barriendo la ermita de San Elías. Esta noche ha soplado viento y eso se traduce en tierra y hojas por todo el templo.

La suboficial está a punto de apuntarle que las hojas caen en otoño, pero enzarzarse en una discusión sobre los ciclos de las plantas tampoco aportaría nada a la investigación. En cualquier caso, ha logrado la información que necesitaba: Pilar no tiene coartada para la hora del crimen.

—Y no habrá nadie que pueda corroborarlo...

—¿Acaso no te vale con la palabra de una pobre anciana a la que solo mueve la fe?

—¿Cómo definiría su relación con fray Sebastián? —continúa Cestero. No ha sacado gran cosa en claro de la reunión con los frailes, pero sí lo suficiente para saber del enfrentamiento del religioso asesinado con la serora.

Madrazo observa a su compañera sin esconder su incredulidad. ¿De verdad considera sospechosa de asesinato a esa mujer de negro?

—Mi relación con fray Sebastián era inexistente. Vivo en una cueva a la que me he retirado buscando la cercanía al Altísimo que me brinda la soledad.

—Precisamente a eso me refiero. Tengo entendido que el fraile muerto se oponía a ello.

La serora niega con expresión indignada.

—Y, sin embargo, aquí estoy velando por su último viaje... Tonterías —masculla agachándose para girar la tablilla de modo que la llama continúe su camino por el lado opuesto. Su voz suena rasposa, igual que los graznidos de un cuervo.

Madrazo no está dispuesto a esperar más. Ese interrogatorio a la luz de la vela funeraria es un sinsentido. Con un movimiento rápido, se adelanta y coloca una brida alrededor de las muñecas de la serora.

—Pilar, queda detenida por desobediencia a la autoridad —le anuncia empujándola suavemente hacia la puerta.

La corriente de aire que barre el templo al abrirla hace temblar la llama de la argizaiola, que acaba por apagarse. Y es entonces cuando la voz del cuervo se alza sobre las tinieblas para congelar el momento con los peores augurios.

—Su tozudez nos saldrá cara —dice con una frialdad que hiela la sangre—. Fray Sebastián no hallará su camino entre las sombras, pero no será el único. El castigo de Dios volverá a golpear este pueblo antes de lo que esperáis. Y será culpa vuestra.

32

Viernes, 7 de mayo de 2021
Santa Flavia Domitila

Madrazo se lleva la taza a los labios y levanta las cejas con asombro.

—Espectacular —comenta girándose hacia la cafetera. Perosterena sonríe desde allí, agradecido con su apreciación.

—Ya te lo dije. Ahora vuelve a decirme que ese que nos preparan en la hospedería está rico —le reprocha Cestero.

El oficial niega con la cabeza al tiempo que se ríe.

—Nuestra Ane siempre tan exigente.

—No es verdad —protesta la suboficial—. Pero el café soluble debería estar prohibido.

—Pobres frailes. El prior se disculpó ayer. Han visto que devolvemos la jarra intacta cada mañana y el hombre me preguntó si teníamos algún problema con el desayuno. Parece ser que la cafetera la tienen en la zona renovada de la hospedería y allí no puede entrar nadie. Los enfermos de covid toman café bueno. A los sanos nos toca el otro. Los frailes también toman del nuestro.

—Mira, ya estamos otra vez en la tele —señala el cliente que se encuentra unos metros más allá, apoyado en la barra. Cestero lo ha reconocido en el acto: el pastor jubilado. Esa txapela ridículamente ajustada a su cabeza lo hace tan inconfundible como el tono ácido con el que se expresa—. Los de la oficina de turismo estarán contentos.

Perosterena niega desde su lado de la barra.

—Dudo que esta sea la publicidad que necesita un pueblo como el nuestro —lamenta mientras activa el motor que muele el café.

Ninguno de los dos ha mostrado todavía un atisbo de sonrisa. Están abatidos por los sucesos del día anterior. Igual que el resto de los vecinos.

—¡Para el molinillo, hombre! ¡Que están hablando de Oñati! —le regaña el cliente.

El tabernero continúa con su ruido infernal.

—Menuda novedad. Si no nos dejan en paz. Oñati, la covid; la covid, Oñati…

—Sigue suelto ese cabrón —comenta el jubilado dirigiéndose a Perosterena—. Pues hasta doce apóstoles le queda faena por hacer… Menuda locura. Antes estas cosas solamente pasaban en América.

—¿Y qué esperas con tanta serie de asesinatos? Pones la tele y no dan otra cosa —replica el tabernero secando un vaso con un trapo que algún día fue blanco.

Cestero empuja hacia él la taza para que le prepare otro café. Lo va a necesitar después de media noche en vela por culpa de la serora.

—A mí también, por favor —se suma Madrazo. Después una voz conocida llama de nuevo la atención de los ertzainas hacia la pantalla. Es la propia Cestero, en la carretera, con las ambulancias de fondo y el gesto desencajado—. Joder, Ane… Te pedí que no la liaras con los medios —protesta el oficial.

—Me sacaron de quicio. Tendrías que haberlo visto. Salieron del río… ¿Y acaso no es verdad lo que les dije?

Un rótulo a pie de pantalla denuncia que para la Ertzaintza los culpables son los periodistas.

—Incorregible… —resopla Madrazo—. A ver cuánto tardan en llamarme de arriba.

—Ya decía yo que teníais cara de polis —comenta el jubilado volviéndose hacia ellos—. ¿Has visto, Peros? Tenemos aquí a los investigadores.

El tabernero asiente mientras les sirve el café.

—Así se habla —le dice a Cestero señalando el televisor—. Son unos buitres. Esta ronda corre a mi cuenta.

—¡Madre mía! Que me va a dar un soponcio. La primera vez que te veo invitar a alguien —exclama el de la txapela antes de darse una palmada en la frente—. Anda, mira, el que faltaba.

Cestero esboza una sonrisa a modo de saludo. El que acaba de abrir la puerta es uno de los pastores que conoció en la fonda de Urbia, ese de mejillas sonrosadas que se parecía a Heidi.

—Cuánto hemos ganado en paz allá arriba, en los pastos, desde que no subes —dice el nuevo dándole un empujón afectuoso al jubilado.

—No te lo crees ni tú. Seguro que me echáis de menos.

El recién llegado pone una bolsa sobre la barra.

—Tus quesos: dos ahumados y uno natural.

Perosterena coge uno de ellos y se lo lleva a la nariz. Su gesto es de aprobación.

—Huele, huele, que no los ha hecho él. Este de hacer queso no tiene ni idea —comenta el jubilado.

El pastor resopla.

—¿Cómo lo haces para soportarlo? —inquiere con fingido fastidio.

—Es mi buena acción del día. De algún modo tengo que ganarme que san Pedro me abra las puertas del cielo —replica Perosterena mientras busca en la caja registradora tres billetes de veinte euros—. ¿Te pongo algo?

—Sí. Una caña, anda, que aguantar a este se las trae. Y cóbrame su café... ¿A qué no sabéis con quién me acabo de cruzar? —pregunta señalando a la calle—. Iñigo Udana. Iba para el ayuntamiento. A preparar el robo del siglo. El martes se celebra el pleno.

El jubilado sacude la cabeza.

—Ya puede dar gracias a la virgen de Arantzazu. Ayer no la

palmó de milagro. Si llega a tener un coche pequeño se queda seco.

—Pues nos hubiera hecho un favor —espeta Perosterena—. Ese solo se ha hecho concejal para vengar la afrenta que este pueblo le hizo a su familia. La maldita gloria de los Udana...

—¿No lo dejaron ingresado? —pregunta Madrazo bajando la voz.

—Le hicieron algunas pruebas y le dieron el alta —explica Cestero—. Creo que tuvieron que coserle la herida del labio, pero nada más.

El oficial asiente.

—A ver qué le saca Aitor al conserje —comenta sin demasiado entusiasmo.

Ane piensa en los fajos de billetes. La palabra «bedel» escrita en uno de ellos no deja lugar a dudas. Los demás, con sencillas iniciales manuscritas, serán más difíciles de adjudicar, pero esa tenía un destinatario evidente.

—Aitor es bueno. Traerá una confesión.

—Todos sois buenos. Tengo el mejor equipo de toda la Ertzaintza.

El gesto de Madrazo le dice a Cestero que se dispone a continuar con el tirón de orejas. Una de cal y otra de arena.

—Peeero... —lo invita a seguir.

—Te está sonando el móvil —anuncia el jubilado dirigiéndose al tabernero.

—No, mío no es.

—Pues suena igual.

—Mío —anuncia Madrazo sacando el suyo del bolsillo. Después dirige una mirada de circunstancias a Cestero. No necesita añadir nada más para que ella comprenda que ya está aquí la reprimenda que anunciaba.

La suboficial suspira mientras lo sigue con la mirada hacia el exterior del bar. Lo había convencido para comenzar el día con un buen café y sin hablar de trabajo. Unos minutos de distensión en medio de la vorágine. Parece que no va a ser posible.

—¿Qué tal por ahí arriba? ¿Ya se ha cansado Ayala de hacer de diva o sigue posando para el iluminado ese? —pregunta el jubilado.

—Ahí siguen. Esa estatua parece la obra de El Escorial. Semanas dándole al cincel y todavía no se ve que avance —aclara el pastor.

—Lo que hay que soportar. Menos mal que ya no subo por ahí. Para rato iba a permitiros yo que anduvierais con esas chorradas. Tendríais que haber vivido los tiempos duros, cuando no había pistas y nos pasábamos meses sin bajar de la montaña. Ahora, con los coches, el oficio de pastor se ha convertido en un paseo de domingueros. ¡Posando para un escultor! Os molía yo a bastonazos...

—A mí no me metas. Eso es cosa de Ayala.

El jubilado arruga los labios y niega con la cabeza.

—A mí no me gusta el escultor ese. ¿Tú qué dices, Perosterena?

El tabernero se encoge de hombros.

—Aquí cuando viene, consume y paga. No da tanta guerra como tú.

—No sé. Es un tipo raro —apunta el jubilado con gesto desconfiado—. Me han dicho que ahora lleva un ojo morado. Apostaría por que ha sido Udana. ¿No habéis oído que el muy bribón andaba acostándose con la mujer del concejal? A ver si al final ese Andrés va a tener algo que ver con su muerte...

Cestero da un trago al café. Es increíble lo rápido que vuelan las noticias. Aunque para ella lo que cuenta no es una novedad. El propio Iñigo Udana le reconoció la agresión. Lo negó todo al principio, pero cuando le aclaró que el escultor no pensaba interponer denuncia alguna, admitió que perdió los papeles al saber de la infidelidad y le golpeó.

—¿Y su mujer? —continúa el jubilado—. ¿De qué viven esos dos? ¿De qué han venido huyendo?

—De nada —responde Perosterena—. ¿Tú no te marcharías de Madrid en plena pandemia si dispusieras de una casa en el campo?

—Excusas… A mí no me engañan. Ha sido llegar esos forasteros y acabarse la paz en este pueblo.

El tabernero recoge el sobre de azúcar que ha quedado tirado en la barra.

—Andrés no es forastero. Es hijo de Oñati. Que se fuera a Madrid a ganarse las habichuelas no le roba su origen —comenta sin ganas—. Si hasta estudió en el seminario de Arantzazu. Más oñatiarra que eso no hay.

—Forasteros. Los dos: él y ella —sentencia el jubilado—. Y con ellos han llegado muchos más. No me digáis que os gusta que esto se llene de desconocidos que vienen al iglú ese que han montado en Belamendi. Si su padre levantara la cabeza… Con lo que era él con su casa y el nombre de su familia… A saber qué hacen ahí.

—Vete a comprobarlo —le desafía Perosterena mientras tira del cañero—. Los jubilados tenéis un montón de tiempo. Acércate y participa en uno de esos encuentros de meditación cósmica. Seguro que hasta le acabas cogiendo el gusto. Dicen que hay siempre un montón de chicas guapas.

Cestero no tiene tiempo de escuchar la réplica del tipo de la txapela porque Madrazo acaba de volver a entrar.

—Falsa alarma —anuncia el oficial recuperando su café—. Pensaba que era por lo de ayer… El juez ha dejado en libertad a la serora. Solo la acusa de violar un cordón policial. Nada que no esperáramos.

La suboficial asiente. Estuvieron hasta las dos de la mañana tomándole declaración y no incurrió en contradicciones. Era evidente que no iba a pasar mucho tiempo en dependencias judiciales. Con toda seguridad, le caerá una multa por su visita al escenario del crimen de fray Sebastián, y nada más.

—De todos modos, Ane, antes o después llamarán por lo de ayer. Sabes tan bien como yo cómo funcionan las cosas y tus palabras tendrán consecuencias.

—No podía callarme. Es injusto que estemos aquí, durmiendo en un jergón con más años que Matusalén, cenando pescado hervido una noche sí y otra también, que nos estemos dejando la piel en el caso, y tengamos que vernos acosados y cuestionados por esos vendedores de terror a granel. Ambos sabemos que lo que sucedió ayer es en parte el resultado del miedo que infunden en las personas —protesta Cestero, furiosa—. Y nuestros jefes, en lugar de regañarnos como a niños desobedientes, que envíen refuerzos.

Madrazo le hace un gesto para que baje la voz.

—No van a mandar a nadie, Ane. Izaguirre sigue siendo poderoso y nos la tiene jurada —indica casi en un susurro—. No va a darnos nada de oxígeno y si fracasamos, dará un paso al frente para quedarse con la UHI. Ya lo conoces: sueña con notoriedad y protagonismo.

—¡Pues que les jodan!

El oficial vuelve a pedirle contención. Sus palabras han conseguido que tanto Perosterena como los otros dos se hayan girado hacia ellos.

Ane coge su taza y se asoma al interior. Solo quedan unos leves posos en el fondo. Tal vez un adivino pudiera leer allí el futuro. Ella, sin embargo, la devuelve a la barra y busca su móvil en el bolsillo. Ha notado una vibración.

Se trata de un correo electrónico con una serie de parámetros técnicos y una palabra que activa sus sentidos como si se hubiera tomado todos los cafés del mundo.

—Positivo —lee en voz alta. Después levanta la mirada y sus ojos se clavan en los de Madrazo—. Ya sabemos quién es el padre del bebé que esperaba Arantza Muro.

33

Viernes, 7 de mayo de 2021
Santa Flavia Domitila

La pesada puerta de la basílica se abre sin el más mínimo lamento cuando Julia la empuja. La oscuridad engulle sus primeros pasos. Después sus ojos se acostumbran y las formas del templo cobran vida.

Fray Inaxio, el superior de la congregación, se encuentra frente al altar, de espaldas a la visitante, envuelto en la luz azulada que se cuela por las vidrieras del crucero. No hay sonidos, ni siquiera leves, y el olor se reduce a las casi imperceptibles notas del incienso y la cera quemada.

—*Egun on* —saluda Julia llegándose hasta él.

El fraile señala la hornacina que ocupa el centro del retablo.

—¿Recuerdas la leyenda de la que te hablé? La campanita tocando, el pastor siguiéndola y la aparición de la Virgen en el espino... Pues ahí los tienes, presidiendo la basílica cuya construcción motivaron.

Julia observa la figura de piedra. Descansa sobre una rama de la que cuelga una esquila para el ganado.

—Es la primera vez que veo un pedazo de árbol y un cencerro en una iglesia —reconoce.

—Arantzazu es así. Diferente a todo lo demás. Llevo toda la

vida contemplando este retablo y no hay día que no me emocione —apunta el prior volviéndose hacia ella con los ojos brillantes—. ¿Te has fijado en que aquí no hay dorados ni piedras preciosas? Este santuario es piedra y madera, igual que las montañas que lo acogen. No se me ocurre un canto más bello al voto de pobreza de nuestra orden.

—Es un lugar especial —reconoce Julia. No lo dice por cumplir, en cuanto ha puesto un pie en el templo ha tenido esa sensación. Hay rincones que transmiten paz y no cabe duda de que este es uno de ellos. Quizá sea por esa iluminación tan tenue que lo envuelve todo en un halo de misterio, quizá por ese silencio tan absoluto, pero la agente se quedaría allí de buen grado a meditar. Aunque ella se sentaría con las piernas en la postura del loto y trataría de llevar la mente a un estado más propio del budismo que de la religión católica en la que la educaron sus padres.

—Me ha dicho Cestero que quieres hablar con nosotros.

Fray Inaxio asiente.

—¿Te importa si damos un paseo?

—No. Me irá bien estirar un poco las piernas.

El prior la guía en silencio entre los edificios del complejo. Después la naturaleza se adueña de la vista y las praderas recogen el testigo por unos minutos antes de que la dureza de la roca colonice el paisaje. Allí, por fin, fray Inaxio da vía libre a su lengua.

—Sebastián era una buena persona. Terco, eso es innegable, pero le movía la búsqueda del bien. El problema es que su concepto del bien se limitaba únicamente a su visión del mundo. Nosotros aspiramos a vivir en comunidad y mejorar el mundo con nuestras obras. Nuestros orígenes están aquí, en estas montañas dedicadas a la ganadería desde tiempos inmemoriales. El buen pastor da la vida por sus ovejas y eso mismo es lo que debemos hacer nosotros. No perseguir, no expulsar sino acoger y perdonar cuando es necesario.

Julia escucha con interés al religioso mientras caminan al pie de la mole rocosa de Gazteluaitz, sobre la que algún día se levantó un castillo que protegía la zona. El arroyo que salta a la orilla del camino envuelve sus palabras para llevárselas muy lejos.

—En cierto modo, Sebastián se había convertido en un verso suelto. Si te soy sincero, y no me malinterpretes, me resultaba incómodo... A muchos nos resultaba incómodo. Los frailes de Arantzazu siempre hemos ido a una con el pueblo. Hemos tratado de ser motor de este valle y eso requiere adaptarse a los tiempos. No vivimos en la Edad Media ni la religión católica pasa por su mejor momento de popularidad. Yo no quiero pertenecer a una iglesia del pasado sino ser una iglesia para el futuro. Y nuestro hermano, que en paz descanse, nos arrastraba una y otra vez a guerras que lo único que consiguen es alejarnos de la gente.

—Se había labrado enemigos —comprende Julia.

El fraile asiente lentamente.

—Sebastián siempre quiso ser prior. Quería liderar nuestra congregación, pero nunca consiguió el apoyo de la comunidad. Mi sensación es que eso le generaba una frustración que canalizaba en forma de rabia contra cualquier propuesta que hiciéramos los demás.

—Entiendo.

—Guerras, guerras y más guerras... —se lamenta el fraile—. Ahora la había tomado con esa pobre mujer. Ya me dirás qué daño hace que una buena creyente se retire a vivir a una ermita solitaria.

—¿La serora?

—Ella, sí. Llegó poco antes de la pandemia. Nos pidió permiso para establecerse en la casa de la cueva. Como si fuera nuestra... ¿Qué le íbamos a decir? Pues Sebastián erre que erre. Prefería la escuela de escalada que el ayuntamiento pretende establecer allí a que una señora quisiera retirarse a cuidar de la ermita. La cosa era llevar la contraria.

—¿Tú crees que su asesinato ha podido estar motivado por ello?

—No, qué va. Solo trataba de ponerte un ejemplo. Sebastián tuvo muchos frentes abiertos en su vida. Siempre tenía alguien contra quien disparar.

Fray Inaxio guarda un silencio que el arroyo que los acompaña decide respetar bajando el volumen de su cantinela. Sus saltos han quedado atrás y el valle, hasta ahora angosto, se abre en una explanada cubierta de hierba y maleza. Asoman entre las zarzas viejas porterías olvidadas, enfrentadas a la espera de que alguien se decida a volver a jugar entre ellas.

—Aquí echábamos buenos partidos de fútbol cuando estábamos en el seminario. Éramos cientos de chavales. Hoy, ya ves, todo perdido. Ha cambiado tanto este lugar… A mí también me gustaría que volvieran esos tiempos, ver de nuevo Arantzazu a rebosar de vocaciones… —Un cuervo acude con sus graznidos roncos a llenar la pausa que hace el fraile. Sus ojillos negros los observan desde uno de esos largueros oxidados—. Pero regresarán. Estoy convencido de ello. Tal vez yo no lo vea, pero el mundo volverá a Dios. Lo necesita. Sin fe no hay nada, y, antes o después, estos tiempos oscuros, en los que el dinero y la codicia lo pueden todo, pasarán a la historia. ¿Te has fijado en la inmensa cantidad de sectas y de religiones impostoras que surgen cada día? Todos los seres humanos se aferran a la esperanza, hasta los más escépticos necesitan creer en algo. Por eso nosotros tenemos que estar siempre disponibles y con los brazos abiertos para mostrarles el camino verdadero. No tengo duda de que algún día estos campos volverán a bullir de vida. Pero no lo conseguiremos embistiendo contra molinos de viento. —Fray Inaxio deja flotando las palabras en un silencio que Julia no se atreve a llenar. ¿Qué va a responder a algo así? Y menos al ver que el religioso coge un pañuelo de tela para secarse los ojos—. Disculpa. El asesinato de nuestro hermano Sebastián nos ha caído encima como una losa.

Durante los siguientes minutos lo único que se oye son los pasos sobre la gravilla del camino. Eso y el canto de los pájaros a una primavera que cobra fuerza bajo los rayos de un sol que esa mañana se ha decidido a asomar por fin entre las nubes.

—¿Y qué fue antes de la serora? —pregunta Julia cuando considera que le ha dejado respiro suficiente al religioso.

—Todo —resume el fraile antes de señalar las marcas de pintura blanca y roja que identifican una ruta senderista—. Mira esas señales, por ejemplo. Con ellas también tuvo su pelea. Eran un caballo de Troya que iba a acabar con la espiritualidad de Arantzazu... ¿Y sabes qué hacía cada vez que aquellos chicos venían a pintarlas? Cogía disolvente y se dedicaba a borrarlas. El remedio resultó peor que la enfermedad y cada dos por tres teníamos montañeros perdidos llamando a las puertas del santuario. ¡Eso sí que rompía nuestra paz monástica!

Un hayedo de esos que recuerdan a los cuentos infantiles, con troncos retorcidos y ramas en forma de garras monstruosas, toma el testigo a los campos de juego. De vez en cuando aparecen puentes de madera que les invitan en vano a atravesar el arroyo para adentrarse en el reino de la hojarasca.

—¿Qué te dice esa imitación de la obra de Oteiza? —pregunta Julia mientras el cuervo grazna de nuevo en la distancia.

—Quien ha regado de sangre este valle no comprende sus esculturas —sentencia el prior—. El maestro solo vació a esos apóstoles en sentido figurado, son hombres que lo dan todo para ofrecerse a Cristo. —Ahora es un cuco el que canta desde las profundidades del bosque—. Mira, otro frente abierto: Andrés Oleta. También con eso nos las hemos tenido en los últimos tiempos. Sebastián, como encargado de la ermita de los pastores, discrepaba de la decisión de permitirle realizar su escultura en plenos pastos. Raro era el día que no bajaba de allá arriba echando pestes sobre ese proyecto.

—¿Por qué?

—Decía que iba a romper la paz del último lugar virgen que queda en estas montañas, el único donde todavía puedes hablar a solas con Dios. Como si no pasaran ya por allá miles de excursionistas al año.

—Fue precisamente el escultor quien dio con el cadáver —plantea Julia.

El prior asiente en silencio.

—Lo sé. Y estaba destrozado. Andrés es buena persona. ¿Quién llevaría a cabo una obra escultórica que le llevará meses, o quizá años, sin pedir ni un solo euro a cambio? Ayer a última hora se acercó a vernos mientras cenábamos. A mí había tenido ocasión de darme el pésame allá arriba, en Urbia, pero quería dar un abrazo al resto de la congregación. Nos dio la noticia de que va a inmortalizar a nuestro hermano en su escultura, igual que hará con Arantza, la chica de la cueva. —Fray Inaxio esboza una sonrisa triste—. ¿No te parece un detalle hermoso? Los caminos del señor son a veces requebrados. Tanto oponerse a esa actuación artística y al final Sebastián verá pasar los siglos como parte de ella.

Julia lo apunta mentalmente.

—¿Sabía Andrés que fray Sebastián era contrario a permitirle trabajar en Urbia?

—Por supuesto. Si algo no puedo decir de nuestro hermano, que en paz descanse, es que fuera de los que tiran la piedra y esconden la mano. Él iba de cara. Siempre. No rehuía la discusión.

—Explícame cómo fue ese enfrentamiento —le ruega Julia.

El fraile se detiene y la observa muy serio.

—¿No creerás que Andrés Oleta...?

—Solo trato de recoger todos los datos para dar con el culpable.

Fray Inaxio sacude la cabeza.

—No, Andrés no haría algo así. Aceptó de buen grado las opiniones contrarias. Al fin y al cabo, el permiso no dependía del santuario. Solo quería hacernos partícipes porque respeta y ama Arantzazu, como buen hijo de esta tierra.

Julia recuerda el domo de Belamendi.

—Su mujer nos mencionó las dificultades que desde la congregación se le plantearon a la hora de organizar un retiro de meditación —apunta a continuación.

Fray Inaxio suspira una vez más.

—Y no creas que no me duele. Yo creo en la religión como unión, como un abrazo entre unos y otros. La práctica del yoga y la meditación no tienen por qué estar reñidas con la moral cristiana. Tú no vas a misa y, sin embargo, llevas dentro una gran espiritualidad. ¿Qué más me da a mí el camino que elijas para encontrar la paz? A fin de cuentas, la meta es la misma y eso nos coloca a ambos en el mismo barco.

—Pero a Gema se le impidió organizar un encuentro en el santuario —señala Julia.

El fraile asiente con gesto contrariado.

—Ganaron quienes se oponían. No eran la mayoría, ni mucho menos, pero el resto cedimos por evitar un enfrentamiento.

—Y Sebastián estaba entre ellos —aventura Julia.

—Si había que oponerse a cualquier tipo de apertura, él siempre se colocaba en cabeza.

Julia abre la boca para sugerir que la vida en Arantzazu se tornará más sencilla a partir de ahora, pero no llega a hacerlo. Hay pensamientos que es mejor no dejar volar en libertad. En su lugar, decide que es mejor ir al grano.

—Tú no crees que lo asesinaran al azar —plantea abiertamente.

—No ha pasado un minuto sin que piense en ello... —reconoce el fraile—. He consultado también al resto de la congregación. Uno a uno, sin algaradas, lo de la cripta fue muy poco edificante. Lamento la imagen que debió de llevarse la suboficial.

—No te preocupes. A Cestero le gustan los lugares donde hay voces discordantes y se permite la discusión. ¿Qué has podido averiguar? ¿Algún sospechoso?

El prior sacude la cabeza con gesto abatido.

—Ninguno. Pero todos mis hermanos están de acuerdo en algo: a fray Sebastián lo eligieron expresamente. Su asesinato no fue fruto del azar.

34

Viernes, 7 de mayo de 2021
Santa Flavia Domitila

En esta ocasión Cestero va directa al corral. Se oyen voces allí y, en cambio, el caserío se ve tan desierto como la primera vez que puso el pie en él. Al menos desde el exterior. Hay motos y coches aparcados frente a la puerta. Una docena de vehículos, quizá alguno más. Parece que esta mañana las clases de los aprendices de pastor funcionan con normalidad.

El olor a heno cobra protagonismo en cuanto se asoma a la nave. No es para menos con gran parte del suelo cubierto de hierba seca a modo de cama para el ganado. Los balidos de decenas de ovejas reciben a la suboficial. Hoy no han salido a pastar. Tal vez por culpa de la lluvia que cae desde primera hora. Por más que los animales se esfuerzan con su voz no logran enmascarar el murmullo que brota del cercado al que están asomados los estudiantes.

Conforme se acerca a ellos, Cestero comprueba que a pesar de que hay alguna que otra chica, la masculinidad gana entre los futuros pastores.

En el centro del corro que forman se encuentra Ayala, el director de la escuela. Está agachado y sus piernas retienen a una oveja cuya lana está recortando con un cepillo eléctrico que maneja con destreza.

Toca lección de esquileo.

—Normalmente comenzamos por la paletilla y el cuello para después continuar por todo el costado hasta llegar a la pata trasera —explica antes de darle la vuelta al animal, que asiste impasible a la operación de despojarse de los ropajes de invierno—. Primero un lado, después el otro. La tripa la dejaremos siempre para el final.

—¿Y con las tijeras se sigue el mismo orden? —pregunta una de las chicas.

—El mismo. Prueba tú con ellas, ya verás —indica el director.

La oveja que elige la joven se resiste y patalea cuando la atrapa. Sin embargo, una vez que le recorta un buen pedazo de lana, el animal se relaja y le deja hacer.

Cestero recorre a los alumnos con la mirada. No hay rastro de Peru. Tampoco de Gaizka.

—La tendencia es emplear cada vez más el esquilado mecánico, porque en el tiempo que tardamos con las tijeras nos permite ocuparnos de alrededor de tres animales —explica Ayala sin dejar de desvestir a la oveja de su mullido abrigo—. Pero si no tenéis prisa, es mejor recurrir a la técnica manual. Con la eléctrica se elimina la grasa que protege la piel del animal y hay que tener cuidado con el sol y la lluvia durante las semanas que tarda en volver a formarse.

Cuando termina, la oveja parece haber adelgazado un buen montón de kilos. El resto del rebaño aguarda su turno pacientemente. Cestero no sabría decir si con resignación o con ganas de quitarse de encima ese grueso pelaje algodonoso que a estas alturas del año comenzará a sobrarles. En cualquier caso, parecen tranquilas.

—Ten cuidado. Si le coges algún pliegue de la piel puedes hacerle daño —advierte Ayala a la muchacha que avanza a trompicones con las tijeras—. Sujétala más fuerte. Usa tus piernas para retenerla. Así, así, muy bien.

Mientras aguarda a que el director pueda atenderla, Cestero se dirige al cercado del fondo. Allí está el corderillo que iba vestido con la piel de otro. Ya no la lleva encima y tampoco parece que le haga falta. La cría deja de mamar para observarla. Solo un instante. Después empuja de nuevo la ubre de su madre adoptiva con el hocico y continúa alimentándose.

—¿Has visto? —inquiere una voz que la pilla por sorpresa. Es Ayala. No lo ha oído llegar—. Funcionó el truco.

La suboficial esboza una sonrisa y responde a la mano tendida del pastor estrechándosela. Se trata de una mano recia, acostumbrada al trabajo con el rebaño, pero la fuerza que imprime a sus dedos sobre los de Cestero es la apropiada para un saludo.

—Estoy buscando a Peru.

El director niega con la cabeza.

—Por aquí no lo verás mucho. Será más fácil si pasas por Araotz. Desde que abrieron en el barrio un centro de terapias alternativas pasa más tiempo allí que en ningún otro lugar.

La suboficial sabe a qué se refiere. De hecho, han buscado antes en Belamendi que en la escuela de pastores. Madrazo todavía debe de estar saliendo de allí en dirección al caserío familiar de los Perurena.

—Pero es alumno de la escuela. Algún día tendrá que asistir a clase —argumenta la ertzaina.

—Por aquí no aparece más que lo indispensable —lamenta Ayala. Sus labios se tensan bajo esa barba blanca—. ¿Ha hecho algo?

—Necesito plantearle algunas preguntas.

—¿No creerás que está involucrado en los crímenes que investigas? —inquiere el director. Ahora su gesto es de preocupación—. Si es así me atrevería a decir que no vas bien encaminada. Tal vez no sea nuestro mejor alumno, pero… —El hombre busca las palabras oportunas—. Digamos que no le gusta este oficio. Es hijo de pastor y sabe de cuidar ovejas. Sin embargo, su cabeza no está para esto. Quizá algún día le apetezca ocuparse del rebaño familiar y sea el mejor pastor de estas montañas, quizá mañana sus quesos ganen concursos… Hoy, en cambio, Peru piensa en otras cosas.

El resultado de la prueba de paternidad regresa a la mente de Cestero con la misma fuerza que cuando lo ha recibido en el móvil en el bar de Perosterena.

De no ser por el asesinato de Arantza, ese muchacho desorientado que pinta Ayala sería en cuestión de meses el padre de un recién nacido.

—¿Y cuáles son esas otras cosas que ocupan su cabeza?

Ayala traga saliva. Después se encoge de hombros.

—Cosas de chavales. ¿Quién no ha tenido su edad? Súmale a eso que es un chico atractivo y con labia y el resultado es un cóctel explosivo. O tienes la mente centrada o estás vendido.

Cestero recuerda el concierto de Diego León. Peru tratando de invitarla a una copa, Peru charlando con todas las que se ponían a tiro, Peru enrollándose con una chica... Entiende perfectamente a qué se refiere Ayala. Sin embargo, intuye que hay algo más que no quiere contarle.

—¿Sabes si conocía a Arantza Muro?

Ayala arruga el ceño.

—Tengo entendido que ella subía bastante a Belamendi. Supongo que coincidirían allí. ¿Por qué?

—Ayala —llama una chica que se acerca a ellos—. A Jonathan se le ha enganchado la esquiladora en la lana.

El gesto de dolor del director es elocuente. Se diría que el cepillo hubiera quedado atrapado en su propia piel.

—Lo siento —comenta señalando hacia el grupo de alumnos—. Tengo que...

Cestero asiente.

—Claro. No te robo más tiempo. Solo una cosa... ¿No sabrás dónde está Gaizka? —Quizá él pueda darle más información sobre su compañero.

—¿Gaizka? Él sí que es buen estudiante. El mejor. Ha ido a las colmenas. Tenía que instalar unas trampas de polen.

—¿Colmenas? ¿Qué colmenas?

—Las suyas. Bueno, las que cuida —aclara Ayala—. En realidad son del santuario, pero el fraile que se ocupaba de ellas se ha hecho mayor y él les echa una mano. Tendrá para rato. Acércate por allí si necesitas hablar con él.

La suboficial duda. No se ve a sí misma entre miles de abejas, pero algo le dice que si quiere saber más sobre Peru tendrá que pasar por ello.

35

Viernes, 7 de mayo de 2021
Santa Flavia Domitila

Madrazo observa las cuatro casas de piedra que se arremolinan alrededor de la iglesia de Araotz: edificios de arenisca que conviven en armonía con el verde de los pastos que los rodean. Nada desentona, ni siquiera el pavimento mojado y el cielo lloroso. La nota de color corre a cargo de los geranios que penden de las ventanas. Un clásico en los valles vascos, en los que el clima, a menudo hostil, obliga a decorar las fachadas con plantas recias y sufridas. Esos cables en las fachadas son lo único que habla en el idioma del siglo veintiuno. El resto se diría varado en un tiempo pasado. Un mundo tranquilo, tal vez demasiado, a decir de la única cabeza que se gira con curiosidad al verlo dejar el coche junto al frontón. Pertenece a un gato de color canela que dormita sobre un murete de mampostería. No hay nadie más a la vista, aunque el olor a lumbre delata la escasa vida que tiene lugar de puertas para adentro.

Sus pasos lo llevan hasta un caserío ligeramente apartado del resto. Según el mapa tiene que ser ese.

—Buenos días. Estoy buscando a Jon Perurena. ¿Es su hijo? —inquiere el ertzaina al hombre que le abre la puerta.

—¿Qué quiere? —El señor tiene cara de dinosaurio, de tiranosaurio para ser exactos. Arrugas profundas alrededor de sus ojos y una tez enrojecida que delata su afición por la bebida.

—Soy ertzaina. Tengo que hablar con él. Dígale que salga, por favor.

El tipo lo observa con expresión desconfiada, que se acentúa cuando Madrazo le muestra su placa.

—No está. ¿Para qué lo busca? —pregunta saliendo de casa. Después tira del pomo para ajustar la puerta tras él.

Madrazo no tiene ganas de andarse con rodeos. Las dos personas a las que han arrebatado la vida no lo merecen.

—Dígale a su hijo que salga —le sugiere señalando la puerta—. Entorpeciendo nuestra labor no le hace ningún favor.

—No se encuentra en casa.

—¿Y dónde está?

—¿A esta hora? —El hombre consulta su reloj de pulsera—. En clase. Estudia para pastor.

—Allí no está —aclara Madrazo—. ¿Qué le parece si marca el teléfono de su hijo y le dice que lo estamos buscando y que será mejor que venga?

El hombre tuerce el gesto.

—Igual le hace más caso si le llama usted. A mí dudo que me responda.

—¿Por qué?

—Porque soy su padre y él debería estar en clase. ¿Le parece suficiente motivo?

—¿No va a hacer la prueba? —insiste Madrazo.

—Solo si me dice de qué se le acusa.

El ertzaina suspira. Comienza a estar harto de perder el tiempo.

—¿Le dice algo el nombre de Arantza Muro? —dispara sin contemplaciones.

El gesto duro de su interlocutor se descompone. Eso no se lo esperaba.

—Mi hijo no tiene nada que ver con lo ocurrido —balbucea sacando el teléfono del bolsillo. Su dedo índice se mueve por la pantalla en busca de un número reciente y pulsa el botón de rellamada—. Puede que no sea el mejor estudiante del mundo, pero eso no lo convierte en una mala persona.

—No he dicho tal cosa. Solo necesito que me responda algunas preguntas —aclara Madrazo mientras oye de fondo los tonos de llamada que llegan a través del auricular.

Tal como su padre aventuraba, Peru no responde.

—¿Quiere probar usted? —propone el hombre mostrándole el número.

Madrazo lo copia en su móvil, pero la señal se extingue sin que él tampoco obtenga respuesta alguna.

—¿De verdad no tiene la más remota idea de dónde puede estar su hijo?

El padre señala un caserío apartado. La cubierta blanca del domo y la palmera que crece a su lado deja claro de cuál se trata.

—Pregunte en Belamendi. Desde que han convertido aquel caserón en un centro de yoga no sale de ahí. Le gustan mucho esas terapias.

Madrazo sonríe para sus adentros. No tiene tan claro que sea el yoga lo que lleva a Peru a casa de Gema.

—Tampoco está allí —anuncia—. Nadie sabe nada de él. Ni en la escuela ni en el centro de meditación.

—Sabe usted más que yo… —lamenta el padre—. Pues de casa ha salido. Eso se lo puedo asegurar. A las ocho menos cuarto ha cogido la moto y se ha marchado. En teoría iba a clase.

—Pues usted dirá. Es su padre, ¿no?

—¿Qué quiere que le diga? No tengo ni idea. Bastante pena tengo yo. Mi mujer murió cuando Jon tenía once años. Me hubiera gustado saber hacerlo mejor, pero uno llega donde llega. Ahí están las ovejas —dice señalando las motitas blancas que pueblan la ladera del monte Orkatzategi, contra el que se apoyan los caseríos del barrio—. Nuestro rebaño es uno de los más grandes del valle. Tenemos una borda arriba, en Urbia, y todo lo necesario para hacer queso. A ver qué joven lo tiene todo tan fácil. Jon, sin embargo, ni se ocupa del ganado ni muestra ningún interés en aprender el oficio. Y ya tiene veintidós años, es hora de hacer algo que no sea estar de fiesta todo el día… Yo no estoy en condiciones de ocuparme de las ovejas. —El hombre se da una palmada en una pierna—. Si me hubiera visto jugar al fútbol de chaval. Lástima que entonces las lesiones no se cuidaran como ahora… Esta pobre rodilla todavía arrastra los excesos de aquellos días. —Un suspiro refuerza su rictus—. Ya ve dónde están los pobres animales: ahí enfrente, en las campas donde pasan el invierno. Los demás rebaños hace semanas que han subido a Urbia… Al final tendré que pagar a alguien para que se ocupe de llevarlas, porque él no tiene ninguna intención de hacerlo. —El hombre sacude la cabeza con gesto decepcionado—. Pero Jon no sabe nada de esa chica de Sandaili. Tampoco del fraile muerto. Eso puedo asegurárselo. Soy su padre y conozco a mi hijo. Le gusta la libertad y es un desastre cuando se trata de cumplir normas, pero es un buen muchacho. Tiene buen fondo.

—Lo conoce pero no tiene ni idea de dónde puede estar —apunta Madrazo subrayando la contradicción.

El hombre observa su rebaño, como si eso le ayudara a pensar.

—¿Sabe dónde estará? —inquiere finalmente con un esbozo de sonrisa tras la que se intuye un punto de orgullo—. En casa de alguna. En eso ha salido a mí. Yo tampoco perdonaba cuando se trataba de hincarle el aguijón a una buena pieza… Ya me entiende.

Una risita socarrona brota de su garganta, y la acompaña de un guiño de complicidad.

Madrazo resopla antes de lanzar la siguiente pregunta:

—¿A qué hora salió ayer su hijo de casa?

—¿Ayer? ¿Por la mañana? —El hombre se lo piensa unos instantes—. No lo sé. Supongo que a la hora de siempre. Yo ayer me encontraba mal. El test dio negativo, pero me pasé el día con fiebre sin moverme de la cama.

—¿Así que no sabe a qué hora se marchó? —insiste el oficial. Cestero y Aitor lo vieron llegar a Belamendi al mismo tiempo que Andrés llamaba con la noticia del hallazgo del cadáver del fraile. Sería importante saber si Peru venía directamente de su casa o tuvo tiempo de pasar por Urbia y cometer el crimen.

—No tengo ni idea.

Madrazo tiene la impresión de que hay un punto de desafío en el tono del padre. Es evidente que quiere a su hijo y no va a colaborar. No dirá nada que pueda perjudicarlo.

—Y el día que Arantza Muro fue asesinada en Sandaili, ¿dónde se encontraba su hijo?

El hombre se encoge de hombros.

—Pregúnteselo a él. ¿No le parece?

—Créame que lo haría si pudiera encontrarlo —escupe el oficial—. No le está haciendo ningún favor con estas respuestas.

—Mire, agente... Yo no sé nada. Si Peru aparece por aquí le diré que les llame. Pero pierden el tiempo con él. El único delito que habrá cometido será metérsela a alguna sin ponerse preservativo. Se lo digo yo, que soy su padre.

De nuevo esa risita, entre socarrona y cómplice, que hace girarse en seco a Madrazo. Mientras camina de vuelta al coche, marca el número de Cestero. Tiene que informarle de que Peru tampoco está en casa. Y que su padre no tiene ni idea de dónde se ha metido.

O, al menos, eso es lo que dice.

No tengas miedo, pues yo estoy contigo;
no temas, pues yo soy tu Dios.
Yo te doy fuerzas, yo te ayudo, yo te sos-
tengo con mi mano victoriosa.

Isaías 41:10

De repente me encontraba ante el abismo. Tras años recorriendo un camino en el que no había atajos ni desvíos posibles, había llegado a una bifurcación que marcaría el resto de mi vida.

La mayoría de quienes habían estudiado conmigo estaban deseando dejar atrás las paredes del seminario. Tras ese último año de estudios comunes algunos ingresarían en la universidad y otros se pondrían a trabajar. Solo unos pocos, pero pocos de verdad, se quedarían para convertirse en frailes.

Migueltxo, que ya había perdido el diminutivo y era para todos Miguel, tampoco tuvo dudas. No quería oír hablar de meterse a fraile. En las salidas de verano había seguido jugando con Itziar, aunque no a esas carreras de barquitos en las que yo siempre les ganaba. Me parece que ya por aquel entonces planeaban hacerse cargo del estanco que todavía regentan en la calle Barria.

A mí me hubiera gustado tenerlo tan claro como todos ellos. Sin embargo, en mi interior se libraba una gran batalla. No pregunté su opinión a mis padres. De haberlo hecho la balanza se habría decantado del lado que me pedía abandonar Arantzazu. Y no quería interferencias.

Odiaba sentirme así. Recuerdo que aquel día no aguantaba más. La fecha de comunicar la decisión se acercaba y no podía seguir demorándola.

Comencé a caminar sin rumbo. Pasé por unos campos de Iturrigorri que esa tarde se encontraban absolutamente desiertos, como si pretendieran anunciar el abandono que sufrirían años después. No me paré a lamentarme de la lesión de rodilla que me había apartado del fútbol. Poco importaba ya eso. Solo quería alejarme de todo, estar conmigo mismo, aplacar esa lucha que me desgarraba por dentro.

No sé cuánto tiempo más seguí andando, ni por qué lugares pasé, solo que cuando quise darme cuenta estaba a varios kilómetros del seminario y la noche se me había echado encima.

Observé las fauces de la cueva de Aitzulo antes de dejarme devorar por ella. Su roca caliza se veía blanca a la luz de una luna en cuarto creciente. Nunca antes había entrado allí, aunque sabía de su existencia porque algunos compañeros me habían hablado de ella. Era un vientre pétreo fabuloso, grande como la nave de una catedral, misterioso como el estómago de un dragón. La boca del extremo opuesto enseguida se mostró ante mí. Por allí no había salida posible, a no ser que quisiera saltar al vacío que se abría tras ese balcón colgado de lo más alto del desfiladero de Jaturabe.

Y allí, a medio camino entre la tierra y el cielo, supe que había llegado el momento.

De un lado estaba lo que me dictaba un corazón que me pedía que me hiciera fraile. Del otro, mi mente, recordándome las palabras de mi padre. Había que volar varios años atrás para escucharlas de nuevo, había que trepar de nuevo a las cumbres de Aizkorri y buscar aquel tren que se abría paso a pesar de las zancadillas del paisaje.

No podía olvidar que estaba llamado a hacer algo grande y eso difícilmente podría cumplirse si ingresaba en el convento. La vida como fraile no parecía la manera de seguir los pasos que dictaba mi sangre. Y, sin embargo, era lo que mi alma estaba pidiendo a gritos.

Retrocedí hasta el corazón de aquellas tripas de roca y me tumbé boca arriba. Estaba agotado de tanto pensar. Mi vista voló a lo más alto y me sorprendió ver estrellas. Se colaban a través de una gigantesca claraboya abierta en la piedra. Ellas y el silencio. Nada, ni siquiera un leve soplo de aire, se atrevía a profanarlo.

Una sombra negra se recortaba allí arriba, en el borde del círculo abierto por millones de años de erosión. Me observaba. No necesitaba verle los ojos para saberlo. Estaba tan pendiente de mi decisión como yo.

Cerré los ojos y suspiré.

No tenía sentido meterme a fraile.

Si lo hacía perdería la senda que me marcaban mis orígenes.

Era el momento de regresar a la vida que mis padres habían imaginado para mí.

Regresar y aguardar a que Dios me mandara alguna señal.

Y entonces, cuando la decisión parecía tomada a mi pesar, sucedió.

La silueta graznó con tanta fuerza que su voz rasposa llenó todos los rincones de la caverna.

Me llamaba.

Cuando abrí los ojos extendió sus alas como si pretendiera abarcar el firmamento que se extendía a su espalda. Volvió a graznar para pedirme que no apartara de allí la mirada.

Aquellas estrellas que hasta entonces no me decían nada comenzaron a unirse en figuras que enseguida me resultaron familiares. No se trataba de las constelaciones que mi padre me había enseñado a identificar. Allí no estaban Casiopea ni Orión, sino esos hombres vaciados de todo, ofrecidos a un Cristo por el que estaban dispuestos a renunciar a su propia vida.

Uno tras otro, los apóstoles de Arantzazu desfilaron ante mí con la misma intensidad que la primera vez que los vi. El cuervo graznó una vez más y solo guardó silencio cuando mis lágrimas emocionadas desdibujaron el firmamento.

Y así fue, con el cielo guiándome en la vida igual que años atrás hiciera con Lope de Aguirre en sus viajes a través de las selvas del

Perú, como tomé la decisión. Y pese a lo que sucedió depués no me arrepiento, como tampoco lo he hecho de cualquiera de las acciones de mi vida, porque sé que no he hecho más que obedecer a Dios. Solo él ha labrado mi senda para traerme hasta aquí. Sus caminos son inescrutables, sus mensajeros también. Se sirvió de las manos de Oteiza, se vistió de aquel cuervo y hasta golpeó el mundo con una pandemia para anunciarme que había llegado el momento de actuar.

La decisión estaba tomada. Me quedaba en el santuario, cerca de los apóstoles y de Dios.

Solo entonces el cuervo, satisfecho, batió sus alas para lanzarse a un vuelo que lo fundió con el cielo del que había descendido.

36

Gaizka parece un astronauta. El traje blanco con el que protege su cuerpo y los movimientos lentos, sin aspavientos, con los que se mueve por el colmenar, traen a la mente de Cestero los primeros pasos de Armstrong en la luna. Hay abejas zumbando alrededor de él. Muchas, pero la suboficial tiene la impresión de que está más nerviosa ella que los insectos. Y eso que se ha quedado a una distancia más que considerable.

—¡Ane! —saluda el joven cuando repara en que está observándolo—. Qué sorpresa más agradable. Ven. Te enseñaré las colmenas.

La suboficial sacude la cabeza. No quiere ni imaginarse ahí cerca.

Antes de que pueda negarse, Gaizka se aproxima hasta ella y abre una bolsa de deporte.

—Póntelo. Son muy nobles, pero hay que protegerse —dice entregándole un traje como el suyo—. ¿No serás alérgica?

—No, que yo sepa. Aunque, Gaizka… En realidad solo quería hacerte unas preguntas.

—Claro, lo que quieras. Te enseño el colmenar y hablamos mientras tanto.

Cestero no está segura de ser capaz de pensar rodeada de miles de abejas volando a su alrededor.

—No sé... Creo que preferiría escalar una montaña sin cuerda antes que acercarme ahí.

Gaizka se ríe.

Tiene una risa bonita. Sincera.

—Vamos. No seas exagerada —la anima mientras la ayuda a ponerse el traje—. Lo importante es que te muevas con suavidad, no las asustes.

—Es fácil decirlo —argumenta la suboficial. El zumbido constante de las abejas que vuelan a su alrededor no resulta precisamente tranquilizador. Tampoco esos insectos que se han posado en la red que cubre su cara y a los que imagina colándose por cualquier resquicio, prestos a clavarle el aguijón.

—La primera vez nunca es fácil. Lo más que te puede pasar es que no hayas sellado bien el traje y te lleves un picotazo.

—Pues eso es lo que me preocupa.

—Tranquila. Ya me he asegurado yo de que estés completamente protegida. —Gaizka se detiene ante una de las cajas de madera y prende fuego a un puñado de hierba seca que introduce en el ahumador.

—¿Para qué es el humo? —inquiere Cestero al verlo rociar con él la boca de una colmena.

—Las engaña. Creen que hay un incendio y se preparan para abandonar su hogar. Su instinto las empuja a llenarse de miel el estómago antes de enfrentarse a la huida. Eso las amansa y así puedo trabajar con ellas sin alterarlas.

Gaizka le entrega el ahumador a la ertzaina para retirar la tapa superior de la colmena. A continuación introduce en ella las manos enguantadas y extrae uno de los panales.

—Mi rebaño —bromea el joven observando los insectos que caminan sobre las celdillas—. ¿Sabías que para tener abejas necesitas darte de alta como ganadero? Para Hacienda somos pastores. De insectos, sí, pero pastores. Así que ellas son mi primer rebaño.

—¿Dónde está la miel? —pregunta Cestero sin acercarse demasiado.

—Aquí. ¿No la ves? —Gaizka señala los centenares de celdas hexagonales que componen el panal—. Todavía no hay mucha. La época de floración no ha hecho más que empezar. Habrá que esperar algo más de un mes para una primera cosecha. Y en otoño volveré a sacar miel... Acércate, no tengas miedo.

Cestero niega con la cabeza. Lo ve todo suficientemente bien a esa distancia, no necesita meter la nariz en plena colmena.

—¿Cuántas hay? —inquiere al ver que no paran de llegar abejas.

—Muchas. Entre veinte mil y cincuenta mil en cada colmena. Y aquí hay veinte cajas como esta... Ya ves qué rebaño más grande —bromea Gaizka mientras introduce de nuevo el panal y cierra la tapa superior—. Ahora pondremos las trampas para el polen. ¿Puedes pasarme una?

Cestero le entrega uno de los cajones de madera que le señala.

—Necesito que me hables de Peru.

—¿De Peru? ¿Mi compañero de clase?

—Sí. Tenemos que hacerle algunas preguntas y no hay manera de dar con él.

—¿Habéis mirado en Belamendi? —pregunta Gaizka sin dejar de ajustar la pieza en la boca de la colmena—. ¿Ves esta rejilla? Ahora para entrar tendrán que pasar por los agujeros.

—No está allí. Y tampoco en la escuela ni en su casa. ¿Tienes idea de dónde podríamos encontrarlo?

El joven tarda unos segundos en contestar, y cuando lo hace es para decir que no. Después señala la pieza metálica.

—Mira, ya llegan las primeras. Fíjate... La abeja lleva el polen que ha ido recolectando adherido a las patas traseras. El agujero es lo suficientemente grande para permitirle el paso, pero no con las bolitas de polen que lleva consigo. Se caen en esta bandeja de madera y así tenemos nuestra cosecha.

—Pobres. Es como robarles su trabajo —lamenta la suboficial.

Gaizka la observa a través del velo con una mueca divertida.

—Me parece que no tienes espíritu de ganadera.

Cestero se ríe. Comienza a sentirse más relajada.

—Tendré que seguir dedicándome a perseguir a los malos... —comenta antes de volver al tema que la ha llevado allí—. ¿Por qué no me dices dónde está Peru?

—Porque no lo sé.

—Pues cuéntame lo que sepas de él.

Su pregunta queda flotando en el aire; las abejas la agitan con su aleteo, la silencian tras su zumbido. El joven, sin embargo, se toma su tiempo y cuando se vuelve hacia ella está muy serio.

—Peru va a lo suyo, pero no se mete con nadie.

La suboficial respira hondo.

—¿De verdad no tienes idea de dónde puede haberse escondido?

—No. ¿Cómo iba a saberlo yo?

Cestero suspira mientras las campanas de Arantzazu dan la una de la tarde. Se oyen con fuerza, a pesar de que las torres de la basílica se ven lejos, tras el bosque de alerces que rodea la campa donde los frailes han instalado las colmenas.

—Sois compañeros. ¿No sabes adónde suele ir cuando no va a clase?

—No me gusta meterme en la vida de los demás.

—Vamos, Gaizka. Seguro que puedes contarme algo más... ¿Por qué tengo la impresión de que tanto a Ayala como a ti os incomoda hablar de este tema?

El joven niega con la cabeza, pero la tensión es evidente.

—¿Ha hecho algo malo? —pregunta tras un suspiro.

—No lo sabemos —confiesa Cestero.

Gaizka deja en el suelo la segunda trampa de polen que se disponía a instalar.

—Empieza a ser tarde —anuncia—. Los viernes como con mi abuela y me estará esperando. Está mayor y eso de que le rompan las rutinas no va con ella.

La suboficial comprende que no va a sacar nada más de allí. Sabe, sin embargo, que hay algo que no le quiere contar.

—Oye... Ane... Tengo miel de la temporada pasada en casa —dice Gaizka tras reparar en su gesto de fastidio—. ¿Te apetece probarla? Es muy buena. Tiene un toque balsámico que le dan esos alerces. Con una cuajada casera está impresionante. Además, me encantaría estrenar contigo mi primer queso. Lleva tres meses madurando y está en su punto... ¿Tienes plan para esta noche?

37

Viernes, 7 de mayo de 2021
Santa Flavia Domitila

—El bedel ha reconocido que los dos mil quinientos euros que llevaban su nombre eran para él. Denuncia que usted lo presionó para que diera un testimonio falso. En realidad no lo vio salir de la casa consistorial la tarde que asesinaron a su mujer —resume Madrazo.

Udana dirige la mirada a la ventana. Del otro lado se abre la plaza de los Fueros. A pesar de que esa tarde brilla el sol, no se aprecia apenas movimiento en ella.

—Miente —sentencia recuperando el gesto de suficiencia con el que le ha abierto la puerta de su despacho en el ayuntamiento.

—¿Cómo explica entonces que uno de los fajos de billetes que aparecieron en el maletero de su coche llevara escrito su nombre?

—Todo esto no es más que una campaña de desprestigio para que la votación del martes no salga adelante.

—Es su letra. Las pruebas caligráficas no engañan.

Udana se entretiene con papeles que se amontonan sobre su mesa. Los mueve de una pila a otra, los guarda en un cajón…

Madrazo ha interrogado a suficientes sospechosos como para reconocer en él la desesperación de quien se sabe cazado.

—Está bien —reconoce el concejal tras un largo suspiro—. Le pedí que me ayudara. Estaba asustado. Esa bruja de Belamendi sabía que yo no estaba de acuerdo con los baños en la cueva. Tengo dinero. Podría haber pagado el mejor tratamiento de fertilidad. Pero esa maldita supersticiosa le comió la cabeza a Arantza. La tenía absolutamente anulada. Mi mujer solo le hacía caso a ella. Y cuando ustedes vinieron con sus preguntas supe que esa loca me señalaría y que acabaría siendo el principal sospechoso. Necesitaba una coartada, porque la verdad no me servía.

—¿Cuál era la verdad? —pregunta Madrazo.

—Que Arantza y yo comimos juntos, y después ella se fue a Sandaili. Yo no volví a salir de casa en toda la tarde.

—Y no tiene testigos.

—Evidentemente, no. De lo contrario no habría intentado lo del conserje. Sin embargo, ahora ya no es necesario. Después del asesinato de ese fraile, supongo que tienen claro que no he sido yo.

—¿Por qué?

—Porque ni siquiera lo conocía.

Madrazo no responde. No quiere darle la razón.

—Gema no lo señaló, señor Udana. Se ha señalado usted mismo con su falsa coartada.

El gesto del concejal se tiñe de altanería. Su rictus se ve además reforzado por ese labio partido que varios puntos de sutura alargan hacia abajo.

—No me lo creo. Es una bruja despreciable. ¿Sabe que su marido se acostaba con Arantza mientras ella lo aplaudía?

El oficial no tiene tan claro que eso fuera exactamente así, aunque si se ha presentado en el ayuntamiento no ha sido para aclarar esos pormenores.

—Cinco fajos más. Un total de cuarenta y siete mil euros… ¿A quiénes iban destinados esos otros sobornos?

—A nadie. —El tono del concejal es el de quien no está dispuesto a admitir réplica—. No sabe usted de la misa la media. Es mi dinero. Me gusta llevarlo encima. Nunca se sabe cuándo surgirá la ocasión de adquirir algo interesante. Soy inversor por naturaleza. No es lo mismo poner los billetes sobre la mesa que un simple apretón de manos.

—¿Casi cincuenta mil euros? ¿Y por qué agruparlo en diferentes cantidades? ¿Por qué en cada fajo de billetes hay escrita a lápiz al menos una inicial?

Udana abre la boca para defenderse, pero acaba por volver a cerrarla.

—¿Quiere que se lo diga yo? —pregunta Madrazo—. El próximo martes tendrá lugar el pleno que decidirá sobre la privatización de la empresa municipal de energía. Ese dinero es para comprar votos. Cuando su vehículo resultó accidentado regresaba de Bilbao. Así lo declaró y así lo han confirmado las cámaras de tráfico. Bilbao… Precisamente la ciudad donde se encuentra la sede de la compañía eléctrica que opta a hacerse con las centrales hidroeléctricas de Oñati. La misma de la que es usted consejero. De ahí salió el dinero con el que comprar la dignidad de otros concejales.

El gesto de Udana se tensa, le dice que ha dado en el clavo.

—Tonterías… No son más que elucubraciones absurdas. Ese dinero es mío. ¿Cuándo van a devolvérmelo? Lo que están cometiendo es un robo.

—Eso lo determinará el juez. Ese dinero es ahora la prueba de un delito.

El concejal le dedica una mirada furiosa.

—¿Cómo piensa demostrarlo? ¿No ve que no tiene prueba alguna de esa fantasía suya? Unos cuantos billetes de cincuenta euros en un maletero… ¡Venga, hombre! Despierte a la realidad.

Madrazo sabe que tiene razón. Solo algunas de las iniciales garabateadas en los fajos se corresponden con nombres o apellidos de miembros de la corporación municipal. Ni siquiera todas. Probablemente Udana se refiera a algunos concejales por motes o sobrenombres. Y conseguir una confesión de los políticos que han puesto precio a su dignidad parece extremadamente difícil.

Sin embargo, el conserje constituye un cabo suelto en su plan.

—Testimonio falso, extorsión… ¿No le parece suficiente delito? Lo que hizo con el bedel del ayuntamiento podría incluso llevarlo a usted a prisión.

El concejal de Energía y Agenda Medioambiental se pone en pie para acompañarlo a la salida.

—Le ruego que salga de mi despacho. Tengo que seguir preparando el pleno del martes. —Madrazo lee el nerviosismo en sus palabras. Faltan solo cuatro días, con un fin de semana de por medio, para la votación. Sin el dinero parece improbable que logre los votos que precisa. Además, en cuanto se corra la voz de que la Ertzaintza está investigándolo no habrá político, ni del gobierno municipal ni de la oposición, que se arriesgue a acabar condenado con él—. Y recuerde esto, agente: esas centrales que un día fueron robadas a mi familia regresarán a las manos donde siempre debieron estar.

38

—Aquí es —señala Gaizka deteniéndose ante una de las casas blasonadas que jalonan la calle principal del casco antiguo de Oñati.

Cestero levanta la vista hacia el escudo de piedra.

—¿Es el de tu familia?

El joven se ríe.

—Qué va. Vivo aquí de alquiler —dice abriendo la puerta.

La suboficial cuenta seis buzones, una vieja casa ilustre reconvertida en edificio de apartamentos. El de Gaizka está en el último piso, un tercero. Sin ascensor, por supuesto.

—No es muy grande, pero para mí solo es suficiente —explica cuando entran a un recibidor al que se abren tres puertas. Una lleva al dormitorio, otra al cuarto de baño y la tercera a un salón en el que está integrada la cocina—. Perdona, está un poco desordenado. No esperaba visita.

Cestero mira a su alrededor. ¿Desordenado? Si hasta huele a ropa limpia.

—Tendrías que ver mi piso —comenta torciendo el gesto. Tampoco es que sea la reina del desorden, pero madrugar no es lo suyo y siempre apura demasiado abrazada a la almohada y tiene que salir de casa a la carrera. Si algún día le da tiempo de hacer la cama y limpiar la cafetera es que se ha producido una más que extraña conjunción astral.

No siempre ha sido así, claro. Cuando vivía con Olaia se obligaba a sí misma a tenerlo todo en su sitio, porque de lo contrario su amiga lo recogía por ella, y eso sí que no podía permitirlo. Ahora es diferente. Todo es diferente desde que no está. Todo es peor.

—¿Vives sola?

Ane asiente. Sola. En el mismo lugar que compartió con Olaia desde que su amiga la invitó a mudarse a su casa tras el terremoto familiar que generó el divorcio de los padres de la ertzaina. Todavía hay noches que al abrir la puerta cree sentir ese aroma a especias exóticas que la recibía a menudo al llegar del trabajo. Incluso esas canciones de La Oreja de Van Gogh que su compañera escuchaba en bucle mientras preparaba la cena parecen flotar aún entre las paredes pintadas de lila del salón. Pero ni el olor ni la música están ahí. Son solo un dulce espejismo que se esfuma en cuestión de segundos. Y, a pesar de ello, o tal vez por ello, no quiere oír hablar de irse a un piso donde no habiten los recuerdos.

—¿Ese es el famoso queso? —inquiere Cestero tratando de zanjar una conversación que comienza a remover demasiados sentimientos.

—La joya de la corona —bromea Gaizka levantando la campana de vidrio bajo la que se cobija una pieza cilíndrica de tonos dorados.

Un ligero aroma a humo emerge de él para sumarse a los matices florales de la colada.

—¿De verdad lo has hecho tú?

—Desde el ordeño hasta el ahumado. El primero en el que me ocupo de todo el proceso. Espero que haya quedado bien. Todavía no lo he probado. Lo guardaba para una ocasión especial.

—Seguro que está riquísimo.

—Ensalada de tomate, queso con mermelada de higos y cuajada. Con miel, claro —resume Gaizka abriendo la nevera—. Nos queda una cena de temática un tanto pastoril, ya lo siento.

—Es perfecta —afirma Cestero.

—¿Una cerveza? —ofrece el joven poniendo dos botellines sobre la encimera—. Dicen que con el queso pega más el vino, pero no tengo ninguno en casa.

—Que digan misa, yo soy más de cerveza —reconoce Ane—. Creo que el día que vaya a Arzak pediré también una caña. ¿Te ayudo con algo?

—Qué va. Dame un minuto para preparar la ensalada y me siento contigo.

Cestero se asoma a la ventana. La plaza de los Fueros se abre al final de la calle. A pesar de que la luz diurna todavía la baña, las farolas están encendidas y se reflejan con gracia en los escasos charcos a los que se asoman también las fachadas que la rodean. Un hombre pasea a su perro y una niña le sigue en una bicicleta que le queda pequeña. No se ve a nadie más. Tampoco es tan tarde para que la vida se haya esfumado ya de las calles, pero los asesinatos pesan en el estado de ánimo. Eso y saberse encerrados en un pueblo que los mapas de la pandemia pintan de rojo intenso.

—Tienes una buena vista —comenta mientras busca la manera de preguntar por Peru.

—A mí me gusta más la del dormitorio. Acércate, ya verás —señala Gaizka sin dejar de trocear el tomate.

La suboficial se siente poco menos que una intrusa entrando a la habitación del joven. La cama está hecha y la poca ropa que hay fuera del armario está doblada. Lo único que desentona ligeramente es el tendedero plegable del que pende la colada.

Cestero lo aparta ligeramente para llegar hasta la ventana. Al otro lado del cristal manda el verde. Hay edificios en la estampa, claro, vivir en el centro del pueblo es lo que tiene, pero las protagonistas son las montañas. Allí no hay niñas en bici ni paseantes, la única nota animada la ponen unas motitas blancas que pastan en la ladera.

—El monte de la cruz es Aloña. Ya sabes que aquí cada pueblo tiene su montaña, y Aloña es la nuestra. Quizá no tenga la altura ni el nombre de Aizkorri, pero para alguien de Oñati es sagrada.

Es la primera que subes en tu infancia y la que te observará desde ahí arriba por el resto de tus días.

Cestero piensa en su pueblo. ¿Cuál es la montaña de Pasaia? ¿Jaizkibel? Quizá, aunque tampoco es veneración lo que hay por ella. No, no es esa. Pero tampoco Ulia ni ninguna otra. Para un pasaitarra su montaña sagrada es el mar. Él es quien los ve nacer y quien los verá morir algún día. Él es incluso el elegido para que reposen las cenizas de quienes se van.

—Oye, no me has dicho nada aún de la foto de Sandaili. ¿Has podido averiguar algo? —inquiere recordando la imagen que llegó a la televisión.

—Todavía no. He preguntado a todos los del grupo y nadie sabe nada. Alguien miente, claro, y confío en poder averiguar de quién se trata.

—Tienes que intentarlo o el juez te cargará a ti con toda la culpa —indica Cestero dirigiéndose al saco que ocupa una esquina del dormitorio. No encaja con la idea que se ha formado de su anfitrión—. ¿Boxeas?

—Dale, si quieres. Tienes ahí unos guantes. ¿Sabes pegarle?

—En la academia nos enseñaban defensa personal. Alguna vez le dábamos al saco, pero ya no me acuerdo. Aunque para soltar puñetazos no hace falta mucha teoría —bromea la suboficial golpeándolo con el puño.

—No, no. Ten cuidado. Puedes hacerte daño —advierte Gaizka acercándose desde la cocina y poniéndose frente al saco—. Lo principal es mantener la muñeca recta y fuerte al golpear. Si la doblas o la dejas muerta puedes llegar a rompértela. Mucha gente se lesiona así cuando pega al saco por primera vez. Mira —dice una vez que se pone los guantes.

Los puños del joven comienzan a impactar en el saco. Uno tras otro, con una velocidad endiablada, pero al mismo tiempo con la armonía de una danza. Uno, dos. Uno, dos. Sus piernas también se mueven, ligeramente, sin estridencias, y también su cadera y su torso. Nadie diría que se trata de la misma persona que susurraba a las abejas hace solo unas horas.

Cuando Gaizka se gira hacia ella tiene gotas de sudor en la frente, pero también una sonrisa que habla de paz interior.

—Prueba —le invita entregándole los guantes—. No habrá mejor bálsamo después de un día persiguiendo asesinos.

Cestero se coloca frente al saco.

—Pon el pie izquierdo delante y protégete la cara con los puños. Siempre en guardia. Piensa que el saco es un tío que te está pegando, lo primero es cubrirte, esquivar sus golpes. Muy bien... Y ahora vamos a darle una buena tunda. —Gaizka copia la postura de la suboficial—. Lo primero es aprender el *jab* y el *cross*, los dos golpes básicos del boxeo. El primero es rápido, un golpe de largo alcance, que se utiliza para alejar a tu oponente. Mira, así. ¿Ves mi brazo izquierdo? Se estira por completo. —Cestero copia el movimiento y clava su puño en el saco. Una, dos, tres veces—. ¡Cuidado! La mano que no pega no debe perder la guardia. De lo contrario tu oponente podría reventarte la cara.

La suboficial continúa descargando el puño sin descanso.

—¡Me encanta!

—Pues todavía no has probado lo mejor. ¿Vamos a por el *cross*?

—Vamos —decide Cestero mientras descarga un último *jab* contra el saco.

Gaizka vuelve a llevar las manos hacia su mentón, en posición de defensa. Sus pies se mantienen en la posición anterior: el izquierdo por delante, la pierna ligeramente flexionada. Su puño derecho abandona la guardia para dirigirse con fuerza al saco, pero esta vez su torso lo acompaña en el viaje.

—El *cross* es el golpe más potente. Si el *jab* involucraba solo al brazo, ahora incluimos la cadera. Es ella precisamente quien nos da la fuerza.

—¿Así?

—Sí, pero gira más esa cadera. Tiene que acompañar al brazo. La fuerza sale de ella. —La suboficial obedece. Los primeros golpes son algo torpes, irregulares, pero enseguida lo hace mejor—. ¡Eso es! Y ahora más rápido. Ese puño tiene que salir desde el mentón, que regrese a la guardia tras cada golpe. Recuerda que tu oponente quiere pegarte... ¡Vamos, Ane! ¡Dale con todas tus fuerzas!

El puño de Cestero impacta en el saco una y otra vez, cada vez más veloz, cada vez con más intensidad. Todo su cuerpo es pura tensión, desde la mandíbula hasta el último músculo de sus dedos. Las gotas de sudor comienzan a asomar a su frente, su corazón late desbocado.

—¡Qué pasada! No puedo creer que no haya descubierto esto antes —exclama doblándose sobre sí misma, con las manos apoyadas en sus rodillas. Está tan exhausta como si hubiera corrido la final olímpica de los cien metros lisos.

Gaizka se ríe.

—No hay nada mejor para descargar tensión. Recupera fuerzas, que ahora tienes que combinar el *jab* y el *cross*.

—No sé si voy a poder —reconoce la suboficial, casi sin resuello.

—Seguro que sí.

—Venga, lo intento —concede incorporándose.

Su pie izquierdo vuelve a adelantarse y ese mismo puño vuela fugaz contra el saco. Le sigue el derecho, implacable. Uno golpea y el otro remata.

—¡Eso es! ¡Muy bien, Ane! Es increíble lo rápido que aprendes —celebra Gaizka—. Gira más esa cadera al darle con la izquierda. Recuerda que la fuerza sale de ella... Y no te olvides de mantener siempre la mano que no pega protegiéndote la cara, tu adversario piensa aprovechar tu más mínimo descuido para golpearte.

Los brazos de Ane vuelan, impactan con fuerza y regresan a la posición de guardia. Una y otra vez, sin descanso. La tensión acumulada durante semanas, durante meses, se esfuma con cada puñetazo. Ahí van las jornadas patrullando en busca de ciudadanos sin mascarilla, ahí los días enviando a casa a jóvenes que se saltan el toque de queda, ahí su desencuentro de la víspera con los periodistas... El sudor corre por sus mejillas y gotea desde su mentón.

—Joder… —masculla abrazándose al saco con las manos todavía enguantadas—. Es brutal. Me encanta. No esperaba que fuera tan agotador. ¿Qué hay dentro?

—Lana de oveja. A presión, claro. Me lo hizo un tapicero del pueblo… Se te da muy bien. Te falta un poco de técnica, pero lo compensas con bastante mala leche. Ya pueden temblar los malos —bromea Gaizka apoyándole una mano en el hombro.

—¡Yo no tengo mala leche! —protesta Cestero riéndose. Las endorfinas que el ejercicio ha liberado en su torrente sanguíneo la hacen sentir bien. Pero no es solo eso. Es Gaizka quien la hace sentir así, y hacía tiempo que no le ocurría—. Es culpa tuya. Demasiada tensión acumulada con las abejas.

—Pues estabas muy atractiva de apicultora —apunta el joven con una sonrisa burlona. Está tan cerca de ella que puede sentir el calor que desprende su piel.

Algo parecido al vértigo se abre paso en el pecho de Ane. Está deseando estirar la cabeza, fundirse con los labios del joven y dejarse llevar. Y, sin embargo, algo la frena. No se siente segura. La última vez fue con Olaia. Su primera vez con una mujer y también la última. Desde entonces, y pronto se cumplirán los dos años, no ha estado con nadie, ni para una sola noche ni para nada más. La pandemia le ha servido de excusa para no intimar con nadie, aunque la realidad es que tiene miedo de borrar ese último recuerdo de su amiga.

Gaizka tampoco va a dar el paso, aunque esos ojos negros que la observan con tanta intensidad no dejan lugar a duda sobre sus deseos.

Cestero se regaña para sus adentros. Ella no es así, no acostumbra a titubear. Los trenes pasan una vez, o te subes o se van para no regresar. Nunca ha tenido el menor problema en llevar la iniciativa.

El timbre de un móvil interrumpe sus cavilaciones.

—Es mío —anuncia Gaizka con un tono escaso de voz. Él también tiene un nudo en la garganta.

Ane cierra los ojos. ¿De verdad va a dejar que el tren la deje en el andén? No. No lo ha hecho nunca y no puede hacerlo esta vez.

El teléfono continúa hiriendo el momento con su insistencia. Gaizka se disculpa con un gesto antes de apartarse. Cestero lo ve salir de la habitación y se maldice para sus adentros al comprender que el jefe de estación ha bajado el banderín que da la salida al convoy.

—¿Sí...? —contesta el joven. Mientras alguien habla al otro lado de la línea, Ane aprieta los puños con rabia. ¿De qué tiene miedo? ¿De no saber qué hacer con sus sentimientos? ¿De no ser capaz de corresponderle, igual que sucedió con Madrazo? ¿De perderlo, como a Olaia?—. Claro, sin problema. Me ocupo yo... No, no hace falta. Si me envías una foto es suficiente... Ah, es verdad, sin eso no podré salir de Oñati... Sí, estoy en casa... Hasta ahora.

Cuando Gaizka regresa al dormitorio, Cestero está luchando furiosa contra el saco. Es su propio rostro el que ve en el cuero donde impactan sus puños. El de esa Ane que deja escapar las oportunidades y a la que no piensa conceder la más mínima tregua.

—¿Qué me he perdido? —se ríe él.

Ane no responde. Todavía no ha logrado dejar fuera de combate a esa sombra de sí misma.

—Perdona —dice cuando por fin se vacía de todo.

Gaizka aplaude con gesto incrédulo.

—Flipante... Nunca te enfades conmigo, por favor. Es Ayala. Viene a traerme una etiqueta de identificación de ganado. Tenemos que marcar a las ovejas antes de dejarlas libres en los pastos de verano. De lo contrario las perderíamos. Allí arriba se mezclan con otros miles de animales.

Cestero comprende que no habrá mejor momento. No se atrevía a romper la magia, pero ya se ha ocupado de hacerlo esa inoportuna llamada.

—Oye... Gaizka... ¿Qué me ocultáis?

—¿Quién?

—Ayala y tú. Los dos sabéis más sobre Peru de lo que admitís.

—¿Ayala? —se extraña el joven—. No creo que él sepa nada. Simplemente ve que Peru está ocupando en la escuela una plaza que podría haber sido para alguien con ganas de aprender. Este año, con el covid y los aforos reducidos, ha habido gente que se ha quedado sin poder apuntarse al curso y eso le duele. Es normal que tenga ganas de perderlo de vista.

—¿Y tú? —inquiere la suboficial—. Sabes dónde está, ¿verdad? Llevamos todo el día buscándolo.

—Pues claro que no.

—¿Qué es lo que no quieres contarme?

El apicultor niega con la cabeza. Está incómodo, como cada vez que Cestero ha mencionado a su compañero.

—No quiero complicarle la vida a nadie —confiesa.

—Dos personas han sido brutalmente asesinadas y un tercero ha muerto atropellado. A ellos sí que les han complicado la vida —espeta Cestero.

—No, no... No te equivoques —aclara Gaizka rápidamente—. Peru no será el tío más legal del mundo, pero no tiene nada que ver con esos crímenes.

—¿Por qué estás tan seguro?

—Porque no es mal tío. No le motiva ser pastor porque le viene impuesto de casa, pero eso no lo convierte en un asesino... Son chorradas, Ane. De verdad. Nada importante. No voy a decir más. No soy un chivato.

—¿Y si te prometo que por muy ilegales que sean esas chorradas no actuaré, salvo que tengan que ver con el caso del Apóstol? —plantea Cestero a la desesperada.

Su anfitrión respira hondo. Va a tirar la toalla. Ane no habrá estudiado psicología, como Silvia, pero tantas horas de interrogatorios le han regalado el mejor máster posible. Y sabe que el suspiro de la claudicación está cerca.

El grito estridente del timbre llega en el peor momento. Gaizka se disculpa con un gesto que habla de alivio y corre a abrir la puerta. Es Ayala. Llega con una bolsita de plástico en la mano. Dentro se ve un pendiente de plástico de los empleados para marcar el ganado.

—Es esta pieza. Pequeña y amarilla —dice entregándosela—. La última vez se equivocaron y me dieron unas mayores, de vaca.

Compra cincuenta. Y trae también unas pinzas para fijarlas. Y aquí está el certificado de movilidad. Lleva el sello de la escuela. No tendrás problema. —El hombre se gira hacia la puerta del dormitorio, de donde llega Cestero con una sonrisa de circunstancias—. Pero, hombre, haberme dicho que tenías visita... No quería molestar.

Gaizka se encoge de hombros.

—Eres tan insistente —bromea.

—Ahora me explico que no hayas querido bajar a la concentración. —Ayala se gira hacia la suboficial y le guiña el ojo—. Por una chica así yo también me olvidaría de mi pueblo.

—Venga, hombre... Uno más o uno menos no creo que cambie mucho las cosas —protesta el joven.

—Todo suma. Cuantos más seamos más difícil lo tendrán. Además, hoy éramos menos que otros días. Las restricciones por el covid dejan a la gente en casa.

—Quien deja a la gente en casa es el Apóstol. Nadie habla de otra cosa estos días. Menudo favor le está haciendo a Udana —apunta Gaizka, que se gira hacia Cestero—. El martes se celebra un pleno donde Oñati se juega su futuro. Quieren privatizar la empresa municipal de energía.

—Algo he oído —admite la suboficial sin entrar en detalles.

—No podemos permitir que algo de todos acabe en el bolsillo de unos pocos. Es un robo a mano armada —lamenta el director.

—De todos modos, no creo que se apruebe —vaticina Gaizka—. A ver quién es el concejal que se atreve a salir a la calle después de haber votado en contra de los intereses de los vecinos.

Ayala no está de acuerdo.

—Udana no es tonto. Lo tendrá todo bien atado. No habría organizado un pleno para votar la privatización si no supiera que tiene opciones de ganarlo.

Gaizka suspira.

—Mañana no faltaré a la concentración —admite antes de señalar el queso—. Ahora, dejémonos de penas. Estamos aburriendo a Ane con nuestros problemas. Quédate a cenar con nosotros, anda. Vamos a probar esa joya.

—¿El que hiciste en la escuela? —exclama Ayala antes de mostrarle una sonrisa cómplice a la ertzaina—. Quiere impresionarte. No sé si eres consciente de lo importante que es ese queso para Gaizka. ¡Su primera pieza! Ayer mismo lo sacamos de la caseta de ahumado.

—Venga, Ayala, no me hagas pasar vergüenza —le pide el joven mientras pone otro plato en la mesa—. Quédate. Tú también eres importante para mí. Sin ti este primer queso no habría sido posible. Pero prohibido hablar más de los tejemanejes de Udana. Un rato de buen rollo.

El director se lo piensa unos instantes. Después cuelga su mochila del respaldo de la silla.

—De acuerdo. No te haré ese feo. Pero lo pruebo y me marcho, que no quiero importunar…

Conforme lo oye, Cestero siente que el tren en el que viajan las preguntas y los besos ahogados se ha marchado definitivamente. Tan lejos que ni sus silbidos alcanzan ya ese piso de Oñati donde huele a humo y leche fermentada.

Y también a decepción.

39

Viernes, 7 de mayo de 2021
Santa Flavia Domitila

—A mí ese Gaizka no me da buena espina. ¿Hace falta que os recuerde que las fotos de la víctima de Sandaili llegaron a la prensa por su culpa? —comenta Madrazo apagando la radio del coche—. Cestero no hace bien metiéndose en su casa a cenar.

—Cree que podrá obtener información sobre Peru. Seguro que nos trae algo interesante —replica Aitor, que lleva el volante y conduce con tanta precaución que está logrando exasperar al oficial. Menos mal que no se trata de una persecución. De lo contrario no tendrían nada que hacer.

—No sé... Es exponerse sin necesidad. Somos ertzainas, trabajamos de dos en dos. Está todo en los protocolos. Además, ahora podremos saber sobre Peru de primera mano —objeta Madrazo.

El padre del joven ha llamado para avisar de que su hijo ha vuelto a casa. Los ertzainas comenzaban a servirse la sopa cuando han recibido la llamada. Por un momento, el oficial se ha planteado hacerlo subir al santuario, pero finalmente le ha indicado que espere sin moverse de casa. No quiere arriesgarse a volver a perderlo.

—Va armada —la defiende Julia desde el asiento trasero—. Y creo que Ane es suficientemente inteligente para saber dónde se mete.

—A veces me hace dudar —mascula el oficial—. Me ha llamado el comisario. Era de esperar después del rapapolvo que le echó ayer a ese periodista. No hay cadena que no se haya hecho eco de las palabras de Cestero. Han conseguido darles la vuelta, extender la idea de que buscamos culpabilizarlos a ellos para ocultar nuestra incompetencia.

—¿Y qué pretenden los de arriba? —pregunta Aitor.

Madrazo aprieta los labios y suspira.

—Me ha propuesto que haga algunos cambios en la UHI... Me ofrece un agente elegido por los de Erandio para suplirla.

—¿Qué le has respondido? —interviene Julia—. Si se va Cestero yo también me voy.

—Eso no se discute —corrobora Aitor, frenando para tomar el desvío hacia Araotz.

Madrazo asiente en silencio.

—Le he dicho que mientras sea yo quien dirija la UHI nadie va a imponerme con quién tengo que contar y con quién no. Cestero es una integrante imprescindible en un equipo que ha metido entre rejas a varios asesinos. Si alguien la quiere fuera primero tendrá que relevarme a mí.

—Así se habla —celebra Julia dándole un apretón en el hombro.

Durante los siguientes minutos el Nissan serpentea por el fondo del desfiladero de Jaturabe. Ahí está el viejo coche de la serora, allá la presa... Los caseríos que forman el reducido núcleo de Araotz no tardan en dibujarse entre las montañas. Es esa extraña hora en la que el día y la noche se abrazan. Las farolas están encendidas y brindan un tono anaranjado a las fachadas, pero todavía es mayor la claridad triste que emana de un cielo que se apaga.

—Es aquella casa de allí arriba —señala Madrazo.

—A ver qué nos cuenta el chaval —comenta Julia mientras Aitor conduce hasta su puerta.

—Su padre me ha dicho que ha pasado el día en el monte y que se había dejado el móvil en la moto. Por eso no contestaba al teléfono —apunta en tono escéptico.

—¿Un chaval de veintipocos años se olvida el móvil? No se lo cree ni él —indica Aitor—. Oye, ¿qué tal está Silvia?

La psicóloga les ha avisado esa mañana de que ha dado positivo en covid.

—Mal. Tiene bastante fiebre. Pretendía conectarse por Zoom para analizar con nosotros el asesinato de fray Sebastián, pero no se encuentra bien.

—Pobre. Ojalá se quede en nada —musita Julia.

Hay un hombre esperándolos en la puerta. También hay una moto de monte aparcada junto a la casa. Debe de ser la de Peru.

—Estos chavales de hoy en día… Algún día se dejarán la cabeza en casa —dice el padre en cuanto se bajan del coche. Su ceño se arruga al ver que Madrazo no llega solo—. ¿Tres ertzainas porque un muchacho ha faltado a clase?

—No se preocupe. ¿Dónde está?

El hombre señala al interior del caserío.

—Cenando. Ha llegado con hambre. Todo el día de caminata… Yo de joven era igual, me llamaba más la montaña que el deber… Pasad, pasad.

Los ertzainas se dejan devorar por la oscuridad del pasillo. La cocina es la primera estancia que sale a recibirlos. Huele a frito, como corrobora el plato de lomo adobado con patatas del que Peru está dando cuenta.

—¿Qué pasa? ¿Todo este jaleo por no haber ido a la escuela? —pregunta el muchacho. Va vestido con unos tejanos raídos y una camiseta de los Deabruak que debió de comprar en el concierto de Diego León.

—Llevamos todo el día tratando de dar contigo —dice Madrazo antes de girarse hacia el padre—. Usted espere fuera, por favor.

—Es mi hijo. Tengo derecho a…

—Es mayor de edad. Lo que tenemos que hablar con él es confidencial —sentencia el oficial cerrando la puerta. Después extrae un documento de una carpeta y se lo coloca delante a Peru, sobre la mesa—. ¿Sabías que ibas a ser padre?

—¿De dónde habéis sacado esa chorrada? —espeta el joven con una entereza que es a todas luces falsa.

Madrazo da unos golpecitos en el resultado de la prueba de paternidad, que Peru todavía no ha mirado.

—Arantza Muro estaba embarazada y el ADN nos dice que con un 99,8 por ciento de seguridad era hijo tuyo —resume sentándose frente a él.

El muchacho deja caer los cubiertos sobre el plato.

—¿De dónde habéis sacado mi ADN? Esto no puede ser legal.

—Habla con el Tribunal Supremo. Si las muestras se toman sobre restos biológicos abandonados no se requiere autorización alguna. Y creo que te dejaste por ahí un hisopo de detección de la covid... —aclara el oficial—. ¿Vas a negarme que mantuviste relaciones sexuales con ella?

—¿Y eso qué tiene de prohibido? —desafía el joven alzando la mirada—. Ella era una mujer adulta y yo soy también mayor de edad.

Madrazo lo observa muy serio. Tarda en hablar, deja que el silencio flote entre ellos, y finalmente dispara a bocajarro.

—Lo sabías, ¿verdad? Ella te lo dijo y tú no querías líos. Solo tienes veintiún años y...

—Veintidós —corrige el joven con frialdad.

—Y ser padre no entraba en tus planes. Así que decidiste atajar el problema de raíz. ¿Dónde estabas la tarde que fue asesinada? ¿También te habías ido de paseo al monte? ¿También te habías olvidado el móvil?

Peru lo observa con los ojos muy abiertos.

—Estás muy loco, tío —escupe con desprecio—. Puede que me acostara con ella y quizá incluso que sea el padre del crío que esperaba. Pero hasta que los periódicos publicaron lo de su embarazo no supe nada de eso.

—¿Dónde estabas cuando fue asesinada?

—Yo qué sé... —comienza a decir Peru antes de decidir que por ese camino no llegará a buen puerto—. De acuerdo... Esa tarde estuve arreglando el cercado de las ovejas. Podéis preguntar a mi padre. Fue él quien me dio la noticia de que habían matado a una chica en Sandaili. Hasta que por la noche me acerqué a Belamendi no me enteré de que se trataba de Arantza. Gema y las chicas que había por allí estaban destrozadas.

Un gesto de Madrazo le indica a Aitor que salga a preguntar al padre. Hay que comprobar la coartada antes de que pueda hablar con su hijo. Después se dirige de nuevo al joven.

—¿Sabía Iñigo Udana que te acostabas con su mujer?

—No me acostaba con ella —le corrige Peru en tono condescendiente—. Me la tiré solo una vez. Fue un día que nos habíamos quedado solos en el domo de Belamendi. La cosa empezó a caldearse... Ella me tenía ganas, eso ya lo había notado yo, y esa noche se lanzó a cuchillo. Se empeñó en hacerlo sin protección. Me dijo que tomaba anticonceptivos...

—Su padre confirma lo del cercado —anuncia Aitor reincorporándose a la conversación—. Dice que comieron juntos y que convenció a su hijo para que cambiara el alambre de espino. Que hizo falta que esa mañana se escaparan tres ovejas para que por fin le hiciera caso y...

—¿Lo veis? Yo no me la cargué —celebra Peru dando con la mano en la mesa.

Madrazo se alegra de que el padre se haya mostrado más abierto a colaborar que en su anterior visita, aunque algo le dice que será mejor no dar credibilidad a su testimonio. Ambos pueden haberse puesto de acuerdo en qué contar a la policía.

—Creo que tenemos suficiente por hoy —decide el oficial.

No ha terminado de decirlo cuando Peru recupera sus cubiertos y les guiña el ojo con cierto aire burlón.

—Pues nada, suerte con lo vuestro. ¿Queréis que os acompañe a la salida?

—Ya la encontraremos —replica Madrazo secamente.

40

Viernes, 7 de mayo de 2021
Santa Flavia Domitila

La cocina está envuelta en la penumbra. Solo la luz de algún farol que se cuela por la ventana se atreve a dibujar los contornos de los armarios y de esa mesa de mármol que ocupa el espacio central. Huele a desinfectante. Demasiado. Tanto que llega a enmascarar en parte ese otro aroma que hace rugir las tripas de sor Cándida: el de las pastas que aguardan a ser embolsadas con la llegada de la mañana.

Ahí está el culpable. Es una garrafa de líquido azulado que descansa al pie de la mesa, con un paño blanco colgado de su asa. Desinfectante. Desde eso del covid la hermana repostera lo emplea por litros. No hay superficie que no sufra su ira varias veces al día. En mala hora le dijo alguien que sus confites podrían ser el caballo de Troya que llevara el virus a muchas casas. Ahora, a pesar de haberle explicado una y otra vez que el contagio llega por vía aérea, sor Nerea no perdona y limpia cada superficie cada vez que alguna de sus hermanas pone las manos en ella.

La monja aproxima la nariz a una de las bandejas dispuestas sobre la mesa.

Hoy son mantecados los que descansan en ellas. Los preferidos de la religiosa. En realidad, todos son sus preferidos. ¿Qué más dará amarguillos, puñitos, tostones o mantecados cuando se trata de saciar el hambre que la asalta en plena noche?

—Es culpa de la cocinera —se dice en un susurro mientras sus dedos atrapan el primer mantecado. Si no les diera una cena tan frugal ella no se despertaría muerta de hambre a las tantas de la madrugada. Y seguro que no es la única.

El sabor de la manteca de cerdo, mezclado con grandes cantidades de azúcar, inunda todos los rincones de su boca y trepa con fuerza por el paladar hacia sus fosas nasales. Sor Cándida cierra los ojos, extasiada, y se pide calma. Cuanto más tiempo lo retenga en la boca mayor será el placer. Su estómago, sin embargo, le dicta la orden opuesta. Se retuerce furioso y le fuerza a tragar cuanto antes esa ambrosía.

Y pide más.

La hermana obedece. Su mano viaja de nuevo a la bandeja y se hace con otra pasta a la que apenas brinda tiempo de pasar por su boca. La culpa le propina una punzada. Sin embargo, logra desterrarla. La única culpable es esa cocinera que se ha empeñado en ponerles unas raciones exiguas. Si ella quiere ponerse a dieta que lo haga, pero que no condene a las demás a seguirla en su calvario. Porque cenar un puñado de judías verdes con patatas y merluza rebozada con mayonesa no sacia el apetito de nadie. Y el flan con nata que les ha servido de postre era demasiado pequeño.

Si la hermana repostera quiere pedir cuentas a alguien que hable con la cocinera.

Un tercer mantecado acaba en la tripa de sor Cándida. Y un cuarto, y también un quinto.

El hueco en la bandeja es evidente.

La monja comienza a reorganizar las decenas de pastas que la ocupan para enmascarar su expedición nocturna. Y mientras las filas de delicias van menguando en número, alguna que otra más viaja a su boca.

Un momento…

¿Qué ha sido eso?

Pasos. Proceden del piso de arriba. Alguna de sus hermanas se ha despertado.

El hambre, claro.

La monja se gira en busca de su botella.

No está. La ha olvidado sobre la mesilla de noche.

Los nervios sacuden su entereza. Si no ha bajado a por agua, ¿qué hace en la cocina a esas horas? Porque por mucho que la culpa no sea suya, es mejor mantener los secretos nocturnos bajo llave.

Sus manos se apresuran a acabar de ordenar las pastas que han sobrevivido a la incursión. Una cosa es que la vean sin botella que rellenar y otra que echen en falta mantecados. Siempre puede haber bajado a beber un vaso de agua.

Los pasos, sin embargo, se han extinguido. No les ha seguido el crujido delator de las escaleras. Pasan unos segundos antes de que la descarga de una cisterna le cuente que se ha tratado solo de una visita al lavabo. Pasos de nuevo, esta vez en dirección opuesta. Su hermana ha regresado a la celda.

Sor Cándida suspira aliviada. Su mirada recorre la bandeja. El espacio entre mantecado y mantecado es claramente superior al que había antes, aunque los ha ordenado de manera tan meticulosa que nadie se dará cuenta de que falta un buen puñado.

Ahora solo resta esperar unos instantes, dar tiempo de volver a acostarse a quien se ha levantado al baño, y regresar a la cama.

Apenas han pasado unos segundos cuando un nuevo ruido la pone alerta.

Esta vez el sonido no viene de arriba. Su origen es más cercano.

La hermana siente que un nudo de angustia se suma al lamento hambriento de su estómago. La imagen del arcángel avanzando entre los bancos de la iglesia acude a su memoria. Ese chirrido solo puede significar que ha regresado a por ella. Él es quien se encarga de pesar las almas y la suya soporta el sobrepeso de esos mantecados que ha devorado con tanto deleite.

Conteniendo la respiración, la monja se dirige a la puerta que comunica con el templo.

El oído le confirma que hay alguien al otro lado.

Solo puede tratarse de él.

La mano de la religiosa se apoya en el pomo.

¿Está preparada para someterse al castigo?

Le falta el aire. No, por supuesto que no está preparada. Está aterrorizada. Además, a quien debería juzgar el arcángel es a la cocinera. Ella es la culpable de todo.

Sor Cándida da finalmente la espalda al arrepentimiento y se dirige a las escaleras. Su cama la espera.

41

El chirrido sobrevuela los campos de patatas con una cadencia cansina. Cada giro de rueda se traduce en un lamento agudo y quejoso, como las manos de Fernando, endurecidas tras tantos años haciendo avanzar su propia silla. De casa al taller, del taller a casa.

La campana menor de la iglesia de San Esteban toca tres veces. Menos cuarto. Fernando trata sin demasiado interés de decidir si las cinco o las seis de la tarde. Por la posición del sol se diría que las cinco. O quizá las seis.

Sus manos tiran de las palancas que frenan las ruedas. Suavemente, no se trata de detener la silla sino de reducir la velocidad para que la leve cuesta abajo no culmine en desastre. El viejo palomar está ahí mismo, en la curva donde el camino que trazaron cuando la concentración parcelaria retoma la pendiente ascendente. Fernando todavía recuerda los aleteos de las aves que anidaban en él. Eran otros tiempos. Guano para abonar los campos, huevos, carne de pichón... Las palomas eran oro alado. Ahora no. Nadie las quiere.

La silla se detiene ante la puerta. Sobre ella todavía se ven los huecos que empleaban las aves para entrar y salir. Ahora son ciegos, Fernando los mandó tapar cuando convirtió la sencilla construcción en su taller. Quería seguir trabajando y viviendo en un pueblo al que los más jóvenes han dado la espalda. ¿Qué verán en Vitoria? ¿Qué les aportará la gran ciudad? Su sobrina, al menos, se quedó cerca, en Salvatierra, la capital de este mundo de cereal y tradiciones que llaman la Llanada. Ya no viene a verlo. Ni a él ni a la casa familiar que será suya algún día. Dice que allí no se le ha perdido nada, que todo son chismes y envidias.

Como si entre sus nuevos vecinos no hubiera de eso.

Fernando tira del cordel, atado a la propia silla de ruedas, donde lleva ligada la llave. La cerradura es antigua, de esas que permiten ver el interior si te acercas al ojo. Cada día requiere de más intentos antes de decidirse a girar. Pero siempre acaba haciéndolo.

El olor a madera le envuelve en cuanto logra abrir la puerta. Es el aroma de su vida, el que le hace sentir bien y le infunde confianza en sí mismo. Tal vez aquel maldito accidente le robara la capacidad de caminar, pero no pudo llevarse por delante la destreza de unas manos que lo convierten en el mejor tallista en muchos kilómetros a la redonda.

Sus obras se han abierto camino en un mundo extraño. La pandemia ha disparado las ventas. La gente pasa más tiempo en casa y da más importancia a la decoración. No hay mes que no le entre un buen encargo. Cajas, baúles, percheros, eguzkilores de madera… A Fernando, sin embargo, las piezas que más le gusta trabajar son las que tiene estos días entre manos. Ha sido una suerte que Dios le haya puesto en su camino a esa mujer de Oñati. Ella sí que sabe apreciar el arte, ella sí que comprende que las tradiciones ancestrales son mucho más que algo que queda bien sobre la mesa del recibidor. Lo único malo es el ritmo de trabajo que le impone. Sus manos ya no son jóvenes, no aguantan tantas horas trabajando con las gubias.

Pero ella tiene prisa. No para de repetírselo. Hoy mismo ha venido a por una parte del encargo que estaba ya terminado. Ni oír hablar de esperar al envío. Y ha vuelto a remarcar que el resto lo necesita cuanto antes. Es extraña tanta prisa. Pero ella es la clienta y si quiere doce piezas sin dilación, él no es quien para llevarle la contraria.

Sus manos impulsan de nuevo las ruedas. Lo llevan al interior, lo acercan al banco de trabajo. La pieza que comenzó a tallar dos días atrás lo espera allí encima. Esta tarde la terminará. Con un poco de suerte podrá darle incluso la capa de barniz que marca el final de cada trabajo.

—Vamos allá —dice cogiendo la gubia.

El disco solar con el que la está decorando toma forma bajo la presión de su mano. La herramienta desprende una viruta tras otra, crea en la madera el dibujo que Fernando ha plasmado previamente en su mente. Años atrás lo marcaba primero a lápiz y lo repasaba después con los utensilios de tallado. Ahora no lo necesita. Son tantos los diseños que han nacido de sus manos que Fernando sería capaz de labrarlos con los ojos cerrados.

Lo primero es la sierra. Después es el turno del formón y las limas. Con ellos se dota a esa pequeña obra de arte de su aspecto exterior. Las formas antropomorfas son las que brotan más habitualmente en ese palomar de la Llanada Alavesa, aunque a veces los propios nudos de la madera le imponen el camino. Cuando las gubias entran en juego es el tiempo del detalle. Símbolos astrales, cristianos y geométricos nacen con su ayuda. Para muchos es el último paso, pero a Fernando le gusta rematarlo con el pirograbador, que quema superficialmente la madera y regala al dibujo una mayor percepción de profundidad.

Conforme la herramienta va excavando ese sol, el olor a madera gana intensidad. Es un aroma acre y dulzón al mismo tiempo, una esencia que libera la mente de Fernando de cualquier otro pensamiento. Solo hay espacio en ella para esa pieza que nace entre sus manos.

Podría identificar los matices olfativos del roble con los ojos cerrados. Ya no trabaja con ningún otro tipo de madera. Quizá no se deje domar tan fácilmente como la de pino o incluso la de haya, pero es la más noble.

Cuando su mano termina de dar forma al dibujo, el tallista sopla las virutas que han quedado sobre la madera y la observa satisfecho. Es un gran trabajo.

Como siempre que le asaltan ese tipo de pensamientos, se pregunta si eso que siente es la felicidad.

Antes de poder darse a sí mismo una respuesta afirmativa oye pasos que se aproximan. Tiene visita. Tinín, seguramente. Habrán terminado ya la partida de mus y vendrá a saludarlo y a pedirle que mañana no se la pierda. Pero tendrá que fallarles por lo menos una semana más. Doce son muchas piezas, y el cliente le ha rogado celeridad. Ya tendrá tiempo de jugar a las cartas cuando las termine. Para una vez que alguien le hace un pedido generoso no puede fallar.

—¿Ya has vuelto a perder? —comenta Fernando cuando las pisadas se asoman al palomar.

Al girarse, el tallista no reconoce a su vecino en esos rasgos inexpresivos que se ciernen sobre él. Tampoco en la voz sin atisbo alguno de calidez que rompe el silencio de los campos de labor alaveses.

—Dame las gracias. Vengo a traer la paz a tu alma atormentada.

Y aunque los hizo sufrir y pasar hambre,
después los alimentó con maná.

Deuteronomio 8:3

La ocasión se presentó sin avisar, igual que la enfermedad que se
llevó a nuestro amado prior al reino de los cielos. Apenas fueron
seis las semanas que transcurrieron desde que el dolor en su vientre hizo su aparición hasta que el Altísimo lo llamó a su seno.
Fueron momentos de desconcierto en nuestra comunidad. El
padre Elías había ejercido su liderazgo sin grandes sobresaltos.
Desde que yo ingresé en el seminario, y de eso hacía ya quince
años, no había conocido otro superior. Era un hombre de carácter afable, que lograba el respeto de todos al tiempo que ejercía
de padre de quienes todavía dábamos nuestros primeros pasos
por las sendas del Señor.

Con él al mando todos los engranajes de Arantzazu funciona-
ban sin chirriar y no iba a ser fácil encontrar un sustituto que estuviera a su altura.

Pero en cuanto lo vi en su capilla ardiente, supe que su muerte
era una nueva señal. Era mi momento. Alguien del linaje de Lope
de Aguirre no podía conformarse con ser un simple fraile. Mi
papel era dirigir el santuario que constituía el corazón espiritual
de las montañas vascas. Y ese sería solo un primer paso. Después
a buen seguro llegarían más señales, nuevas oportunidades, que

tendría ocasión de seguir y que solo Dios sabía hasta dónde me llevarían. En algún momento, cuando mi elección estaba ya próxima, llegué a vislumbrarme ocupando la silla de san Pedro, en el Vaticano.

Porque, de no ser por aquella espantosa traición, quién sabe si no hubiera llegado algún día a ser el mismísimo papa de Roma.

Pero los perdedores son capaces de recurrir a las artimañas más traperas y, tal como sus propios hombres de confianza hicieron con mi antepasado en las selvas peruanas, yo fui víctima en aquellas semanas convulsas de una puñalada que todavía no era capaz de imaginar.

42

Sábado, 8 de mayo de 2021
San Pedro de Tarantasia

La iglesia es lo primero que se ve. Se recorta sobre los campos de labor que envuelven una carretera que el tráfico dejó de lado en algún momento que se intuye lejano. Es recta, muy recta, salvo por las leves ondulaciones de un paisaje que adelanta la proximidad de las montañas, esas mismas que marcan la divisoria entre dos climas: el atlántico y el mediterráneo. Son tierras de cereal y patatas, un inmenso granero que ha cambiado poco en siglos. Tal vez el mayor cambio sea precisamente el humano. Donde antes se veían cientos de lomos doblados cosechando el trigo en gavillas, hoy la maquinaria agrícola lo hace todo y condena al destierro a quienes poblaron el lugar durante miles de años.

Solo cuando falta muy poco para llegar aparecen las casas. Pocas, ordenadas o desordenadas, según se mire, en torno a ese templo cristiano que lo domina todo. Son de piedra, del mismo color que la tierra de la Llanada.

—¿Crees que se trata del Apóstol? —inquiere Cestero mientras conduce junto a los primeros edificios de Narbaiza.

—Solo puede ser él —replica Madrazo, que ocupa el asiento del copiloto.

La suboficial observa ese mundo durmiente que se cuela a través del parabrisas.

—¿Y por qué aquí?

—Ciento dos habitantes según el último padrón —apunta el oficial.

—Pues eso. ¿Por qué en un pueblo de cien habitantes perdido entre cultivos?

Madrazo niega con la cabeza. No tiene respuesta para algo así.

—Y a casi cuarenta minutos en coche de los dos crímenes anteriores... Mira, será esa casa. La de la puerta verde.

Se trata de una construcción de mampostería, como el resto del exiguo casco urbano. La puerta está abierta y hay algunos vecinos arremolinados junto a ella. Un coche patrulla y una ambulancia ocupan el único espacio donde se puede aparcar, de modo que Cestero conduce el coche hasta la otra orilla de un río de aguas cristalinas.

—Periodistas —comenta alguien cuando los ve regresar a pie a través del puente de piedra.

—Qué va. Ertzainas de paisano. Te lo digo yo —le corrige algún otro.

Cestero y Madrazo no responden. Se limitan a dirigirse a la casa donde vive el vecino que ha dado con la víctima.

—No se puede entrar. Lo ha dicho la policía —les indica una mujer de pelo corto teñido de rojo. Por el delantal que lleva de cintura para abajo puede aventurarse que no se encuentra lejos de su domicilio.

—Gracias, muy amable —le contesta Madrazo con una sonrisa.

El recibidor resulta oscuro, pero es evidente que quien vive en esa casa ama el mundo rural en el que habita. Hay un trillo colgado de la pared del fondo y otros aperos agrícolas en lugares preeminentes. La lámpara es de mimbre, con un entramado de rombos que permite pasar la luz de una bombilla incandescente.

—¿Hola? —saluda Cestero alzando la voz.

Un agente uniformado se asoma desde la cocina.

—¿UHI? —inquiere—. Os esperábamos. Pasad, están terminando de atenderlo. Menudo shock, pobre hombre.

Se trata de una cocina amplia. Tan luminosa como antigua. El suelo es ajedrezado y las paredes están alicatadas en blanco. Los fogones son de esos de carbón que ya no se ven salvo en las películas viejas.

—Esta noche tómese una, hágame caso. Y no se preocupe si necesita hacerlo unos cuantos días más. Es normal después de un hecho traumático —está diciendo el médico cuando entran. En su mano muestra un paquete con cápsulas blancas y rojas que deja sobre la mesa—. Cuídese, Tinín. Cualquier cosa que necesite, acérquese al centro de salud o venga al hospital.

Una vez que los sanitarios han abandonado la cocina, los dos miembros de la UHI toman asiento en los taburetes que han dejado libres. El vecino de la víctima es un tipo menudo, de hombros hundidos y unas orejas enormes que guardan poca proporción con el resto del cuerpo. Sus manos están entrelazadas sobre la mesa, a escasa distancia de las pastillas, que ni siquiera ha hecho amago de coger.

—Buenas tardes, Tinín. Somos el oficial Madrazo y la suboficial Cestero, de la Unidad Especial de Homicidios de Impacto —saluda Ane.

—¿Por qué? —pregunta el hombre sin saludarlos. Cuando se gira hacia ella su mirada destila incomprensión—. ¿Por qué Fernando? Él no ha hecho nada a nadie. Era una buena persona.

Ni Cestero ni Madrazo son capaces de darle una respuesta.

—Ojalá lo supiéramos —admite el oficial.

—Ni se imaginan lo que le han hecho... Lo habían... —balbucea Tinín antes de apretar los labios y negar con la cabeza. Es incapaz de seguir.

—Tranquilo. —La mano de Cestero se apoya en su espalda encorvada—. Tómese el tiempo que necesite. ¿Quiere un poco de agua?

El hombre coge el vaso con una mano temblorosa.

—Es que no me lo explico… ¿Quién puede hacer algo así? Ni el peor animal…

—Gracias a usted vamos a detenerlo. Ya lo verá —trata de animarlo Cestero—. Pero para eso tendrá que respondernos algunas preguntas. Necesitamos saber quién era Fernando y parece que usted era quien mejor lo conocía.

Tinín asiente llevándose un pañuelo de tela a los ojos.

—Fernando era un buen hombre. No hay mucho más que decir.

—¿No tenía familia?

—Una sobrina, pero como si no la tuviera. Vive a diez kilómetros de aquí, en Salvatierra, y si aparecía a visitarlo una vez al año ya era mucho. Ahora vendrá a reclamar la casa, pueden estar seguros. La vida es así de perra.

—¿Podría decirnos si su amigo tenía algún tipo de relación con Oñati? —se interesa Madrazo.

—No. Fernando era muy de aquí, de su pueblo. Una vez, hace ya años, nos apuntamos juntos a un viaje a Tarragona y se pasó la semana diciendo que no volvía a salir de la Llanada, que como en su casa en ninguna parte. Y así fue. No lo sacabas de Narbaiza ni con agua a presión. Lo más lejos que iba era a ese maldito palomar en el que había montado su taller. —Un suspiro acompaña a un nuevo viaje del pañuelo a los ojos—. En mala hora lo instaló allí, en el pueblo no se hubieran atrevido a atacarlo.

Cestero imagina un edificio sencillo entre campos de labor. Otra vez lo mismo: un paraje solitario, sin nada más a su alrededor que el silencio. De momento es el único nexo en común entre los tres crímenes. Ese y la firma del asesino. Porque el torso abierto como un libro y esos restos de alginato que una primera inspección del cadáver han desvelado en las cejas y orificios nasales no dejan lugar a dudas.

—¿Ha oído hablar de los dos asesinatos que…? —comienza la suboficial.

—¿Los del Apóstol? —la interrumpe Tinín—. Claro. ¿Quién no? Y no entiendo qué tiene que ver Fernando con todo eso. ¡Si no se metía con nadie!

—Por eso es importante que demos con algo que lo vincule con las dos víctimas anteriores. La muerte de su amigo es irreparable, pero tenemos que frenarlo antes de que vuelva a actuar. ¿Lo vio preocupado por algo últimamente?

Tinín piensa unos instantes. Después niega con la cabeza.

—¿Llegó a hablar con él de los crímenes de Oñati?

—Claro. Estos días por aquí no se habla de otra cosa. Podría presentaros a vecinas a las que esa pila de Sandaili ayudó a ser madres. Hace muchos años, eso sí. Sus hijos ya son mayores.

Cestero le hace un gesto para que continúe, pero el alavés solo esboza una mueca triste y suspira ruidosamente.

—¿Qué opinaba Fernando de lo ocurrido en Oñati? —insiste la suboficial.

—¿Qué quiere que opinara? Pues que era una locura. Estaba tan impactado como lo estamos el resto del pueblo.

—¿Y nunca mencionó que temiera por su vida? —interviene Madrazo.

—Claro que no. —Tinín se seca las lágrimas. Su tono se vuelve más agudo—. Maldita mala fortuna… De no haber sido por ese encargo, habría venido con nosotros a jugar al mus y ahora estaría vivo.

—¿Qué encargo? —inquiere Cestero. ¿Hubo en los últimos días un cambio en el patrón de comportamiento de la víctima?

Tinín se suena la nariz.

—Le había entrado un pedido importante y le robaba todas las horas del día. Llevamos años jugando cada tarde al mus. Antes nos juntábamos en el bar de José Mari, pero ya no quedan tascas en el pueblo y no nos queda otra que echar la partida en alguna cochera. Y Fernando no falla. —Una pausa para aclararse la voz y esbozar una mueca triste—. Hasta esta semana. Ese maldito pedido le hizo olvidar que estaba jubilado. Porque una cosa es seguir con eso del tallado un rato al día, que mantenerse activo es importante, y otra, muy diferente, no poder jugar tu partida diaria por trabajar.

—¿De qué tipo de encargo se trataba?

El vecino se encoge de hombros.

—Alguna talla de esas suyas. No sé. No le pregunté. No me gusta inmiscuirme en el trabajo de la gente.

—¿Y él no le explicó nada? —pregunta Madrazo extrañado—. ¿Se queda sin su partida y no le dice qué tipo de trabajo es el que le está robando el tiempo?

—Solo dijo que le habían metido prisa y que solo tardaría unos días en volver con nosotros.

El oficial dirige a Cestero una mirada con la que la invita a continuar. Él ha terminado.

—Por mi parte también es todo —anuncia la suboficial—. ¿Qué te parece si hacemos una visita al taller de Fernando?

El precinto policial envuelve el palomar. Los agentes que lo han establecido han rodeado por completo la sencilla construcción, igual que si el edificio fuera la caja de un regalo y la cinta, el lazo que lo adorna.

Madrazo introduce la llave en la cerradura.

—No puedo. Prueba tú —dice tras varios intentos.

Cestero recoge el guante, aunque sabe que la maña no es lo suyo.

—Pues sí que está difícil —comenta mientras trata de girar la llave a uno y otro lado.

—Déjalo, anda, que todavía te la cargarás —decide Madrazo—. Vamos a pedir ayuda. Igual Tinín puede abrirnos. De dar una patada siempre estamos a tiempo.

La suboficial se agacha para mirar por el ojo de la cerradura.

—Se ve todo —anuncia. La luz no es generosa, pero sí suficiente para reconocer los objetos. En primer plano hay un torno de alfarería. Los libros y artilugios que descansan encima delatan que no se utiliza. De las paredes de alrededor cuelgan diferentes herramientas. En el suelo hay algo oscuro: la sangre de Fernando. Los equipos de limpieza todavía no han pasado.

La mirada de la suboficial viaja, sin embargo, a la mesa de mármol que ocupa el centro del palomar. El escaso haz de luz que se cuela desde una ventana en forma de tronera impacta de lleno en el pirograbador y varios instrumentos de tallado que hay sobre ella. Pero no son ellos quienes obligan a Cestero a contener la respiración, sino la pieza de madera que descansa entre ellos. A pesar de que el artesano asesinado no ha tenido tiempo de terminarla, su forma es evidente.

La suboficial muerde su piercing mientras se aparta de la puerta para girarse hacia Madrazo.

—Acabo de encontrar el nexo con Oñati —anuncia haciéndose a un lado para invitarle a comprobarlo por sí mismo.

43

Sábado, 8 de mayo de 2021
San Pedro de Tarantasia

El desfiladero de Jaturabe, sombrío incluso en los días soleados, resulta especialmente opresivo bajo tanta lluvia. El agua es omnipresente, salta en forma de torrentes efímeros que buscan el fondo del valle, donde se sumarán al río que parte de la presa.

—Pues menos mal que daban bueno —se lamenta Madrazo cuando sale del coche—. Y nosotros sin paraguas.

—Pasará rápido, pero nos ha cogido en mal momento —apunta Cestero antes de que un trueno devore sus últimas palabras.

Las montañas tiemblan, amplifican el rugido furioso del cielo, cuyos ecos se extienden hasta que un nuevo relámpago les toma el testigo.

—Ese ha caído cerca —comenta la suboficial tras contar apenas un par de segundos entre el destello y el sonido.

Los dos ertzainas aprietan el paso. El propio sendero que trepa hasta la cueva se ha convertido en un río que recoge el agua que rezuma de la pared de roca.

La casa de la serora aparece enseguida. El humo que brota de la chimenea, y que se diluye bajo la lluvia, habla de vida. Más arriba se abre la oquedad que acoge la ermita de San Elías y esas mesas de piedra donde apareció el cadáver de Arantza.

Cestero no pierde el tiempo buscando un timbre inexistente.

—Ertzaintza —anuncia mientras golpea la puerta metálica con la palma abierta.

El sonido de la cerradura se adelanta al rostro que asoma por el quicio entreabierto. La suboficial da un paso atrás. Por más que la vea no logrará acostumbrarse a esa tez tan blanca y esas ojeras tan marcadas. Le recuerda demasiado a esos cadáveres todavía sin maquillar a los que le toca enfrentarse cuando llega a los escenarios de los crímenes.

—¿Qué hacéis ahí fuera con la que está cayendo? —Pilar abre la puerta de par en par. Sin sonrisas de bienvenida, pero al mismo tiempo sin la más mínima muestra de incomodidad—. Pasad.

Los dos ertzainas la siguen hasta la cocina. Blanca, antigua, mal iluminada y poco ventilada. Es exactamente como la describió Julia. Esta vez, sin embargo, no hay ninguna cazuela al fuego. No es día de fabricar velas.

—¿A qué ha ido a Narbaiza esta mañana?

La pregunta de Madrazo hace parpadear a la serora. A una primera reacción de sorpresa sigue el endurecimiento de su expresión.

—¿Ahora os dedicáis a seguirme? —Su tono de voz también se ha oscurecido.

Cestero celebra que no lo haya negado. Es un buen comienzo.

—Responda, por favor. Sabemos que ha estado en Narbaiza.

Desde la comisaría de Arrasate les han confirmado que el registro de personas que han abandonado Oñati incluye a Pilar. Ha salido del pueblo a las nueve y veintiocho minutos de la mañana y ha regresado a la hora de comer. No es el único indicio con el que cuentan. Aitor ha conseguido imágenes de las cámaras de tráfico, que muestran el Citroën de Pilar a la altura de Argomaniz, en la autovía A-1, casi treinta minutos después de dejar atrás el confinamiento municipal. La siguiente cámara, localizada en Salvatierra, no ha captado su paso, y eso solo puede significar que la serora ha tomado una de las salidas intermedias, las mismas que permiten llegar al lugar donde ha sido asesinado el tallista alavés.

—Claro que he estado en Narbaiza. ¿Y qué importancia tiene eso? No he hecho nada ilegal. Los agentes del control me han permitido pasar. —La serora desdobla un folio que lleva en el bolsillo—. Aquí está el certificado de movilidad. Se puede abandonar el municipio para ir a comprar algo que no se puede adquirir en él.

—Argizaiolas —confirma Cestero sin dedicar ni un segundo al documento. Ha sido el hallazgo de una de esas tablillas funerarias en el palomar el que los ha puesto tras la pista de Pilar—. ¿Ha estado con Fernando Fernández?

La serora frunce el ceño.

—¿Cómo sabéis tantos detalles? ¿No me habréis puesto algún artilugio de seguimiento en el coche?

—¿Ha estado con él? —repite Madrazo.

—Es evidente que sí. He ido a recoger varias argizaiolas que tenía encargadas y no creo que haya más tallistas en ese pueblo. Pero ¿a qué viene todo esto?

Cestero consulta a Madrazo con la mirada. ¿Se lo dice él? El oficial le dicta con un gesto que sea ella quien lance el dardo.

—Fernando ha sido asesinado —anuncia tajante.

No hay respuesta, al menos con palabras. Pilar se lleva la mano a la boca y los observa horrorizada. O es una buena actriz o es la primera noticia que recibe sobre lo sucedido.

El sonido rítmico de las gotas que se desprenden del alero y van a parar a algún charco al otro lado de la ventana se adueña de todo. Un cuervo grazna en la distancia, pero ni siquiera su voz rasposa logra acallar el silencio.

—Es probable que usted sea la última persona que lo ha visto con vida —apunta Madrazo.

El agua sigue cayendo, marcando el paso de un tiempo que se ha vuelto tan denso que parece aferrarse a las oquedades de Sandaili sin intención de discurrir.

—El tercer apóstol —balbucea la serora cuando recupera el habla. Su mano derecha traza la señal de la cruz ante su pecho—. Os avisé...

—Háblenos de su relación con Fernando —la conmina Cestero.

La serora cierra los ojos y realiza un rápido cálculo mental.

—Lo conocí hará poco más de un año, cuando Dios nos castigó con esta pandemia. Con tanta muerte a nuestro alrededor comprendí que tenía que ayudar a la gente a irse en paz.

—¿Cómo?

—Sí, ayudar a mis semejantes en el trance más difícil de la vida. ¿O acaso no habéis oído hablar de las hermandades de la buena muerte? —inquiere Pilar.

—No —aclara Cestero tras ver a Madrazo negar con la cabeza.

—¿No? —pregunta la serora con una mueca de descrédito—. Son hermandades que datan de siglos y siglos. Nacieron y crecieron en casos extremos como las epidemias de peste negra, cuando el miedo al contagio hacía que nadie se atreviera a acercarse a los muertos. Su misión, altruista y desinteresada, consistía en convertirse en esa última compañía del recién fallecido en el tránsito por el reino de las sombras hacia la luz. Limpiar, amortajar el cadáver y darle cristiana sepultura. Ofrecer una mano cálida y generosa en el trance final. Muchas siguen ejerciendo esta labor esencial en nuestros días. Y yo, a mi humilde manera intento hacer lo mismo en Oñati. Que nadie afronte el camino en soledad. Guiar las almas para que alcancen el descanso eterno mediante la oración y la luz de Dios contenida en estas humildes argizaiolas. —La mujer suspira—. Es muy doloroso ver como las viejas tradiciones se perderán cuando nosotros dejemos este mundo. Fue una suerte dar con Fernando. No quedan fabricantes de argizaiolas, porque tampoco queda quien las quiera comprar. Dentro de poco tampoco habrá seroras.

—Describa su encuentro de hoy con él. ¿Cómo lo ha visto? ¿Parecía inquieto, preocupado por algo? —pregunta Cestero.

—No. Estaba igual que siempre. Era un hombre en paz… —La serora vuelve a llevarse una mano a la boca para ahogar un lamento—. Pobre Fernando. Ahora encenderé para él una de esas argizaiolas que talló con tanto amor por el prójimo. Y espero que ustedes no me lo impidan.

—¿Es consciente de que han sido asesinadas tres personas y todas ellas tenían algún tipo de relación con usted? ¿Cómo explicaría semejante casualidad? —interviene el oficial.

Pilar frunce de nuevo el ceño. No le gusta verse señalada.

—Oñati es un pueblo. Al final todos estamos vinculados de una u otra manera —argumenta mostrando una serenidad forzada.

—Tal vez esa explicación sirviera ayer, pero Narbaiza se encuentra a más de cuarenta kilómetros de aquí.

La serora curva los labios en un rictus y niega con la cabeza.

—Pobre hombre... Tenía unas manos prodigiosas. Sus argizaiolas son obras maestras...

—Lo único que parece vincular a la víctima con Oñati es usted —insiste Madrazo.

Pilar lo observa muy seria. Después se gira hacia Cestero en busca de un apoyo que no llega.

—Yo no soy su única cliente —objeta la serora—. Los frailes de Arantzazu venden sus argizaiolas en la tienda de recuerdos del santuario. Así fue como supe de su existencia. Fray Inaxio me puso en contacto con él. No quiero señalarles, Dios me libre de algo así, pero las cosas como son.

Cestero busca la mirada de Madrazo, que asiente de manera casi imperceptible. Tendrán que preguntar también en el santuario.

—¿Dónde se ha visto esta mañana con Fernando? —pregunta la suboficial regresando a los sucesos más recientes—. ¿Ha estado en su taller?

—No. En su casa. En la puerta de su casa, vaya, que a mí eso de entrar al domicilio de un hombre soltero no me gusta. La gente es demasiado amiga de hablar de más... Me llamó ayer para avisarme de que tenía preparadas cuatro argizaiolas para mí. Me las ha entregado, le he abonado el precio acordado y listo.

—¿Cuatro? —pregunta Madrazo sacando un cuaderno que

ha protegido de la lluvia bajo la chaqueta—. ¿Y cómo explica esto?

La página que le muestra es por la que estaba abierto cuando lo han encontrado. Estaba en el taller de la víctima, colgado del banco de trabajo donde descansaban varias argizaiolas a medio labrar. El dibujo muestra doce tablillas funerarias, cada una con su forma, cada una con sus grabados. En la esquina superior derecha del documento Fernando escribió tres palabras. Solo tres, pero suficientes en cualquier caso para señalar claramente a la serora: «Diseños Pilar Oñati».

—Son para mí, sí. —La mujer señala cuatro de los dibujos—. Estas son las que he recogido hoy. Las demás no las había terminado todavía.

—Los pedidos previos se limitaban a una o dos, y muy espaciados en el tiempo. ¿Por qué en esta ocasión le encargó doce? —pregunta el oficial buscando en las páginas anteriores, donde a lo sumo aparecen trazados dos bocetos bajo el nombre de la serora.

—Sabéis tan bien como yo que doce serán las almas a las que habrá que ayudar a hallar su camino en el mundo de las sombras. Confío en que la sabiduría de Dios me dé el tiempo necesario para guiarlas.

Su afirmación estremece a Cestero. Para tratarse de una persona que vive en una cueva, sin televisión ni internet, su discurso se parece demasiado al de los medios de comunicación más alarmistas.

—¿Por qué lo tiene tan claro? —pregunta.

—Oh, vamos. Lo sabes tan bien como yo. El Apóstol no parará hasta culminar su obra.

—Salvo que nosotros lo detengamos antes —matiza Madrazo.

—Se diría que lo conoce muy bien —sugiere Cestero.

La serora la observa con una frialdad que roza el desprecio.

—Conozco el rostro del mal, por supuesto. Lo grave es que vosotros no lo entendáis. Ojalá estas argizaiolas sirvieran también para guiar en el mundo de los vivos. Estáis perdidos aquí, interrogando a una pobre vieja que lo único que hace es ayudar a unas almas perdidas a hallar la paz que precisan. Malgastáis el tiempo conmigo y, si no os metéis en su mente, no lograréis darle caza jamás. ¿Acaso no os advertí la otra noche en la ermita de los pastores? El Apóstol volverá a actuar y ninguno de nosotros está a salvo.

44

Sábado, 8 de mayo de 2021
San Pedro de Tarantasia

El agua es negra. Oscura como una noche sin luna ni estrellas, igual que ese café que Cestero sería capaz de beber por litros. No hay viento, ni siquiera una leve brisa, que rompa la placidez del espejo en el que se miran los bosques y roquedos que rodean el pantano. La hierba mojada no es lo único que da fe de la tormenta que se ha enredado durante horas entre los picos que envuelven Oñati. El paisaje se ha quedado gris. Triste. Detenido. Los pájaros no cantan, no vuelan a la caza de los insectos vespertinos. No se ven murciélagos en el cielo y tampoco los peces saltan para dibujar aros concéntricos en la superficie del agua.

Esa tarde en el pantano de Jaturabe no hay nada más que soledad y silencio.

Se diría que el valle entero contiene la respiración.

No es una sensación agradable, y menos cuando un tercer crimen se acaba de sumar a los dos anteriores.

El pie derecho de Julia roza el agua.

Está gélida, pero no es un frío como el del Cantábrico en pleno invierno. No, el frío de Jaturabe no tiene que ver con la temperatura, sino con algo que brota desde sus profundidades; algo difícil de explicar, pero que se cuela hasta los huesos.

Julia suspira mientras introduce el segundo pie en el pantano. Odia esas aguas. Pero no hay otras.

Su mirada se posa en la arista de roca tras la que se esconde la cueva de Sandaili. Cestero y Madrazo estarán todavía allí. Han ido a interrogar a la serora por su conexión con el tallista asesinado.

Un estremecimiento sacude su espina dorsal al pensar en ella. No le gusta esa mujer. Le despierta un desasosiego que no logra comprender.

—No debe ser fácil para ti bañarte aquí —oye de repente a su espalda.

Julia se gira bruscamente y esboza una sonrisa de compromiso al reconocer a Gema. No la ha oído llegar.

—Te he asustado. Perdona. Es normal, con todo lo que está pasando —apunta la monitora de yoga.

—Tranquila. Estaba en mi mundo y no te he oído llegar.

—A mí también me sucede. Es bueno saber desconectar de todo, aunque no es lo más prudente estos días. —Gema recorre el pantano con la mirada y después vuelve a clavarla en la ertzaina—. Ninguno estamos seguro. ¿Tú no llevas pistola?

Julia no responde a su pregunta, aunque ahora se arrepiente de haberla dejado en la guantera.

—¿Por qué has sabido que no me gusta nadar en estas aguas? —inquiere en su lugar.

—Por la energía que irradias. Tú eres agua, agua libre, como un arroyo que salta valle abajo, y un pantano son aguas mansas, muertas —indica Gema. La ertzaina tiene la impresión de que la serenidad que muestra el rostro de la visitante es solo una máscara. Hay crispación tras esa mirada habitualmente serena, hay tensión en esos dedos que se mueven inquietos. A ella también le están pasando factura los sucesos de los últimos días—. Solo flores raras como el loto encuentran su hábitat en los pantanos. No sé si sabes que florecen en el fondo, en la oscuridad total, y realizan un camino de ascenso hacia la luz. Por eso su nacimiento se compara con el de los humanos: de la total oscuridad del vientre en que somos engendrados emergemos hacia la luz del mundo. Pero este lugar no está hecho para nosotras. Somos agua, Julia. Agua. Eres como yo, una esponja que absorbe la energía con demasiada facilidad. Los iones positivos de este lugar nos restan energía, mientras que los iones negativos del mar nos regalan paz y armonía, como si fuesen un ansiolítico natural. Uno de mis maestros siempre decía que «el cuerpo tiende a la pereza y la mente tiende a la locura». Si quieres reiniciarte y sacudir ambas cosas de tu vida, ven conmigo al domo. De Belamendi saldrás nueva.

—Quizá cuando cerremos el caso —se excusa.

La monitora de yoga la estudia largamente.

—Quizá, después, más adelante... El tiempo pasa demasiado rápido. Para cuando te quieras dar cuenta se te habrá escurrido entre los dedos. Y eso si tienes la suerte de que pase, porque para Arantza y los otros el reloj ha dejado de girar... Vive, Julia. Vive. La vida es ahora, no mañana.

La ertzaina asiente, incómoda. Nunca ha tenido la sensación de estar tirando la vida. Hace surf cada mañana, se lanza a nadar desde su salón al volver de trabajar, tiene amigos con quienes quedar a tomar algo... Tal vez a veces eche de menos haber formado una familia, pero por lo demás se siente plena. Gema se está equivocando con ella. La Julia alejada de las olas que ha conocido no es la de cada día.

Sin embargo, la monitora de yoga no ha terminado.

—Tú no eres como los otros, Julia. Eres alguien con una sensibilidad muy especial. Detecto a la gente así porque yo soy igual. Y sufres, lo sé. Necesitas reconectar contigo misma —explica en tono amable—. Ya que te resistes a venir a Belamendi, voy a recomendarte algo. Si quieres bañarte en un lugar que te ayude a sanar las heridas que la vida inflige, baja a Usako. No es ese mar que tanto echas de menos, pero allí encontrarás lo que buscas.

Julia arruga la frente. ¿Ha mencionado ella el mar en algún momento? Va a preguntarle de dónde ha sacado esa información, pero Gema ya no está allí. Le ha dado la espalda y continúa con su paseo por la orilla de las aguas negras. No puede verla, pero la ertzaina sabe que en su rostro se ha dibujado una sonrisa del mismo tamaño que la duda que ha dejado flotando sobre el frío espejo de Jaturabe.

45

Domingo, 9 de mayo de 2021
San Gregorio Ostiense

—Son un montón de nombres. Nos puede dar aquí la noche —resopla Madrazo dejando los papeles sobre la mesa.

—Habrá que empezar por acotar los que nos resulten familiares. Personas que sepamos que tienen algún tipo de relación con las víctimas o los escenarios —sugiere Aitor echando un vistazo al listado que les ha acercado a la hospedería una patrulla de la comisaría de Arrasate.

Se trata del registro completo de las personas que abandonaron Oñati en las horas cercanas al asesinato de Fernando Fernández, el tallista alavés. El confinamiento perimetral impuesto por las autoridades sanitarias les ha regalado un listado de todos los que entraron y salieron del pueblo en esas horas clave. Los agentes que controlaban los accesos a la zona roja tomaron nota de las matrículas de los vehículos y de los nombres y apellidos de sus ocupantes.

—¿Y estas otras listas qué son? ¿Han traído varias copias? —inquiere Julia cogiendo otro listado de nombres, apellidos y matrículas de coche.

—No. Esas corresponden a la otra salida. Tenemos por un lado los que abandonaron Oñati rumbo al valle del Deba y la autopista, y por otro los que lo hicieron por la carretera del alto de Udana, en dirección a Legazpi. Ya verás que los segundos no son tantos. Hay menos tráfico en esa dirección —explica Cestero.

—Las horas de paso por el control también nos permiten descartar a muchos de ellos. Si la autopsia ha determinado que Fernando Fernández falleció entre las cuatro y las cinco de la tarde, podemos dejar fuera a todos los que abandonaron Oñati a partir de esa hora —indica Aitor trazando una raya a una determinada altura de la fila de nombres—. Y también nos permite cargarnos a quienes regresaron al pueblo antes de la hora del crimen.

Cestero se sirve una taza de café soluble. Huele a agua sucia y sabe todavía peor, pero es lo que hay si quiere una dosis de cafeína. Tenía intención de bajar al bar de Perosterena a por un termo de buen café, pero se ha dormido. Si cuando el despertador le ha dicho que se pusiera en pie le hubiera hecho caso en lugar de abrazar la almohada y girarse hacia el otro lado, ahora no tendría que beberse ese mejunje monacal.

—Pues venga, manos a la obra —dice después de bebérselo de un trago, igual que haría un niño obediente con un medicamento que no le gusta—. Entre esos nombres tenemos a nuestro asesino.

Madrazo reparte los listados. Son cuatro, uno de entrada y otro de salida para cada una de las dos carreteras que comunican Oñati con el resto del mundo. Después se hace un silencio que solo rompen el paso de las hojas y el trino de los pájaros que se cuela por la ventana abierta del comedor.

—Aquí está la serora —dice Aitor al poco de comenzar. A él le ha correspondido el sinfín de nombres que dejaron el pueblo por la salida principal—. Nada que no sepamos: salió a las nueve y veintiocho de la mañana.

—Yo también la tengo —añade Julia, que está revisando el registro de entrada al pueblo por esa misma vía—. Regresó a las dos y veinticuatro minutos.

—Demasiado lejos de la hora de la muerte —comenta Madrazo.

—No la descartemos tan rápido. Nadie vio al tallista desde que la serora se reunió con él hasta la supuesta hora de su muerte. No sería la primera vez que un forense erra en la hora del deceso —advierte Cestero.

Los labios fruncidos de Madrazo se mueven de un lado a otro mientras realiza algunos cálculos mentales. Después recupera los papeles de la autopsia y echa un vistazo a algunos datos.

—Son muchas horas de diferencia. Aquí pone claramente que el fallecimiento se produjo entre las cuatro y las cinco de la tarde. Para estar de vuelta en Oñati poco después de las dos, la serora tuvo que abandonar Narbaiza a la una y media del mediodía... ¿Un error de cálculo de tres horas? —plantea con una mueca de incredulidad—. No lo contemplaría, la verdad.

La imagen de esa mujer de negro rodeada de argizaiolas y muerte regresa a la mente de Cestero.

—El palomar donde apareció Fernando estaba al sol. Eso pudo frenar la pérdida de temperatura del cadáver y falsear el cálculo del tiempo desde el fallecimiento —plantea Cestero.

—Tiene razón Ane. A mí la serora no me gusta. Esconde algo —añade Julia.

—A mí tampoco —reconoce Madrazo—. Pero no forcemos lo que no es. No echemos mierda sobre la autopsia. La temperatura no es el único parámetro empleado para determinar la hora del crimen. Ahí tenéis el estudio. —Sus manos empujan los documentos hacia Cestero—. El forense comprobó también la deshidratación, la lividez... Venga, sigamos con el registro de entradas y salidas y no nos obcequemos con hipótesis sin base.

La voz lejana de un cuervo asoma por la ventana mientras vuelven a hundir la nariz en las listas. Otros pájaros tratan de enmascarar sus palabras rasposas con tonos más optimistas, pero gana quien viste de negro. El sol, que se cuela esa mañana en el comedor, canta también a la alegría, igual que el toque agudo de campanas que llama a misa de nueve.

—Tengo algo —anuncia Aitor destapando un marcador amarillo y acercándolo al papel—. Gema García y Andrés Oleta. Abandonaron juntos el pueblo poco después de las doce del mediodía.

—Esa es buena —reconoce Cestero girándose hacia Julia—. ¿Tienes hora de regreso?

—Pues a las cinco de la tarde no habían vuelto aún. —El dedo de su compañera recorre rápidamente las líneas. No es lo mismo buscar a ciegas que saber lo que se busca—. ¡Aquí están! Volvieron a entrar en nuestra zona roja a las seis y doce minutos.

Madrazo chasquea los dedos.

—Pues van a tener que explicarnos qué hicieron en esas seis horas... Tuvieron tiempo de sobra para ir a la Llanada y cargarse al pobre tallista. Cestero, habla con Tráfico. Que revisen las cámaras a ver si su coche circuló por los alrededores de Narbaiza.

Las campanas vuelven a tañer con insistencia.

—Todavía falta uno —comenta Aitor.

—¿Cómo dices? —inquiere el oficial volviéndose hacia él.

—Que falta uno. Un toque de campana.

—¿Para qué?

—Para la misa... Ya me estoy acostumbrando a vivir aquí. Cuando va a empezar el oficio religioso hacen sonar las campanas. Tres veces. Dejan pasar unos minutos entre cada toque. Después del tercero, empieza la celebración. En muchos pueblos se ha perdido la tradición, pero estos frailes todavía lo hacen. No me digáis que no es interesante.

Cestero y Julia cruzan una mirada y se ríen por lo bajo al ver la cara de Madrazo. El oficial parpadea incrédulo, tratando de decidir si se trata o no de una broma.

—Aitor es maravilloso —comenta la suboficial encogiéndose de hombros—. Con él siempre estamos aprendiendo.

Madrazo resopla.

—Pues no es momento. Venga, a las malditas listas. ¿Nadie tiene por ahí a Iñigo Udana?

—Yo no.

—En la mía tampoco aparece.

—Pues me sorprende —confiesa el oficial—. No me digáis que no es raro que la primera víctima del Apóstol fuera precisamente la mujer del concejal que está en el centro de un aparente caso de corrupción política. ¿Y si ella descubrió su intención de comprar los votos y trató de impedírselo?

Los demás se encogen de hombros. Es una posibilidad, claro. Pero ¿y el fraile?, ¿el artesano? ¿Qué obstáculo suponían ellos para su plan corrupto?

—No me hagáis caso. Ahora soy yo quien fuerza las hipótesis. Desde que descubrimos esos fajos de billetes no me lo quito de la cabeza —reconoce el oficial—. ¿Y a Peru tampoco lo tenéis? ¿Cómo era su nombre completo?

—Jon Perurena. Y os puedo decir que ayer tampoco asistió a clase —anuncia Cestero.

—¿Cómo lo sabes?

—Me lo ha dicho Gaizka.

Madrazo levanta la mirada hacia el cielo.

—Gaizka… —repite antes de clavar el dedo en su papel—. Pues míralo, hablando del rey de Roma… Tu amigo salió del pueblo a las dos y cuarenta y cuatro minutos de la tarde rumbo al alto de Udana. ¿Eso también te lo ha dicho?

—¿Gaizka? —pregunta Cestero comprobando los nombres que regresaron por esa misma carretera. Y, sí, ahí está. Ver su nombre cuatro horas más tarde le hace morder el piercing—. Volvió a Oñati apenas unos minutos antes de las siete.

—Otro que tuvo tiempo de ir a la Llanada y matar al tallista —resume Madrazo—. Ya puedes ir diciéndole que queremos hablar con él.

Aitor bascula la cabeza, pensativo. Algo no acaba de convencerle.

—¿Por qué iría alguien a Narbaiza por el alto de Udana cuando se tarda la mitad por el valle del Deba? —plantea arrugando la nariz—. Es un rodeo innecesario.

—Quizá quisiera despistarnos y que llegáramos precisamente a ese planteamiento —sugiere el oficial.

Cestero respira hondo.

—Pediré a los de Tráfico que busquen también su coche en las cámaras —anuncia sin poder evitar que un tono de fastidio adorne sus palabras.

46

Domingo, 9 de mayo de 2021
San Gregorio Ostiense

—Estoy de este camino hasta aquí —comenta Madrazo mientras Cestero frena para sortear algunos baches.

—A mí me gusta —replica la suboficial volviendo a acelerar.

—Ya lo sé. Porque tú te confundiste de trabajo. Tendrías que haber sido piloto de rallies... ¿Qué haces? Frena... Joder, me vas a matar de un infarto. No tenemos prisa.

—Eres tú el que ha dicho que había que interrogar a Gaizka cuanto antes.

Dos curvas cerradas, una a la derecha y otra a la izquierda, dan paso a una larga recta en la que Cestero recupera velocidad. Cuarenta, cincuenta, sesenta kilómetros por hora. El firme está mejor en este tramo, aunque las ruedas disparan la gravilla contra los bajos mientras los altavoces escupen *Crime*, de Belako, a un volumen considerable. El teléfono de Ane se suma con un timbre estridente que llega desde el asiento posterior.

Madrazo se coge del asa superior y se gira para comprobar el nombre que muestra la pantalla.

—¿Quieres hacer el favor de ir más despacio? No va de cinco minutos. Nos vamos a matar... ¿Por qué no paras y contestas? Es tu madre.

La suboficial levanta el pie del acelerador.

—Eres un exagerado. Íbamos a cincuenta por hora.

—Sesenta —le corrige Madrazo.

—Pues sesenta. Tampoco es para tanto.

—Lo haces porque estás enfadada contigo misma —suelta el oficial.

—¿Yo? —Cestero aprieta con fuerza el volante. Pagaría por tener delante el saco de boxeo. Le daría con todas sus fuerzas. No tiene claro con quién está enfadada. ¿Con ella o con un Madrazo que disfruta a todas luces de ver a Gaizka en la diana?

—Sabes que has metido la pata quedando con un tío que ahora resulta ser sospechoso —señala el oficial.

Los dedos de Cestero se tensan aún más sobre el volante.

—No he metido la pata —escupe con rabia.

—Ya… El problema es que no lo vas a reconocer, porque nunca lo haces. Ane, todos cometemos errores y tú también.

La suboficial continúa conduciendo. Su pie derecho le pide más tensión, le grita que pise a fondo ese acelerador. Ella, sin embargo, logra domarlo y circular con la precaución que le ruega su superior. Los bosques de hayas que han tomado el testigo a los caseríos y prados de siega de la parte baja del valle comienzan también a tocar a su fin. Los altos pastos se dibujan ya tras el parabrisas, un mundo verde de formas amables donde el cielo parece al alcance de la mano.

Y ahí sigue ese teléfono sonando sin parar.

—¿No vas a contestar? —pregunta Madrazo.

—No será nada. Luego la llamo —responde Cestero antes de ver algo que la obliga a frenar en seco.

El oficial hace una profunda reverencia hacia el parabrisas.

—Joder, Ane… ¿Qué haces?

Es una vaca. Está tumbada en medio del camino. Observa el coche con escaso interés y después gira la cabeza hacia el otro lado para continuar rumiando.

—Vamos, levanta —le pide Cestero regalándole una ráfaga de luces.

Nada.

—Prueba a tocar el claxon —propone el oficial.

Ella lo intenta varias veces, pero lo único que consigue es que todas las ovejas que pastan alrededor los miren con curiosidad.

—Encima tenemos público —se queja volviendo a probar con los faros.

Nada.

—Voy a salir —decide el oficial abriendo la puerta. Da unos pasos hacia el animal y hace aspavientos para tratar de ahuyentarlo. Desde el volante, Cestero se ríe y lamenta no haberlo grabado con el móvil. Madrazo se gira hacia ella—. Oye, ¿no será un toro?

—Es una vaca —asegura Ane sin tener realmente ni idea—. No hacen nada. Venga, ya voy yo.

El animal la observa acercarse sin dejar de masticar. No tiene ninguna intención de levantarse de ese lugar que ha decidido que es suyo. Cestero coge aire y trata de ahuyentarla.

—¡Venga, levanta! ¡Vamos! —exclama mientras agita las manos a muy poca distancia. Añade unas palmas—. ¡Venga! ¡Venga!

Esta vez la vaca se pone en pie, aunque no sin trabajo. Su barriga es más que generosa. La suboficial no tiene ni idea de veterinaria, pero comprende que está preñada, y probablemente a punto de llegar a término.

Cestero regresa deprisa al volante y pisa ligeramente el acelerador. No quiere asustarla, pero necesita que se aparte del todo.

—Tienes tablas. Si algún día los de Asuntos Internos te echan puedes dedicarte a la ganadería —bromea Madrazo cerrando la puerta del copiloto.

—Sí, claro. Le pediré a Gaizka que me dé unas clases —replica Ane en tono burlón.

Su superior no da continuidad a la broma. Se limita a resoplar. No le ha gustado la respuesta.

El teléfono, que ha brindado unos minutos de tregua, se incorpora una vez más a la conversación.

—Oye, haz el favor de parar y contestar. ¿No te pone nerviosa? Solo puede tratarse de algo importante.

—Está bien —cede la suboficial deteniendo el coche en una orilla del camino. Un cosquilleo desagradable se adueña de su estómago mientras se gira a por el móvil. Ojalá no sea una de esas llamadas que hablan de miedo y de impotencia. En unos meses se cumplirán tres años del día en que su madre dijo basta y dio el paso que Ane llevaba media vida animándola a dar. No fue fácil para ella reconocer que era una mujer maltratada, y menos aún que asistiera a una terapia que tardó en dar sus frutos. Pero lo hizo—. ¿Qué pasa, ama?

—¡Ane! Ya pensaba que no me ibas a contestar nunca. ¿Te he despertado?

—No. ¿Estás bien? ¿Qué pasa?

—¿Vas a venir a comer?

Cestero aprieta los labios para pedirse calma. ¿De verdad la ha llamado cinco veces seguidas para esto?

—Ya te dije que no. Estoy trabajando —se limita a contestar sin impregnar su voz de excesiva seriedad. Sabe que se trata de un ataque de soledad y no quiere regañarla por buscar compañía, aunque sea a través del teléfono.

—Es domingo.

—Soy ertzaina, ama. Estoy trabajando en un caso muy serio. No existen los días de fiesta.

—¿Estás con eso del Apóstol?

—Sí.

—Pobre gente. Dicen en la radio que están encerrados en el pueblo con el asesino. Han entrevistado a algunos vecinos aterrorizados. ¿Te imaginas algo así aquí, en Pasaia?

—Ama, ya hablaremos. Tengo que seguir conduciendo.

—¡Espera! Solo una cosa más. ¿Te acuerdas de que el jueves es el cumpleaños de tu hermano? ¿Se te ocurre algo que pueda regalarle?

Cestero cubre el micrófono y suspira.

—No es el momento, ama.

—Alguna idea tendrás. Cumple veintidós. A mí me queda lejos esa edad. Piensa algo, anda.

Ane le promete que lo hará y después se despide sin esperar a la réplica.

—¿Todo bien? —pregunta Madrazo cuando ella reanuda la marcha.

—Sí.

—¿Qué tal le va?

—Está mucho mejor. Va al gimnasio y se cuida. Hasta ha hecho un par de escapadas con amigas, algo impensable hace solo unos años.

—Me alegro mucho. Se lo merece. Necesitaba recuperar su vida. ¿Y tu padre?

El pie de la suboficial se clava en el acelerador. Su padre, el maltratador, el ludópata, el chantajista emocional... No quiere pensar en él. Y la velocidad se alía con ella para llevarlos a su destino antes de que tenga tiempo de responder.

—Míralo. Ahí está Gaizka —señala en su lugar.

Está dentro del vallado, rodeado de las ovejas que hace unos días esquilaban en la escuela. Lleva puesta una gorra negra y sonríe al reconocerla, a pesar de que lo ha avisado de que va a tener que responder algunas preguntas. Ayala está unos metros más cerca, al borde de la pista. Bajo su barba blanca se intuye un gesto serio.

—Necesitamos hablar con Gaizka unos minutos —apunta Madrazo.

—No sé qué es lo que ha ocurrido, pero yo respondo por él —contesta el director—. Llevamos juntos desde las siete de la mañana. Estamos preparando el rebaño para dejarlo libre en los pastos de verano.

—Queremos hacerle algunas preguntas. A solas —repite el oficial.

El joven se acerca y entrega a Ayala algo parecido a unos alicates.

—Tendrás que seguir tú con el marcado. Lo siento.

—No será mucho tiempo —aclara Cestero, que siente la mirada de su superior fulminándola.

—Eso dependerá de las ganas de colaborar que muestre —la corrige Madrazo.

Ayala propina a su alumno una palmada en la espalda.

—Ve tranquilo. Yo sé que no has hecho nada malo. Hacía años que no tenía en clase a alguien con tantas ganas de aprender. Si este oficio ancestral perdura en estas montañas será gracias a jóvenes como tú.

Después se dirige hacia el rebaño.

Madrazo se gira hacia Cestero y le hace un gesto con la cabeza para invitarla a comenzar. Ella respira hondo mientras busca la forma de hacerlo.

—Estamos tomando declaración a las personas relacionadas con el caso que salisteis ayer de Oñati —explica tratando de no ser brusca.

Gaizka la observa con expresión confundida.

—¿Relacionados con el caso? ¿Y qué tengo que ver yo con eso?

—¿No te parece suficiente haber filtrado a la prensa aquellas fotos del crimen de Sandaili? —escupe Madrazo.

—Yo no las filtré. Metí la pata. Creía que era una broma de mal gusto y cuando vi el cadáver de Arantza era demasiado tarde. —La mirada de Gaizka busca apoyo en Cestero—. Pero esto ya se lo expliqué a Ane. Creía que había quedado claro.

La suboficial abre la boca para defenderlo, pero Madrazo la interrumpe con la mano.

—¿Adónde fuiste ayer cuando saliste del pueblo?

El joven duda unos instantes. Demasiados para lo que le hubiera gustado a Cestero.

—Tenía que hacer algunos recados.

—¿Dónde? ¿Quizá en la Llanada Alavesa? —plantea el oficial con gesto duro.

—Le pedí yo que fuera a Ordizia —interviene Ayala acercándose de nuevo—. Necesitábamos etiquetas para realizar hoy el marcado y yo tenía que ocuparme de la escuela.

—Estamos hablando con él —le advierte el oficial.

—Lo sé. Pero si salió de Oñati fue por echarme una mano. Creo que es mi deber decíroslo.

Cestero recuerda la velada interrumpida. El justificante de movilidad y todo eso.

—Yo puedo confirmarlo. Estaba con Gaizka cuando Ayala le pidió que fuera a comprar los pendientes —anuncia ganándose una mirada reprobadora de su superior.

—¿Cuánto se tarda de aquí a Ordizia? —inquiere Madrazo girándose de nuevo hacia el joven.

—Alrededor de cuarenta minutos.

El oficial comprueba sus apuntes.

—Estuviste cuatro horas fuera. Cuarenta minutos de ida y otros tantos de vuelta suman una hora y veinte. ¿Tanto tiempo tardaste en comprar unas piezas de plástico?

Gaizka suspira contrariado.

—Hice más cosas, claro.

—Claro —repite Madrazo pidiéndole con un gesto que las detalle.

Durante unos segundos lo único que se escucha son los balidos de las ovejas.

—Aproveché que estaba en la zona para escalar. No todos los días se está tan cerca de la arista del Txindoki —reconoce finalmente el joven con una mueca de circunstancias—. Sé que mi justificante de salida me permitía solo ir a comprar, pero pensé que no hacía daño a nadie practicando deporte al aire libre.

—¿Fuiste solo?

—Lo acabo de decir.

—Y seguro que no te cruzaste con nadie… —sugiere Madrazo.

Gaizka niega con la cabeza.

—Más arriba había una pareja, pero no llegué a intercambiar palabra con ellos. Me pareció oírlos hablar en catalán.

—Eran de fuera… Qué casualidad —mastica lentamente el oficial—. Así que no tienes a nadie que pueda confirmar tu coartada… No sé si eres consciente de que las cámaras de tráfico nos van a permitir comprobar tu declaración. Si nos estás mintiendo lo vamos a saber y entonces no vendremos de tan buen rollo.

Cestero aprieta los puños hasta que las uñas se le clavan en las palmas. ¿De qué buen rollo habla? Está tratándolo como si fuera el sospechoso principal del crimen, como si tuviera pruebas concluyentes de su participación en él.

Gaizka vuelve a fijar su mirada en ella. ¿Es que no piensa tomar la palabra?

Ane abre la boca. Quiere pedir a Madrazo que pare ya. Sin embargo, sabe que no debe hacerlo. Él es el jefe y desautorizarlo en público no es la mejor idea. Pero también es su ex, y si esa toma de declaración está siguiendo esos derroteros es precisamente por eso.

No puede permitirlo.

—¿Me das un segundo? —pregunta cogiéndolo del brazo.

—¿Qué haces? —se le enfrenta Madrazo mientras lo arrastra hacia el coche.

Ane no responde hasta que están fuera del alcance del oído de los pastores.

—¿De qué coño vas? —le espeta entonces. Ya no son dos ertzainas de diferente graduación. Ahora son dos personas que se embarcaron juntas en una nave que surcó mares felices y de la que ella saltó antes de que arribara a buen puerto—. Te estás pasando. Solo salió del pueblo y ni siquiera en la dirección que nos interesa. ¿Te parece normal tratarlo así?

Madrazo la observa. Primero desafiante, aunque poco a poco es arrepentimiento lo que aflora a su mirada decepcionada.

—Ojalá hubieras defendido así lo nuestro —espeta antes de introducirse en el Clio.

47

Domingo, 9 de mayo de 2021
San Gregorio Ostiense

—¿Vamos allá? —inquiere Aitor cuando aparca su Nissan ante la verja de Belamendi.

Julia asiente.

El cielo rojizo del crepúsculo enmarca el edificio, de dos alturas. Las palmeras que lo flanquean viajan más arriba, en busca de las exiguas nubes teñidas de fuego. Hoy no hay cuervos sobre los hierros oxidados. Quienes siguen ahí son los carteles invitando a entrar. Pasa sin llamar, estás en tu casa, y ese tipo de mensajes con los que Gema da la bienvenida al visitante a eso que ha bautizado como Centro Internacional de Meditación.

—Están ahí —señala Julia. Se refiere a Gema y Andrés. Se encuentran de pie, en el extremo del jardín más cercano al caserío. Se han girado hacia los dos ertzainas y comentan algo por lo bajo.

—Hola —los saluda Aitor, adelantándose—. No queremos molestar…

—No molestáis —replica la monitora de yoga. La puerta de Belamendi está siempre abierta. Conforme habla, señala un cenador del que penden unos farolillos que le otorgan un aire festivo—. Llegáis a tiempo. Nos disponíamos a cenar. Ahora mismo ponemos un par de platos más.

—No, gracias. Solo serán un par de preguntas —indica Julia. Su estómago, sin embargo, ruge al ver la mesa puesta. De buena gana probaría ese queso de Idiazabal en lugar del pescado al vapor de los frailes.

—Es todo hecho en casa. Venga, que no se diga. A Belamendi no se viene a estas horas y se rechaza la cena. Ahora mismo trae Andrés más platos —insiste Gema.

Mientras su marido, que todavía no ha abierto la boca, se dirige al caserío, Julia consulta a Aitor con la mirada. Él se limita a encogerse de hombros, pero su mirada dice que sí, que le apetece ese queso tanto como a ella.

—Está bien —admite la agente. Al fin y al cabo, tal vez no sea tan mala idea. Una conversación distendida siempre da pie a obtener más información—. Pero no hace falta que preparéis nada más.

—No os preocupéis. Sentaos, venga, que estaréis cansados. ¿Un vaso de kombucha? —ofrece Gema acercándoles una jarra—. La hago yo. Tiene mucho éxito entre quienes vienen a las clases de yoga... A la pobre Arantza le encantaba. Y mira que le enseñé a hacerla, pero decía que no le quedaba igual... Pobre muchacha. —La mujer curva hacia abajo los labios y suspira. Después mira a Julia—. ¿Y tú? ¿Qué tal? ¿Fuiste a bañarte a la poza de Usako?

—No. Todavía no he encontrado el momento.

—Hazlo. Te irá genial. Tu karma lo necesita. Eres agua, igual que yo, no lo olvides.

—He metido un poco más de pan al horno —anuncia Andrés, que regresa con dos platos y algunos cubiertos—. Puedo añadir un par de tomates más a la ensalada. ¿Alguno es vegano? Tenemos tofu y seitán.

—No es necesario. De verdad —se excusa Julia mientras ocupa su silla.

—El tomate es de mi huerta. A ver si os gusta. Y, ya veis, ni invernadero ni nada, aquí respetamos los ritmos de la naturaleza y ella nos premia con tomates en primavera. El único secreto es amar a las plantas, hacerles saber lo importantes que son para nosotras, en lugar de esquilmarlas —explica Gema llevándose un pedazo a la boca—. Delicioso.

Aitor pincha un trozo y en cuanto lo prueba parpadea maravillado.

—Impresionante. Me recuerda al que comía en el caserío de mis abuelos.

—Gema es bruja —se ríe Andrés—. El resto de los caseríos de la zona tienen todavía las tomateras a un par de palmos del suelo y ella ha conseguido que le den fruto mes y medio antes de lo normal. ¡Y qué fruto!

—No es brujería. Es solo respeto. Si a la naturaleza le ofreces amor, ella te lo devuelve. Las plantas son seres vivos. Tienen alma, igual que nosotros.

—Riquísimo —confirma Julia. Después baja la voz y se gira hacia un domo donde no se aprecia movimiento alguno—. ¿Dónde está la gente? ¿Duermen ya?

—¿Quiénes? —se extraña Gema—. Estamos solos. Después de lo del fraile se marchó todo el mundo. Aquella llamada de mi Andrés, retransmitida en directo por los altavoces del domo, fue demoledora. Resultó imposible retomar la meditación después de aquello. Hubo quien se fue de inmediato y quien se quedó unas horas más, pero el miedo acabó por mandarlos a todos a casa. Nadie se sentía seguro.

Los ertzainas saben a qué se refiere. Demasiado bien. El intento de huida que acabó con un compañero muerto en la carretera fue solo la punta de un iceberg que mantiene helado el ánimo de todo el pueblo. La vida ha caído en picado en las calles de Oñati. Hay incluso quien ha dejado de llevar a los niños a la escuela y quien ha retomado la costumbre pandémica de pedir la compra a domicilio con tal de no pisar la calle.

Y esta vez, por mucha zona roja en la que se encuentren, no es el miedo al contagio lo que ha encerrado en casa a los vecinos.

—Lo siento —comenta Julia.

Gema se gira hacia el domo.

—Tanto trabajo y en dos días se va todo al traste.

—Las aguas volverán a su cauce y Belamendi bullirá de nuevo de vida —trata de animarla Aitor.

—Ya veremos. Para quien buscaba aquí la paz y en lugar de mantras escuchó hablar de muerte no será fácil regresar. —La mujer clava la mirada en la ensalada de tomate—. Con la ilusión que he puesto yo en este lugar.

Julia señala hacia la huerta.

—¿Y el torrente que bajaba por ahí?

El gesto de Gema se ensombrece aún más. Su mirada, siempre tan serena, se inyecta de odio.

—Ese malnacido de Udana. No tuvo suficiente con intentar matar al pobre Andrés, no. El arroyo se ha secado de repente esta mañana. Al mismo tiempo ese loco se ha presentado aquí hecho una furia.

—¿De qué canal hablas? —pregunta Julia.

—La familia de Udana canalizó todas las aguas de estas montañas para su propio enriquecimiento. No queda torrente que corra libre valle abajo, todo son canales y tuberías de fuerza para mover las turbinas de sus centrales —explica Andrés en un tono más calmado que el de su pareja—. Cuando nos mudamos aquí Gema quiso devolver a la naturaleza lo que era suyo, y abrió una brecha en la conducción que recorre la parte alta del valle. El agua buscó su antiguo cauce, claro, y regresó a Belamendi, por donde había corrido libre durante miles de años, hasta que a esa gente se le permitió adueñarse de un bien que es de todos. Ellos nos la robaron y han vuelto a hacerlo con el beneplácito de los que mandan.

—Mientras la empresa de energía ha sido de propiedad municipal poco le ha importado —señala Gema alzando la voz—. Pero en el momento que ha visto la opción de privatizarla de nuevo, ha sido implacable. Me ha cogido del cuello. Ha dicho que los nuevos propietarios no quieren el más mínimo problema y que si se me ocurre volver a liberar el agua antes de la votación, puedo ir despidiéndome del domo y hasta del caserío. ¡Es un mafioso! Maldita la hora en que se cruzó en nuestra vida.

—Habrá que ver qué decide el pleno —aclara Julia.

—Esa votación no la va a ganar —apunta la monitora de yoga bajando la voz—. Cuando siembras tanta energía negativa a tu alrededor acaba volviéndose en tu contra.

—El martes saldremos de dudas —comenta la ertzaina. Ella tampoco cree que la privatización salga adelante, aunque más que en energías se basa en los fajos de billetes que no llegarán a sus destinatarios. A no ser que el juez corra más de lo habitual, difícilmente los recibirán antes del pleno.

—Cuidado. No te muevas —advierte de pronto Gema poniéndose en pie y dirigiéndose hacia Aitor, que se gira instintivamente hacia atrás—. No, quédate quieto o la asustarás... Ven conmigo, bonita. —Las manos de la monitora se acercan al hombro del ertzaina. Mientras los dedos de una forman algo parecido a un cuenco, los de la otra empujan al interior a la abeja. Lo hace con una suavidad que destila más que respeto. Amor, puro amor—. Las pobres están inquietas. Notan la quiebra de la armonía... Dadme un momento.

La mujer se aleja hacia la parte trasera del caserío y se deja devorar por las sombras. Julia observa que de camino va susurrándole algo al insecto.

—¿Adónde la lleva?

—A la colmena —señala Andrés con una sonrisa serena—. Comed tranquilos, no la esperéis. Cuando Gema visita a las abejas se sabe cuándo va pero no cuando volverá.

Aitor suspira. Todavía no han obtenido respuestas a las preguntas que los han llevado a Belamendi y ahora esa mujer se escabulle con sus abejas.

—¿Qué tal va la escultura? —pregunta Julia en un intento de llenar el silencio.

—A su ritmo. Oteiza tardó casi veinte años en colocar sus apóstoles en la basílica... Yo espero no demorarme tanto, pero el arte precisa su tiempo. —El escultor se lleva una mano al corazón—. Las obras de un buen artista salen de aquí. —Ahora señala el cielo—. Y de ahí, claro. Dios está conmigo. Él me guía. Me habla a través de la piedra, me dicta lo que tengo que hacer y cómo debo hacerlo.

La agente asiente por respeto, aunque su mente desconecta de las explicaciones espirituales en las que se alarga Andrés. Es desconcertante la fusión de creencias diferentes en esa pareja. Por un lado, Gema y sus terapias orientales; por el otro, Andrés y sus más que evidentes convicciones cristianas.

Continúa pensando en ello cuando regresa la monitora de yoga. Lo hace con una sonrisa beatífica que se refleja en una mirada que transmite paz. Se diría la propia imagen de Buda.

—Ya está. Pobrecillas, sufren tanto… Querían conocerte, Aitor. A veces lo hacen con nuestros invitados —suspira sentándose a la mesa—. Creo que han notado tu enraizamiento con la tierra, y eso les gusta. Tu conexión con la naturaleza es fuerte, eso es evidente: generoso, atento, organizado… Si quisieras, estoy segura de que podrías aprender el lenguaje de las abejas. Ellas te han escogido como hicieron conmigo.

—Gema tiene una relación muy especial con las abejas —apunta Andrés.

Su mujer asiente.

—Más que relación es un don. Puedo comunicarme con ellas. Me hablan de sus problemas y yo las ayudo a solucionarlos.

Aitor busca una mirada de complicidad en Julia, pero su compañera observa a la monitora con interés.

—¿Y qué te dicen de lo que está ocurriendo en Oñati? —pregunta la agente.

—Están preocupadas. Perciben el olor de la muerte, la energía negativa que flota en el aire les genera un desasosiego muy grande. Nuestra vigilia en el domo las ayudó a serenarse, pero no lo suficiente. Aunque eso podríais percibirlo vosotros mismos si quisierais. No tendríais más que acercaros a una colmena y escuchar. —Gema se señala el oído y cierra los ojos—. Ahora, en plena primavera, deberíais percibir un canto hermoso. Hay flores por doquier y las abejas pueden libar tanto néctar que la colmena entera canta a la abundancia. Son melodías bellas, cargadas de optimismo. Sin embargo, desde que sucedió lo de Sandaili, su música se ha vuelto crispada, igual que cuando perciben que se aproxima una tempestad.

—Yo tampoco soy capaz de captarlo, no os preocupéis —interviene Andrés.

—Porque no tienes paciencia. Hay que saber adaptarse a sus ritmos. Ellas odian la prisa —aclara Gema antes de coger un plato y acercárselo a los ertzainas—. No habéis probado el queso. Yo soy vegana, pero Andrés dice que no hay otro igual.

—Extraordinario —asegura su marido—. Es de Ayala, el director de la escuela de pastores. Produce muy pocas piezas y no se las vende a cualquiera. Él también sabe respetar la naturaleza. Nada de rebaños de cientos de animales. Solo tiene tres docenas de ovejas y hasta las conoce por sus nombres.

Julia se lleva un pedazo a la boca, que se llena de inmediato de sabor. Por un lado destacan las notas de la leche fresca, pero también hay unos agradables matices a madera y a humo.

—Mmm. ¡Delicioso!

—Con un poco de miel es un manjar —ofrece Andrés tendiendo hacia ella un cuenco con líquido ambarino.

—¿Es de vuestras abejas? —pregunta la ertzaina.

—Del otoño pasado —aclara Gema—. Solo aceptamos la que ellas quieren darnos una vez han cumplido con su ciclo anual de reproducción. Respetamos su trabajo. Ellas producen la miel para dar de comer a sus crías, no para que nosotros se la robemos. ¿Sabéis que hay apicultores sin escrúpulos que no les dejan ni una gota de la miel que ellas mismas elaboran? A cambio, les ponen agua con azúcar para que alimenten a sus pequeñas abejitas… Los humanos somos unos egoístas. Si aprendiéramos de ellas, el mundo sería un lugar mejor. Ellas no entienden nuestro individualismo. Nos preocupa solo nuestro bienestar. Las abejas, en cambio, trabajan siempre por el bien de la colonia. Dependen unas de otras para crear un hogar común que las proteja y les brinde calor. La colmena es su pequeño universo de compromiso y solidaridad. ¿Y no es eso, acaso, lo que deberíamos hacer los seres humanos? —Sus ojos brillan bajo la cálida luz de los farolillos—. Tenemos tanto que aprender de la naturaleza...

Aitor deja pasar unos instantes antes de desviar la conversación.

—Tenemos que hacerles algunas preguntas... ¿Por qué salieron ayer a mediodía de Oñati? ¿Adónde fueron?

—A hacer recados —indica Andrés.

—Es terrible. Vivimos tan controlados... Sabéis hasta la hora a la que vamos al baño —se escandaliza su mujer—. ¿Este es el mundo que viene?

—¿Qué tipo de recados? —continúa Aitor obviando sus protestas—. Sabemos que cogieron la autopista en dirección a Álava.

—Pues recados —repite el escultor—. Yo necesitaba herramienta. Un cincel y un punzón nuevos, concretamente. Y Gema, como los últimos meditadores se le habían marchado después de desayunar, se vino conmigo. Siempre va bien ir a Vitoria de compras.

—¿También tengo que deciros lo que compré? — inquiere la monitora de yoga.

—No, por supuesto que no es necesario —interviene Julia—. Pero ayudaría si pudierais mostrarnos alguna factura que confirme vuestras palabras.

Gema la observa largamente. Su gesto se va serenando hasta acabar convirtiéndose en una sonrisa lánguida.

—Estamos compartiendo nuestra cena con vosotros. ¿No os parece suficiente motivo para confiar en nuestra palabra? Es muy triste todo esto.

—Es nuestra obligación —aclara Julia—. Ayer se produjo un asesinato en territorio alavés, el mismo al que vosotros viajasteis y a una hora que coincide con vuestra salida del confinamiento perimetral...

—¿Y cuánta gente más salió? —la desafía Andrés—. Porque había una buena fila de coches para pasar el control. ¿Vais a ir casa por casa pidiéndoles el tíquet de la compra?

—¿Cuántos de ellos tenían relación con las dos víctimas anteriores? —lanza Julia—. Arantza acudía a Sandaili por indicación tuya, Gema, y fray Sebastián se oponía a que tú, Andrés, llevaras a cabo esa escultura en los altos pastos. ¿Encontraremos también un vínculo con vosotros si indagamos en la vida de Fernando Fernández?

La monitora de yoga la fulmina con la mirada.

—Qué decepción… Me equivocaba contigo. ¿Cuántas veces te he ofrecido que vengas a meditar conmigo? ¿Cuántas te he dicho que Belamendi es tu casa? Pero ¿sabes qué? Pienso seguir creyendo en las personas. Que tú me hayas fallado no me hará cambiar. Voy a seguir abriendo mi corazón a quienes lo merecen.

Aitor es el primero en ponerse en pie.

—Creo que será mejor que nos marchemos.

—Esperad —responde el escultor tratando de ser conciliador—. Por favor, terminad de cenar. Estamos todos muy nerviosos estos días… Voy a por las facturas.

—¡El pan! —le advierte Gema—. Se habrá quemado… Sácalo del horno.

Sin dejar tiempo de réplica, Andrés se deja devorar por el caserío, de donde regresa de inmediato con dos justificantes de compra. El primero fue emitido por una ferretería industrial de las afueras de Vitoria poco después de la una de la tarde; el segundo es de El Corte Inglés. Un par de libros, un perfume y sombra de ojos, pagados con dinero en metálico a las tres y ocho minutos de la tarde.

—Después estuvimos dando un paseo por el casco antiguo, que está precioso, y comimos unos pintxos —aclara Andrés, adelantándose a la más que segura pregunta de por qué tardaron todavía tres horas más en regresar a Oñati.

—¿Suficiente? —pregunta la monitora poniéndose en pie.

Julia y Aitor cruzan una mirada. Es hora de irse.

—Sí, claro. Gracias por la cena. Habéis sido muy amables.

Andrés los acompaña a la puerta.

—Disculpad a mi mujer. Es muy sentida y odia la traición —dice a modo de despedida.

Julia va a abrir la boca para protestar, pero la mano de Aitor busca la suya y le pide silencio con un suave apretón. Mejor dejar las cosas como están.

Pero todavía queda una última palabra y no es de ninguno de ellos, sino de ese cuervo que, ahora sí, se ha posado sobre la verja de entrada. Es apenas una silueta oscura recortada contra un cielo que se ha apagado por completo. Su graznido hiela la noche. Después el ave se aleja volando hacia la cubierta del domo, donde su voz áspera vuelve a herir el silencio, una y otra vez, hasta que el coche de los ertzainas deja definitivamente atrás Belamendi.

48

Lunes, 10 de mayo de 2021
San Juan de Ávila

Esta noche no hay amarguillos. Ni tampoco mantecados. Pero esos rellenos de Bergara que se alinean en las bandejas son una tentación a la que sor Cándida no se siente capaz de renunciar.

—Solo uno —masculla mientras reorganiza los restantes para que la hermana repostera no se percate del vacío. Ha aprendido a hacerlo tan bien que nadie dice nada cuando por la mañana, tras el primer oficio, embolsan las pastas.

Las papilas gustativas de la monja se embriagan al primer bocado. No hay nada mejor que ese dulce típico del pueblo vecino que el obrador monacal elabora solo una vez a la semana. Bizcocho de dos capas, relleno de crema y cubierto por un almíbar denso que cruje tras su paso por el horno… Una bomba tan deliciosa como saturada de calorías.

Sor Cándida lo devora como si no hubiera un mañana y se descubre a sí misma estirando la mano a por otro más. Cuadra mejor en la bandeja si son dos y no uno el que desaparece en su estómago.

—No era él —se dice para sus adentros cuando la imagen de san Miguel acusándola por su falta se adueña de su mente. No, claro que no era real. Fue la culpa, que emergió de su subconsciente para torturarla. Y en realidad no es para tanto, solo fueron unos amarguillos, solo algunos mantecados, solo unos rellenos de Bergara.

Hay tentaciones ante las que resulta imposible no claudicar.

La botella está ahí, llena, junto al fregadero. Sor Cándida tenía mucha sed, tanta que ha sido incapaz de girarse hacia el otro lado de la cama y seguir durmiendo. Y, sin embargo, se ha comido ya dos rellenos y todavía no ha dado un trago al agua.

Esa manzana golden que les ha dado de postre la cocinera la ha dejado con hambre. Además, no es justo que se pasen la vida ayudando a sor Nerea con sus dulces y apenas tengan ocasión de probarlos.

Sor Cándida acaricia ya un tercer relleno cuando lo oye.

El sonido proviene de la iglesia. Hoy también.

La monja está tentada de coger su botella y regresar al piso de arriba. La cama guardará su secreto, como cada día.

Sin embargo, sus pasos la dirigen al templo. Empuja la puerta con los ojos cerrados, postergando en lo posible el encuentro con san Miguel. Sabe que va a encontrarlo allí, sabe que va a ser juzgada por su pecado, pero sabe también que lo merece. Huir, como hizo días atrás, no es una buena idea. El arcángel la ha castigado apareciéndose cada día en sus sueños para regañarla por su gula.

Con los párpados todavía cerrados, sor Cándida se dirige hasta la verja que separa el coro de la nave y se apoya en las rejas.

—Perdón —murmura aterrorizada mientras abre los ojos.

Allí no hay nadie.

Los colores que proyectan las vidrieras bañan la nave con tonos amables y contagian paz al alma de la religiosa. El alivio dura apenas unos instantes. Los mismos que tarda en ver abierta la puerta de la sacristía.

Es extraño. Siempre permanece cerrada, protegiendo las cosas de valor que guardan en ella.

Sor Cándida no duda. Retira el pasador que permite abrir la reja a quienes están del lado de la clausura para acceder a la zona destinada al resto de los feligreses.

Dos cirios arden a ambos lados del altar. Sus llamas se mecen con suavidad, despertando en el retablo sombras que danzan inquietas. Pero la monja no se arredra. Nada tiene que temer en la casa del Señor.

Un ruido le dice que hay alguien tras la puerta abierta.

—¿Sor Nekane? —pregunta acercándose a la sacristía. Debe de tratarse de la hermana sacristana.

No hay respuesta. El sonido ha cesado también. Quienquiera que se encuentre en esa sala no quiere que las demás lo sepan. La culpa. Igual que la de sor Cándida con los confites.

—¿Hola? ¿Quién está ahí? ¿Hermana Nekane? —insiste la monja—. ¿Está todo bien? ¿Hay algún problema?

Conforme lo pregunta repara en un detalle que ha pasado por alto: el pestillo del enrejado que protege la clausura no estaba abierto. Eso solo puede significar que no es ninguna de sus hermanas quien se encuentra allí.

¿El arcángel san Miguel?

No, ¿qué iba a hacer él en la sacristía?

La monja da un paso atrás en cuanto comprende que se enfrenta a un intruso. Allá dentro se guardan los objetos más valiosos del convento. Debe regresar arriba cuanto antes, despertar a las demás, llamar a la Ertzaintza... Ella sola no podrá frenar a un ladrón de objetos litúrgicos.

Se dispone a echar a correr en la medida que se lo permitan esas piernas tan poco acostumbradas al ejercicio cuando una sombra emerge de la sacristía.

—¿Tú? —inquiere la monja con los ojos abiertos como platos. Sus piernas, esas que tenían que llevarla a despertar al resto, se doblan por las rodillas y la postran en el suelo mientras se santigua una y otra vez. Sabe que si está ahí es para castigarla—. Lo siento. ¡Tenía hambre! No lo volveré a hacer. ¡Lo juro! ¡Perdóname!

Es lo último que alcanza a decir. Después el arcángel san Miguel alza su cetro y la golpea con fuerza para arrastrarlas a ella y a su culpa al purgatorio de las tinieblas.

Dichosos vosotros cuando por causa mía
os ataquen con toda clase de mentiras.

Mateo 5:11

Iba en cabeza, como cabía esperar.

Las conversaciones de refectorio y sala capitular me situaban ya como el escogido para ser el nuevo superior de la comunidad. Nadie parecía dudar que en cuanto se celebrara la elección mi nombre sería pronunciado como nuevo prior de la congregación.

Pero de pronto un terremoto sacudió Arantzazu.

La tarde que temblaron nuestros cimientos me encontraba en las colmenas.

Ellas, por cierto, fueron una de las mejoras más aplaudidas que trajo mi paso por el santuario.

Cuando se lo propuse al padre Elías no tardó ni un minuto en dar su aprobación.

El dueño de una pequeña explotación apícola próxima a la estación de tren de Brinkola había fallecido y su familia se había puesto en contacto con nosotros para ofrecernos las colmenas. Sonaba muy bien, pero ninguno de los frailes tenía idea de cómo tratar con las abejas.

—Si estás dispuesto a ocuparte tú de ellas, adelante —me respondió el difunto prior.

A él también le gustaba la idea de que produjéramos nuestra propia miel. Teníamos vacas para proveernos de leche y un generoso huerto que nos brindaba hortalizas. ¿Por qué no cuidar también de nuestras propias abejas? Obtendríamos miel y cera, tan necesaria para las celebraciones eucarísticas. Acogeríamos, además, a un animal muy vinculado a la tradición cristiana.

Solo en la basílica de San Pedro hay esculpidas o pintadas más de quinientas abejas. ¡Algunas de ellas en el famoso baldaquino de Bernini bajo el que el propio papa oficia sus ceremonias!

¿Sabes que santa Rita se valía de ellas para sus famosas curas? Por eso aparece tantas veces representada rodeada de abejas. En alguna obra de arte incluso se las ve depositando miel en su boca para alimentarla.

Y no es la única santa vinculada con ellas. Perdería la cuenta si pretendiera enumerarlos a todos: san Ambrosio, san Elías... ¡Es el insecto de Dios! Hasta la Biblia describe la tierra prometida como un lugar del que mana leche y miel.

El primer año no obtuvimos apenas cosecha, pero una vez que las abejas se acostumbraron a mí fueron muy generosas.

Son unos seres impresionantes.

Trabajan con flores, árboles, minerales, agua, luz —todo el espectro de la creación— con el fin de producir el máximo beneficio para nuestro entorno terrenal. No nos piden nada y, a cambio, nos lo dan todo.

Apenas viven cuarenta días, en los que jamás dejan de trabajar por la comunidad, al servicio de una reina que es madre de todas ellas. ¿Qué metáfora hay más maravillosa para representar un convento de frailes? ¿Qué mejor emblema de las virtudes cristianas? ¿Y qué hay más hermoso que el sacrificio de la abeja que clava su aguijón en el intruso a sabiendas de que eso le producirá su propia muerte? La comunidad por encima de todo y la reina sobre todo lo demás.

La cuidan y la alaban. La respetan y protegen.

El caso es que estaba allí, observando cómo dos abejas empujaban al exterior a una hermana con un ala rota, porque la debilidad es extirpada rápidamente de la comunidad, cuando uno de mis hermanos frailes vino a traerme la mala nueva.

Me llamó desde la distancia, porque aparte de mí pocos se atrevían a acercarse a las colmenas.

—Te han descubierto —me dijo con gesto serio—. Quieren que vuelvas ahora mismo para que hagas tus maletas.

No entendía nada. Si había ido a ver a las abejas era precisamente para explicarles que me iban a nombrar prior. ¿De qué maletas hablaba?

—El hijo del alfarero nos ha contado lo que hiciste... —El fraile se santiguó no dos sino tres veces. Después se dio la vuelta—. No tardes o encontrarás tus cosas en la puerta. Estamos todos horrorizados.

No hubo más explicaciones, pero tampoco las precisaba. Sentía la bilis arañándome la garganta. Acababa de comprender que, igual que a ese insecto que nunca más podría volar, mis hermanos habían decidido expulsarme del santuario. Porque a diferencia del reino de las abejas, en el mundo de los humanos son a menudo los mediocres quienes se alían para desterrar a quien saben su líder natural.

49

Lunes, 10 de mayo de 2021
San Juan de Ávila

Cuatro apóstoles y el arcángel san Miguel.

Cinco máscaras sustraídas, tres de ellas reemplazadas por otras que las imitan con bastante acierto. El laboratorio tendrá que confirmarlo, pero nadie en la UHI duda de que habrán sido realizadas a partir de los moldes obtenidos de las víctimas del Apóstol.

—¿Y por qué guardan máscaras en ese baúl? —inquiere Ane.

Todavía no han dado las ocho de la mañana y la iglesia del convento de Santa Ana es un hervidero donde se mezclan los distintivos policiales y los hábitos de las religiosas. Unos buscan huellas y pruebas, las otras tratan de comprender lo ocurrido hace unas horas.

—¿No ha oído hablar de la procesión del Corpus Christi? Oñati es famosa por ella.

La madre superiora, una mujer de expresión decidida cuyo cabello entrecano asoma por el borde del velo, le dedica una mirada extrañada. Se encuentran en los bancos del coro, en el lado del templo reservado a las monjas. No están solas. Las acompañan Julia y algunas religiosas con gesto devastado. No están acostumbradas a que sucesos así enturbien su rutina.

—¿Y qué tienen que ver las máscaras con la procesión?

La priora sacude la cabeza, disgustada por tener que explicar algo que la suboficial debería saber.

—El pueblo entero de Oñati se vuelca en el Corpus. Es la fiesta más querida de nuestro calendario desde hace más de quinientos años. Pero hay catorce personas, miembros todos ellos de la Cofradía del Santísimo Sacramento, que participan de una manera muy especial en la procesión. Son los elegidos para personificar a Cristo, el arcángel san Miguel, patrón de nuestra villa, y los doce apóstoles. Para ellos son las máscaras y los ropajes que guardamos en nuestra sacristía. ¿Quién mejor que unas monjas de clausura para custodiar elementos de semejante importancia?

Julia suspira de tal manera que hace arrugar el ceño a la priora.

—Claro. ¿Quién mejor? —añade Cestero apresuradamente—. ¿Y hasta esta noche no habían echado en falta ninguna máscara?

—No. Hasta que sor Cándida ha pedido auxilio no habíamos reparado en ello. Tampoco abrimos el baúl todos los días… Madre mía, lo recuerdo y se me pone la piel de gallina. Tenían que haberla oído gritar. Estaba fuera de sí.

—Cualquiera lo estaría si le ocurriera algo así —se defiende la monja a la que se refiere. Es una mujer regordeta y de mejillas sonrosadas que haría las delicias de cualquier publicista. Todavía tiene sangre seca en la nariz, a la que acerca de vez en cuando un pañuelo de papel ligeramente manchado de rojo.

La madre superiora se lleva las manos a la cara.

—Para nosotras esto es demoledor. ¿Dónde va a quedar nuestra credibilidad si somos incapaces de proteger algo tan importante para el pueblo? Tienen que encontrarlas antes de que se entere la gente —apunta con una angustia que crece por momentos.

—Si no recuperan a tiempo las máscaras de verdad, este año el Corpus será un desastre —lamenta una religiosa mayor que sor Cándida y la priora. Lleva un delantal blanco sobre el hábito.

—Este año tampoco habrá procesión, hermana. Os lo conté el otro día —le explica la superiora con ese tono que se emplea cuando has repetido algo demasiadas veces.

—¿Ni siquiera con cubrebocas? —se alarma la anciana—. Es terrible. Ya van dos años. Y luego nos extrañamos de que estén sucediendo cosas feas en el pueblo. Si nosotros no cumplimos, ¿cómo pretendemos que el de arriba nos proteja?

La priora asiente de mala gana antes de señalar la puerta que conduce a la cocina.

—Hermana, ¿por qué no trae unos confites a las agentes? —pide en un poco disimulado intento de sacudírsela de encima.

—No hace falta —replica Julia en tono cortante.

—Sí, no se molesten —añade Cestero.

—Ay, hijas, no es molestia —apunta la anciana dándoles la espalda para ir en busca de las pastas.

—Es una pena ver cómo nos hacemos viejas —comenta la superiora observando sus andares ladeados—. Sor Nerea ha sido uno de los pilares de esta comunidad. Ahora hay que repetirle cincuenta veces las cosas y aun así las olvida. Cualquier día echará sal en lugar de azúcar a los dulces.

—¿Y qué hacía usted a las tres de la madrugada en la iglesia? —inquiere Julia volviéndose hacia sor Cándida.

El rostro redondo de la monja comienza a teñirse de un tono rojo que ya no se ciñe a esas mejillas abultadas. Su mirada cae hacia el suelo, avergonzada; sus manos se entrelazan, nerviosas.

—¿Hermana? —pregunta la priora. A ella también le ha sorprendido la reacción de la religiosa.

—Me comí uno. No… Dos rellenos. Sé que no debía hacerlo, pero tenía sed y…

La confesión hace resoplar a la superiora.

—¿Otra vez? Me obligarás a poner cerradura en la cocina. Ya verás qué gracia le va a hacer a la hermana repostera.

—Lo siento. No se repetirá. Le doy mi palabra.

—Mire, a nosotras sus hurtos monacales nos traen sin cuidado —le interrumpe Julia secamente—. Aquí estamos hablando de un robo que podría estar relacionado con los asesinatos ocurridos en la zona. Todavía no sabemos qué hacía usted en la iglesia a esas horas.

Sor Cándida asiente. En su rostro se adivina menos tensión, como si vomitar la verdad sobre sus fechorías nocturnas la hubiera reconfortado.

—Estaba en la cocina cuando escuché ruidos provenientes de la iglesia. Vine a comprobar qué ocurría y entonces me castigó. —La monja se lleva una mano a la nariz—. Me golpeó aquí.

—Pero ¿quién haría algo así? ¿Por qué cambiar las máscaras originales por unas copias? —Las preguntas de la priora van dirigidas a las ertzainas.

—No estamos aquí para responder preguntas, sino para hacerlas —aclara Julia con mal tono.

El silencio incómodo que sigue a su llamada de atención solo se disipa cuando la hermana repostera regresa de la cocina con una bandeja en la mano.

—¿Una pastita?

—No, gracias —rechaza Cestero.

Su compañera se limita a negar con la cabeza.

—Ay, esas vergüenzas… Vamos, seguro que no habéis desayunado. ¿Qué menos que un amarguillo o un almendradito? —insiste la religiosa.

—No queremos pastas, gracias —zanja Julia sin apartar la mirada de sor Cándida—. ¿Cómo explica que ni la puerta de la iglesia ni la cerradura del baúl hayan sido forzadas?

La priora asiente.

—¿Cómo explica algo así, hermana?

La interpelada alza unos ojos heridos hacia su superiora.

—¿No pensará…? Ay, Dios mío. Le juro que no sé nada. ¡Yo solo bajé a por agua!

Cestero no necesita hacer más preguntas para saber que dice la verdad. No hay más que comparar lo azorada que se ha sentido cuando confesaba su glotonería con su actual gesto de incomprensión.

La priora aparta la mirada, avergonzada. También ella ha entendido que sor Cándida nada tiene que ver con el robo de las máscaras.

—¿De verdad no os apetece un amarguillo? —pregunta a las ertzainas en un claro intento de zanjar el tema.

La hermana repostera sonríe con aire conciliador y tiende hacia ellas la bandeja.

—¡Joder con los malditos amarguillos! —estalla Julia—. ¿Me tengo que tatuar en la frente que no quiero vuestras puñeteras pastas?

La anciana recula y algunos de sus dulces caen al suelo cuando la ertzaina la aparta para dirigirse a la salida.

Cestero se queda sin palabras. Julia es siempre la compañera serena y rebosante de empatía a la que a menudo le toca apagar los fuegos que enciende la efervescencia de la suboficial. Esta situación, sin embargo, es completamente nueva. Madrazo no ha tenido su mejor día eligiéndola a ella para tomar declaración a las monjas. Debería haberla destinado a inventariar el contenido del baúl profanado, que ha sido el cometido que ha reservado para Aitor y para sí mismo.

—Lo siento, hermana. Mi compañera… —balbucea Ane a duras penas mientras ayuda a recoger los amarguillos caídos.

—Yo solo pretendía ser amable —solloza la monja repostera.

—Me parece que no está en sus cabales esa chica —señala la madre superiora.

Cestero duda entre seguir a Julia al exterior o excusarla ante las monjas.

—Mi compañera es una de las mejores agentes de la Ertzaintza —dice finalmente.

—Pues aquí no lo ha demostrado.

—Cada cual tiene su historia personal —defiende la suboficial.

—Es una maleducada —zanja la priora.

—Está muy feo eso que ha hecho —corrobora la repostera mientras recoge sus pastas con la ayuda de Cestero. Cuando han terminado tiende la bandeja hacia ella—. Coma usted al menos. Nos quedan muy ricos.

La suboficial se lleva uno a la boca con una sonrisa de circunstancias. Es tan empalagoso como recordaba. Ahora necesitaría un café bien amargo para neutralizar tanta azúcar.

—¿Le apetece una copita de mistela? —pregunta la repostera.

Cestero niega con la cabeza y vuelve a dirigirse a sor Cándida.

—¿Podría describirme a la persona que la ha atacado?

—Era el arcángel san Miguel. Yo estaba más o menos ahí cuando salió de la sacristía. —Sor Cándida señala el lugar donde la fila de bancos cede paso al altar. Todavía hay restos de sangre en el suelo. Son apenas unas gotas, seguramente de la hemorragia nasal de la propia monja, pero habrá que analizarla—. Se quedó mirándome, juzgándome. No abrió la boca, pero me hizo sentir la culpa. Venía a castigarme por mis pecados.

—Cuando sus peticiones de auxilio nos han despertado la hemos encontrado postrada de rodillas —especifica la superiora.

El bolígrafo que sostiene Cestero garabatea en su libreta que la monja declara bajo un evidente estado de sugestión.

—Necesitaría más detalles. ¿Podría describir sus rasgos?

Sor Cándida dirige la mirada al altar.

—Era el arcángel. Nunca mientras viva olvidaré la mirada que me clavó. Sentí cómo pesaba mi alma y decidía que había pecado.

La priora la coge por ambas manos.

—Hermana, no era san Miguel. Él nunca la hubiera golpeado. Era solo un ladrón.

—No. Era él. Lo vi con mis propios ojos —insiste sor Cándida—. Nunca más volveré a comer a hurtadillas. Le di mi palabra.

—¿Y cómo era ese arcángel? —interviene Cestero dando unos golpecitos en sus apuntes—. ¿Cómo era su cara? ¿Era mayor? ¿Joven? ¿De qué color era su cabello? ¿Cómo vestía?

La monja abre las manos, dando a entender que es evidente.

—Era san Miguel —dice como si eso lo respondiera todo.

—Está bien. Hemos terminado por ahora —decide Cestero poniéndose en pie. No tiene sentido alargar una conversación con una testigo que solo ha visto lo que sus creencias le han permitido vislumbrar. Sus últimas palabras las dirige a la priora, a la que entrega una tarjeta—. Aquí tiene mi móvil. Si pasado el shock su hermana es capaz aportar alguna información útil, llámenos.

Apenas ha terminado de despedirse cuando una voz masculina la hace girarse.

—Tengo muy malas noticias. —Es Madrazo. Llega desde la sacristía.

Tras él aparece Aitor con una bolsa de pruebas. Dentro, las máscaras falsas con las que alguien ha reemplazado las originales.

—¿Malas noticias? ¿Que ha sido mala idea enviar a Julia a tomar declaración a unas monjas? —le reprocha Cestero.

Sus compañeros la observan sin comprender a qué se refiere. Pero no, no se trata de eso.

—Déjalo todo y corre al coche. Nos vamos a los pastos de Urbia —anuncia el oficial.

—Pero ¿qué ha pasado? —pregunta Cestero siguiéndole.

Aitor suspira antes de responder:

—El Apóstol ha vuelto a actuar.

50

Lunes, 10 de mayo de 2021
San Juan de Ávila

La música de los cencerros lo envuelve todo. O casi todo, porque el trino primaveral de los pájaros y el zumbido de las abejas también suman unos acordes a la melodía de los altos pastos. Hay flores por todos lados, salpican la alfombra de hierba con sus colores. El buen tiempo de esa mañana de mayo las ha hecho despertar, o al menos Cestero no las recordaba de su última visita. Nadie diría que solo han pasado cuatro días de aquel horrible amanecer en la ermita de los pastores. Entonces todo era gris, incluida la tez sin vida de fray Sebastián. Hoy, en cambio, el sol pinta las campas de Urbia con unos brochazos de falso optimismo.

Ayala está sentado en el banco de piedra que ocupa un lateral de su borda. A simple vista nadie diría que se trata del escenario de un nuevo ataque. Sin embargo, el gesto descompuesto del director de la escuela de pastores delata que algo no va bien.

—Gracias por venir tan rápido. —Es Andrés, el escultor, quien se acerca a recibirles. Ha sido él quien ha dado el aviso.

—¿Cómo está? —pregunta Madrazo continuando hasta donde se encuentra Ayala.

—Si no llega a ser por Andrés no estaría aquí —apunta la víctima llevándose la mano al cuello.

—¿Pero se encuentra bien? ¿Cómo ha sido? —continúa Madrazo examinando la lesión. Después se gira hacia el resto de la UHI y asiente—. Ha intentado estrangularlo con una cuerda. Igual que en el caso del fraile y el tallista.

—Sí, eso lo recuerdo perfectamente. Tiraba de ella con mucha fuerza —comenta Ayala.

—¿Has podido verlo? —inquiere Cestero.

El pastor sacude la cabeza.

—Nada. Me ha abordado por detrás. Ha sido todo tan rápido... Solo recuerdo el tacto áspero de la cuerda y que me faltaba el aire.

—Me he alejado para ir a buscar mi teléfono al coche y al volver me he encontrado a Ayala en el suelo. Había perdido el conocimiento —explica Andrés antes de resoplar—. Me he llevado un buen susto, pensaba que estaba muerto. Seguro que quien lo ha atacado ha dado por hecho que me iba para no regresar y al verme de vuelta se ha visto obligado a dejar el trabajo a medias... Dios mío, un minuto más y lo habría matado...

Cestero mira alrededor para tratar de localizar el vehículo del escultor.

—¿Cuánto tiempo has faltado?

—Pues no más de diez minutos —explica el hombre señalando un grupo de árboles que se recorta en un extremo de los pastos—. Lo tengo allí. Ya me cargué el cárter hace un mes y ahora lo aparco en cuanto comienza el tramo más pedregoso. No llega al medio kilómetro. Ha sido ir y volver. Y a buen ritmo, no me he entretenido.

—Tiene que estar todavía por aquí —dice el pastor sin dejar de acariciarse el collar rosado que la abrasión de la cuerda le ha dibujado en la piel—. No puede haberle dado tiempo a escapar. Deberíais echar un vistazo en las otras bordas.

—En la suya ya he mirado yo. No hay nadie —anuncia el escultor señalando el refugio de Ayala.

—¿Y no has visto a nadie huir? —se extraña Cestero. Aparte de las montañas que enmarcan el paisaje por el norte, no hay muchos accidentes geográficos a la vista. Parece difícil caminar o correr por los pastos sin llamar la atención.

Andrés sacude la cabeza.

—La verdad es que venía con la mirada clavada en el móvil. Estaba respondiendo mensajes. No me he dado cuenta de lo que había ocurrido hasta que he llegado aquí. Y mi primera reacción ha sido comprobar si Ayala estaba bien, claro. Creo que para cuando he querido mirar alrededor, ya le había regalado demasiado tiempo para escapar —lamenta con gesto apenado.

Cestero trepa a una de las rocas a las que el cincel de Andrés da vida esos días, concretamente a la que según el escultor representará algún día a Arantza Muro en el papel de la Virgen María. La panorámica gana en extensión desde allí arriba, pero no se ven más que caballos y ovejas. Muchísimas ovejas, tantas que si alguien con insomnio tratara de contarlas llegaría a ver las luces del alba sin haber terminado de enumerarlas. Las más cercanas se han girado a observarla con curiosidad. Dudan unos instantes antes de decidir que no es lo suficientemente interesante y después vuelven a hundir el hocico en la hierba.

—¿Ves algo? —pregunta Madrazo acercándose.

—Nada. Pero el bosque no está lejos. —La suboficial señala las primeras hayas que se asoman a las campas—. Si ha llegado a introducirse entre los árboles, no habrá nada que hacer. Sería como buscar una aguja en un pajar.

El timbre del móvil de su jefe irrumpe en la conversación.

—Es de comisaría. Voy a contestar —dice dando un paso para apartarse.

Cestero continúa unos instantes en su otero. Ganado, prados, un cielo inusualmente azul... Pero hay algo más. La borda de Ayala, con su techumbre de hierba seca y aspecto casi prehistórico, no es la única. Más cerca o más lejos se cuentan otras cinco. Con sus cubiertas de teja quizá no resulten tan fotogénicas como la del director, aunque eso es lo de menos en este momento.

—¿Tienes las llaves del resto de las chabolas? —pregunta regresando junto a Ayala.

—No, solo de la mía. —El pastor se lleva un dedo a la cabeza. Ha recordado algo—. Espera un momento… —El hombre se pierde en el interior y regresa con un llavero en la mano—. Tengo la de Miguel, el estanquero. Su padre era pastor y él no siguió con el rebaño, pero le gusta subir a Urbia en verano. Me dio una copia de la llave por si alguna vez se producía alguna urgencia. Es aquella de más allá… Y, mira, la única que tiene la puerta verde es la de Peru. ¿Recuerdas el chico por el que preguntabas el otro día?

Ayala está señalándole el refugio en cuestión cuando el sonido de un coche les interrumpe. Son Aitor y Julia. Madrazo ha optado por repartir la UHI en dos vehículos por si una vez en los pastos fuera necesario dividirse.

—Llegáis en buen momento. Tenemos que entrar en esas bordas —indica Cestero—. El agresor podría haberse ocultado en ellas. Aitor, tú eres el mejor con las cerraduras. Julia, tú le cubres. Tenemos llave solo de aquella que tiene rejas en las ventanas.

No ha terminado de organizar la acción cuando Madrazo regresa con el teléfono todavía en la mano.

—Vienen los de la URV —anuncia señalando el cielo con la mirada.

Cestero asiente. Sabe que tras esas siglas se esconde la unidad de rescate, el helicóptero. El estado de Ayala no parece preocupante, pero la falta de riego que le ha provocado perder la consciencia aconseja trasladarlo a un centro sanitario lo antes posible.

—Estoy bien. Ha sido solo el susto —replica el pastor cuando se lo explican.

—Seguro que sí, pero es necesario que lo vea algún médico.

El hombre acepta a regañadientes. Pero Madrazo no ha terminado aún.

—Vamos a ponerle escolta, Ayala. No podemos descartar que vuelva a intentarlo.

—Eso sí que no. Sabré defenderme. Si hay una próxima vez ese cabrón ya no me pilla por sorpresa.

—Solo serán unos días —insiste el oficial—. Un agente será su sombra e irá donde usted vaya. No le vamos a pedir que cambie su vida, únicamente que no vuelva a quedarse solo en mitad de la montaña. No debemos regalarle la menor opción a quien ha intentado asesinarlo.

Mientras Madrazo se suma a sus compañeros en la inspección del resto de la majada pastoril, Cestero se sienta junto a Ayala. El escultor se ha apartado unos metros. Habla por teléfono con alguien. Por sus gestos es evidente que le explica lo sucedido.

—Arantza, Sebastián, Fernando... Y ahora tú. ¿Qué tienes en común con ellos? —pregunta la suboficial.

Ayala se encoge de hombros.

—Nada —asegura.

Cestero esperaba esa respuesta. Sin embargo, sabe que tiene que haber algo. El azar no puede ser el vínculo entre los crímenes que están arrasando Oñati.

—Piénsalo bien, por favor. Tenemos que encontrar algo. Sé que ahora no es el mejor momento, acabas de sufrir un ataque brutal, pero has sido su primer error. Hasta ahora no había fallado. Ninguna de las tres víctimas anteriores está aquí para ayudarnos. Contigo, sin embargo, se ha dejado un cabo suelto y vamos a tirar de él. Gracias a ti vamos a detenerlo.

El pastor asiente mecánicamente, sin convencimiento. Su mano derecha sigue recorriendo con angustia la herida del cuello. Su mirada perdida vuela a un cielo del que llega el sonido creciente de un helicóptero que no tarda en asomar sobre las cumbres de Aizkorri.

—Estoy bien —comenta Ayala mientras lo ve acercarse—. No hace falta todo esto, de verdad. Solo necesito descansar un poco.

La suboficial abre la boca para insistir en la necesidad de una inspección médica en condiciones. Antes de que lo haga, sin embargo, Aitor la llama desde una de las bordas. Es la de la puerta verde, la de Peru.

—¡Cestero! ¡Madrazo! —El brazo de su compañero se agita para pedirles que se apresuren—. Venid, rápido. Tenéis que ver esto.

51

Lunes, 10 de mayo de 2021
San Juan de Ávila

Las bombillas que cuelgan del techo brindan una luz cálida a las decenas de plantas que pueblan el interior de la borda. Trepan largas, dirigidas por guías que penden de la cubierta. No hace falta ser botánica para identificarlas con solo acercarse. La forma de sus hojas y el aroma que desprenden son inconfundibles.

—Hay más de cien plantas de cannabis —cuenta Aitor recorriendo el estrecho pasillo que queda entre las bandejas de cultivo.

Cestero parpadea incrédula. Ese espacio tan blanco, más parecido a un laboratorio que al sencillo lugar de reposo de un pastor, es lo último que esperaba encontrarse en medio de los pastos de verano. Desde el exterior la borda parece una más. Es cierto que las ventanas se ven cerradas a cal y canto, con unos postigos verdes que no permiten atisbar nada de lo que sucede al otro lado, pero por lo demás se diría un refugio normal y corriente.

Madrazo tira ligeramente de la lámina de escayola que recubre la pared y deja al descubierto una capa amarilla de espuma de poliuretano.

—Está completamente aislada. Ya quisiéramos muchos vivir en una casa tan protegida de la intemperie.

—El cultivo de interior requiere de unas condiciones de temperatura y humedad controladas —interviene Cestero—. Además, querrá evitar que el olor llegue al exterior, de lo contrario podría delatarle. —La suboficial repara en algo que no había visto aún—. ¿Y esa puerta del fondo?

—Asómate, ya verás. En la plantación no acaba todo —apunta Julia.

Cestero se abre paso entre las plantas. Su aroma resulta tan intenso que por un momento tiene la sensación de estar haciendo algo prohibido, como cuando su hermano, Andoni, se pasa las tardes liándose porros y jugando a la consola.

—Joder... Si tiene aquí montado un secadero —exclama al abrir la puerta.

A simple vista parece que alguien hubiera tendido la colada. Sin embargo, no es ropa sino plantas lo que cuelga de las cuerdas. El olor es todavía más intenso que en el espacio dedicado al cultivo. Hay un pequeño deshumidificador en una esquina, y unas bandejas de malla donde culminan su curación los cogollos de marihuana. Las bolsitas de plástico transparente que esperan a ser llenadas sobre una balda cantan a los cuatro vientos que todo aquello va destinado a la venta.

Cuando regresa junto al resto, Aitor está agachado junto a un aparato que emite un ligero zumbido.

—Alguien ha estado aquí esta mañana. Ya sabemos dónde se mete Peru cuando no va a clase —anuncia su compañero—. El depósito de combustible se encuentra hasta arriba. Hará como mucho una hora, dos si me apuráis, que lo ha llenado. Todo este montaje requiere dedicación.

—¿Qué es eso? —inquiere la suboficial.

—Un generador. Aquí no llega el tendido eléctrico, o creas la energía por tus propios medios o no hay manera de hacer funcionar las bombillas y el aire caliente del secadero —explica Aitor—. Pero no se trata de un generador cualquiera. Este cacharro cuesta una pasta.

—¿Cómo lo haces para saber esas cosas? —pregunta Madrazo riéndose.

—¿No sabes que también cultiva marihuana? —bromea Cestero.

—¡Qué va! —protesta Aitor ruborizándose—. Es que mi padre tiene una huerta en Navarra y estuvimos buscando uno para la cabaña. Si no compramos este modelo fue precisamente porque era caro. Pero, claro, tiene a favor que apenas hace ruido y que cuenta con filtros que minimizan las emisiones. Ese tubo que va hasta el techo conduce los gases de combustión al exterior. Son tan leves que en un paraje tan abierto ni se aprecian.

—De no ser así se delataría él mismo —comprende Madrazo—. Menudo montaje tiene aquí. Vaya con el mal estudiante... Voy a avisar a comisaría para que lo detengan.

—¿Creéis que tiene algo que ver con el ataque a Ayala? —inquiere Julia.

Ninguno de sus compañeros se atreve a dar una respuesta.

Cestero mira las bordas cercanas.

—¿Habéis podido comprobar si en las otras tampoco se esconde nadie?

—No ha sido difícil. Tienen cerraduras muy básicas. Podría abrirlas un crío con un clip. La única con cierre de seguridad es esta —resume Aitor—. Quien haya atacado al pastor no se esconde en ellas. Habrá que peinar el bosque.

—Lo que sabemos con cierta seguridad es que alguien ha estado aquí hace alrededor de una hora —apunta la suboficial dirigiendo una mirada al generador.

—Peru —sentencia Madrazo.

—Que casualmente se trata del padre del bebé que esperaba la primera de nuestras víctimas —señala Julia.

—Pero ¿qué podría haber motivado que matara a fray Sebastián? —pregunta Aitor.

—Que el fraile hubiera descubierto lo de su plantación. Si acostumbraba a pasear por los pastos podría haberlo sorprendido —responde Madrazo—. Y el mismo argumento me serviría para justificar el ataque a Ayala.

—Cogido con pinzas —admite Cestero—. Y seguiría faltándonos el vínculo con el tallista alavés.

Los demás asienten pensativos.

—¿No os parece raro que haya sido precisamente Andrés quien se lo ha encontrado inconsciente? —plantea Aitor—. El mismo testigo que dio con el cadáver del fraile y que, además, tiene elementos que lo unen con dos de las víctimas.

—Era uno de los amantes de Arantza, pero ¿qué lo vincula a Sebastián? —plantea Madrazo.

—Qué era lo que los separaba, mejor dicho —matiza Julia—. Según fray Inaxio, Sebastián levantaba la voz contra su escultura en los pastos.

—Cierto —aplaude el oficial.

—Se os está escapando algo —interviene Cestero—. Quien ha atacado a Ayala no ha podido acabar el trabajo que se disponía a hacer. Si nuestro escultor hubiera tenido algo que ver, no lo habría dejado a medias. El asesino ha huido porque ha temido que lo descubrieran. En ese sentido la versión de los hechos que nos ha dado me parece creíble.

—¿Y si se hubiera arrepentido en plena acción? —plantea el oficial.

—No encaja con la forma de actuar de un asesino frío y metódico como el que estamos buscando —sentencia Cestero, pensativa—. A no ser que lo haya hecho precisamente así para exculparse y dejar de parecer sospechoso…

Madrazo resopla.

—Solo intento hacer de abogado del diablo —aclara rascándose la nuca—. Estoy de acuerdo contigo, Ane. Andrés me convence como sospechoso solo en parte. En cualquier caso, ahora volveremos y hablaremos con él. Quiero registrarle. No creo que sea tan idiota como para tener consigo la cuerda con la que alguien ha tratado de matar al pastor, pero…

Cuando Madrazo y Cestero regresan a la borda de Ayala, el cielo se ha encapotado y han comenzado a caer las primeras gotas. El buen tiempo ha sido solo un espejismo efímero.

—Todo esto es innecesario. Me encuentro bien. No ha sido más que un susto —refunfuña Ayala mientras uno de los agentes de rescate le apoya la mano en la espalda para acompañarlo al helicóptero, que aguarda para el despegue unos metros más allá.

—Venga, hombre. Ya verá qué bonitas se ven sus montañas desde ahí arriba —le dice el ertzaina, guiñándoles el ojo a los de la UHI.

—Sí, Ayala. Tiene que ir al hospital. En un par de horas estará de vuelta —añade Cestero.

El director vuelve a rezongar, pero tira la toalla.

—No me digáis que ha sido ese chaval quien ha intentado matarlo —pregunta Andrés cuando se queda a solas con Cestero y Madrazo.

—¿Lo conoce? —pregunta la suboficial.

—De vista. A veces, cuando estoy aquí con la escultura, lo veo llegar y encerrarse ahí dentro. Puede pasarse horas.

—¿Él solo?

—Yo nunca lo he visto con nadie.

Madrazo señala la mochila del escultor.

—Andrés... ¿Le importaría vaciarla sobre esa mesa? Los bolsillos también.

El hombre lo mira con gesto confuso antes de girarse hacia Cestero.

—¿A qué viene esto? Si no llega a ser por mí, Ayala estaría muerto.

—Tenemos que hacerlo —se disculpa la suboficial.

—Esto es increíble —lamenta el escultor comenzando a vaciar su macuto. Cinceles, una botella de aluminio, un plátano, una navaja multiusos... No hay rastro del arma empleada contra el pastor. Tampoco en sus bolsillos, de donde solo brotan una cartera y unas llaves.

—Protocolos —vuelve a justificarse el oficial mientras lo cachea para asegurarse de que no esconde nada—. Está bien, puede recogerlo todo. Ya ve que ha sido solo un minuto.

—No es el tiempo, es la duda —protesta el escultor—. Ofende, y cuando se trata de un intento de asesinato, duele y mucho. Yo aprecio a Ayala, por eso le estoy regalando la vida eterna. Su imagen nos perdurará a todos y a muchas generaciones más. Es indignante lo que acabáis de hacer conmigo. Si no llega a ser por mí…

—Sí… Ayala no estaría vivo. Ya nos lo ha dicho antes —apunta Madrazo en tono hastiado.

Andrés se lleva el índice derecho a la cabeza y se propina unos toquecitos.

—Pues métaselo en la cabeza. Porque esa es la única verdad.

52

Las arcadas renacentistas del claustro de la Universidad de Oñati enmarcan los pasos de Aitor, que afronta ya la tercera vuelta al
patio. Lo que ha empezado como unas gotas sueltas arriba, en los
pastos, es ya un aguacero que golpea el pueblo con ganas. El agua
compone una suerte de sinfonía donde los agudos corren a cargo
de las gotas que caen en los charcos, y de los graves se ocupan las
gárgolas que vomitan el agua acumulada en la cubierta. No sería
un mal acompañamiento para esa trompeta que algún día logrará
tocar. El curso a distancia acabará dando frutos antes o después.
A veces sueña despierto con subir a la terraza del faro de la Plata
y tocar a la puesta de sol o a la luna llena. Sin embargo, la realidad
le dice que ese momento todavía está lejos. Ahora lo único que
conseguiría es que Leire se enfadara con él y que el bueno de
Antonius llorara aterrorizado, como cuando los cohetes de las
fiestas lo hacen enterrarse en vida bajo los cojines del sofá.

—Algún día —trata de animarse en voz baja.

Cada ciertos pasos, el ertzaina se detiene a tratar de identificar
las parejas ilustres que muestran los medallones de piedra escul-
pidos entre los arcos. Aquellos de allí deben de ser el emperador
Carlos V y su esposa Isabel de Portugal. Le tienta la idea de tomar

alguna foto, de grabar algún vídeo de esa pieza musical con vistas, pero se reprime. No es el momento. No está allí haciendo turismo, sino en plena investigación.

Está iniciando la cuarta vuelta al ruedo cuando se cruza con un tipo que le dirige una sonrisa de cortesía mientras continúa su camino. Es la primera persona que ve desde que ha entrado por la puerta del viejo edificio.

Aitor consulta el reloj. Pasan diez minutos de la hora acordada y no ha recibido mensaje alguno avisando del retraso. Comienza a ser extraño, y más cuando ha sido precisamente el hombre con quien se ha citado el que ha insistido en la puntualidad.

El ertzaina busca en el móvil el último número marcado y pulsa la tecla de rellamada. Mejor confirmar el lugar de la cita por muy convencido que esté de encontrarse en el punto correcto.

Los primeros tonos de llamada le hacen sentir incómodo. Odia resultar pesado, pero no quiere que un malentendido eche por tierra un encuentro que podría ser crucial para el caso.

Siente sobre los hombros el peso de la responsabilidad.

Madrazo ha decidido que sea él quien hable con la Cofradía del Santísimo Sacramento. Cuando se trata de recabar información es habitual que sea así. Si hay alguien capaz de hundir la nariz en montañas de documentación y extraer de ellas alguna pincelada de interés para la investigación es Aitor.

La señal de llamada se repite una y otra vez sin que obtenga respuesta alguna. El ertzaina comienza a preocuparse cuando una música de guitarra se suma a la lluvia. Procede de las manos del hombre con el que se ha cruzado antes. Se ha detenido en uno de los ángulos del claustro para responder al teléfono.

—Perdone… —lo intercepta Aitor—. ¿No vendrá por casualidad de la cofradía?

El tipo lo estudia de arriba abajo con expresión desconfiada. Es un tipo de unos cincuenta años, vestido con una chaqueta gris de punto y unos pantalones de pinzas.

—¿Quién eres?

—Agente Goenaga, UHI —se presenta el ertzaina mostrándole su placa.

Su interlocutor, que la acreditación que lleva colgada del bolsillo identifica como Mikel, no oculta un gesto de decepción.

—Te esperaba de uniforme.

Aitor asiente.

—Lo siento. Debí haberte avisado. En las unidades de Investigación acostumbramos a vestir de calle. Quienes llevan el traje oficial son los destinados a Seguridad Ciudadana.

—No te preocupes. Disculpa que haya llegado tarde. Atendía una llamada de teléfono. —El hombre señala hacia el techo—. Trabajo aquí arriba, en el Archivo Histórico de Gipuzkoa. Lo de secretario de la Cofradía del Santísimo Sacramento es algo que hago en mi tiempo libre.

—Un trabajo interesante —comenta Aitor.

Mikel sonríe.

—Eso dicen todos, pero pocos se sepultarían entre libros y documentos viejos —bromea con una sonrisa lánguida—. A mí me gusta. Conoces a gente interesante. Por aquí han pasado estudiosos de todo el mundo. Y si he llegado tarde es porque desde *El Diario Vasco* me han llamado para interesarse por lo de las máscaras.

—¿*El Diario Vasco*? —se sorprende Aitor.

—Así es. Y ellos no han sido los únicos en preguntar. Después tengo que atender a los de Radio Vitoria y *La Razón*. Ahora mismo me estaba llamando algún otro reportero —añade refiriéndose seguramente a la llamada que le ha realizado el ertzaina. Parece encantado con el protagonismo que el azar ha querido brindarle.

—Madre mía… —lamenta Aitor, aunque no le sorprende que la noticia haya llegado tan rápido a la prensa. Hasta que se ha asociado el asalto al convento con los crímenes del Apóstol, han sido otros agentes quienes han trabajado el atestado. Tres patrullas se han desplazado durante la noche al edificio monacal. También una ambulancia para atender a la religiosa agredida e incluso algún que otro vecino alarmado por semejante despliegue en la habitualmente soñolienta noche de Oñati.

—¿Cómo os puedo ayudar? En la cofradía estamos realmente horrorizados por lo sucedido. ¿A qué mente enferma se le ocurre asesinar a alguien y pretender después que su rostro se convierta en protagonista de la procesión del Corpus Christi?

—Eso es precisamente lo que vas a ayudarme a averiguar —asegura Aitor.

—¿Es verdad que han robado cuatro máscaras y que solo han reemplazado tres? —inquiere Mikel.

El ertzaina no responde. Cualquier palabra que salga de su boca corre el riesgo de acabar en la portada de algún diario. Mejor no aclarar que las máscaras robadas son cinco: cuatro apóstoles y san Miguel.

—Háblame de la procesión. ¿Cuál es el papel de las máscaras en ella?

—¿El Corpus? ¿No has venido nunca? Pues deberías. No hay fiesta más colorida, hermosa y sentida en todo Gipuzkoa. Y ya son años, eh, que hay constancia documental de que ya en el siglo xv se celebraba —explica el secretario con un entusiasmo que contrasta con su aspecto gris—. Las máscaras forman parte del núcleo central de la procesión. Catorce miembros de nuestra cofradía personifican a los doce apóstoles, a Jesucristo y a san Miguel, el patrono de nuestra villa. No son solo las máscaras, también van ataviados con unos trajes preciosos y muy antiguos. Ellos representan la parte más solemne, claro. Después están los ocho dantzaris y su capitán, que recorren arriba y abajo la comitiva con sus bailes. Y todavía no te he hablado de las imágenes. Hasta quince santos procedentes de diferentes ermitas del municipio son portados ese día por nuestras calles.

—¿Recuerdas algún tipo de incidente en las últimas ediciones?

—¿Incidente? —se extraña Mikel—. Por supuesto que no. Es una fiesta, una exaltación de la eucaristía. ¿Qué pretendes que suceda?

—¿Nada? ¿Tampoco desencuentros en la elección de las personas participantes? ¿Cómo se elige a los apóstoles?

El secretario niega con la cabeza.

—No, eso no ha generado roce alguno. Por supuesto que existen personas que pretenden encarnar a algún apóstol y a las que todavía no les ha llegado su turno, pero saben que lo hará antes o después. Eso se decide en asamblea.

Aitor arruga los labios, pensativo.

—Voy a necesitar que me pases esa lista de espera, si es que puede llamarse así. También necesitaría saber si Arantza Muro, Sebastián Etxabe y Fernando Fernández han formado parte de la procesión en algún momento.

—Las víctimas del Apóstol... —resume Mikel—. Imaginaba que me harías esa pregunta... No, ninguno de ellos ha participado en la procesión del Corpus.

El ertzaina pierde la mirada en la lluvia que continúa cayendo en el centro del claustro. Tiene la sensación de que la conversación no le llevará a ningún puerto.

—Necesitaré el listado de participantes de los últimos años.

—¿Todos? —exclama el archivero.

—Solo quienes han representado a los apóstoles y a san Miguel arcángel —aclara Aitor. Algo le dice que ahí puede haber alguna pista interesante.

El hombre se lleva una mano a la boca.

—¿También han robado la máscara del patrón del pueblo?

—¿Cuándo podrás entregarme las listas? —insiste el ertzaina.

—Intentaré que sea hoy mismo, pero va a ser difícil. Estoy en plena mudanza. A ver en qué caja he metido las carpetas de la cofradía...

—Es muy importante. Quizá podrías priorizar mi petición y adelantarla a todas esas entrevistas que solo servirán para azuzar el miedo de los vecinos. De ello podría depender que el Apóstol no vuelva a matar —matiza el ertzaina.

—En cuanto salga de aquí me pongo a ello —asegura el hombre cabizbajo—. ¿Crees que recuperaréis las originales?

Aitor tarda unos instantes en comprender que se refiere a las máscaras.

—No lo sé —confiesa. En realidad, no ha llegado a planteárselo. Lo único que ocupa su mente es detener al asesino antes de que vuelva a actuar. Todo lo demás le parece secundario.

—Hacedlo, por favor. Tal vez su valor artístico no las lleve a exponerse en los Museos Vaticanos, pero para el pueblo de Oñati son tan importantes como la obra más valiosa que puedan acoger sus salas. Espero que hagáis lo posible por encontrarlas. Faltan solo unas semanas para el Corpus y sería un drama que para entonces no estén de vuelta.

—Tenía entendido que este año no se celebraría la procesión —apunta Aitor confundido.

Ahora el archivero sonríe. Tiene una buena noticia.

—No saldremos a la calle, pero todo apunta a que podremos hacer algo en la iglesia. ¿Por qué crees que nos han metido en zona roja? Así baja la incidencia y si los números son buenos nos permitirán celebrar un Corpus reducido. Algo es algo, ¿no?

Aitor asiente sin muchas ganas. Lo que menos le importa en estos momentos es que puedan celebrar su fiesta.

—Tengo que pedirte algo... —anuncia muy serio—. La investigación se encuentra bajo secreto de sumario. Está terminantemente prohibido airear detalles sobre el caso. Será mejor si no contestas a las llamadas de los medios de comunicación.

El secretario lo observa con fastidio. No le hace ninguna gracia que su minuto de gloria cese en seco.

—Yo no hablo del caso. Solo respondo al interés de los periodistas sobre el Corpus Christi de Oñati y todo lo que lo rodea.

—Pues será mejor si no lo haces —replica el ertzaina.

—No contravengo ningún precepto.

Aitor siente que las uñas se le clavan en las palmas de las manos. En momentos así echa de menos a Cestero. Le haría falta una de sus respuestas. Él, sin embargo, se limita a darse la vuelta y perderse bajo la lluvia.

Cuidaos de esos mentirosos que dicen hablar de parte de Dios. Vienen disfrazados de ovejas, pero por dentro son lobos feroces.

Mateo 7:15

—No podemos permitir comportamientos tan infames en quien pretende ser nuestro superior.

—Por supuesto que no —sentenció un coro de voces.

—Menos mal que lo hemos sabido a tiempo. No quiero imaginarme lo que podría haber sucedido si lo hubiéramos elegido —dijo fray Sebastián. Él también era uno de los jóvenes. Si no coincidimos en clase en el seminario fue por los dos años que nos llevábamos. En las tardes de fútbol de Iturrigorri sí que llegamos a jugar juntos, y lo recuerdo vocinglero y tramposo.

Como aquella tarde.

Uno tras otro, algunos de mis hermanos, que por aquel entonces eran más de cien, fueron expresando sus horrorizadas opiniones. Los pocos que callaron negaban con la cabeza con gesto de decepción. No se esperaban algo así de mí.

—Os ha mentido. Nada de eso ocurrió —dije sin dar crédito a todo lo que estaba oyendo—. ¿De verdad no pensáis permitirme explicaros la verdad?

Fue fray Sebastián quien se apresuró a responder.

—¿De qué serviría? ¿Acaso lo reconocerías? Esa pobre chica está traumatizada. Su hermano está furioso. Si no lo hubiéramos frenado tal vez no estuvieras aquí hablando con nosotros. Y su padre, ese pobre alfarero que lleva toda su vida vendiendo sus jarrones y candelabros en nuestra tienda de recuerdos, está destrozado. Se ha sentido tan traicionado que no era capaz de abrir la boca. ¡Su hija! ¡Qué dolor, por favor! ¡Qué dolor! ¡Qué vergüenza para nosotros!

Cuanto más avanzaba todo aquello menos podía creerme lo que estaba sucediendo. Me habían condenado sin escuchar siquiera mi versión de unos hechos que no habían tenido lugar.

—¿Dónde se ha metido ese canalla? Que venga aquí y lo repita todo delante de mí —exclamé buscando al hijo del alfarero entre los congregados.

—No quiere ni verte, y la verdad es que es mejor así, porque cuando ha venido a contárnoslo estaba fuera de sí. —Era de nuevo fray Sebastián. Él se había erigido en el portavoz de la comunidad, en un Torquemada que disfrutaba a todas luces enviándome a la hoguera—. No le culpemos. Supongo que cualquiera de nosotros reaccionaría así si un degenerado tratara de violentar a nuestra hermana.

—No soy ningún degenerado —protesté apretando tanto los puños que las uñas se me clavaron en las palmas de las manos.

—Dios me libre de haber dicho tal cosa —se defendió fray Sebastián.

El silencio que se hizo en la cripta donde nos habíamos reunido fue la confirmación de que me había quedado solo.

Nadie dio un paso adelante para defenderme.

Nadie para apoyarme.

Fue eso probablemente lo que animó a fray Sebastián a ir más allá.

—Alguien así no debe continuar ensuciando el buen nombre de esta casa. Porque nadie duda de que volverá a intentarlo. Cuando la lujuria se introduce en el corazón de alguien... —Sus ojos le brillaban como los de un perro de presa en plena cacería. No se conformaba con descabalgarme de la carrera por suceder a nuestro añorado padre Elías, buscaba extirparme de la comunidad. Hasta aquel momento no había mostrado afán alguno por convertirse en prior, pero con aquella maniobra había puesto todas sus cartas sobre la mesa. Ansiaba la misión que Dios había ordenado a mis hermanos que me encomendaran a mí. Un perdedor traicionando a todos para alcanzar la victoria que el Altísimo le negaba.

—¡Es todo mentira! —protesté con tanta rabia como tristeza—. Se lo han inventado para cambiar la historia de Arantzazu.

—Quizá no debamos expulsarlo —apuntó uno de los que yo creía mis mejores amigos. El soplo de esperanza duró apenas unos segundos, pues explicó de inmediato que era de suma importancia que aquella noticia no saliera del convento. Conmigo fuera se corría el riesgo de que tratara de defenderme ante propios y extraños de los motivos por los que me habían echado de la congregación. Un escándalo como el sucedido debía acallarse para siempre.

—No os preocupéis. No es necesario que os pronunciéis. Me marcho. No dañaré este lugar al que tanto amo con una votación que lo único que hará es partir en dos a la comunidad. —Las miradas que me clavaron quienes hasta entonces habían sido mis hermanos me dijeron que esa ruptura no iba a producirse—. Os equivocáis. Dios quería que fuera yo quien gobernara este santuario. Las afrentas así jamás quedan impunes. Tendréis que enfrentaros a su ira.

Conforme me alejaba escuché comentarios por lo bajo. Solo unas palabras me llegaron con claridad. Eran de fray Sebastián, el único que no se avergonzaba de pronunciarlas en voz alta.

—Es culpable. ¿Creéis que si no lo fuera habría renunciado tan fácilmente?

Se había quitado la máscara. Su candidatura para postularse como prior estaba lanzada.

53

Lunes, 10 de mayo de 2021
San Juan de Ávila

Los apóstoles siguen ahí, en su friso. Catorce torsos abiertos en canal, catorce miradas vueltas hacia arriba, adorando a ese Cristo que preside la fachada, caído a los pies de una madre que clama al cielo con gesto desgarrado. Ajeno a su dolor, un mirlo canta posado en su hombro. Es un trino hermoso, repleto de notas alegres que, sin embargo, no consiguen contagiar a una Julia que ha buscado cobijo en la escalinata que desciende hacia la basílica.

La lluvia se ha decidido a dar una tregua y, aunque el pavimento está ligeramente húmedo, la ertzaina ha tomado asiento en uno de los escalones. No tiene prisa. Ninguna. Necesita estar sola.

Si estuviera en Mundaka bajaría al mar desde su salón y nadaría a toda velocidad hasta caer rendida. Y allí, a medio camino entre la costa y la isla de Izaro, se dejaría mecer por las olas hasta reconciliarse con el mundo y, sobre todo, consigo misma. Solo entonces, bajo los guiños cómplices del faro de Matxitxako, regresaría a casa. Lentamente, a braza, sin abandonar la paz conquistada y sin crispar al Cantábrico con movimientos bruscos.

De niña nunca fue amiga del agua. Se sentía más segura con los pies sobre la tierra. Sin embargo, ese piso con acceso directo al mar fue un flechazo inmediato en cuanto Julia fue a visitarlo y escuchó el sonido de esas olas que todavía hoy, cinco años después, mecen sus sueños cada noche. Ni siquiera se detuvo a negociar. Tanto pedían por el alquiler, tanto pagó y continúa pagando por él.

Fue la primera noche tras trasladarse allí cuando comenzó su relación de amor con el Cantábrico. Lo que tenía que haber sido un simple chapuzón para celebrar el final de la mudanza se convirtió en un ritual diario al que desde entonces no ha dado la espalda granice o haya marejada.

Pero hoy no hay mar. Las montañas que rodean Arantzazu son las únicas dispuestas a abrazarla. Ellas y esos pájaros que siguen cantando. Aunque lo que Julia necesita en realidad es su propio abrazo. Tiene que acallar la batalla cruenta que se libra desde hace horas en su interior.

Culpa y rabia. Rabia y culpa. Se siente mal por su reacción en el convento y, al mismo tiempo, se repite que es mucho mayor el daño que le hicieron a ella unas monjas como ellas.

Pero es evidente que esa pobre religiosa ilusionada con sus amarguillos no tiene la culpa de lo que hicieron con ella cuando solo era una recién nacida.

—*Arratsalde on.*

Julia se gira hacia esa voz que la saluda. Se trata de fray Inaxio. Baja las escaleras con gesto conciliador, aunque parece preocupado.

—Hola —dice la ertzaina.

El fraile le apoya una mano en la espalda.

—¿Estás bien? Me han contado lo de esta mañana.

—¿Lo de las máscaras? —pregunta Julia.

—No. Lo otro. ¿Qué te ha pasado en el convento? Cuando me lo han contado, creí que se referían a tu compañera. Qué sorpresa me he llevado al reconocerte en la descripción.

—¿Quién te lo ha contado?

—Las monjitas. Sor Nerea, la hermana repostera, lleva un buen disgusto encima. Nunca le habían arrojado sus pastas al suelo.

—Tampoco ha sido exactamente así —se defiende Julia—. He tratado de apartar la bandeja y…

—Y los puñitos de San Francisco se han ido al suelo —remata el prior.

—Eran amarguillos —le corrige la ertzaina. Exactamente iguales que los que hacían esas religiosas de Gernika.

—Pues amarguillos —concede Inaxio—. No sé... ¿Te encuentras bien? ¿Quieres hablar?

Julia niega con la cabeza.

—¿Te importa que me siente aquí? —pregunta el fraile.

—Claro que no. Estás en tu casa.

—También es la tuya. Espero que lo sientas así —replica el prior.

La ertzaina evita responder y durante largos minutos lo único que se oye es la sinfonía de los pájaros. El mirlo ha volado lejos, pero algunos gorriones revolotean cerca de ellos con la esperanza de que caiga algo de comida.

—Soy una niña robada —anuncia Julia finalmente—. Mi madre era muy joven cuando se quedó embarazada. Sus padres la encerraron en un convento para evitar que la vergüenza salpicara a la familia. Se pasó el embarazo en una celda oscura, pagando un castigo inmerecido y humillada por esas monjas que la despreciaban por pecadora. Y cuando nací esas malditas brujas me arrebataron de sus brazos.

Fray Inaxio tarda en responder.

—Lo siento. No quería remover recuerdos tan dolorosos.

—No te preocupes. Ya estaban suficientemente removidos.

—¿Dónde se encuentra ese convento?

—En Gernika, a doce kilómetros de mi casa.

Julia tiene la impresión de que el fraile contiene la respiración. Quizá le haya sorprendido que algo así ocurriera tan cerca, y no en alguna provincia perdida en el mapa.

—¿Cuándo supiste algo tan espantoso?

—Hace un par de años. Pura casualidad. Fue durante una investigación con la UHI.

—Nada es casualidad. Dios quiso que lo supieras —apunta el fraile.

Julia se muerde la lengua, no quiere herir a ese hombre bienintencionado. Sin embargo, necesita ser clara con él, y tiene la sensación de que puede serlo. Con Inaxio sí.

—Dios. Siempre Dios... ¿Por qué lo solucionáis todo así? Aquellas monjas también decían que era Dios quien me quería en otra familia —lamenta volviéndose hacia él.

El prior la observa en silencio. Después asiente con una mueca de circunstancias.

—Hay personas que creen obedecer los designios del creador cuando en realidad no siguen más que los preceptos que les dicta su propia moral. Y eso los lleva a actuar erróneamente y a sembrar un dolor que nada tiene que ver con la religión.

—Pero lo hacen en nombre de Dios —espeta Julia.

—Y le hacen un flaco favor. A él y a todos quienes creemos en la religión como un punto de encuentro. —Fray Inaxio deja escapar un suspiro—. ¿Has perdonado a tus padres adoptivos?

La ertzaina no necesita pensar la respuesta. Cuando lo supo se enfadó con ellos, pero eso ya pasó.

—Ellos no tienen la culpa. Solo eran una pareja que se moría de ganas por ver crecer en su casa a un hijo que la naturaleza les negaba una y otra vez. Esas monjas les hicieron creer que yo era una pequeña a la que sus padres biológicos habían abandonado.

—¿Cómo sabes que no fue así?

—Porque encontré una carta de mi verdadera madre. Estaba destrozada. Tal vez su embarazo no fuera deseado, pero ella quería quedarse conmigo, verme crecer y regalarme un futuro.

—¿Y tu padre?

—Era un ingeniero americano que trabajaba por la zona. Supongo que ni siquiera llegaría a saber del embarazo. O tal vez sí. No sé... A veces me los imagino viviendo juntos al otro lado del Atlántico. Porque tengo la corazonada de que mi madre se fue lejos. Una vez consumaron el robo de su bebé y salió del convento, desapareció como si se la hubiera tragado la tierra. Sin despedidas. Creo que yo habría hecho lo mismo, no hubiera sido capaz de perdonar a esa familia más preocupada por el qué dirán que por la felicidad de su propia hija.

—¿Te gustaría encontrarlos?

—Claro. Nada me haría más feliz. Me gustaría abrazar a esa mujer que lloraba mientras escribía aquellas líneas y decirle que lo sé todo y que, a pesar de los años pasados y de no saber ni cómo es su cara, la quiero.

—Estoy seguro de que lo sabe —sentencia Inaxio dándole un suave apretón en el hombro.

Julia alza la mirada hacia el gesto descompuesto de esa Virgen que vela a su hijo muerto. A pesar de ser de piedra, el dolor que transmite es tan real que la ertzaina cree oír su grito desgarrado en el silencio de la mañana. De algún modo siente que es su propia madre que aúlla de dolor al ver que unas mujeres sin el menor atisbo de humanidad le arrancan de sus brazos a esa pequeña a la que ha dado la vida.

Las cuerdas vocales de la ertzaina, anudadas por la emoción, apenas responden cuando les pide una promesa que queda flotando entre las torres de Arantzazu.

—Algún día te encontraré, ama.

54

Martes, 11 de mayo de 2021
San Mayolo de Cluny

—¿Cómo estás? —pregunta Madrazo cuando Silvia aparece en la pantalla del portátil. Una ventana más pequeña lo muestra a él junto con el resto de su equipo en el viejo comedor de la hospedería que han convertido en su cuartel general.

—Pues hoy me encuentro mejor, gracias. Nunca había tenido tanta fiebre. Y vaya dolor de cabeza...

La voz de la psicóloga suena metálica y su imagen se congela de vez en cuando. La conexión no es la mejor del mundo, pero por el momento parece permitir la videoconferencia.

—Ánimo, ya has pasado lo peor —le dice Julia.

Silvia señala la ventana que tiene a su espalda, por la que se cuelan algunos rayos del tímido sol de la mañana.

—Me quedan cinco días de confinamiento. Y dan bueno... Cuando por fin pueda salir se pondrá a llover y no parará en semanas. Que ya me voy conociendo el verano vasco...

Cestero se cubre disimuladamente los labios para impedir que la risa que es incapaz de contener llegue hasta la psicóloga. Ya está con el clima a vueltas.

—Es que es insoportable, eh... Podría contar con los dedos de las manos los días que pude ir a la playa el verano pasado

—continúa Silvia— Y la mitad acabaron en galerna. ¿Cómo no va a ser gris el carácter de la gente de aquí si cuando hace buen tiempo tienes que llevar encima una chaqueta porque de repente se desatará el temporal? Vives siempre sumida en la anticipación negativa.

Madrazo pulsa el botón que silencia el micrófono.

—Parece que ya se encuentra bien, ¿no? —comenta logrando que toda la UHI estalle en una carcajada.

—¿Eh? ¿Qué dices? No se ha oído. Tenéis una conexión malísima —señala la palentina.

—Decía que si te parece bien podemos comenzar —miente el oficial.

—Sí, basta de quejarnos, que siempre estamos igual —decide Silvia mostrándoles unos papeles repletos de apuntes—. He tenido tiempo de darle unas vueltas a lo vuestro. Lo de las máscaras del convento me ha dado pistas para saber qué tipo de personalidad se oculta tras el Apóstol. Tengo ya suficientes elementos para trazar un buen perfil. Estamos claramente ante un asesino misionero. Cree que acabar con determinadas personas está en su deber para con la sociedad. ¿Habéis oído hablar del Purgador?

—Ese era un ruso, ¿no?

—Exacto. Un expolicía de una pequeña ciudad de Siberia. Fue condenado hace unos años a cadena perpetua por el asesinato de veintidós mujeres, aunque reconoció haber matado a más de ochenta. Actuaba así porque creía que limpiar el mundo de chicas de vida disoluta era su misión. Como él ha habido muchos asesinos misioneros, pero este caso quizá os resulte familiar porque es reciente.

—¿Y por qué crees que estamos ante algo similar? —inquiere Madrazo.

—Es verdad que aquí las víctimas no parecen responder a un patrón homogéneo, pero las máscaras me han dado la clave —explica la psicóloga—. Tres de ellas han sido sustituidas por otras fabricadas a partir de los moldes que el asesino obtuvo de nuestras víctimas. Apostaría por que la noche que la monja lo sorprendió en pleno robo se llevó la del cuarto apóstol y pretendía reemplazarla con la que obtuviera a partir del rostro sin vida de ese pastor.

—Ayala —matiza Aitor—. ¿Y la máscara de san Miguel?

Silvia asiente con cierto aire triunfal. Ahí está la clave.

—San Miguel es él. No es un Apóstol como lo ha bautizado la prensa, sino el arcángel san Miguel. El asesino se cree la reencarnación del ángel que venció al demonio.

—La monja estaba segura de que fue san Miguel quien la agredió —recuerda Cestero.

—Porque llevaba puesta su máscara. Estoy segura de que cuando actúa lo hace ataviado con ella.

—San Miguel es el enemigo de Satanás, el custodio de la integridad —interviene Julia—. Como tal es el encargado de pesar las almas el día del juicio final. Igual que a ellas, está ofreciendo a sus víctimas la oportunidad de redimirse.

Cestero es quien rompe el silencio que se hace tras sus palabras.

—Hiciste bien los deberes en la catequesis… —apunta en tono de broma.

—No tanto. Fue fray Inaxio quien me habló anoche del patrón de Oñati —reconoce su compañera.

—Habéis hecho buenas migas. Todavía te vuelves anacoreta y te retiras a estas montañas —se ríe la suboficial.

—Calla, anda. Ya sabes que no soy nada de iglesia. Pero reconozco que el prior me cae bien. No es como los demás. Él ve la religión como punto de encuentro y no de enfrentamiento.

Ajena a sus diatribas, Silvia continúa su análisis:

—El Apóstol está profundamente convencido de que debe liberar el mundo de gente que percibe como indeseable. Y aquí es donde tenemos que preguntarnos qué hace iguales a las personas que ha matado, porque las víctimas habituales de los asesinos misioneros suelen ser prostitutas, adictos a alguna sustancia, sin techo, homosexuales… En ellos confluye su concepción extrema del pecado y la culpa con una mayor vulnerabilidad en sus relaciones personales.

—¿Y dónde encajamos a las víctimas del Apóstol? —interviene Cestero—. Desde la chica de Sandaili hasta el tallista alavés, pasando por ese pobre fraile o el director de la escuela de pastores, ninguno se identifica con estos parámetros. No veo que formen parte de un grupo homogéneo.

—Tienes razón —señala Silvia—. Aunque solo aparentemente. Julia acaba de darnos la clave. El arcángel san Miguel persiguiendo a los pecadores... Ese es precisamente el nexo entre nuestras víctimas, lo que las homogeneiza. Han cometido algún pecado que el Apóstol les está ayudando a expiar. Buscamos a alguien con profundas convicciones religiosas. Está convirtiendo a sus víctimas en apóstoles de Cristo. Lo hace por partida doble. Primero dispone sus cuerpos como si se trataran de esculturas de Oteiza y después los introduce en la procesión del Corpus para redimirlos a ojos del resto de los vecinos.

—Tiene un punto de exhibición —sugiere Aitor—. Mirad, oñatiarras, aquí está mi obra, como elemento central de vuestra fiesta más querida.

—Es un asesino vanidoso —afirma Silvia—. Lo que no puede lograr con sus cuerpos pretende hacerlo con su rostro. Sabe que la carne es perecedera, que las esculturas que construye con los cadáveres son efímeras. Una vez que sean enterrados o incinerados se esfumó su obra. Sin embargo, por eso ha hallado esa otra solución. El sueño de trascendencia de nuestro asesino se plasma en esas máscaras de los diferentes apóstoles. El desfile con los rostros robados a sus víctimas habría sido recordado durante décadas por todo el pueblo. La fiesta elegida, el Corpus Christi, celebra la resurrección de Jesucristo. Imaginad por un momento el efecto de ir reconociendo, uno a uno, a los vecinos asesinados como si ellos hubieran regresado también a la vida. Y él, al frente de la procesión como artífice del milagro de la inmortalidad y el perdón. La omnipotencia es el motor de su fantasía.

—No, si además pensará que les ha hecho un favor —lamenta Cestero.

—Lo piensa —asegura Silvia—. El Apóstol probablemente crea

que sus víctimas deberían estar agradecidas, porque las está absolviendo de sus malas acciones. Se verá a sí mismo como un ángel vengador que está cumpliendo una misión divina. Existen asesinos misioneros que cuando han sido detenidos se sentían resentidos porque alguna de las personas a las que habían matado no había expresado su gratitud por haber sido elegida.

Julia suspira.

—Es espantoso.

—Es muy interesante —la corrige Silvia—. El misionero es el más pragmático de los asesinos en serie. No oye voces ni lo calificaríais de enfermo mental. Acostumbran a ser personas estables, integradas en la sociedad y a menudo con éxito laboral y económico. Por eso resultan tan difíciles de detectar. Cuando lo detengáis, sus vecinos aparecerán en televisión diciendo que era un tipo simpático que saludaba amablemente cuando se lo cruzaban en el portal.

Madrazo toma la palabra para tratar de centrar la conversación en la parte práctica de tanta teoría.

—La clave estaría en saber por qué unas víctimas y no otras. Arantza Muro era infiel a su marido. Tenemos un primer pecado evidente. En los casos siguientes no lo tengo tan claro.

—Hay que hablar con Ayala —decide Cestero—. Necesitamos saber cuál es el suyo. Eso nos permitiría buscar una conexión con los demás.

—No creo que vaya a contárnoslo. Quizá ni siquiera lo sepa —argumenta Aitor—. Recordemos que se trata de pecado a ojos del Apóstol y en el caso de ese pastor podría tratarse de la soberbia. Se pasa el día posando para que Andrés lo represente como alegoría de Jesucristo. Eso podría haber soliviantado a alguien de marcada moral cristiana.

—Lo importante no son sus pecados, sino que el Apóstol sabe cuáles son —apunta Julia—. Y para saberlo tiene que conocer a todas las víctimas.

—Estamos de nuevo igual que al principio —lamenta Madrazo—. ¿Qué los une? ¿Quién tiene relación con todas las víctimas y abandonó Oñati el día del crimen en la Llanada? Eso nos lleva una vez más a la mujer de la cueva...

—Tenemos un listado de nombres inmenso —recuerda Cestero, con los registros de salida en mente—. Probablemente se trate de alguien en quien ni siquiera hemos reparado.

—Lo que me tiene desconcertada es el ritmo —los interrumpe Silvia—. Los asesinos misioneros son meticulosos y perfeccionistas. Si son tan difíciles de detener es precisamente por la precisión con la que planifican sus crímenes. No dejan nada a la improvisación. En este caso, el segundo crimen se produce tres días después del primero. Es un tiempo de enfriamiento escaso, pero es que el asesinato del tallista tiene lugar solo dos días más tarde, exactamente igual que el crimen fallido del pastor. Se intuye prisa. En pocas horas ha errado en dos ocasiones. Primero en el convento, donde fue incapaz de robar la cuarta máscara sin que lo descubrieran, y después cuando trató de asesinar a Ayala. Pretender actuar tan rápido comienza a jugar en su contra. Es extraño que lo haga así. Sobre todo si tenemos en cuenta que dispone de tiempo. Más de un año hasta que el Corpus Christi pueda celebrarse de nuevo. Más de doce meses para acabar con sus doce apóstoles y reemplazar las máscaras que guarda el convento.

—Un momento —interviene Aitor—. Eso no es del todo así. La situación sanitaria es demasiado cambiante. A día de hoy la procesión del Corpus está descartada. Sin embargo, he hablado con la Cofradía del Santísimo Sacramento y están decididos a realizar algún tipo de acto. Habrá, con casi total seguridad, una misa en la que participarán los dantzaris y los apóstoles. A puerta cerrada, por eso de los aforos, pero es muy probable que el Corpus tenga lugar.

Silvia le escucha con tanta atención que Cestero llega a plantearse si la conexión no les estará jugando una mala pasada.

—¿Y eso es público? —pregunta Silvia.

Cestero teclea algunas palabras para buscarlo en las noticias.

—Sí. Aquí está. Enviaron un comunicado a los medios hace unos días.

—¿Cuántos días?

La suboficial mira la fecha de la noticia.

—La publicaron el cinco de mayo.

Silvia hace unos rápidos cálculos en voz baja.

—Pues acabas de darme la clave que me faltaba —reconoce la psicóloga—. Ya tenemos el motivo de la precipitación... Cuando el Apóstol asesinó a Arantza Muro el tres de mayo contaba con más de un año para llevar a cabo su macabro plan. Arrebataría la vida a doce pecadores que ofrecería a Cristo con la misma pasión que sus apóstoles hicieron en su día. Doce meses para doce crímenes, tiempo suficiente para actuar fríamente, sin cometer errores. —La imagen se congela, la voz se entrecorta. Madrazo agita el ratón sobre la mesa como si eso pudiera mejorar la cobertura. Coincidencia o no, el vídeo se reactiva—. Entonces conoció la noticia de que probablemente el Corpus se celebraría, al menos en ese formato reducido del que hablas. Las máscaras saldrían del convento. En la mente de un asesino misionero esa noticia se habrá interpretado seguramente como una señal. Dios le está pidiendo que acelere. No quiere esperar un año.

Una cierta sensación de vértigo se extiende por el comedor de la hospedería monástica.

—¿Cuándo se celebra el Corpus? —pregunta Madrazo.

—El seis de junio —anuncia Cestero después de consultarlo en internet.

El oficial resopla.

—Menos de un mes y nueve posibles víctimas por delante. Es una barbaridad.

—Hay una buena noticia en esto y es que las prisas son en realidad su mayor enemigo —anuncia Silvia—. Si ha empezado a fallar es precisamente por ellas. Y mi duda es también cómo le influirá lo de las máscaras. Ahora que se ha ido al traste su plan para que sus víctimas participen en la procesión, no sé cómo actuará.

—¿Crees que eso lo parará?

Silvia arruga la nariz.

—Eso es lo que deseo, pero no lo creo. Él tiene una misión. Probablemente crea que debe salvar a la humanidad con su acción.

Lo de las máscaras representará un contratiempo, sin duda, pero buscará la manera de seguir adelante… Por cierto, ahí tenemos una buena vía de investigación. Del mismo modo que desde el principio tuve claro que es admirador de Oteiza y que había pasado mucho tiempo observando su obra, ahora estoy convencida de que nuestro asesino ha participado activamente en esos desfiles. Puede que las víctimas también.

Madrazo señala a Aitor.

—Ahora que mencionáis la Cofradía del Santísimo Sacramento… ¿No me has dicho que tenías noticias?

—Sí. El secretario me ha hecho llegar la lista de quienes han representado a los apóstoles y a san Miguel durante los últimos doce años. De antes no guardan un registro claro, solo algún que otro nombre.

—¿Alguna de nuestras víctimas ahí?

—Ninguna. Pero me ha sorprendido ver un nombre repetido hasta la extenuación: Miguel, el estanquero de la calle Barria, ha encarnado al arcángel en las últimas diez ediciones.

—¿Has ido a verlo? —pregunta Cestero.

Aitor asiente apretando los labios.

—No está.

—¿Cómo que no está? —se alarma la suboficial.

—Había un cartel de cerrado por vacaciones. He preguntado en la frutería de enfrente del estanco y me han dicho que están de crucero. Se marcharon hace unos días.

Madrazo resopla.

—Si algo me ha enseñado este trabajo es a desconfiar de las casualidades.

—Nos lo ha enseñado a todos —confirma Cestero—. No huele muy bien ese viaje. ¿Y cómo salieron de Oñati? Si no me fallan los cálculos, el pueblo estaba confinado.

—Pues echándole un poco de jeta. Ya sabes cómo va eso. Un justificante de movilidad no es tan difícil de falsear —señala Aitor.

—¿Creéis que el viaje es real o solo una coartada para seguir matando libremente hasta la celebración del Corpus? —sugiere Julia.

—Un momento… Tenemos novedades respecto a las máscaras —anuncia el oficial poniendo su teléfono móvil sobre la mesa para que sus compañeros puedan leer la conclusión del laboratorio—. Están fabricadas a partir de cera de abeja. Y han ido más lejos… Su composición les ha permitido determinar que se trata de cera obtenida en esta zona. No hablamos de cera china, ni de la Alcarria. No, es cera de Oñati o de sus alrededores.

—¿Y eso cómo se puede saber? —pregunta Silvia.

Cestero lee los detalles del análisis fisicoquímico.

—Por los restos de polen y otros agentes externos. El tipo de flora que rodea las colmenas de las que proviene la cera de las máscaras se corresponde con el de aquí. Si quieres te leo los nombres de algunas plantas identificadas, pero están en latín.

—No hace falta.

—La serora tiene un montón de cera en casa —recuerda Julia—. Es verdad que hace velas, pero…

—Ve con Aitor y que os entregue un pedazo. Si se niega solicitaré una orden de registro —decide el oficial—. Pasad también por Belamendi. Que Gema abra su colmena y saque un trozo de cera.

Madrazo recoge su teléfono y dirige una última mirada a Cestero.

—Tú estuviste el otro día haciendo de apicultora, ¿no? Habrá que ir a hablar con tu amigo.

—Es la misma cera que tiene la serora. Se la venden los frailes —objeta Cestero.

—Lo sé. Pero nuestro trabajo es desconfiar de todo. Y de todos —remarca Madrazo—. Ocúpate tú de Gaizka, Ane. Ve sola esta vez. Yo me acercaré al ayuntamiento. Tendrán un registro de las colmenas instaladas en el término municipal. Vamos a enviar al laboratorio cera de todas ellas. Nuestro asesino misionero nos ha regalado una información esencial en esas máscaras. Gracias a ellas estamos más cerca de atraparlo.

Silvia asiente satisfecha en la pantalla.

—¿Qué os había dicho? Las prisas van a ser sus peores enemigas.

55

Martes, 11 de mayo de 2021
San Mayolo de Cluny

—No. Conmigo no contéis. No pienso crearles ese trauma.
Julia y Aitor se miran sin saber qué decir. Eso sí que no se lo
esperaban. Han llegado a Belamendi confiando en que sería pedirle un poco de cera y obtenerla. Tal vez sea algo que requiera
de un poco de tiempo, por eso de vestirse el traje de apicultora y
demás, pero con lo que no contaban era con una negativa como
la que acaban de recibir.

Con la serora ha sido más fácil. Solo ha preguntado si pensaban devolverle el lingote de cera que les ha entregado y les ha
pedido que en caso contrario se lo pagaran.

—Creo que no nos estamos entendiendo —apunta Aitor en
tono conciliador—. Solo le estamos pidiendo que abra la colmena y nos entregue un pedazo de cera.

Gema cruza los brazos y vuelve a negar ostensiblemente.

—Sois vosotros quienes no comprendéis nada. Podríais pedirme una teja de mi caserío o un fragmento de mi domo y yo os lo
entregaría, pero yo no soy dueña de las abejas. Son seres vivos y
pensantes, no sé si sois conscientes de ello. ¿Quién soy yo para
hacerles algo así?

—Pero la colmena es tuya, Gema —trata de argumentar Julia.

—Te equivocas. La colmena es de ellas. Es su hogar.

—Pero obtienes miel de ella. Yo misma la he probado —objeta la ertzaina señalando la mesa donde cenó hace solo unos días—. ¿Qué diferencia hay entre quitarles la miel y un trocito de cera?

Lejos de hacerla entrar en razón, el argumento de Julia logra reforzar los motivos de Gema.

—¿Sabes cuánta preparación conlleva esa cosecha? Primero las escucho. Espero a que cese la euforia del verano, cuando la colmena entera es un festival de vida. Nacen pequeñas abejitas cada día y necesitan alimento para crecer y poder trabajar por el bien de su comunidad. Y cuando esos nacimientos cesan y todas se vuelcan en preparar el hogar para el invierno, se produce un excedente de miel. Solo cuando eso sucede, y solo con su permiso, accedo a la colmena y realizo una cosecha. La única del año.

—Hablamos de un pedacito, Gema… Con un tamaño similar a una moneda de euro es suficiente —insiste Julia.

De nuevo el gesto de la negación.

—Que no. Ahora la colmena está en su momento de máxima actividad. Hay muchas flores y algunos días sale el sol. Este año no las han molestado todavía las avispas asiáticas. Están tan contentas… La reina está poniendo casi dos mil huevos por día y todo es armonía ahí dentro. Cantan de sol a sol, cantan sin cesar. —Gema abre las manos para reforzar su mensaje—. ¿Quiénes sois vosotros para truncar todo eso? La cera son sus celdas, las estancias de su casa. Las construyen para almacenar miel, para cuidar de sus crías… Es como si un dios caprichoso introdujera su mano a través del cielo y nos arrancara varias habitaciones de nuestro hogar. ¿Os imagináis eso en plena fiesta? Es igual que cuando un terremoto o una inundación se lleva por delante nuestras casas. ¡Un trauma brutal! —La mujer sacude una vez más la cabeza—. No, lo siento, no pienso abrir la colmena.

Julia observa esa caja de madera pintada de colores alegres de la que no paran de entrar y salir abejas. Es frustrante. Donde Gema oye música feliz ella solo percibe un zumbido. Se arma de paciencia para volver a insistir, aunque no parece sencillo persuadirla.

—Mire, Gema. Comprendo que quiera proteger a sus abejas —indica Aitor imprimiendo cierta dureza a sus palabras—. Pero entienda que nosotros también buscamos el bien de la comunidad y para ello necesitamos analizar su cera.

La monitora de yoga se gira hacia la colmena.

—Y pensar que ellas te habían elegido como un servidor... Pobrecitas. ¿De verdad no las oís cantar? Si supieran lo que pretendéis que haga... —Durante unos segundos se diría que está a punto de dar su brazo a torcer. Los ertzainas guardan silencio a la espera de un sí. Sin embargo, Gema vierte un jarro de agua fría sobre sus expectativas—. No. Os aseguro que soy la primera que desea ver al Apóstol entre rejas. Si lo que queréis saber es si las máscaras están fabricadas a partir de cera de esta colmena os puedo dar yo misma la respuesta. Aquí nadie ha metido la mano desde el pasado otoño. Y ni siquiera entonces les robé un solo gramo de cera.

Julia consulta la hora. Llevan demasiado tiempo allí, y no tiene visos de que vayan a conseguir que cambie de opinión.

—Ha perdido —anuncia de pronto Aitor, leyendo una noticia en el móvil.

—¿Udana? —pregunta Julia. Sabían que de un momento a otro se produciría la votación en el ayuntamiento.

—Es el único que ha votado a favor de su propuesta. Ningún otro miembro de la corporación municipal se ha posicionado de su lado.

—Os lo dije —celebra Gema—. Alguien que va por la vida rodeado de un aura de negatividad no puede escapar de sí mismo. La energía lo es todo y el dolor que siembras nunca sale gratis.

La mirada de Aitor continúa fija en la pantalla.

—Parece que no se lo ha tomado muy bien. Ha llamado traidores a varios concejales que según él le habían asegurado que votarían a favor de la privatización. La policía municipal acaba de expulsarlo del salón de plenos para evitar que llegue a las manos con el público.

—Un hombre violento acostumbrado a salirse con la suya

—sentencia Gema—. Por allí andará mi Andrés. Le he ayudado yo a pintar la pancarta.

Julia se imagina la situación. Ni un solo apoyo a su propuesta significa una derrota sin paliativos, una patada en el orgullo de Iñigo Udana. Se trata de un resultado absolutamente inesperado incluso para quienes saben que detrás está la actuación de la UHI interceptando el dinero destinado a comprar voluntades.

—Hicisteis un gran trabajo —le dice a Aitor.

—Fue cosa de Cestero. A mí no se me hubiera ocurrido —reconoce su compañero.

Gema los observa confundida. No comprende a qué se refieren, y ninguno de los dos va a explicárselo.

—¿De verdad vas a obligarnos a regresar con una orden judicial? —le pregunta Julia aprovechando que parece menos tensa.

—Y si lo hacemos será con algún técnico que se ocupará de la extracción de la cera —añade Aitor.

Julia aplaude el apunte de su compañero. Sobre todo, al ver la sombra de inquietud que ha logrado proyectar en la cara de la monitora. Sabe que es el momento del órdago. O funciona ahora o no lo hará.

—Estás a tiempo, Gema. Todavía puedes hacerlo a tu manera. Si nos obligas a ir en busca de la orden, lo haremos a la nuestra —dice antes de darle la espalda para dirigirse hacia el coche. Aitor la sigue.

Todavía no se han alejado más que un par de pasos cuando la monitora de yoga tira la toalla.

—De acuerdo. Dadme un momento. Pero que conste que todo esto me parece una absoluta falta de respeto hacia la naturaleza. Y os advierto de que romper la armonía conlleva siempre el pago de un precio. Esperemos que no sea demasiado alto. —Su dedo índice se dirige hacia ellos, acusador—. Recordad que los responsables seréis vosotros.

Su mal presagio queda flotando en el aire mientras se acerca a la colmena. Hay una silla junto a ella, una silla vieja, de madera y paja, como de taberna griega. Y sentada allí, a menos de medio metro de esa caja donde viven decenas de miles de insectos provistos de aguijón, comienza a susurrar en un tono tan bajo que los ertzainas no alcanzan a entender ni una sola palabra. Mientras lo hace, sus manos comienzan a prender fuego a unas hojas secas que introduce en un sencillo ahumador de hojalata.

Julia tiene la sensación de haber vivido antes esa escena.

Sí. La serora guiando a las almas en la fría noche de Sandaili...

El ahumador ha tomado el testigo de la argizaiola y los tonos alegres de la ropa de Gema han desterrado el negro del vestido de cuerpo entero de Pilar. Por lo demás es todo muy similar.

Tras unos minutos de palabras quedas la mujer aproxima el humo a la boca de la colmena y se incorpora para retirar la tapa superior.

—¿No piensa ponerse traje? —pregunta Aitor.

Gema se vuelve hacia él y sonríe con los ojos anegados de lágrimas.

—Las abejas saben que no soy una amenaza. Soy su amiga, su canal de comunicación con el mundo de los humanos. Me han dado permiso para que coja la cera que queréis. Les parece muy injusto todo esto, pero no quieren que ningún otro venga a meter sus manos en su hogar. —Conforme lo dice les hace un gesto para que reculen—. No os acerquéis tanto. Están muy enfadadas con vosotros. No me hago responsable de lo que puedan haceros... —Después baja la voz, la viste de terciopelo e introduce las manos en la colmena—. Tranquilas... Tranquilas... Soy yo. No pasa nada.

Los insectos revolotean inquietos a su alrededor. Algunos se le posan en los brazos desnudos y hasta en el cuello. Sin embargo, nada en los movimientos de Gema, ni tampoco en sus palabras, indica que le preocupe lo más mínimo.

Cuando por fin vuelve a colocar la tapa que corona la caja multicolor, los ertzainas respiran con cierto alivio. Aunque todavía son muchas las abejas que vuelan aquí y allá, alteradas por esa inesperada violación de su espacio.

Y Julia no puede evitar sentirse culpable cuando les entrega un pedazo de panal, apenas media docena de celdillas hexagonales, sin mirarlos a la cara.

—Ahí tenéis vuestra cera —dice antes de señalar hacia la verja—. Y ahora marchaos de Belamendi. Las abejas no quieren volver a veros por aquí.

56

Martes, 11 de mayo de 2021
San Mayolo de Cluny

—Quiero que por una vez me digas la verdad —espeta Cestero en cuanto Gaizka le abre la puerta de su casa. Lleva puesta una sencilla camiseta de tirantes y el flequillo le cae despeinado sobre la frente.

El joven la observa confundido.

—¿La verdad sobre qué?

—Si es cera de tus abejas lo vamos a saber… —anuncia la suboficial antes de intentar poner orden en su mensaje. Ha entrado como un elefante en una cacharrería—. Las máscaras falsificadas que aparecieron en el convento están fabricadas con cera. Vengo a recoger una muestra para comprobar si ha salido de tus colmenas.

Gaizka señala el bulto que la pistola dibuja bajo la sudadera de Ane.

—Vienes armada —señala con expresión herida—. ¿No te fías de mí?

Cestero traga saliva a duras penas.

—No… Sí… ¡Joder! ¿Puedo hacerlo? Además, estoy de servicio, tengo que ir armada.

—Me estás mintiendo, Ane. Lo primero que me has pedido en

cuanto te he abierto la puerta es que te cuente la verdad. Que si la cera esto, la cera lo otro… No confías en mi palabra.

—¡Porque no puedo permitírmelo! Sobre todo si me ocultas información relevante… ¡Soy policía, Gaizka! Trato de dar caza a un asesino en serie que, maldita casualidad, está fabricando máscaras con cera que el laboratorio ha determinado que proviene de colmenas de Oñati. Si no dudara no estaría haciendo bien mi trabajo.

Los ojos del joven, tan desbordantes de vida cuando le mostraba el colmenar días atrás o cuando le enseñaba a boxear, son ahora la clara imagen de la decepción.

—Te daré la cera. Por descontado. Pero, por favor, no dudes de mí. No me hagas esto… No puedes llamar a mi puerta y hablarme como a un sospechoso.

Cestero odia sentirse así. No quiere hablarle en ese tono, pero es lo que tiene que hacer. Su cuerpo le dice que lo abrace, pero su cabeza le recuerda que Madrazo tenía razón al cuestionar su actitud con Gaizka. Debería de haberlo presionado hasta que confesase lo de Peru.

—Lo lamento —es todo lo que logra decirle, impostando una frialdad que no siente.

—¿Y qué pasará si ese laboratorio vuestro determina que viene de mis colmenas? —inquiere Gaizka—. No es tan fácil… Los frailes reciben dos tercios de todo lo que produce el colmenar, desde la miel hasta la jalea real, pasando por el polen y hasta la cera. Y luego está esa señora de la cueva a la que se la venden para sus velas funerarias… ¡Podría haber sido cualquiera!

—Lo sé. De todos modos, será mejor para ti si la analítica nos dice que no se trata de cera de tus colmenas, tendrás un problema menos.

Gaizka no responde. Le da la espalda y se dirige al dormitorio. No pierde el tiempo en ponerse los guantes. Sus puños salen disparados contra el cuero, que emite un quejido sordo con cada golpe que recibe.

—Te harás daño.

El joven se detiene y la observa con los labios apretados. Esta furioso. Con Ane y consigo mismo.

—La cagué —dice mirando a los ojos de Ane—. Tenía que habértelo contado.

La velocidad con la que sus puños vuelven a golpear el saco deja sin palabras a la suboficial. Ane estira su brazo y le acaricia la nuca con suavidad para indicarle que pare. Gaizka se gira hacia ella y la observa agotado. El sudor le perla la frente y unos brazos donde cada músculo se dibuja con claridad.

—Es solo que no entiendo que tu trabajo consista en dudar de todo y de todos —continúa Gaizka. Su tono le dice a Cestero que no está enfadado. Está dolido—. Incluso de la gente que te quiere.

Ane se rinde ante la evidencia de su deseo compartido. No más excusas, no más dilaciones. Lo coge por el mentón y lo empuja de espaldas contra el saco. No piensa seguir pisando el freno ni un segundo más. Después le muerde el labio para invitarle a abrir la boca. El desconcierto de Gaizka dura apenas unos instantes, porque ambos se funden de inmediato en un beso largo y apasionado.

La ropa les sobra y se la arrancan mutuamente. Sin contemplaciones ni titubeos. Sin ganas de perder más tiempo en este combate piel contra piel.

Cestero observa que no son solo los brazos, el cuerpo entero del joven está definido al detalle. La escalada le regala un torso musculado, una espalda donde cada fibra toma forma bajo una piel bronceada. No tiene tatuajes, ni piercings, ni ninguno de esos aderezos que siempre ha creído imprescindibles para que un chico la atraiga. Sin embargo, Gaizka le resulta irresistible.

No necesitan palabras. Sus miradas lo han dicho todo ya. Solo jadeos, solo besos y el calor que desprenden unas manos que recorren cada rincón del cuerpo de la ertzaina. Son ágiles y sabias, se entretienen en aquellos puntos donde saben que lograrán que ella se estremezca de la cabeza a los pies.

Los juegos previos no se alargan. Cestero pide más. Lo empuja a la cama y antes de que él diga nada, le ha trepado encima. Gaizka no protesta. Al contrario: sus ojos imploran que siga adelante, que no se detenga aunque el mundo entero explote en mil pedazos. La suboficial ahoga un gemido cuando sus cuerpos se funden. Sus caderas se agitan con ansia, primero poco a poco, después más deprisa. Ya no es capaz de frenar esos gemidos que llegarán probablemente hasta la calle. Y no le importa. No tiene la más mínima intención de parar. Quiere ser feliz. Tiene derecho a serlo.

Cuando terminan lo hacen a la vez. Abrazados y temblorosos.

Cestero observa el gesto de felicidad de Gaizka y sabe que es un espejo de sí misma. Se reconoce en ese dulce abandono que ahora embriaga a ambos, en esa intimidad recién estrenada a golpe de caderas, caricias y mordiscos.

—Perdóname —dice Gaizka cuando ambos caen rendidos sobre la cama.

—¿Por qué?

—Por lo de Peru... Te juro que no sabía que estuviera metido en semejante lío. Pensaba que era un camello de poca monta y no quería delatarlo. En la escuela es *vox populi* que si alguien quiere buena hierba puede recurrir a él. En la escuela y en todo el pueblo. Pero nunca me hubiera imaginado que se dedicaba a ello a gran escala. ¿Cuántas plantas tenía?

—Bastantes —confirma Cestero sin querer entrar en detalles que no haya publicado la prensa.

—Últimamente tengo la impresión de que hay un Oñati subterráneo que convive con nosotros sin que seamos capaces de verlo —confiesa Gaizka.

—Sucede en todos los pueblos. Grandes y pequeños, tanto da. Hay siempre una vida oculta, una vida que tiene lugar de puertas para adentro o cuando se apagan las luces.

—Como ertzaina estarás acostumbrada, pero para quienes vivimos en un lugar como este lo que está ocurriendo es muy desconcertante. Creíamos que aquí, en nuestro mundo de montañas y calma, estas cosas no sucedían.

Cestero piensa en su propio pueblo. Pasaia también vivió su despertar traumático cuando a un psicópata le dio por emular al

Sacamantecas. Aunque de eso hace ya unos cuantos años. Fue su primer caso tras salir de la academia, cuando era una simple agente que daba sus primeros pasos uniformada con la ilusión de construir un mundo mejor.

—Fue Peru quien vendió la imagen que publicaste en tu grupo de escalada —anuncia tras unos minutos de silencio. La noticia es de esa misma tarde y no debería estar compartiéndola, pero Gaizka merece saberlo.

—¿La foto de la pila de Sandaili?

—Le pagaron bien.

—¿Cómo lo habéis sabido?

—Los de Narcóticos. El juez ha dado permiso para que revisen sus cuentas para dar con pruebas de su delito de tráfico de estupefacientes. Ha sido toda una sorpresa dar con una generosa transferencia de una cadena de televisión.

Gaizka suspira.

—Si te digo la verdad, me consuela que haya sido él —reconoce sin apartar la mirada del techo—. Tengo al resto de los participantes en el grupo de WhatsApp por buenos amigos. Me rompía el alma pensar que alguno de ellos podría haberme traicionado así.

El joven se gira después hacia ella y la observa con una intensidad que lo dice todo. Las puntas de sus dedos se acercan al cuello de Ane, recorren los trazos de Sugaar, se pierden en los cabellos de la diosa Mari... Esas yemas cálidas, esas uñas suaves, continúan recorriendo el torso de la ertzaina, alcanzan sus pezones y hacen girar levemente los piercings que los coronan.

—No puedo creer que esto haya pasado. Me gustas mucho, Ane Cestero —le susurra al oído.

Ella jadea como única respuesta. Él también le gusta.

Le gusta cuando silba a las ovejas, cuando habla a las colmenas, cuando revienta a puñetazos a un enemigo de cuero y lana... Y le encanta cuando la acaricia tan bien.

—A mí me gusta lo que me estás haciendo —dice regañándose por no ser capaz de expresar todo lo que siente.

—¿Qué pasará cuando resuelvas el caso? Creo que me estoy enamorando de ti —confiesa Gaizka

Ane siente que sus palabras la iluminan por dentro. Ella siente exactamente lo mismo. Pero no piensa aceptarlo. Al menos en voz alta.

—No digas tonterías —se burla en su lugar. La chica dura ha regresado.

Todavía no ha terminado de decirlo cuando los dedos del joven se detienen entre sus muslos, que aún desprenden calor, y comienzan a trazar pequeños círculos, cada vez más intensos.

—No pares —susurra ella entrecortadamente.

—No pienso hacerlo —le confiesa Gaizka al oído.

Las olas de placer recorren todo el cuerpo de Ane, la hacen olvidarse de todo. Nada importa más que ella y él.

—Te quiero dentro —le pide cogiéndolo del pelo para arrastrarlo encima de ella. El misionero nunca ha sido su postura preferida. No hasta esa tarde de mayo. Gaizka, sin embargo, está a punto de cambiarlo. Ane se deja hacer mientras él imprime a sus caderas un ritmo perfecto. Suave y profundo, ni muy rápido ni muy lento, descifrando en cada embestida las señales de su cuerpo, en absoluta comunión con sus deseos.

57

Martes, 11 de mayo de 2021
San Mayolo de Cluny

La poza es de un hermoso color turquesa, una lámina de sosiego en medio de una exuberante cubierta vegetal. La represa desde la que el río Arantzazu se precipita en forma de cascada se ocupa del telón de fondo. No hay nada más, solo una ligera brisa que mece las hojas de los árboles que se miran en el espejo.

Julia contempla el espectáculo mientras deja caer a sus pies la toalla que envuelve su cuerpo desnudo. El frescor que emana del salto de agua la acaricia con suavidad. Todavía no se ha bañado y ya se siente mejor. Tenía razón Gema, la poza de Usako es un rincón especial, el lugar que su alma precisa para resetearse.

Una escalera de piedra la conduce a lo alto de la presa que deriva parte del caudal a un canal lateral. Desde ahí arriba el remanso resulta aún más magnético. Julia no espera más. Dobla la cintura, estira los brazos y se impulsa con las puntas de los pies. El vuelo apenas dura el segundo que tarda el agua en recibirla como un vientre materno. Ese termómetro corporal, que sus baños diarios en el Cantábrico le han regalado, le dice que está a catorce grados. Ni uno más, ni uno menos. Exactamente igual que el océano que baña Mundaka en pleno mes de enero. Gélida, vaya. Sin embargo, ella siente las mil puñaladas que atacan su cuerpo como un abrazo. Tal vez en Usako no haya salitre y quizá el rumor de la cascada no tenga la fuerza de las olas, pero es agua que corre en libertad valle abajo y que le obsequia una paz que hacía días que no sentía.

Unas brazadas la acercan a la base de la cascada. Julia introduce la cabeza bajo el torrente. El masaje del agua fría le arranca la energía negativa que su cuerpo ha ido acumulando. Después nada hasta la orilla y recorre la poza con la mirada.

De no haber sido por Gema seguiría intentado bañarse en las aguas muertas de Jaturabe.

La imagen de la monitora de yoga abriendo la colmena sin traje de protección regresa a su mente. Ha sido impresionante. Un estremecimiento sacude a Julia al recordar el parecido de los susurros de Gema con los de la serora. Esa mujer sí que es extraña. Hace unas horas, mientras les entregaba la cera, ha vuelto a observarla de esa manera tan desasosegante. Como si tratara de ubicarla en unos recuerdos en los que la ertzaina está segura de no estar. Y ahora sabe que no es solo una impresión suya, porque cuando han salido de Sandaili, Aitor le ha preguntado por ello. A él también le ha sorprendido la forma en que la estudia con la mirada.

Tendrá que preguntar por ella a fray Inaxio. Seguro que él puede explicarle quién es realmente esa mujer. Esa tarde, cuando regresaban de Belamendi con la cera de Gema, ha visto la moto del prior estacionada en el acceso a la cueva donde habita la serora.

Un martín pescador, con sus llamativos tonos azules y su aleteo nervioso, la hace regresar de sus pensamientos. El pajarillo sobrevuela la poza en busca de algún pez incauto. Finalmente se zambulle en el agua y transcurren unos segundos antes de que vuelva a aparecer con un pequeño piscardo en el pico. Para cuando Julia quiere darse cuenta, se ha escabullido entre la vegetación de la orilla, donde probablemente lo esperen sus polluelos en el nido.

La ertzaina llena sus pulmones lentamente. Se siente feliz, casi exultante. Necesitaba un momento así, consigo misma y con la naturaleza. Después se lanza de nuevo hacia las profundidades de Usako. Esta vez abre los ojos mientras bucea en ese mundo que comienza a sentir tan propio como el mar.

Hay algunas truchas ahí abajo, y también cientos de diminutas burbujas de aire que forma la cascada al caer a la poza. Julia las observa bailar con la corriente, remolonear ante la muerte anunciada que les llegará en cuanto alcancen la superficie.

Un mundo tranquilo, de armonía y paz, que cesa de golpe en cuanto la ertzaina saca la cabeza del agua.

¿Qué hace ese hombre observándola?

Es un tipo con una barba desaliñada. Viste con una sencilla camiseta deportiva y pantalones desmontables y lleva a la espalda una mochila de tamaño generoso. La esterilla enrollada que la corona cuenta que planea dormir al raso o algo parecido.

—Menuda maravilla —comenta el recién llegado recorriendo la poza con la mirada y deteniéndose después en Julia—. Este lugar es una sorpresa inesperada.

—Lo es —reconoce la ertzaina—. ¿No lo conocías?

—No. No soy de aquí. —Su acento subraya el mensaje. Música y llanto al mismo tiempo, igual que en los pescadores gallegos con los que la ertzaina suele coincidir cuando va a tomar algo a las tabernas cercanas al puerto de Bermeo—. Es raro que no haya nadie en un lugar así, ¿no?

Los crímenes de los últimos días regresan a la mente de Julia. ¿Qué puede responderle? ¿Que la gente tiene miedo de salir de casa por si se encuentra con el Apóstol? ¿Que nadie se atreve a acercarse a lugares apartados como esa poza? Ella misma tiene su arma debajo de esa sudadera que descansa junto a la orilla y que no ha perdido de vista en ningún momento.

—Sí, es extraño —contesta sin entrar en detalles.

—Perdona. No me he presentado. Soy Xurxo —dice el gallego. La barba lo hace parecer mayor, pero probablemente no llegue a los treinta años. Su mirada, en cambio, le brinda juventud. Todavía destila la vitalidad que el paso de los años se empeña en robar de los ojos de la gran mayoría de las personas.

—Yo Julia. —La ertzaina comienza a sentir frío. Sin embargo, no quiere emerger de la poza completamente desnuda. Cuando se ha lanzado al agua estaba sola y no contaba con que apareciera nadie—. ¿Te puedo pedir un favor?

—¿A mí? —se extraña el gallego.

Julia señala la toalla que está hecha un ovillo en la escalera.

—¿Me la puedes alcanzar?

—Sin problema —replica Xurxo, pero no ha dado aún dos pasos cuando se lleva un dedo a la oreja—. ¡Ostras! ¿Lo oyes?

Julia aguza el oído, pero el torrente que se precipita a la poza lo llena todo.

—¿Qué? —pregunta sin ocultar su preocupación. No son días para sobresaltos.

—¡El chotacabras! —exclama el gallego.

—¿Qué es eso?

—¿No me digas que no lo conoces? ¿No oyes un runrún similar al motor de un coche?

Julia se concentra en el rugido de la cascada para tratar de aislarlo. Le cuesta, pero ahora identifica algunos sonidos más. Y, sí, se escucha una especie de vibración lejana.

—¿Qué es?

—¿De verdad no has oído hablar del chotacabras? En Galicia se le tiene mucho respeto. ¿Aquí no? Es un ave nocturna, de patitas cortas y boca enorme.

—¿Ese ruido lo hace un pájaro?

—Inquietante, ¿verdad? Pues tendrías que verlo. Esos ojos entornados a la luz del día, ese pico diminuto que al abrirse parece capaz de devorarte entero… Mis abuelos todavía están convencidos de que por la noche se les cuela en el corral para mamar la leche de las cabras. Y no son los únicos. Pregunta, pregunta, ya verás.

—Nunca había oído hablar de él. Creo que por aquí no es muy popular.

Xurxo dibuja una mueca escéptica.

—Pues es extraño. Ayer en Elorrio también lo escuché. Y también dos días atrás, en las campas esas que hay al pie del Gorbeia…

Me hizo ilusión el primer día. Seré del norte, pero odio la lluvia. La presencia del chotacabras es una señal inequívoca de que el verano ha llegado. Pasa el invierno en el sur de África y solo regresa con el calor... Y no intentes buscarlo. No hay mejor maestro de la ocultación. Podrías estar a punto de pisarlo, que el chotacabras difícilmente se movería. Sabe que fundirse con la hierba y las ramitas del suelo es su mejor defensa.

Los dientes de Julia comienzan a castañetear. Se está quedando helada con tanto curso de ornitología.

—La toalla —recuerda señalándola. Si su nuevo amigo se empeña en seguir hablando, tendrá que salir desnuda de la poza. Mejor eso que morir de hipotermia.

—Es verdad, perdona. Toma.

Julia se envuelve en ella mientras Xurxo se aparta unos metros para despojarse de su ropa.

La ertzaina no puede evitar pensar que ahora, en Mundaka, podría darse una ducha para recuperar el calor. Lástima que en Usako no haya una escalera que la lleve directamente del mar a su propio salón.

—¿Y qué hace aquí un gallego? —pregunta en un intento de ser cortés. En realidad, está deseando llegar cuanto antes a la hospedería para comerse un buen plato de la sopa de estrellitas que preparan los monjes.

Xurxo sonríe bajo la barba y Julia teme haber abierto la caja de Pandora. Si un pájaro nocturno casi la convierte en un cubito de hielo, una cuestión más personal, como la que acaba de plantearle, corre el riesgo de alargarse hasta el infinito.

—La gente camina a Galicia. Todos vienen a Santiago desde cualquier rincón del mundo. Yo lo hago al revés. No me gusta seguir la corriente. Prefiero ser el salmón que remonta el cauce —dice el gallego con la mirada perdida en la cascada. Mientras se explica, sus dedos trazan caracolillos con su barba—. Desde que terminé la carrera de Filosofía, he currado siempre en bares. No hay salida para quienes queremos dedicarnos a pensar. Últimamente, y después de mucha barra de noche, entre borrachos y niñatos exaltados, estaba contento. Había encontrado trabajo en el bar de la Casa do Mar en Cangas. Horario bueno y domingos libres. Un buen chollo, pero con eso del covid nos mandaron a todos a casa. Y después de más de un año esperando a que me llamaran de nuevo decidí que era hora de vivir. —Xurxo da unas palmadas a su mochila—. Me puse las botas y me lancé a recorrer el mundo. Lo mismo que hacen los peregrinos, pero sin seguir un camino marcado ni dirigirme a un destino en concreto. Me dejo llevar, igual que el chotacabras. Porque en esta vida no hay nada más importante que la libertad.

Julia repara en que los ojos de Xurxo confirman sus palabras. No es uno de esos charlatanes que vende una cosa y practica la contraria. Se le ve entusiasmado con su propia historia.

Algo de lo que ha dicho ha despertado un movimiento en la mente de Julia. Ha sido apenas un destello fugaz, el aleteo de una mariposa.

Mientras sus neuronas tratan de darle forma al pensamiento, Xurxo remonta la escalera hasta la presa y se lanza de cabeza.

—Está fresquiña —comenta el gallego.

—Está helada —le corrige la ertzaina recuperando la sudadera verde de la federación vasca de surf y la riñonera donde lleva su arma.

—Dices eso porque no te has bañado en Galicia. Mete un pie en la ría de Vigo, ya verás.

El joven se impulsa con las piernas y se pierde bajo la superficie. Desde su otero, Julia ve su cuerpo avanzar hacia el fondo. La luz moribunda de la tarde no alcanza tan abajo y la imagen de Xurxo no tarda en desvanecerse. Mientras la ertzaina trata de calcular en qué punto de la poza emergerá de nuevo, el canto del chotacabras gana intensidad. Es realmente inquietante. Tanto como la sensación de que hay algo que se le está escapando. Algo importante para el caso. Ha llegado a tocarlo con la mano y, sin embargo, antes de que se diera cuenta se le ha escurrido entre los dedos, igual que esa ave escapista que se burla de ella con su ronroneo.

—Lo menos hay cuatro metros de profundidad —comenta el gallego cuando regresa a la superficie muy cerca de la cascada.

Julia no le contesta.

Lo tiene ahí, al alcance de los dedos.

No se atreve a asentir siquiera, no sea que se la idea que comienza a dibujarse vuelva a desvanecerse.

—¿Cómo has conseguido que te dejen entrar en zona roja? —Sabe que tiene que ver con eso.

Él la observa con el ceño fruncido.

—¿De qué hablas? —dice Xurxo nadando hacia ella. Lo hace bien, con estilo de buen nadador—. ¿Qué zona roja?

—¿No te han parado en el control?

—¿Control de qué?

—Este municipio está confinado perimetralmente por la alerta sanitaria. Hay ertzainas vigilando que nadie entre o salga de él. Tienes que haberlos visto.

Xurxo esboza una sonrisa tranquila.

—Salí hace más de dos meses de mi casa y he recorrido casi dos mil kilómetros. ¿Por cuántos pueblos habré pasado? —pregunta con su acento cantarín—. Más de cien, de doscientos quizá. En algunos casos he llegado hasta la plaza mayor, sobre todo cuando necesitaba comprar víveres o unas zapatillas nuevas; en otros no he querido ni asomarme a las afueras… Algunos municipios estarían confinados y otros no. Pero ¿sabes cuántas veces me ha parado la policía? —conforme lo dice niega con la cabeza. Y sonríe. Otra vez esa sonrisa serena—. Ninguna. Para ellos solo existen las carreteras, el asfalto. Todas esas sendas que han constituido durante siglos la única vía de comunicación entre unos pueblos y otros hace tiempo que no les importan. Todavía hay una manera de ser libre en este país: pisa el polvo del camino, las losas de las calzadas medievales, la hierba de los prados. En ese mundo al que todos dan la espalda es donde reside la verdadera libertad.

Julia es capaz de sentir el olor de esa libertad de la que habla. Huele a agua fresca, a un campo de cereal después de una tormenta de verano, a un bosque de hayas en pleno otoño. Pero eso no importa ahora. Los impulsos eléctricos corren a toda velocidad por su cerebro. Los cabos que quedaban sueltos han comenzado a ligarse.

—Claro, los controles se establecen solo en las carreteras porque es por ellas por donde se desplaza la gente —comenta tratando de ganar tiempo para que esa idea termine de cobrar forma.

—Así es —corrobora Xurxo, caracoleando de nuevo las puntas de su barba—. Y mientras tanto ahí tienes esos senderos milenarios que en muchos lugares se han perdido para siempre. Ya no están ni sobre los mapas ni sobre el terreno. Porque un camino que se deja de transitar está condenado a ser pasto de las zarzas y del olvido. Y por aquí tenéis verdaderas joyas. Hoy he recorrido treinta kilómetros sin pisar el asfalto y mañana continuaré hasta el otro lado de esas montañas, de nuevo horas de libertad sin pisar una carretera.

—El registro de salida… —exclama Julia cuando el dibujo termina de completarse en su cabeza.

Nombres, horas, matrículas, modelos de coche… Los listados de quienes abandonaron el pueblo cuando se produjo el crimen en la Llanada Alavesa desfilan de nuevo ante sus ojos.

—¿Cómo dices? —se interesa el gallego.

Julia se lleva la mano al bolsillo en busca del teléfono móvil. Abre el Google Maps y realiza una búsqueda rápida que le confirma que va por el buen camino. Después marca un número y espera impaciente la respuesta.

—Dime. —Es la voz de Madrazo.

—¡Nos estamos equivocando! Solo la gente de ciudad estaría enfocando el caso como lo estamos haciendo nosotros.

—¿Qué dices? ¿Estás bien?

—Los senderos… La Llanada Alavesa está al otro lado de la montaña. Solo hay que seguir los viejos caminos para llegar a ella. Según mi navegador, desde Arantzazu hasta el lugar del crimen del tallista hay más de cuarenta kilómetros si vas por asfalto. A pie, y por las sendas de los pastores, no llega a ocho kilómetros. Quien mató a Fernando Fernández no tuvo por qué atravesar ningún control policial ni exponer su coche a las cámaras de tráfico. Lo más probable es que no lo hiciera para ocultar su rastro. Solo necesitó conocer esas sendas que el tiempo ha condenado al olvido.

Madrazo guarda silencio unos instantes. Después la felicita, aunque con la escasa efusividad de quien sabe que eso vuelve a abrir el abanico de sospechosos. Y, por último, la cita a primera hora. A ella y al resto de la unidad. El laboratorio se ha comprometido a decir para entonces algo sobre las muestras de cera que le han hecho llegar.

Hazme, señor, instrumento de tu paz.
Que donde haya odio, ponga yo la paz.

Oración a san Francisco

Cristo estaba aquella tarde más furioso que nunca. El color rojo con el que Néstor Basterretxea quiso plasmarlo era puro fuego. Esos puños que todavía hoy aprieta en un gesto de ira ardían de rabia.

También él era consciente de la traición a la que me habían sometido.

Tantos siglos después, la historia se repetía.

Él fue el primero en sufrirla.

Y aquel día me había tocado a mí.

Nunca hasta entonces había sentido la llamada de la cripta del santuario. Sin embargo, su puerta abierta me atrajo como un imán cuando pasé por delante con las maletas. Porque aquella tarde no quería que me vieran llorar. Un elegido no debe permitirse derramar lágrimas, y temía que se me escapara alguna mientras esperaba al autobús de línea que iba a llevarme lejos de Arantzazu, a un futuro todavía por dibujar. Necesitaba llorar, gritar de rabia, de impotencia, pero no pensaba regalarles esa victoria a quienes me habían traicionado. Me marchaba del santuario que estaba destinado a dirigir, pero iba a hacerlo con la cabeza bien alta.

Me dejé devorar sin prisa por las pinturas. Dieciocho murales de una belleza tan descarnada como los mensajes que trasladan.

Sin filtros, sin adornos innecesarios. Ni una sola gota de color desaprovechada en palabras vacías. Cada pincelada tiene sentido allá abajo. Un mundo de silencio, de sombras y, sobre todo, de color y soledad. Un lugar donde quien pone el pie siente la grandeza de la religión con más fuerza que en las más bellas catedrales de la cristiandad.

Ahí estaban el sol, los planetas, los estigmas de san Francisco y hasta la hermana muerte. Nunca he conocido otra obra que plasme con semejante intensidad la relación del ser humano con Dios. Desde la mitología que gobernó estas tierras hasta el cristianismo cuyos pilares ahora resquebraja el egoísmo. Los dibujos, los colores, la dureza de las formas… Todo allí es de una belleza cruda, sin adornos, sin filtros que suavicen la realidad que quiere transmitir.

Pero fue el Cristo que la preside el que me absorbió por completo. Son las pinturas quienes te eligen, y no al revés. Y él me escogió a mí. Me habló de una humanidad que le había dado la espalda a pesar de que él había entregado su propia vida por defender la buena nueva. No sé cuánto tiempo pasé ante él. Dos almas traicionadas que nos entendíamos sin necesidad de palabras.

Me obligué a seguir adelante. La cripta entera ansiaba contarme historias que me resultaban cercanas.

Allí estaban también los mártires, aquellos que sufrieron todo tipo de tormentos e incluso la muerte por defender la verdad. Clavos, una parrilla, sangre… Las torturas a las que fueron sometidos cobran vida, duelen a quien se deja devorar por el mural.

Basterretxea había incluido en ellos un mensaje para mí: «Hazme, señor, instrumento de tu paz. Que donde haya odio, ponga yo la paz». La sencilla frase de la oración a san Francisco, inscrita en una de las paredes de la cripta, me golpeó con todo su significado. Lo comprendí en cuanto vi que esas personas maltratadas y heridas seguían sosteniendo la cruz en medio de su dolor.

Y eso era precisamente lo que Dios me estaba pidiendo que hiciera. Que me convirtiera en el instrumento de su paz.

No debía perder la fe.

No debía perder la esperanza.

Mi expulsión, por injusta que fuera, no iba a ser el final del camino hacia Dios sino solo una estación más en mi viacrucis particular.

58

Miércoles, 12 de mayo de 2021
San Pancracio de Roma

El dedo de Julia recorre las diferentes líneas blancas que cule-
brean por el papel. Lo hacen a través de un sinfín de curvas de
nivel que identifican las montañas. Aquí y allá aparecen puntitos
rojos que representan bordas de pastores, molinos o corrales. El
fondo verde identifica las zonas boscosas, mientras que el blanco
se corresponde con los pastos. Y ahí están también los nombres,
claro, esos que localizan Oñati de un lado de las montañas y los
pueblos de la Llanada Alavesa del otro.

—He perdido la cuenta de los senderos que permiten llegar a
Narbaiza desde aquí —confiesa alzando la mirada hacia sus compañeros.

El café que Cestero ha bajado a buscar al pueblo humea en las
tazas. La suboficial sostiene la suya entre ambas manos, muy cerca de la nariz, como si inhalar su aroma la ayudara a concentrarse a esas horas tempranas.

—Tanto registro de entradas y salidas por carretera y resulta
que el camino más corto entre Oñati y la Llanada no está vigilado
por nadie —suspira la suboficial.

—Este sendero de aquí permitiría llegar al palomar donde fue
asesinado el tallista sin pisar siquiera el núcleo urbano de Narbai-

za —señala Madrazo mientras su dedo índice continúa su búsqueda en el mapa del Instituto Geográfico Nacional que ocupa buena parte de la mesa—. Y este. Y este otro.

—Pudo llegar al lado alavés bien desde la zona de Arantzazu, bien desde el valle de Araotz —resume Cestero.

Julia asiente. Todo eso ya lo ha comprobado ella durante las horas que ha pasado en vela con la certeza de que han estado perdiendo el tiempo cribando los listados de los movimientos por carretera. Las montañas que rodean Oñati son demasiado permeables como para que un simple control en una rotonda pueda evitar los desplazamientos de sus habitantes.

—Es impresionante la cantidad de sendas que atraviesan estos montes —comenta Aitor—. Está claro que lo que hoy son montañas apenas transitadas por cuatro pastores fueron hasta hace poco el motor económico de los pueblos que vivían recostados sobre ellas. Carbón vegetal, madera, cal, piedra... De ahí arriba se extraía de todo. Habrá senderos que se han perdido para siempre, pero otros muchos siguen ahí. Están aquí —corrige el agente dando unos golpecitos con el dedo en las líneas que surcan el mapa—. El asesino pudo llegar a Narbaiza sin que su nombre y su matrícula acabaran en un cuaderno. Apostaría a que algunos de estos caminos permiten incluso el tránsito de un todoterreno.

—Esto abre muchísimo el abanico —se lamenta Cestero—. Aitor, ¿sabemos algo del estanquero?

Su compañero asiente con escaso entusiasmo mientras consulta el teléfono.

—He conseguido hablar con la naviera. Me confirman que él y su mujer se encuentran a bordo del HM Majestic. Es decir, que su marcha ha sido real y no simulada. Embarcaron en el puerto de Barcelona el sábado, ocho de mayo. Supongo que saldrían del pueblo con algún salvoconducto falso. Una visita médica o alguna compra urgente.

—El sábado... Justo el día que fue asesinado Fernando Fernández en la Llanada —señala Julia.

—Sí, pero no se hicieron a la mar hasta las diez de la noche —añade Aitor—. Podría haber tenido tiempo de matarlo antes de desplazarse al puerto. Sin embargo, el suceso del convento y el asesinato frustrado del director de la escuela de pastores son posteriores.

—Quizá sea un tramposo que se salta las normas sanitarias, pero el estanquero no es el Apóstol —resume Cestero.

—No, y me desconcierta, la verdad. Estaba convencido de que la clave estaba en el Corpus —reconoce su compañero antes de girarse hacia Madrazo, que acaba de recibir un correo en su móvil—. ¿Es sobre la cera?

El oficial continúa unos instantes absorto en la pantalla. Después asiente con expresión grave.

—Os ahorro los detalles, a no ser que os sirva de algo que os hable de lactonas, flavonoides, alcoholes y ácidos… Yendo al grano, tenemos el origen de la cera. Lo más determinante parece ser la presencia de impurezas procedentes de resina de alerce. Solo una de las muestras que hemos entregado las contiene en una medida similar a la existente en las máscaras.

—¿Y de quién es? —le urge Cestero.

Madrazo la contempla unos segundos en silencio antes de responder.

—De tu amigo Gaizka.

La suboficial suspira antes de recordarle que las colmenas pertenecen en realidad a los frailes. Madrazo no va a lograr que se quiebre su confianza en él.

—Gaizka solo las cuida y a cambio se queda parte de la miel.

—Y de la cera —añade el oficial.

—Y de la cera —reconoce Cestero—. Pero la mayor parte se la quedan los frailes. ¿De dónde crees que salen los cirios pascuales que arden en la basílica? Y no olvidemos a la serora y sus argizaiolas.

—Voy a buscar a fray Inaxio —decide Julia poniéndose en pie—. A ver qué puede aportar.

—Sí, pídele que venga, por favor —dice Madrazo—. Y que traiga con él a los frailes encargados de fabricar esas velas. Algo tendrán que decir de todo esto.

Julia se deja devorar por el pasillo, que huele a humedad y penumbra, aunque apenas ha dado un puñado de pasos cuando la puerta del fondo se abre para ceder paso al fraile parco en palabras que les trae el desayuno cada mañana. La expresión de su rostro no es tan impávida como siempre. Además, no porta carro ni bandeja alguna.

—¿Sabéis algo del padre Inaxio? —pregunta el anciano atropelladamente.

Son solo un puñado de palabras, pero resultan suficientes para desencadenar un terremoto bajo los pies de Julia, que giran ciento ochenta grados para acompañar al recién llegado al comedor.

Al verlos entrar, Madrazo los observa extrañado.

—¿Y fray Inaxio?

—Ha desaparecido —anuncia el fraile—. Estamos muy preocupados. Después de lo del hermano Sebastián… ¡Ay, Dios santo!

El oficial le ofrece una silla y le pide que explique todo lo que sepa.

—Esta mañana no ha bajado a desayunar y cuando hemos subido a su celda por si estaba indispuesto no lo hemos encontrado. No ha dormido en Arantzazu. El primer pensamiento ha sido su tía. Está mayor y no quiere oír hablar de irse a una residencia. Allí la cuidarían y estaría mejor que en casa, pero no, la mujer se empeña en seguir viviendo sola. Cuando no se cae es la tele, que no sintoniza el canal que a ella le gusta, o el gas, que no funciona. Rara es la semana que el padre Inaxio no tiene que ir a Bergara tres o cuatro veces. Porque la señora no vive en Oñati, no, que vive en Bergara y eso está a un rato…

Julia observa el gesto incrédulo de sus compañeros. ¿Qué ha sido del anciano que se limita a darles los buenos días cuando llega con el desayuno cada mañana? Los nervios le han desatado la lengua cuando es más necesario que nunca que escatime palabras.

—¿Han podido comprobar si se encuentra con ella? —interviene Cestero.

El fraile tartamudea al ver interrumpido su discurso.

—Hemos llamado a casa de su tía y no está allí —apunta finalmente—. Se queja la señora de que hace días que no va a verla. Pues como se cumplan nuestros temores igual no vuelve a verlo. ¡Ay, Dios mío! ¿Qué hemos hecho para merecer tanto dolor?

—¿Y el móvil de fray Inaxio? ¿Han probado a llamar? —pregunta Julia, aunque supone que será lo primero que han hecho.

El hombre introduce una mano en el bolsillo del pantalón y deposita un viejo Nokia sobre la mesa.

—No se lo ha llevado. Estaba en su escritorio.

Los ertzainas cruzan una mirada. La situación no pinta bien.

—¿Cuándo lo han visto por última vez?

—Tendréis que preguntar al resto. Yo solo sé que anoche no cenó con nosotros. Su silla estaba vacía.

—¿Ya había desaparecido a la hora de cenar y han esperado hasta ahora para denunciarlo? —se extraña Cestero.

—Bueno… Ya os he dicho que va mucho a ver a su tía —señala el fraile—. No es la primera vez que cualquiera de nosotros se ausenta de la cena ni será la última.

Una imagen regresa de pronto a la mente de Julia.

—¡Ayer vi su moto en Sandaili!

—¿A qué hora? —se interesa Madrazo.

—Cuando salimos de Belamendi —apunta la agente dirigiéndose a Aitor—. Fue al salir de allí con la cera de Gema. ¿Qué eran?, ¿las siete?

—Tienes razón… Yo también la vi cuando pasamos por allí —confirma su compañero—. Estaba aparcada al pie del sendero que sube a la cueva. Es una moto roja de monte, ¿no? Serían casi las ocho de la tarde. Después te dejé en la presa de Olate y me fui al laboratorio a llevar las muestras que habíamos recogido.

—Os equivocáis. No sería él —interviene el fraile—. ¿Qué iba a hacer uno de nuestros hermanos allí, con esa mujer?

Julia está a punto de mencionar que la cera que quema en las argizaiolas se la facilitan ellos, cuando Madrazo toma la palabra.

—Cestero, Julia, bajad a Sandaili y traed a la serora. Se ha acabado el tiempo de las medias tintas con esa intrigante. No me gusta nada que la pista de fray Inaxio se pierda precisamente junto a la cueva donde vive. —El oficial se vuelve después hacia el fraile—. Hermano, vaya a avisar al resto de la congregación. Les doy quince minutos para que se reúnan conmigo en la cripta. Aitor, avisa a comisaría. Necesitamos agentes peinando toda la zona sin perder un minuto. Yo hablaré con los de Erandio. Que envíen gente ya. Esta desaparición no me gusta nada.

El religioso no se ha movido de allí.

—Hay algunos hermanos que no estarán en condiciones de acudir. La edad... Antes éramos todos jóvenes y fuertes, pero los años van pasando y... —argumenta con gesto de circunstancias.

—Reúna a todos los que pueda —lo interrumpe Madrazo—. Vamos, no se quede ahí parado. ¡Cada segundo tirado a la basura puede ser fatal!

El anciano se santigua antes de marcharse.

Cestero y Julia han salido ya del comedor cuando la voz del oficial las hace detenerse.

—Ane...

—¿Qué?

—Traed también a Gaizka.

59

Miércoles, 12 de mayo de 2021
San Pancracio de Roma

—¿Tú ves algo? —pregunta Julia en cuanto una sucesión de curvas interna de lleno el Clio de Cestero en el desfiladero de Jaturabe.

—Poco —admite la suboficial reduciendo drásticamente la velocidad. Apenas alcanza a atisbar las líneas que jalonan la carretera, que discurre encajonada entre la montaña y el río.

Tal vez conforme avance el día el banco de niebla que se aferra al cauce vaya disipándose, pero a esas horas tempranas es una cortina blanca prácticamente inexpugnable, la mejor guardiana imaginable de las puertas de Sandaili y los caseríos de Araotz.

—Creo que es aquí —señala Julia tratando de identificar alguna referencia en ese mundo que ha desaparecido por completo. Cestero pisa el freno y escora el coche hacia un arcén inexistente—. No, perdona. Todavía no hemos pasado la presa. Es más adelante.

—No sé cómo consigues orientarte —reconoce la suboficial, que tiene bastante con intentar no salirse del asfalto.

El rugido del aliviadero del pantano enmascara por un momento sus palabras. Las lluvias de los últimos días se traducen en arroyos furiosos y la presa obligada a liberar agua. Una vez que la dejan atrás solo hay silencio.

Silencio y niebla.

—Aquí. Ahora sí —asegura Julia al alcanzar un nuevo ensanchamiento.

—Ni rastro de la moto —comenta la suboficial mientras aparca unos metros más allá para no contaminar posibles rastros.

—Por lo menos está el Citroën de la serora. La encontraremos en casa —indica su compañera.

—Sor Citroën... —suspira Cestero mientras se apean del vehículo—. A ver con qué nos sorprende hoy...

—A mí me pone la piel de gallina. No me preguntes por qué. Supongo que es algo irracional —confiesa Julia al emprender la subida hacia la gruta.

—¿Irracional? Qué va —replica la suboficial—. Nos pasa a todos. Solo necesitas ponerle una guadaña y tienes la viva imagen de la muerte ante ti.

Julia camina unos instantes en silencio, pensativa. Los millones de partículas de agua en suspensión aplacan los sonidos de ese mundo angosto en el que solo existe lugar para el crujir de la gravilla bajo las suelas.

—¿Tú has visto cómo me mira? El otro día me preguntó si nos conocíamos de algo —reconoce la ertzaina frotándose los brazos—. ¿Ves? Todavía no estamos con ella y ya me dan escalofríos.

Cestero no tiene tiempo de responder antes de que la boca de la cueva se dibuje entre el manto lechoso. La casa de la serora también toma forma, con sus ventanas enrejadas y su oscura puerta metálica.

Los nudillos de su mano derecha golpean tres veces junto al Cristo con dos dedos alzados que bendice a las recién llegadas.

—Pilar... Somos nosotras, las ertzainas —anuncia Julia alzando la voz.

La única respuesta llega desde unos metros más allá.

Una gota.

Rompe contra una lámina de agua con una cadencia repetida y continua.

Por el gesto dolorido de Julia, Cestero comprende que ella también ha identificado la procedencia del sonido. Es la pila donde comenzó todo. Las aguas mágicas con las que incontables mujeres han buscado descendencia desde la noche de los tiempos.

Cestero insiste con su mano en la puerta.

—Abra, Pilar. Necesitamos hablar con usted. Es urgente.

Silencio.

El agua continúa marcando el paso del tiempo como si se tratara del segundero de un viejo reloj.

—Pues el coche está ahí. No puede andar muy lejos —recuerda Julia retrocediendo unos pasos y mirando hacia el interior de la cueva, que apenas se intuye en ese mundo blanco—. ¿Pilar? ¿Está ahí arriba?

Cestero rodea la casa en busca de alguna ventana por la que asomarse al interior. Las del piso inferior se encuentran a poco más de dos metros de altura.

Los desconchados de la fachada le ofrecen un punto de apoyo. Sus brazos, acostumbrados a la escalada, no tienen problema para impulsarla hasta el alféizar de una de las ventanas.

Está cerrada y, a pesar de ello, emerge del interior un acre olor a quemado.

La inspección ocular no vierte resultado alguno. Se trata de una estancia pequeña en la que hay una butaca orejera cargada de años y una lámpara de pie de la que pende una cadenita que permite encenderla.

Eso y una mesita auxiliar sobre la que descansa un libro con una santa doliente en la portada.

Nada más.

—Es su salón de lectura. Ni rastro de ella —anuncia Cestero mientras busca en el muro imperfecciones que la permitan llegar a la otra ventana.

Cuando lo consigue se asoma a un espacio de mayor tamaño.

Es la cocina. Ahí está ese cazo viejo donde la serora funde la cera para sus velas. Allí, el rollo de cordel a partir del que fabrica sus luces funerarias. Más allá, donde las sombras que impone la lejanía a la ventana lo devoran todo, varias argizaiolas aguardan alguna alma a la que guiar.

Pero tampoco allí hay nadie a la vista.

Va a saltar al suelo cuando algo la pone alerta.

¿Es una argizaiola lo que reposa sobre la encimera?

A pesar de que el fuego ha mordido con saña parte de la tablilla funeraria, sus formas son aún reconocibles. La vela enrollada en ella también ha ardido, aunque solo en parte.

La suboficial no necesita ver más.

—Algo no va bien —dice volviéndose hacia Julia.

—¿Qué has visto?

Cestero no contesta. Solo regresa al suelo y se encamina a la puerta. No hay tiempo que perder.

—Cúbreme —pide mientras apunta a la cerradura con el arma y descerraja dos tiros sobre ella. Ni siquiera entonces llega respuesta alguna desde el interior.

Basta una patada de la suboficial para que la puerta quede abierta de par en par.

Del otro lado solo hay un vacío que la niebla no se atreve a llenar.

Y silencio, un silencio que no presagia nada bueno.

—¿Pilar? —llama Cestero cuando apenas se ha extinguido el sonido de los disparos.

Su instinto le dice que es en vano.

La serora no va a responderle.

Porque Dios no envió a su Hijo al mundo
para condenar al mundo, sino para salvarlo por medio de él.

Juan 3:17

Oñati era el pueblo que me había humillado, el lugar donde la mentira había truncado mi vida. Por eso me costó regresar de Madrid, la ciudad que fue mi refugio durante largos años. Sin embargo, los avatares de la vida me trajeron de vuelta.

A pesar del tiempo transcurrido, todo seguía igual.

No, en realidad nada era como antes.

Tal vez lo fuera en el pueblo, pero arriba, en las montañas, todo había cambiado.

El seminario había cerrado por falta de vocaciones y en Arantzazu los frailes iban muriendo sin que hubiera jóvenes que ocuparan su lugar.

El corazón religioso de las montañas vascas se estaba muriendo. Lentamente, pero se moría.

No sentí el regocijo de la venganza, porque ella nunca me ha guiado. Pero sé que esa pérdida de vocaciones no fue sino un castigo divino por lo que se me hizo aquella tarde.

En medio de una certeza tan dolorosa sonó mi teléfono.

Se trataba de Migueltxo y entonces todavía no supe que era Dios quien se valía de su boca.

Dijo que se había lesionado en una salida en bicicleta y me

ofreció ocupar su puesto en la procesión del Corpus Christi. Sabía que después de pasar tantos años alejado de casa me haría ilusión. En realidad, sé que era su manera de disculparse por haber faltado tantas veces al respeto de mi antepasado Lope de Aguirre cuando éramos niños.

La edad lo cura todo, también las envidias infantiles.

Y así fue como dos días más tarde, sin apenas tiempo de realizar un solo ensayo, me vi convertido en el mismísimo arcángel san Miguel, patrón de nuestra villa y centro absoluto de la fiesta. Yo encarnaría al guerrero de Dios, el conquistador, el que sometió a Lucifer y derrotó a Satanás con su espada de fuego... El instrumento de la paz divina.

Las calles estaban abarrotadas, con anchas hileras de gente aguardando mi paso en cada acera. Me observaban desfilar con absoluta devoción. Había lágrimas, manos extendidas buscándome y creo que algunos hasta se postraron de rodillas a mi paso.

Al principio me costó identificar el sentimiento que se escondía tras todas esas miradas emocionadas. Después comprendí que se trataba de una suma de admiración y temor. Sabían que tenían delante a un elegido, a alguien de quien dependía la salvación de una humanidad pecadora y culpable.

Aquel día lo supe por fin.

Soy san Miguel. Bajo mi cuerpo de simple mortal se esconde el alma del arcángel. Vi las miradas de mis vecinos, vi la adoración y el respeto en sus ojos. Vi el miedo. Porque ellos también lo comprendieron. No estaban asistiendo a una procesión más. Quien desfilaba por las calles de Oñati no era un simple vecino con la máscara del arcángel guerrero. No, quien abría aquel día la comitiva de los apóstoles era la encarnación de san Miguel, descendido de los cielos para impartir justicia. El mundo que conocíamos estaba condenado y solo yo podía salvarlo. Igual que el arcángel salvó el reino de los cielos tras vencer en una cruenta batalla al dragón que encarnaba al mismísimo Satanás.

Era algo que sabía desde niño, desde que mi padre me habló de mis raíces, pero fue esa mañana cuando Dios me desveló mi verdadera identidad y la misión que quería encomendarme.

Doce apóstoles. Doce. Igual que esos vecinos enmascarados que desfilaban a mi sombra. Igual que esos hombres de roca de los que Oteiza se había valido para hacerme llegar su mensaje.

Doce pecadores ofrecidos para alcanzar el perdón. El suyo y el de todo un mundo que hace tiempo que ha naufragado, abrazado a los demonios del pecado y el egoísmo.

60

Miércoles, 12 de mayo de 2021
San Pancracio de Roma

Está muerta.

Abandonada a la entrada de su dormitorio, una alcoba precaria que huele a humedad y cuya penumbra le sirve de mortaja.

No es diferente a las víctimas anteriores. Su torso ha sido abierto de arriba abajo, las manos, dispuestas a ambos lados del tajo, ligeramente separadas del cuerpo, como si flotaran por influjo de alguna fuerza que las repele del vacío de sus entrañas.

—Aquí está el resto —apunta Cestero llegándose hasta los pies de la cama, donde el asesino ha desechado las vísceras.

Las moscas zumban contrariadas alrededor de las ertzainas. Han alzado el vuelo al verlas aparecer, aunque muchas comienzan a posarse de nuevo sobre el amasijo de órganos al comprender que la fiesta no va con ellas.

Julia busca una mascarilla para cubrirse la nariz y la boca. El olor dulzón de la muerte le revuelve las tripas.

La visión de la serora sin vida, con los ojos fijos en el techo, pero aparentemente serena, la hace sentir extraña.

Hoy no hay miradas que incomoden, ni preguntas de difícil respuesta.

No hay nada.

Solo el horror de una muerte violenta, el espanto de la incomprensión más absoluta.

—¿Crees que ha sido fray Inaxio? —inquiere con un nudo en el estómago.

No puede imaginar a ese fraile bondadoso llevando a cabo semejante horror. Aunque acto seguido recuerda las palabras de Silvia. Solo alguien con una percepción de la realidad absolutamente distorsionada podría actuar así y no despertar sospechas. Y ese hombre de conversación agradable y vida serena tiene la máscara perfecta para llevar esa doble vida.

El gesto afirmativo de su compañera no hace sino confirmar sus temores.

—Su moto en el escenario no presagia nada bueno. En el escenario y a la hora probable del crimen. He visto suficientes cadáveres como para saber que a Pilar no acaban de matarla —señala Cestero mientras se pone unos guantes de látex. Después coge el antebrazo derecho de la serora y trata en vano de moverlo—. El *rigor mortis* está en su apogeo. ¿Qué nos dice eso?

—Que al menos lleva muerta desde anoche —reconoce Julia. Ella también sabe que los músculos comienzan a contraerse alrededor de tres horas después de la muerte y que es tras doce horas cuando resulta prácticamente imposible mover las extremidades del cadáver.

Cestero consulta su reloj.

—Nueve y veinte de la mañana. Si, como visteis Aitor y tú, el prior estaba aquí poco antes de las ocho de la tarde...

La suboficial no completa el razonamiento y Julia no necesita que lo haga. Ambas saben que las evidencias no acostumbran a mentir.

Las ganas de vomitar de Julia son cada vez más insoportables. De vomitar y de llorar. De rabia y de impotencia. Ha contado a Inaxio secretos y sentimientos que no ha sido capaz de compartir con nadie más. Se sentía a gusto hablando con él. Le inspiraba confianza.

Es increíble, sencillamente increíble, que esto esté ocurriendo.

—¿Cuál será tu pecado? —se pregunta en voz alta mirando a la serora.

—Cualquiera —replica Cestero—. Encontraremos a fray Inaxio y se lo preguntaremos.

Julia se muerde el labio superior y ahoga un suspiro.

—Parecía buena persona...

—Silvia nos lo advirtió —recuerda Cestero—. Un asesino misionero es capaz de llevar una vida plena y exitosa mientras planea los crímenes más espantosos.

—Pero ¿por qué?

—Porque no se siente culpable. Al contrario. Se siente feliz de llevar a cabo la obra para la que ha sido elegido. Dios le ha encargado que extirpe el pecado de la comunidad.

Julia asiente a duras penas. Se siente rota, estafada. Ha fallado. Lo ha tenido delante tantas horas y, sin embargo, no ha sido capaz de descubrir que tras esa máscara de amable apertura se escondía un integrista dispuesto a lo peor.

—No te culpes —la insta Cestero, adivinando sus sentimientos—. Quédate con lo bueno: sabemos quién es. Su juego ha terminado. De nada le servirán ya sus buenas palabras.

Hay algo que ronda a Julia desde que han encontrado el cadáver.

—¿Por qué ha cambiado su forma de actuar?

—¿A qué te refieres? —pregunta la suboficial.

—Hasta ahora llevaba a cabo su crimen y retomaba su vida con total normalidad. Se escondía a la vista de todos. Esta vez, sin embargo, ha desaparecido tras matar a Pilar.

Cestero asiente, pensativa.

—Apostaría por que anoche, aquí, ocurrió algo que desbarató sus planes. Algo con lo que no contaba. No hay motivo que justifique un cambio en el *modus operandi* cuando hasta ahora solo le ha reportado el éxito. —Una melodía electrónica irrumpe en escena. Se trata del móvil de la suboficial—. Es Gaizka —anuncia ella antes de silenciar la llamada.

Apenas han pasado unos segundos cuando las notas musicales vuelven a sonar.

—Contesta —propone Julia.

Cestero decide que será lo mejor. De lo contrario podrían estar así toda la mañana.

—Gaizka, te he llamado porque el laboratorio ha determinado que la cera es tuya, pero ahora mismo no sé si tiene ya importancia. Ya hablaremos, ¿vale?

—¿Mía? ¿En serio?

—Sí, pero ahora no puedo atenderte. Te lo explico más tarde.

—¡Espera! ¡Ane! Te llamaba por Ayala. No ha aparecido por la escuela y no me contesta al teléfono. Me preocupa que el asesino haya vuelto a terminar su trabajo.

—¿Ayala? —La imagen del helicóptero llevándoselo de los pastos de Urbia regresa a la mente de Cestero.

—Sí. Teníamos clase con él. A ver, es bastante despistado, pero después de lo del otro día estamos intranquilos. Es extraño que no conteste las llamadas.

El piercing de la suboficial pasea por sus incisivos, su mirada viaja al cadáver mutilado de la serora. El rostro del director reemplaza de pronto al de esa mujer que hoy no viste de negro.

¿Por qué le permitieron rechazar la escolta? O se equivoca o esa decisión funesta le habrá condenado a una muerte horrible.

61

Miércoles, 12 de mayo de 2021
San Pancracio de Roma

Cristo contempla a los congregados con una ira que hace temblar los cimientos de la cripta. Y no es para menos, porque la noticia de que fray Inaxio podría estar detrás de los crímenes acaecidos ha convertido el templo subterráneo en una auténtica olla a presión.

—Hace tiempo que os digo que este santuario ha vendido su alma al mismísimo diablo —espeta fray Gorka, con su mirada blanca clavada en el resto de la congregación. El rojo intenso de su rostro habla también de furia. Está absolutamente fuera de sí.

Madrazo levanta la mano para pedirle contención. No piensa permitir que se enzarcen en una discusión como la que logró desquiciar a Cestero. Si ha reunido a la comunidad es para tratar de averiguar dónde pueden dar con el prior, no para que aireen sus diferencias.

—Por favor. Les ruego que se centren en lo que nos atañe —pide alzando la voz.

Algunos frailes asienten con gesto serio. Fray Gorka, sin embargo, regresa a su sermón.

—Si en su día hubiéramos escogido a Sebastián como padre superior otro gallo habría cantado en estas montañas. Vosotros, sin embargo, preferisteis a alguien que desde el principio mostró sus cartas. Inaxio no ha engañado a nadie. Yo sabía desde el principio que esto pasaría.

—¿Sabías que era un asesino y no lo denunciaste? —reprocha alguno desde el fondo.

El anciano trata de identificarlo a través de esas cataratas que devoran sus ojos, que, a falta de un culpable, acaban por fulminarlos a todos.

—Salid ahí fuera —escupe señalando las escaleras con su bastón—. Vamos, salid. ¿Qué veis? Mujeres con esos pantalones pegados que ha creado Satanás y hombres en camisetas de tirantes. Y no vienen de lejos, no, que duermen en el hotel de lujo en el que hemos convertido lo que debería ser una austera hospedería. Bueno…, eso cuando no nos metía aquí a los enfermos esos que van a expandir el coronavirus por nuestro santuario. ¡Vamos a morir todos por su culpa!

—Con todos mis respetos, hermano Gorka, lo que estás diciendo carece de sentido —objeta el fraile de pelo cano que sirve las comidas a los ertzainas.

—¡Eso lo dirás tú! Siempre haciéndole seguidismo a Inaxio… ¡Como la mayor parte de los aquí presentes! Si no hubiéramos estado Sebastián y yo para frenaros, hace tiempo que habríais acabado con este lugar sagrado.

—Quizá sois vosotros quienes lo habríais condenado con vuestra ortodoxia. Si algo no puede echársele en cara al padre Inaxio es precisamente no haber sabido adaptarse a los tiempos —se le encara otro.

—¿Adaptarse? ¿Ahora le llamáis así a prostituir la casa de Dios?

Las protestas son ahora generales. Fray Gorka ha ido demasiado lejos.

Madrazo se gira hacia Aitor y resopla. Ha querido dejarles unos instantes para asimilar la noticia antes de insistir, pero la situación se está yendo de las manos.

—Perdonen que los interrumpa —dice alzando la voz. El silencio tarda en llegar, y no lo hace por completo, pero al menos le permite hacerse oír—. Necesitamos saber dónde puede esconderse fray Inaxio. ¿Hay algún lugar…?

—A ver cuánto tarda en venir a por mí… —lo interrumpe un Gorka que no tiene intención de permitir que la conversación avance hacia terrenos prácticos—. Pero conmigo no va a poder. A mí no me pilla por sorpresa ese hereje.

Una nueva protesta se extiende por la cripta.

—No voy a permitir que insultes así al padre Inaxio —intercede el del pelo blanco—. Seguro que todo esto no es sino un desafortunado malentendido. Algo le habrá pasado. En cualquier momento aparecerá y se llevará un buen disgusto cuando se entere de que le hemos colgado el sambenito de asesino de inocentes.

—Por favor —interviene Madrazo.

—Lo que más me duele es que os he estado avisando un montón de años. Y vosotros, ni caso. Que si retiros de yoga, que si apertura… ¡Herejías!

—¡Por favor! —exclama el oficial alzando ambos brazos como un árbitro de boxeo—. ¡Basta ya!

—Sí, basta ya, fray Gorka —lo regaña un fraile relativamente joven que hasta entonces no ha abierto la boca. Su acento permite identificar sus orígenes centroamericanos—. Todo esto es muy poco edificante. Deberíamos dejar de discutir y organizar una vigilia de oración para rogar por la detención del asesino, sea el padre Inaxio o cualquier otro.

El teléfono de Madrazo reclama su atención.

Se trata de Cestero.

Julia y ella continúan en Sandaili, a la espera de que una patrulla las releve en la custodia del escenario del crimen. El forense y el juez todavía tardarán en aparecer. Los de la Científica también han sido avisados y están de camino. Llegarán antes que la comitiva judicial.

—Dime, Ane —saluda tras pulsar la tecla de responder—. ¿Hay novedades por allá?

La suboficial no pierde un segundo en cortesías.

—Acaba de avisarme Gaizka… Javier Ayala también ha desaparecido. Esta mañana tenían clase con él y no se ha presentado. Le están llamando y no responde.

Madrazo siente la noticia como un puñetazo en el estómago.

—¿No estará en los pastos con el escultor? —sugiere tratando de restarle una gravedad que es demasiado consciente que tiene. Su mirada viaja al mural con el que Basterretxea representó a la muerte. El fraile en su ataúd, flores sobre el pecho, pájaros en la cabeza… Transmite una paz que poco tiene que ver con las escenas que construye el Apóstol.

—¿Con Andrés? Es lo que hemos pensado nosotras —admite Cestero—. No. Julia acaba de hablar con él. Está en Belamendi. Se ha contagiado de covid. Gema y él se encuentran confinados en el caserío.

El oficial resopla.

—Si no se le hubiera permitido rechazar la escolta, ahora no estaríamos así. ¡Es increíble! —El silencio que se ha hecho entre los frailes le dice que debe bajar la voz—. Voy a bajar con Aitor a casa de Ayala. A ver qué nos encontramos allí. Ojalá no sea lo que me estoy imaginando.

No he venido a llamar a justos, sino a pecadores para que se arrepientan.

Lucas 5:32

Cuando la enfermedad y el miedo se extendieron por los cinco continentes comprendí que había llegado el momento.

Diez plagas envió el Altísimo para castigar a Egipto y una para golpear nuestra civilización.

El día que nos obligaron a confinarnos supe que esta enferme-dad era el castigo definitivo a una humanidad que había dado la espalda a las enseñanzas de Jesucristo.

Él sufrió por nosotros, murió por nosotros.

¿Y cómo se lo hemos pagado?

Con el pecado y el egoísmo.

Por eso nos envió esta pandemia de muerte y miedo. Por eso y porque necesitaba anunciarme que el momento de actuar había llegado.

El perdón que necesitaba nuestra sociedad llegaría únicamen-te de la mano del elegido, la reencarnación del arcángel que ven-ció al diablo.

El momento de buscar doce almas pecadoras a las que ofrecer la redención había llegado.

Afortunados serían los elegidos a los que convirtiera en esos apóstoles que Oteiza diseñó para marcarme el camino. Afortunados porque sus almas serían purificadas y no se verían obligadas a vagar por el infierno eternamente. Afortunados porque su sacrificio liberaría a toda una sociedad perdida.

Lástima que esa monja entrometida echara por tierra la segunda parte de mi obra, porque gracias a mí esos doce escogidos desfilarían ante los ojos de los vecinos de Oñati por los siglos de los siglos. Cada año, durante la procesión del Corpus Christi, reeditarían ese juramento de obediencia hacia el que los guie, volverían a redimir sus almas y, con ellas, las de toda la humanidad. Y lo harían además por medio de la cera de esas abejas que llevan la sangre de aquellas que yo mismo traje a Arantzazu.

De no haber sido por esa monja movida por la gula y que también precisa ser ofrecida como uno de los doce apóstoles, ese plan maravilloso no se hubiera visto truncado.

Pero un contratiempo no va a detenerme. Mi obra debe continuar.

Todavía ultimaba los planes para comenzar a impartir justicia, cuando Dios quiso que llegaran a mis oídos los devaneos de Arantza, la adúltera cuya alma liberé en la cueva, junto a la ermita de San Elías. Fornicaba con unos y con otros en una espiral lujuriosa que salpicaba el mundo de vergüenza y desgracia.

Cada día que alguien como ella pasaba sobre la faz de la tierra era un insulto a quien lo dio todo por nosotros.

Ella debía ser la primera.

62

Miércoles, 12 de mayo de 2021
San Pancracio de Roma

Es un caserío con aspecto de haber conocido mejores tiempos. El encalado de la fachada necesita un repaso, igual que las puertas y ventanas, que piden a gritos una nueva capa de pintura que las proteja de las inclemencias del tiempo. La hierba de las campas que lo rodean está alta. No hay ovejas que la mantengan a raya. Están arriba, en los pastos de Urbia.

Madrazo llama al timbre. Sin éxito. Si Ayala se encuentra en casa, no está en condiciones de responder.

—No parece muy resistente —señala Aitor dando unas palmadas a la puerta.

—Ahora lo sabremos. Cúbreme —ordena Madrazo antes de tomar impulso para descargar una patada sobre la cerradura.

La madera se comba ligeramente, pero regresa de inmediato a su ser.

La segunda arremetida ofrece idéntico resultado. El oficial acerca el cañón de su arma al cerrojo. Su dedo acaricia el gatillo al tiempo que pide a sus oídos que se preparen para la deflagración.

—Espera, déjame probar —le pide Aitor haciéndolo a un lado.

Madrazo lo ve apretando con fuerza los puños y concentrándose como un auténtico luchador de kárate. De no ser consciente de que tras esa puerta puede esperarlos una escena de las que se graban en la retina para el resto de la vida, estallaría en una carcajada.

La pierna derecha de su compañero sale disparada contra la cerradura. El golpe es tan veloz como certero. La planta del pie impacta en el punto exacto y el crujido de la madera acompaña a la puerta abriéndose de par en par.

No hay tiempo de celebraciones ni parabienes.

—¡Policía! ¡Todo el mundo al suelo!

Con sus HK USP Compact siempre por delante, los dos ertzainas recorren cada una de las estancias del caserío. El salón, los dormitorios, el desván, la cocina… Una a una, van abriendo las habitaciones cerradas y revisando cualquier rincón, desde armarios roperos hasta debajo de las camas.

—Nadie —resume Madrazo cuando completan la inspección. La sensación de alivio por no haber encontrado muerto al pastor se entremezcla con la tensión de saber que mientras siga desaparecido no hay nada que celebrar.

—A simple vista no se aprecian signos de forcejeo —añade Aitor.

—A simple vista —recalca el oficial—. Echaremos un vistazo más reposado. Se nos puede haber escapado algún detalle.

El móvil de Aitor irrumpe en la conversación.

—¿Es Cestero? —pregunta Madrazo—. Dile que recorran el camino que Ayala ha tenido que seguir para ir a la escuela. Puede haberlo abordado ahí.

—No es ella. No conozco el número —anuncia su compañero pulsando la tecla de responder—. ¿Diga…? Sí, soy yo… Ah, buenos días, Miguel… Sí, lo llamé por la procesión de Corpus, pero ya no tiene importancia. Lamento haberlos preocupado. Disfruten del viaje… —El ceño de Aitor se frunce—. ¿Cómo dice…? ¿Cuándo fue eso? —El ertzaina clava la mirada en Madrazo, que comprende de inmediato que acaba de recibir una información que va a cambiarlo todo. Aunque todavía no sabe hasta qué punto—. Gracias, Miguel. Muchas gracias por su colaboración.

Cuando cuelga el teléfono Aitor todavía parpadea intentando asimilar la noticia.

—¿Qué? —lo apremia el oficial.

—Ayala… —balbucea Aitor—. Él fue el último arcángel. El estanquero se lesionó días antes de la procesión y le cedió su plaza.

Madrazo frunce el ceño.

—¿Ayala? ¿Entonces…? —masculla mientras trata de ordenar sus pensamientos. Aún no lo ha conseguido cuando repara a través de la ventana en un cobertizo ligeramente apartado del caserío. Es precario, de paredes de madera ennegrecida por los años a la intemperie y una sencilla cubierta de fibrocemento—. Mira.

No necesita decir más para que su compañero le siga al exterior y le cubra en su aproximación. No hay ventanas ni nada que permita asomarse a lo que parece ser un corral en desuso.

Un fugaz barrido visual de la puerta no muestra telarañas ni otros indicios de que lleve tiempo sin abrirse. Madrazo coge la manilla y tira hacia abajo lentamente. Después da un fuerte empujón que pretende abrirla por sorpresa.

—Cerrado —dice antes de hacerse a un lado para invitar a Aitor a disparar su patada circular.

La primera reacción de los ertzainas en cuanto las linternas se abren paso en esa oscuridad absoluta es dar un paso atrás.

Hay gente ahí.

Los ojos de esos extraños no muestran sorpresa ante la intromisión.

Solo indiferencia.

—Las máscaras —comprende Madrazo.

Cuatro apóstoles.

Los cuatro que fueron sustraídos del convento.

Están colgados de la pared, igual que trofeos de caza.

A sus pies se extiende una mesa de trabajo comida en parte por la carcoma.

Otros rostros, en este caso de un ligero tono azulado que les brinda un aura fantasmal, descansan sobre ella. Se trata de los moldes obtenidos a partir de los cadáveres de las tres primeras víctimas. Los mismos que sirvieron para fabricar las máscaras falsas que el Apóstol introdujo en el baúl del convento.

En una estantería lateral hay varias caretas a medio terminar. Quien trabajaba en ellas las ha desechado, seguramente por alguna imperfección que las alejaba de las originales.

—Es espantoso —reconoce Aitor.

También hay algunos lingotes de cera apilados, dos sacos de alginato dental de secado rápido, pintura acrílica de diferentes colores y una paleta para mezclarlos. Y pinceles, por supuesto, también pinceles. Finos y gruesos, de varios tamaños y formas.

Aitor toma unas fotos de todo mientras Madrazo repara en un listado fijado a la pared con una chincheta. A simple vista se diría una lista de la compra, pero la primera línea, que aparece tachada, igual que la segunda y la tercera, aclara que se trata de algo mucho más macabro.

Arantza.

Doce nombres.

Doce.

La cuarta línea corresponde a la serora. Hasta ahí no hay sorpresas. Sin embargo, fray Inaxio no ocupa el siguiente lugar. La quinta es una mujer: Gema. Su marido también aparece, aunque su turno está bastante más abajo. Y Peru; el joven aprendiz truncado de pastor también forma parte de los pecadores cuyas almas ha decidido purificar el Apóstol.

Junto a los nombres hay anotadas indicaciones sobre dónde y cuándo abordarlos.

—El prior es quien cierra la lista —señala el oficial.

Aitor asiente. También él se ha dado cuenta de ello.

—¿Y si ayer, cuando vimos su moto en Sandaili, fue testigo accidental del asesinato de Pilar? Eso podría haber obligado a Ayala a cambiar de plan.

Madrazo observa una vez más el papel.

—No ha pasado por aquí desde anoche. De lo contrario habría tachado también el nombre de la serora... —comenta antes de girarse hacia Aitor—. Saca una foto a la lista y envíala a la comisaría. Hay que proteger urgentemente a quienes forman parte de este listado.

Mientras su compañero obedece sus órdenes, el oficial marca el número de Cestero.

—¿Hay novedades? —lo saluda la voz de ella.

El oficial resopla.

—Es Ayala, Ane. Acabamos de encontrar las máscaras en su casa.

Cestero tarda unos segundos en comprender lo que eso significa.

—Entonces fray Inaxio...

—Fray Inaxio es su última víctima —continúa Madrazo—. Tenemos que averiguar dónde lo retiene, si es que no lo ha matado ya.

63

Miércoles, 12 de mayo de 2021
San Pancracio de Roma

—¿A qué esperan para venir? —Cestero aguza el oído pero no se oye coche alguno acercándose a través del desfiladero.

—Pobre mujer —comenta Julia a su espalda—. Siempre preocupada por las almas del resto y a saber dónde se encuentra ahora la suya. Quizá debiéramos encenderle una argizaiola.

—Ya lo hizo Ayala. —La suboficial señala la tablilla quemada sobre la encimera—. Pero no se preocupó de girarla. Cuando la llama llegó al borde prendió la madera y la vela se quemó en lugar de consumirse lentamente. Suerte que la encimera es de obra, de lo contrario podría haber ardido toda la casa.

—Apostaría por que la encendió ella antes de morir. Siempre fue un paso por delante y creo que sabía que se acercaba su hora —dice Julia.

—No sé. No me extrañaría que la hubiera prendido el propio Ayala. Al fin y al cabo, si es como creemos, está tratando de purificar sus almas y algo así no parece reñido con ayudarlas a encontrar su camino entre esas supuestas tinieblas de las que siempre hablaba la serora. —Cestero hace una pausa para escuchar. ¿Es un coche eso que se acerca? Sí. Por fin... La esperanza, sin embargo, dura lo que tarda en pasar de largo, rumbo al núcleo rural de Araotz—. ¡Es increíble, joder! ¡Menuda pérdida de tiempo!

—Vete. Ya me quedo yo —plantea Julia.

Cestero sacude la cabeza.

—No pienso dejarte sola aquí.

—Voy armada —objeta su compañera.

La mirada de la suboficial trata de volar, pero se da de bruces con la niebla. A pesar de que han inspeccionado la cueva y no han encontrado rastro de nadie, Ayala podría ocultarse en cualquier lugar. Podría incluso estar escuchando su conversación. No hay mejor aliada para jugar al escondite que esa sábana blanca que cubre el mundo por completo.

—Armada o no, el protocolo dice que no debemos separarnos. Y nada de dejar el cuerpo del delito y el escenario sin vigilancia.

—¿Ahora te ciñes a protocolos?

Cestero no responde. Piensa en ese hombre que ha conseguido engañarlos a todos. Ella misma ha estado sentada con él celebrando ese primer queso de Gaizka y se ha enternecido viéndolo cuidar del rebaño.

Silvia no se equivocó. Ayala ha sabido mantener una doble vida en las últimas semanas, un hombre modélico a ojos de todos y un asesino despiadado cuando los demás no miran; un auténtico doctor Jekyll y mister Hyde en las montañas de Oñati.

La mente de la suboficial viaja a esa escultura infame que representa al asesino como un buen pastor de almas.

Sin pretenderlo, otros han ayudado a que prendiera la mecha del horror.

El arcángel san Miguel en el último Corpus antes de la pandemia, el Jesucristo de la escultura de Andrés Oleta… Demasiados detonantes para una mente dispuesta a hacer boom al más mínimo impulso.

Un mensaje hace vibrar el móvil de Cestero. Quizá se trate de Madrazo o de Aitor, aunque no ha pasado tiempo suficiente para que hayan llegado a los pastos de verano.

No, el wasap es de Gaizka.

Falsa alarma. Ayala está confinado en casa. Covid. Contacto estrecho.

El pulso de Cestero se acelera.

¿Cómo que en casa?

Sus compañeros acaban de salir del caserío del director de la escuela.

Los dedos de la suboficial se mueven ágiles por la pantalla del móvil y apenas unos segundos después la voz de Gaizka se escucha por el auricular.

—¿Has leído el mensaje? Perdona por haberte alarmado sin motivo.

—¿Quién te ha dicho que está en casa? —inquiere Cestero atropelladamente—. ¿Has hablado con Ayala?

—Sí. Acaba de llamarme para avisar de que hoy no vendrá a la escuela. Parece que Andrés, el artista, tiene el virus y últimamente han pasado tiempo juntos con eso de la escultura.

—Joder... —exclama la suboficial.

—¿Qué pasa, Ane? Deberías estar contenta. ¡Está a salvo! —El tono de su amigo es de absoluto desconcierto.

—Gaizka, Ayala no está en su casa. Mis compañeros acaban de estar allí. Tienes que ayudarme a localizarlo antes de que sea demasiado tarde.

—No entiendo nada... —indica su amigo tras unos instantes—. He hablado con él.

Cestero comprende que no puede seguir ocultándole la verdad si pretende obtener su ayuda.

—¡Es el Apóstol! Ayala es el asesino que estamos buscando y creemos que tiene a fray Inaxio. ¡Necesitamos encontrarlo antes de que lo mate! Tú lo conoces. ¿Dónde crees que podría haber llevado al fraile para convertirlo en un apóstol?

—¿Ayala? —la voz de Gaizka suena escéptica—. No puede ser, Ane. Os estáis equivocando. Ayala es muy buen tío. Él no... Él también fue víctima del Apóstol. ¿Acaso lo has olvidado?

—Es él, Gaizka —sentencia Cestero—. Aquello del ataque en su borda lo hizo para desviar nuestra atención. Necesitaba sacarnos del convento donde había agredido a aquella monja... ¿Dónde puede estar? ¡Piensa, vamos!

—No sé... ¿Seguro que no está en su casa? —insiste el joven—. ¿Habéis mirado en su borda, en las campas de Urbia?

La suboficial asiente. Es precisamente adonde Aitor y Madrazo estarán a punto de llegar.

Y también donde a ella le gustaría estar.

64

Miércoles, 12 de mayo de 2021
San Pancracio de Roma

El coche de Aitor salta con cada bache del camino, abriéndose paso en un territorio sobre el que reina un cielo azul al que clava dentelladas la sierra de Aizkorri. Miles de ovejas y caballos ponen una nota de color en el verde intenso de una pradera que parece no tener fin. Un paisaje tan amable que se diría recién salido de la paleta de un pintor costumbrista.

Nada desentona esa mañana en los pastos de verano.

Nada salvo los nervios que agarrotan a ambos policías desde que han descubierto el macabro taller de trabajo donde Ayala convierte los rostros de sus víctimas en los apóstoles del Corpus.

O lo hacía hasta que aquella monja lo descubrió en pleno robo.

La majada aparece de repente, tras un leve repecho que por unos instantes no deja ver más que hierba, hierba y más hierba.

Pero ahí está, con sus chabolas dispersas, de piedra y teja, cargadas de años y de vivencias. Sería una estampa bucólica de no ser porque en una de ellas podría estar produciéndose un asesinato.

Un rugido metálico hace arrugar el gesto a Aitor, que parece sentir el dolor en su propia piel. Sin embargo, no levanta el pie del acelerador. No es momento de preocuparse por los bajos del coche. Solo de llegar cuanto antes a la borda de Ayala. Cualquier segundo perdido podría resultar fatal.

—Sin noticias de la localización —comenta Madrazo comprobando los correos en el móvil. Están a la espera de que la compañía les pase los datos de triangulación de la última señal emitida por el teléfono de Ayala.

—Tardarán, ya sabes. Desde que les llega la orden del juzgado hasta que lo hacen suele pasar tiempo.

—Pues tiempo es precisamente lo que no tenemos —lamenta Madrazo conforme se acercan.

Un pitido y una luz roja en el salpicadero indican de pronto que algo va mal. Después el coche se detiene en seco.

—Mierda… El cárter —lamenta Aitor dirigiendo la mirada al retrovisor—. Hemos dejado un reguero de aceite por todo el camino.

El sonido del lubricante cayendo a chorro sobre la gravilla no hace sino confirmar sus palabras.

Afortunadamente, solo faltan unos metros para llegar a la aldea pastoril, pero regresar al valle será harina de otro costal. No podrán hacerlo hasta que alguien suba a por ellos.

La escultura en la que Andrés Oleta lleva semanas trabajando es la encargada de darles la bienvenida. La roca caliza que perpetuará la imagen de Ayala comienza a adoptar cierta forma de pastor. Hoy parece una broma de mal gusto.

En su borda no se aprecia movimiento alguno.

Es Aitor quien arremete esta vez contra la puerta, que cede a la primera.

No hay nadie en su interior.

Ni en ella ni en ninguna otra de las chabolas que componen la majada.

65

Miércoles, 12 de mayo de 2021
San Pancracio de Roma

Tiene que tratarse de un error. Se están equivocando. Javier Ayala es el alma de las montañas de Oñati. A él le deben que cada vez haya más jóvenes que se animen a intentarlo con una profesión tan antigua como el pastoreo. Si no fuera por las ganas que le pone a la escuela algo así no sería posible. Porque Ayala consigue que hasta lo más complicado parezca sencillo y logra que los recién llegados no se desanimen ante las dificultades propias de trabajar con animales.

—No puede ser —se repite Gaizka conforme abandona el edificio principal de la escuela para dirigirse al corral.

La soledad de la temporada de verano se palpa en el ambiente. No hay balidos ni cencerros bajo la techumbre del cobertizo. El rebaño no regresará de las alturas de Urbia hasta que el otoño traiga consigo las primeras nevadas.

Beeeeee.

El balido le hace esbozar una sonrisa triste. Se trata de aquel cordero nacido a destiempo. Aquel al que Ayala salvó la vida vistiéndolo con otra piel. Él es el único que permanece junto a su madre adoptiva en el cobertizo. Hasta los animales viejos y heridos salen estos días a pastar. Ellos se quedan cerca de la escuela, en las campas que rodean la chabola de ahumado de quesos, y regresan al corral cada noche.

Cuanto más lo piensa, más le cuesta tragar saliva. Tiene que tratarse de un error.

Ayala, el hombre que lucha contra viento y marea por que los altos pastos sigan viendo rebaños cada verano, el hombre para el que cualquier cordero es el ser más importante de la creación, el amigo que se lo ha enseñado todo sobre el pastoreo...

—Están equivocados —dice mientras introduce la llave en la cerradura de una puerta lateral. Del otro lado se abre un terreno vedado para el resto de los alumnos: su taller de apicultura.

Fue precisamente Ayala quien le cedió ese espacio para que pudiera guardar sus aperos. Y también fue él quien le explicó cómo cuidar de las abejas. Porque fue el director quien introdujo las abejas en Arantzazu. Gaizka recuerda la pasión con la que se lo narraba aquel día en los pastos. Cómo iba para prior pero decidió abandonar la vida conventual porque sentía que ya no podía aportar nada nuevo a Dios... De no haber sido por esa conversación, no se habría animado a hacerse cargo de las colmenas cuando resultó evidente que fray Gorka ya no podría ocuparse de ellas y los frailes buscaron ayuda externa.

¿Cómo iba a ser un asesino alguien así?

Gaizka enciende la luz. Los tarros de miel están ahí. Unos, más claros; otros, más oscuros, como si se tratara de las creaciones de un genial alquimista. La época de la cosecha es la responsable de la diferente tonalidad, pues todo depende de las flores en las que las abejas recolecten el néctar.

No quedan muchos frascos. El joven cuenta con clientes fieles, y prácticamente toda la miel que le corresponde acaba endulzando la vida de sus familiares y amigos.

El polen también se vende bien, especialmente cuando está recién recolectado.

Pero no son la miel ni el polen los que le interesan esa mañana.

Las cajas de cartón donde almacena la cera están en una esquina.

No acostumbra a prestarles atención, porque, a diferencia de la miel, esos lingotes dorados que fabrica a partir de los panales viejos no tienen salida. Solo en una ocasión vendió un par de ellos a una muchacha de Aretxabaleta que quería iniciarse en la fabricación de velas con la intención de venderlas en ferias medievales. Su proyecto no debió de funcionar, porque jamás regresó en busca de más materia prima.

Gaizka se apresura a abrir una caja y después la otra. Nunca se ha parado a contabilizar la cantidad de cera que guarda, pero recuerda que era claramente superior a la que tiene ante sus ojos.

La saliva ya no logra ir más allá de la garganta. El nudo se ha estrechado tanto que comienza a asfixiarlo.

Alguien le ha estado robando.

La imagen de Ayala arropando al corderito con la piel de su primo muerto regresa con fuerza a su cabeza.

No puede ser.

Ahora su mente le trae las palabras del director de la escuela. Fue él quien le animó a no rechazar la cera que le corresponde en el reparto. Nada de quedarse solo con la tercera parte de la miel y el polen.

—Vete a saber... Quizá algún día te sirva para algo. O tal vez te surja un comprador. A la Iglesia no hay que regalarle nada. Nunca. Bastante se queda ella sin nuestro permiso —le dijo el director. Tal vez no exactamente con esas palabras, pero no eran muy diferentes.

El regusto amargo de la traición sube a su boca en forma de bilis.

Gaizka no necesita cerrar los ojos para revivir el horror más absoluto. Arantza Muro abierta en canal en la cueva, sus vísceras flotando en las aguas mágicas donde buscaba el milagro...

No puede ser. Ayala no...

Las lágrimas que nublan su mirada no logran desterrar los recuerdos que lo atormentan.

El director, ese hombre al que solo sabría calificar de amigo, lo ha tenido engañado. A él y a todos los demás. De pronto es capaz de entender la actitud de Ane cuando apareció en su casa, armada, y preguntando por la cera de las abejas. La confianza es un privilegio que ella no puede permitirse. Y parece que él tampoco.

Las últimas palabras de Ayala reverberan ahora con la fuerza de las cosas que hieren.

—…confinado en casa, pero me encuentro bien. Iré en cuanto pase la cuarentena.

Gaizka aprieta los puños con rabia. Y es entonces cuando repara en que algo en la llamada no encajaba. Algo desentonaba en la melodía con la que el director pretendía continuar encantando a las serpientes.

Pero ¿cuál era esa nota discordante que no ocupaba el lugar del pentagrama que le correspondía?

Beeeeee.

El corderito le llama desde ahí fuera.

Gaizka trata de concentrarse. Sabe que hay una clave que ha pasado por alto.

Beeeeee.

La cría vuelve a reclamar su atención.

—Ya voy… No seas pesado… —masculla Gaizka obligándose a mantener los ojos cerrados. El aroma dulzón de la cera no contribuye precisamente a calmar sus nervios. Maldita sea, sabe que hay algo…

Un nuevo balido abre los ojos del joven de par en par.

Ahora sí. Lo tiene.

Dichosos los perseguidos por hacer lo
que es justo, porque de ellos es el reino de
los cielos.

Mateo 5:10

Sebastián y Fernando. Fernando y Sebastián. Ellos también necesitaban ser ofrecidos como apóstoles. Sus almas estaban condenadas a compartir la eternidad con Satanás. Tuvieron suerte de no encontrar en mí deseos de venganza por el dolor que sembraron con aquel montaje que me destruyó.

Antes de entregarlo a Dios, allá en la ermita de Urbia, logré que fray Sebastián confesara que todo fue idea suya. El alavés y su hermana no fueron sino meros comparsas de un plan urdido con la única finalidad de expulsarme de una elección que todos en el santuario dábamos por segura.

¡Qué glorioso hubiera sido un Arantzazu guiado por mí! Elegir a otro fue ir en contra de lo que deseaba Dios, y por eso el santuario ha ido perdiendo frailes año tras año. Menos mal que el traidor Sebastián no salió elegido ni entonces ni en ninguno de sus intentos posteriores. Con él al frente la debacle hubiera sido más rápida y hoy no quedaría ni un solo hermano en las montañas de Oñati.

He de reconocer que fallé al no adelantarme a la trampa, porque algo extraño presentí cuando Fernando y su hermana se presentaron en el almacén donde guardaba los aperos de apicultor. Ella se quejaba de una torcedura en el tobillo y me rogaron que le aplicara una cataplasma de verbena, cera y miel. Mientras la preparaba, Fernando dijo algo de ayudar a su padre con la descarga de las piezas de alfarería que llevaban en la furgoneta y nos dejó sospechosamente solos.

Allí no sucedió nada. Me apresuré a terminar deprisa el vendaje mientras ella me observaba con gesto culpable. Entonces no supe leer su mirada, pero después comprendí que estaba al corriente de los planes de fray Sebastián y su hermano.

Nadie quiso escucharme cuando negué haber intentado deshonrarla. Ya se había asegurado Sebastián de que todos me vieran como un degenerado. Él quería ser prior y estaba dispuesto a llegar al cargo a cualquier precio. No sé qué le prometió a ese pobre Fernando que años después renegó hasta de sus orígenes, abandonando la alfarería que su familia venía desarrollando durante generaciones para ponerse a tallar madera.

Tanto uno como otro eran culpables. La muchacha también, por supuesto, pero quiso Dios que la enfermedad me arrebatara la ocasión de ofrecer su alma. Desde que murió, hace ya unos cuantos años, arde en las llamas que alimenta el pérfido Satán que los movió aquel día.

Llegar hasta Narbaiza fue sencillo. Tanto control en la carretera, y la montaña, entretanto, tan libre como siempre. Como si la Llanada Alavesa y Oñati no estuvieran unidos por caminos que cualquier vecino que peine canas conoce como la palma de su mano. Y así, con todos esos polis buscando entre quienes se movían por asfalto, fue muy fácil pasar desapercibido.

No van a detenerme, ¿sabes?

Primero tengo que terminar mi obra.

Tú serás el quinto, y ya solo quedarán siete más.

Sé que estás agradecido por la oportunidad que te brindo. Son tantos quienes desearían purificar su alma y tan pocos los afortunados que habéis sido elegidos.

66

Miércoles, 12 de mayo de 2021
San Pancracio de Roma

El motor del Clio ruge con rabia, dejando atrás el desfiladero de Jaturabe y esa niebla que lo obligaba a circular a un ritmo infernalmente lento. Cestero sujeta el volante con fuerza, apurando al máximo en cada una de las curvas que las llevan montaña arriba, hacia la carretera principal.

Por fin han llegado los refuerzos, dos agentes uniformados que se harán cargo de la custodia del escenario del crimen de la serora hasta que se presenten la Científica y la comitiva judicial. Lo han hecho justo en el momento en que Gaizka la llamaba para contarle que ha descubierto dónde está Ayala.

Una curva más y el cruce aparece ante ella.

De un lado, Oñati; del otro, las alturas de Arantzazu, donde se encuentran el santuario y la escuela de pastores. Es a esta última precisamente adonde quieren llegar las dos ertzainas.

—Derecha —le indica Julia tras consultarlo con la pantalla de su teléfono.

La suboficial no contesta. Sabe que es hacia allí. Una vez que lleguen a la escuela la ubicación en tiempo real que Gaizka está compartiendo con ellas será vital para dar con el lugar exacto, pero hasta el centro de formación de pastores conoce sobradamente el camino.

—Estamos a cuatro minutos —anuncia Julia.

—Tres —la corrige Cestero pisando con más fuerza el acelerador. Si el navegador dice cuatro, ella hará lo que sea necesario por robarle un minuto. Porque de esos sesenta segundos podría depender la vida de fray Inaxio.

Las ruedas del Clio chirrían en las curvas y vibran en las escasas rectas de la subida. La aguja del depósito de combustible se encuentra próxima a la reserva, aunque todavía no invita a la preocupación.

A la velocidad que circulan el desvío hacia la escuela de pastores tarda menos de lo esperado en aparecer.

Hay movimiento en el caserío que acoge las aulas. O, más bien, en su exterior. Ajenos a lo que está sucediendo con Ayala, una decena de alumnos charlan apoyados en sus motos. Unos fuman, otros dan cuenta del almuerzo... A falta de profesor, su mañana discurre plácida.

Cestero conduce a través de sus miradas curiosas hasta que una valla de madera impide seguir adelante. Del otro lado arranca una senda que se adentra en el bosque.

—¿A cuánto estamos? —inquiere la suboficial saliendo del coche.

—Ciento cincuenta metros. Ciento sesenta, setenta... —se corrige Julia—. ¡Sigue alejándose!

Cestero suspira.

—Esperaba que tuvieran la chabola de ahumado algo apartada de las aulas para que el humo no les molestara, pero tanto... —protesta echando a correr por el sendero.

Tras unos pocos pasos, su compañera se detiene en seco.

—Lo he perdido —anuncia mostrándole el mapa. La bolita azul que ubicaba a Gaizka en la pantalla ha desaparecido.

Cestero suelta un juramento y desenfunda su arma. Está cargada, lista para disparar.

—Es la cobertura. La nuestra también es muy débil... —deduce Julia—. Mira, por hablar... Acabo de quedarme sin red.

La suboficial comprueba su móvil.

—Mierda… Yo tampoco tengo línea… Joder, y Gaizka metiéndose en la boca del lobo. No me perdonaría que le pasara algo —lamenta cada vez más fuera de sí.

— Vamos, venga. No te fustigues, Ane —la anima Julia. Ella ha sido testigo de la conversación. Cestero le ha pedido que no se le ocurriera ir en busca de Ayala. Que las esperara, que eso de enfrentarse a gente así no es ningún juego—. Solo tenemos que seguir este camino. No hay pérdida posible. Todavía lo alcanzamos antes de que llegue a la maldita caseta.

Cestero reemprende la carrera. Tiene razón su compañera. Gaizka tampoco les saca tanta ventaja. Llegarán a tiempo de pedirle que se aparte y que las deje hacer las cosas como corresponde.

Su esperanza, sin embargo, dura los escasos segundos que tarda una bifurcación en aparecer en medio del camino.

67

Miércoles, 12 de mayo de 2021
San Pancracio de Roma

La pequeña chabola de mampostería se recorta entre los árboles. Solitaria, cargada de años, con un tejado de hojalata sobre cuyas puntas se han dispuesto piedras para que el viento no lo haga salir volando. El humo que brota a través de la puerta enrejada y de otros resquicios que nadie se ha molestado en tapar cuenta que ya no se emplea para guardar aperos de labranza.

Huele a madera quemada. Haya, roble y castaño. Es ella la que brinda a los quesos ese toque tan peculiar de la denominación de origen Idiazabal.

Gaizka se detiene a la orilla del claro.

No se percibe más movimiento que el de los jirones de humo que bailan entre las ramas de los robles que bordean la pradera.

Un balido metálico, chirriante, le dice sin embargo que no está solo.

Es la oveja negra a la que lleva días curando. Apenas cojea ya. Pronto podrá subir a los pastos de verano con el resto del rebaño. De momento tiene que conformarse con ese prado que se extiende junto a la caseta de ahumado.

Ha sido ella quien lo ha puesto sobre la pista. Ese balido afónico, inconfundible, se ha colado en la llamada de Ayala. Ha sido una vez, antes de que el director se haya despedido precipitadamente, fingiendo un ataque de tos que ahora Gaizka comprende que solo pretendía enmascarar un sonido tan característico.

—Vete, vamos —le susurra el joven dándole una palmada en el lomo. Es imposible pasar desapercibido con un animal tratando de llamar la atención junto a sus piernas.

La oveja se resiste unos instantes. Bala y vuelve a balar, con ese timbre de carraca vieja, hasta que al final repara en unos brotes que le resultan especialmente apetitosos y deja marchar a Gaizka.

El joven avanza por la orilla del claro. Decidido, pero a hurtadillas. Sabe que es en vano tras esa llegada anunciada con trompetas y tambores. La misma oveja que ha delatado a Ayala habrá alertado ahora al director de su llegada.

Tal vez por eso no haya nadie a la vista.

Cada ciertos pasos Gaizka se detiene a escuchar.

No se oye nada. Ni pasos ni voces. Solo el trino de algunos gorriones y las esquilas de las pocas ovejas que pastan cerca.

Cuando el joven alcanza por fin la chabola repara en el aroma a queso que brota de ella. Los matices, todavía dominantes, de la leche fermentada le cuentan que las piezas que se están ahumando no llevan dentro más de veinticuatro horas. Conforme avance el tiempo el olor a humo enmascarará el resto.

Pero eso poco importa ahora. Su rostro se acerca con cuidado a las rejas de la puerta. La humareda que flota tras ella hace improbable que nadie se oculte en el interior.

Algunos quesos se dibujan en las baldas que cubren las paredes.

No son ellos quienes le hacen dar un respingo, sino la silueta tendida en el suelo.

Fray Inaxio.

Tiene los ojos cerrados y una mordaza en la boca. Está atado de pies y manos.

Gaizka no pierde el tiempo.

Sus manos retiran el pestillo y se apresuran a abrir la puerta. Tiene que sacarlo inmediatamente de ahí o el humo lo matará.

—Despierta… Vamos, Inaxio, despierta —masculla dándole unas palmadas en la cara.

El religioso no responde, aunque al menos parece que tiene pulso.

Sin poder evitar un ataque de tos, Gaizka se coloca tras él y lo coge por el pecho para arrastrarlo al exterior. Pesa más de lo que aparenta y, por si fuera poco, sus botas se aferran a cada uno de los resquicios del suelo de piedra.

Apenas ha logrado llegar con él al exterior cuando repara en la sombra que se le acerca por la espalda.

Es demasiado tarde.

Antes de que pueda reaccionar, algo tira de su cuello hacia atrás.

—¡Maldita sea! Tú no tendrías que estar aquí… ¡Tú no! —Es la voz de Ayala, aunque sazonada con el tono amargo de la tristeza—. Lo siento, Gaizka… Lo siento de verdad.

El joven trata en vano de arrancarse esa cuerda que le roba el aire.

El dolor de los pulmones, que arden por la falta de oxígeno que trasladar a su torrente sanguíneo, no tarda en resultar insoportable.

Duele mucho. Tanto que parece que vayan a explotarle.

Aunque todavía es más doloroso comprender que para él todo ha terminado.

El que se aferre a su propia vida, la perderá, y el que renuncie a ella por mi causa, la encontrará.

Mateo 10:39

Esa mujer era un insulto a nuestra religión.

Sabías que jugaba a ser Dios robando bebés a sus madres legítimas, ¿verdad?

Vendía esos niños a familias que ella decidía que eran merecedoras de poder contar con descendencia. Ella y otras como ella. Lo hicieron durante un montón de años, con decenas de bebés a quienes robaron la vida que les correspondía.

¿Existe acaso mayor herejía que llevar a cabo un plan tan diabólico en nombre del Altísimo?

¡Como si no fuera de Dios la decisión de sembrar un vástago en el vientre de una mujer y no de otra!

Cuando supe de esa redada en el convento de Gernika, no tuve más que atar cabos para comprender de qué venía huyendo cuando llegó a Oñati.

Se trataba de una de esas monjas.

Ahora sé que Dios quiso traerla cerca de mí para que su alma fuera una de las doce a las que ofreciera el perdón.

Lástima que tuvieras que entrometerte. Si no hubieras aparecido en Sandaili cuando salía de convertirla en uno de mis apóstoles, hoy todavía no estarías aquí.

Me obligaste a cambiar de planes.

Había reservado para ti el lugar de honor, el del apóstol número doce. Quería que fueras el último ofrecido, el que cerrara el círculo y lograra el perdón definitivo para esta humanidad perdida. Necesitaba confesarte todo esto antes de concluir mi misión, porque sé que cuento con tu aplauso. Porque me consta que has sido un buen prior, que has buscado lo mejor para Arantzazu, y mereces que comparta contigo esta gran obra de la que también formas parte.

Porque también tú has pecado.

Sabías tan bien como yo que esa monja era culpable, y permitiste que ensuciara el nombre de estas montañas estableciéndose como custodia en una ermita tan querida como San Elías.

Y algo así, sé que estás de acuerdo conmigo, necesita la redención que voy a brindarte.

68

Miércoles, 12 de mayo de 2021
San Pancracio de Roma

Es el olor a humo el que le dice a Cestero que va por el buen camino.

Julia y ella se han echado a suertes qué sendero seguiría cada una y a ella le ha correspondido el de la izquierda. El protocolo dicta que deben permanecer unidas, pero al llegar a la bifurcación Ane ha propuesto esquivar las normas y Julia se ha limitado a sonreírle y a decirle que le gusta más esa Cestero.

Una sencilla construcción aparece enseguida ante la suboficial. El humo flota a su alrededor. Brota de ella y se queda bailando cerca, como si temiera que al alejarse dejara de escucharse la música que lo hace danzar.

Tiene que tratarse de la caseta donde los aprendices de pastor ahúman sus quesos, esa en la que Gaizka ha situado la procedencia de la última llamada de Ayala.

La tiene a menos de cincuenta metros, semioculta entre los robles.

Cestero comprueba su móvil. Continúa sin cobertura. Le gustaría avisar a Julia. Tampoco puede llamar a Madrazo o a Aitor, aunque ellos poco podrán hacer hasta que alguien acuda a los pastos de verano a recogerlos.

Un momento…

Hay movimiento en la chabola.

Es Gaizka. Acaba de salir del interior. ¿Es una persona lo que porta a duras penas entre los brazos?

Otra figura emerge entonces de entre los árboles y se lanza contra él.

El forcejeo es evidente y pronto lo es también el sonido bronco que indica que alguien se está asfixiando.

Cestero corre a toda velocidad hacia la caseta, ahuyentando a su paso a una oveja negra que pastaba a la orilla del sendero.

—¡Suéltalo! —ordena mostrando su arma.

El agresor la observa con gesto inmutable. Sus ojos negros, serenos, y su sonrisa beatífica no encajan con la cuerda que sostienen sus manos y que estrangula a Gaizka.

—¡No te acerques! —ordena Ayala reculando unos pasos. Los tirabuzones castaños de la peluca ocultan por completo su cabello blanco, pero su barba asoma bajo la máscara del arcángel san Miguel.

—No quieres hacerle daño. Es Gaizka. Él no ha pecado —intenta la suboficial, tratando de adaptarse al idioma de su delirio.

A pesar de que Ayala parece titubear unos instantes, las palabras de Cestero no logran tregua alguna. Al contrario, esa cara inexpresiva, casi infantil, tensa aún más la cuerda que asfixia al aprendiz de pastor.

—¡Atrás! ¡Ni un paso más! —exclama sin mover los labios de cera.

Cestero se gira hacia fray Inaxio. Está tendido en el suelo. Un brazo hacia allí y el otro hacia allá; una pierna doblada completamente y la otra estirada… Tirado como un trapo viejo.

La suboficial se muerde el piercing con rabia al comprender que ha llegado tarde.

La situación, sin embargo, no le ofrece ni un segundo para lamentarse. Todavía está a tiempo de salvar la vida de Gaizka.

Los ojos del joven están clavados en ella. Muy abiertos, horrorizados. Se ven muy blancos en ese rostro congestionado. Quizá ni siquiera sean capaces de verla con claridad con la evidente falta de oxígeno a la que lo somete el estrangulamiento.

—¡Suéltalo inmediatamente o estás muerto!

El cañón del arma de Cestero apunta directamente a la máscara. Su dedo índice coquetea con el gatillo.

Ayala libera ligeramente la tensión de la cuerda para permitir respirar a su víctima. Gaizka rompe a toser ahora que algo de aire llega a sus pulmones. Entretanto, el director va arrastrándolo hacia los árboles que rodean el claro donde se encuentran.

Algo blanco llama la atención de Cestero. Oculto entre las ramas se aprecia un coche. Ayala tiene ahí su todoterreno. Habrá algún camino transitable que le ha permitido llegar sin tener que cargar con su víctima.

La ertzaina trata de situarse entre el director y el vehículo. Quiere cortarle cualquier vía de escape.

—¡No des un paso más! —exclama Ayala al comprender sus intenciones. La cuerda vuelve a tensarse nuevamente. Esta vez con más fuerza, si cabe. Gaizka deja de toser. Y también de respirar. Apenas emite ya un lamento ronco—. Tienes que dejarme marchar. ¿No lo entiendes? Si no termino mi misión la humanidad lo pagará caro. Es Dios quien me ha elegido para expiar los pecados del mundo. Yo solo soy su enviado, como lo fue Jesús de Nazaret.

Mientras habla, Gaizka ha comenzado a convulsionar. Sus ojos ya no ruegan el auxilio de la suboficial, sino que aparecen fijos en el vacío.

Cestero piensa en Olaia. Con ella llegó demasiado tarde. No pudo salvarla. Esta vez, en cambio, no piensa permitirse fallar.

—¡Suéltalo! —ordena con todas sus fuerzas. Todavía no ha terminado de decirlo cuando su dedo tensa el gatillo. No una sino dos, tres y hasta cuatro veces.

69

Julia sabe que ha escogido el camino equivocado.

Lo ha adivinado desde que ha dado los primeros pasos por él.

Se lo ha dicho el canto de un petirrojo que la ha seguido unos metros, volando de rama en rama, desbordante de optimismo. Y también los hilos de araña que se ha llevado por delante en su avance y que delatan que nadie ha pasado por allí en los últimos minutos.

Comienza a plantearse dar media vuelta y regresar al cruce donde se ha separado de Cestero cuando suenan los disparos.

Cuatro detonaciones que sumen el bosque en un silencio tenso.

Ya no hay trinos primaverales. Solo el vuelo desordenado de algunos pájaros espantados.

—¡Ane! —clama con fuerza mientras echa a correr a través del bosque.

Los árboles tratan de ponerle la zancadilla, el crujido de la hojarasca resulta ensordecedor bajo sus pies, aunque poco importa ya el silencio. Solo necesita llegar cuanto antes y apoyar a su compañera.

El humo es lo primero que la recibe. Después es la visión de la caseta de piedra. La puerta está abierta y hay alguien tumbado junto a ella.

¡Fray Inaxio!

Su postura no vaticina nada bueno.

Julia corre hacia él y entonces repara en la escena que tiene lugar a apenas unos metros de allí.

Cestero está de rodillas al lado de Gaizka, que respira con dificultad, tendido de costado.

Ayala se encuentra junto a ellos, derribado sobre un charco de sangre que no para de crecer y que tiñe de rojo la máscara de san Miguel que descansa a un par de palmos de su cuerpo. Los agujeros de bala que la desfiguran anticipan lo que Julia encontrará si voltea ese cadáver que le da la espalda.

La cuerda que el director sostiene todavía en una de sus manos, la marca de estrangulamiento en el cuello de Gaizka... Julia se hace una composición de lo sucedido. Algo le dice que esos disparos que Cestero ha descargado contra el rostro del asesino podrían haber logrado detenerlo aunque hubieran impactado en su hombro, o incluso en su rodilla. Y tal vez con uno hubiera bastado.

Sabe que ese detalle acarreará problemas a su compañera. Los de Asuntos Internos le buscarán las cosquillas por haberlo matado. Y ella misma se culpará algún día por haberle apuntado a la cabeza y haber impedido así que la Justicia se hiciera cargo de él, pero ahora no es momento para reproches.

El graznido de un cuervo llama a Julia, que alza la mirada hacia una rama cercana.

Ahí está, observándolo todo con esos ojillos inteligentes.

Es negro de la cabeza a las patas. Negro como el luto en el que Ayala ha sumido durante semanas las montañas de Oñati, y negro como la noche eterna que mece ya los sueños de un asesino al que han logrado frenar a tiempo. No para Arantza, ni para Sebastián. Tampoco para Fernando o Pilar. Ni siquiera para Inaxio. Pero sí para los siete apóstoles que estaban por llegar y a los que los disparos de Cestero acaban de salvar la vida.

70

Sábado, 15 de mayo de 2021
San Isidro Labrador

No llueve en la cueva de Aitzulo, aunque la presencia de tantas nubes grises no anuncia nada bueno. Algunas de ellas se cuelan en el inmenso túnel de roca, bailan en forma de finos jirones entre las paredes de esa auténtica catedral labrada por la naturaleza desde la noche de los tiempos.

De no ser por las notas desafinadas que emergen de la trompeta de Aitor, sería un escenario perfecto. Llegan de lejos, desde el pantano de Jaturabe, cientos de metros más abajo. Sin embargo, algún capricho en la acústica del lugar logra que la desordenada melodía retumbe en Aitzulo como si estuviera ensayando en sus propias fauces.

—¿Qué harás mañana? —Es Madrazo quien pregunta a una Cestero que se ha sentado a su lado a disfrutar de la panorámica del balcón natural al que se abre la cueva.

La suboficial observa el valle que se abre a sus pies, se deja mecer por la brisa impregnada de humedad. Tarda en responder. Prefiere estar allí, disfrutando de esa última tarde en Oñati, en lugar de pensar en lo que vendrá después.

—Me gustaría decirte que volveré a patrullar para que los ciudadanos se pongan la mascarilla, pero ya sabes que me han citado los de Asuntos Internos.

—¿Por qué lo mataste? —inquiere Madrazo al mismo tiempo que un graznido ronco llama la atención de Cestero hacia las alturas. Allí, en algún lugar de la enorme claraboya que la erosión abrió en el techo de la cueva, se oculta algún cuervo de voz rasposa.

La mirada de Ane se entretiene allí arriba, enredada en las ramas que se asoman a la oscuridad.

¿Qué puede responderle? ¿Que ha perdido la cuenta de las veces que se ha hecho la misma pregunta?

—No lo sé. —La imagen del asesino de Olaia vanagloriándose durante el interrogatorio que siguió al crimen de su mejor amiga regresa a su mente, si es que alguna vez ha logrado desterrarla—. ¿Tú nunca te cansas de llevar ante la Justicia a psicópatas que pocos años después te encuentras paseando por la calle?

Madrazo tarda en responder y cuando lo hace es como si no lo hubiera hecho.

—Es nuestro trabajo, Ane.

—Pues a veces es una mierda nuestro trabajo.

El oficial resopla.

—Hazme un favor —le pide—. No les digas eso a los de Asuntos Internos.

—¿Por qué?

—Porque estarías fuera, joder. Y yo no me imagino esto sin ti.

—Igual nos hacen un favor.

—¿Y qué harías? ¿Venirte a vivir a Oñati y comprarte un rebaño? ¿Dedicarte a cosechar miel? Eres la mejor ertzaina que conozco. No, Ane, tú no quieres dejarlo.

Cestero sabe que tiene razón, pero no piensa reconocerlo.

—Qué sabrás tú —masculla en su lugar.

Madrazo sonríe, divertido.

—Sabes que odio tanto como admiro esa cabezonería tuya, ¿verdad? Por cierto, ¿cómo está Gaizka? —El tono amistoso con el que ha pronunciado su nombre sorprende a la suboficial.

—Bien. Ya le han dado el alta.

—Le salvaste la vida. Has de sentirte orgullosa por ello.

—El Apóstol pretendía matar a doce personas. Llegamos tarde a Arantza, Sebastián, Fernando, Pilar... —objeta Cestero, lamentándose de las muertes que no han sido capaces de evitar.

Madrazo asiente poco convencido y cierra los ojos para dejarse acunar por la melodía torpe que llega de la lejanía.

—No lo hace tan mal —comenta cuando las notas de la trompeta ceden el paso al silencio.

Cestero apenas le escucha. Hay en su cabeza algún cabo que todavía trata de amarrarse.

—¿Por qué fue fray Inaxio a Sandaili aquella tarde?

—No ha querido contárnoslo. Dice que es personal. Aunque hay algo que quiere mostrarle a Julia —reconoce el oficial señalando hacia el valle. Cestero comprende que se refiere a la cueva de Sandaili, que se abre en la roca doscientos metros más abajo—. Lo que sí sabemos es que cuando el prior salió de casa de la serora, se dio de bruces con un Ayala que llegaba con las tijeras de esquilar en la mano. Era con ellas, con las mismas que después despojaba de su abrigo invernal al rebaño de la escuela, con las que destripaba a sus víctimas. El Apóstol se temió descubierto y, antes de que el fraile arrancara su moto para alejarse de allí, lo abordó y lo arrastró al maletero de su todoterreno.

—¿Han sacado ya la moto del pantano?

—Mañana lo harán. Fue una buena jugada de Ayala. Nos hizo sospechar de fray Inaxio y perder un tiempo que pudo resultar precioso. Gaizka fue muy valiente —apunta Madrazo.

—Ah, ¿sí? Yo diría que fue muy inconsciente —responde Cestero, aliviada por haberlo rescatado.

—Bueno, parece que alguien acaba de probar su propia medicina...

—No, no. No es lo mismo ni de coña —intenta defenderse.

Madrazo asiente levemente mientras la observa.

—Estás enamorada.

—No digas tonterías —le regaña la suboficial.

Su jefe se gira hacia ella.

—Ya apareció Ane la dura. ¿Por qué no eres capaz de aceptar

que tu corazón late como los demás? No eres de roca, ¿sabes? Aprende de nuestros errores, por favor. Si te gusta Gaizka, lánzate a la piscina. No te alejes de quien te hace sentir bien. Quiero verte feliz. Y siento mucho haber sido tan duro con él. Estábamos en plena investigación y... Parece un tipo majo.

Cestero permite que las alas de un buitre que planea sobre los bosques de Jaturabe atrapen su mirada. Algunos recuerdos de su pasado con Madrazo sobrevuelan a baja altura, como el ave que regresa hacia Aitzulo para enfrentarla con sus fantasmas.

—Está bien... —admite tirando la toalla—. Me gusta Gaizka y voy a intentarlo.

—Claro que te gusta. Estás enamorada. Por eso mataste a Ayala. No soportabas la idea de que te lo arrebatara como sucedió con Olaia —señala Madrazo—. Debes saber que Asuntos Internos me ha solicitado un informe de lo sucedido. Quieren la versión del jefe de la unidad.

—¿Qué les dirás? ¿Qué lo maté por amor?

—No. Les diré que no te dejó alternativa. Lo mismo que dirá Julia. Cuando llegó a la escena vio a Ayala abalanzándose sobre ti con esas tijeras... Somos tu equipo, Ane. Vamos a acompañarte en esto. Si tú caes, caemos todos.

Cestero asiente emocionada.

—Sois vosotros quienes hacéis que merezca la pena este trabajo.

—El llevar a los malos ante el juez también merece la pena —discrepa su superior—. Aunque a veces te parezca lo contrario, cada paso que das ahí fuera contribuye a hacer del mundo un lugar mejor.

Ane fija la mirada en unas motitas blancas que corren por la ladera de enfrente. Apenas se distingue al pastor, pero el rebaño entero le sigue, rumbo a la seguridad del corral donde pasarán la noche.

—¿Qué pretendía Ayala con todo esto?

Madrazo resopla antes de contestar.

—Estaba convencido de ser un enviado de Dios. Silvia acertó cuando lo catalogó como un asesino misionero. Interpretaba el

mundo como señales dirigidas hacia él, mensajes que lo exhorta-
ban a sacrificar a doce pecadores para salvar a la humanidad. —El
oficial niega con expresión apesadumbrada—. Tendrías que haber
visto su taller. Las máscaras de los apóstoles, los moldes de alginato, las pinturas... Un auténtico laboratorio del horror planificado
con total frialdad: el listado de nombres, los lugares que frecuen-
taban y los momentos en los que sería más sencillo abordarlos...
Algunos vecinos de Oñati nunca sabrán lo cerca que estuvieron
de ser transformados en apóstoles a manos de un tipo que se creía
la reencarnación del propio arcángel san Miguel.

Cestero siente un estremecimiento cuando la voz de ese cuervo que no logra ver subraya desde lo más alto las palabras del
oficial.

—Todo esto de la pandemia ha dejado a la gente muy tocada.

—Y esto es solo el principio, Ane. Apuesto a que en los próxi-
mos años tendremos que enfrentarnos cada vez con más psicópatas totalmente desconectados de la realidad. La sociedad es cada
vez más individualista y egoísta, y eso no va a salirnos gratis.

—Espero que puedas seguir dirigiendo la UHI...

—Y yo que no tengas que pelearte con adolescentes en La
Concha para que cumplan las normas sanitarias. Ojalá me equi-
voque, pero no creo que tardes mucho en recibir mi llamada para
volver a ponernos en marcha. Así que, Ane... Ni se te ocurra
cagarla mañana. Hazlo bien con los de Asuntos Internos. La
Unidad Especial de Homicidios de Impacto te necesita. Yo te
necesito.

Epílogo

Sábado, 15 de mayo de 2021
San Isidro Labrador

Tampoco llueve en Sandaili. O no lo hace en el exterior, porque el vientre de roca llora aquí y allá las gotas acumuladas durante los chaparrones de las últimas horas. Caen al suelo, formando regueros que buscan las profundidades de la cueva. La casa de la serora está cerrada, precintada por una banda naranja como la que ella rompió en varias ocasiones para alumbrar con sus argizaiolas el camino hacia la eternidad de las almas arrebatadas por el Apóstol. Quién sabe si gracias a sus velas o a pesar de ellas, en el lugar flota la quietud habitual antes de los sucesos de las últimas semanas.

Los pasos de Julia continúan escaleras arriba hacia la parte de la gruta que acoge la ermita de San Elías. La tos que acompaña a fray Inaxio desde que salvara milagrosamente la vida rompe el silencio en Sandaili.

El fraile arrastrará todavía durante algún tiempo las secuelas de las horas que pasó como confesor involuntario de Ayala en la borda de ahumado. Si Gaizka no hubiera aparecido en escena para trasladarlo al aire puro del exterior, habría muerto. Según los médicos que lo conectaron a un respirador a su llegada al hospital, fue cuestión de minutos. Consiguió regresar de entre los muertos, pero ahora apenas logra dar un par de pasos sin ahogarse como un minero silicoso.

—Dicen que en unas semanas me olvidaré de esta tos. Ojalá sea verdad —desea fray Inaxio tras recuperar el resuello. Se ha detenido ante la puerta de entrada a la vieja ermita—. ¿Preparada?

La ertzaina no sabe qué responder. El fraile la ha citado en la cueva sin darle detalle alguno sobre lo que pretende mostrarle.

—Creo que sí.

Una trompeta, solitaria, triste, enmarca sus palabras. Es Aitor. Se ha quedado ensayando junto al pantano que rechazó tantas veces a Julia. Sus aguas negras envuelven las notas para restarles estridencias. En algún momento podría hasta decirse que suena bien.

Solo en algún momento.

La cerradura remolonea, obliga a fray Inaxio a intentarlo una y otra vez hasta que al final se decide a girar. Sus suelas resuenan después en el silencio del pequeño templo. Está vacío, desnudo de bancos y de ornamentación, a excepción del retablo sencillo que lo preside.

—Entra, no te quedes ahí —indica volviéndose hacia Julia.

La ertzaina obedece sin poder sacudirse de encima la sensación de ser una intrusa en un mundo al que no pertenece. San Elías la observa desde el altar con sus ojos de madera. La humedad que rezuman las paredes y desconcha el encalado de la nave ataca las fosas nasales de la ertzaina y se cuela entre sus ropas para hacerla sentir que no es bienvenida.

Fray Inaxio abre una de las dos portezuelas que jalonan la hornacina donde habita el santo.

—¿Qué buscamos? —pregunta Julia al comprobar que el armario contiene únicamente un misal tan dañado que parece improbable que todavía sirva para algo más que para devorar polvo y humedad.

La tos de Inaxio es la única respuesta que recibe. La tos y unos graznidos lejanos que se suman a la trompeta.

El fraile le entrega el libro e introduce las manos en el hueco.

—Siempre intuí que los guardaba aquí, bajo la protección del santo —anuncia tras extraer una tablilla que da acceso a un doble fondo. Una maraña de documentos de toda forma y condición se apilan ahí dentro—. Pilar, que en paz descanse, era una de las monjas de Gernika. Cuando hace casi tres años llegó a Arantzazu rogándonos que intercediéramos para que se le permitiera ocupar la casa de la serora, tuve la impresión de que venía huyendo de algo. Como prior del santuario me preocupé de indagar si la persona que iba a ocupar esta sencilla morada de Dios lo merecía. No fue difícil averiguar que había formado parte del convento que, en aquellos días, ocupaba las portadas. El robo de bebés y todo lo demás.

Julia siente que le cuesta respirar. De pronto regresan las miradas, los silencios, las preguntas extrañas de esa mujer que ahora yace bajo tierra. Claro que la conocía. La había visto nacer. La había arrancado de los brazos de su madre. Seguramente incluso coincidieron durante los registros que la UHI llevó a cabo en el convento.

—Así que era uno de esos monstruos...

—Descubrir esta información supuso un gran dilema para mí. Una de esas pruebas que a veces pone Dios en tu camino. ¿Brindar apoyo a alguien que había actuado de una forma tan contraria a la moral cristiana? ¿O tender la mano y ofrecerle una segunda oportunidad? Creo que me conoces lo suficiente para saber que practico la religión desde la humildad y el perdón.

—Y se la diste.

Fray Inaxio asiente.

—Mostró arrepentimiento. Me explicó que era muy joven cuando sucedió todo aquello. Apenas tenía media docena de años más que las muchachas a las que sus familias encerraban entre las paredes de la clausura, y no participó directamente en aquellos robos. A punto de ser descubierta, la madre superiora las obligó a destruir toda la documentación que conservaban en el convento. Pilar, ahora sí consciente de la gravedad de lo que les pedían, sustrajo todos los papeles que pudo y los salvó del fuego. Me aseguró que quería hacer justicia y ayudar a que aquellos inocentes, primero robados y después vendidos, pudieran encontrar a sus madres biológicas.

—¿Y lo hizo? —inquiere Julia, que apostaría hasta su añorado piso de Mundaka a que eso no sucedió.

—Bueno… —Un nuevo ataque de tos interrumpe por unos minutos la respuesta del fraile—. Perdón… Semanas después de aquello comenzó esta pesadilla. Nos encerraron y la vida se paralizó por completo. Todos nos volcamos en lo más urgente: acondicionar la hospedería para alojar a los enfermos y desarrollar nuestra labor social y espiritual lo mejor posible. Solo la otra noche, cuando me explicaste que habías nacido en aquel convento de Gernika, decidí que había llegado el momento de empujarla a cumplir su promesa. Por eso vine a verla, para que pudieras reunirte con tu madre.

—¿Cómo? Ella huyó lejos, sin dejar rastro. Quiso perder de vista a su familia. Para siempre. La habían obligado a encerrarse en ese convento para ocultar su embarazo. Tenía diecisiete años. Era una cría. Una cría a la que le jodieron la vida y a quien le robaron a la pequeña que había crecido en su vientre. Me he vuelto loca buscando en bases de datos policiales y judiciales. No hay nada. Se volatilizó. Probablemente se fuera muy lejos de aquí. A otro país. A otro continente.

Fray Inaxio no replica. Sus movimientos son lentos, torpes. Tal vez Ayala no lograra matarlo, pero le ha echado encima un buen montón de años.

—Creo que aquí hallarás respuestas —anuncia entregándole una carpeta que lleva escrito el número 1979. Julia contiene el aliento. Se trata del año en que ella nació. El año en que la vendieron a una pareja que se moría por tener una hija.

—¿Qué hay aquí? —pregunta mientras acaricia la tapa sin decidirse a abrirla.

El fraile le apoya la mano en la espalda para animarla a seguir adelante.

Julia tarda todavía unos segundos en dar el paso, y cuando lo hace encuentra algo que la deja con la boca abierta.

Un nombre: Begoña.

Dos apellidos: Larzabal Villa.

El membrete del obispado en el encabezamiento otorga oficialidad al documento.

—¿Es ella? —inquiere fray Inaxio.

Julia asiente. Se trata, efectivamente, de su madre biológica. Lo supo cuando el azar quiso que participara en aquella investigación en el convento.

—¿Qué es todo esto? —pregunta sin comprender.

El fraile señala la fecha en una esquina de la hoja.

—Tu madre necesitó que pasaran cuatro años antes de reunir la fuerza necesaria para hacerlo, pero trató de recuperarte. Este trámite se llevó a cabo ante tribunales eclesiásticos. Son instituciones internas de la Iglesia, opacas a la vista civil. Por eso escaparon de tu radar.

—¿Y qué sucedió con su denuncia?

El religioso lee unos renglones y deja brotar un suspiro.

—El tribunal desestimó su denuncia por falta de pruebas. Esas monjas sabían lo que hacían. Contarían con la complicidad de esferas más altas. —El dedo de fray Inaxio va a parar a algún lugar del papel—. ¿Has visto esto?

Julia siente que le cuesta tragar saliva. Se trata de una dirección con olor a mar.

No podía ser de otra manera. La madre de cuyas manos la arrancaron las monjas de Gernika eligió sus orillas para volver a comenzar. Exactamente igual que habría hecho Julia. En sus olas buscó el abrazo que la vida le negaba.

Las lágrimas nublan los ojos de la ertzaina, hacen bailar las letras, las vuelven incomprensibles.

Poco importan ya los renglones que siguen. De nada sirve leer las alegaciones mentirosas del abogado que defendió al convento, las mismas que lograron el archivo del caso.

Tiene un lugar donde buscar, y eso es lo único que importa.

—Ahora sabes dónde vive. O dónde vivió —señala fray Inaxio pasándole la mano por la espalda—. ¿Qué vas a hacer?

Julia se gira hacia él. La mirada limpia del hombre de iglesia la hace esbozar una sonrisa triste. Después dirige la vista al exterior de esa ermita solitaria, se detiene en esas gotas que alimentan con su cadencia cansina la pila mágica donde una mujer inocente fue asesinada porque alguien decidió que había pecado. La vida sigue su curso en Sandaili. Nada, salvo algunas rosas depositadas en el lugar donde apareció la ropa de Arantza, recuerda los horrores de los que ha sido testigo la cueva. Más allá la roca fría da paso a un cielo cuya paleta de grises resulta infinita. Y, sin embargo, un rayo de sol acaba de romper las nubes para dibujar una senda dorada que se encamina hacia algún lugar lejano.

Cuando Julia responde lo hace con la emoción aferrada a su garganta, pero también con la determinación de quien lleva demasiado tiempo esperando oírse decir esas palabras.

—Voy a ir a buscarla. A abrazarla. Y esta vez nadie va a decidir por nosotras.

Donostia, 17 de octubre de 2022
San Ignacio de Antioquía

Agradecimientos

Llega el momento de dejar Oñati y dar un abrazo muy fuerte a todos aquellos amigos que han hecho posible este viaje al corazón de la montaña vasca.

No pueden faltar aquí Marta Aramburu, Fran Martínez ni Itsasne Cañas. De ellos he aprendido las técnicas del boxeo y mucho más. Llamé a la puerta del club Metropolitan de San Sebastián para que me enseñaran cuatro nociones que poder regalar a Cestero y acabé disfrutando de un deporte que jamás imaginé para mí.

Pero no todo es pegar mamporros... Escribir una novela como esta requiere de altas dosis de cafeína, y ahí estuvieron Chabe, Paul y Gorka, llenando una taza tras otra para que mis dedos nunca desfallecieran.

El aspecto médico también es vital. Suerte que mi hermano, Iñigo, mi cuñada, María Bescós, y sus compañeros de Urgencias del hospital Donostia han resuelto cada una de mis dudas técnicas sobre los crímenes.

También ha estado ahí mi admirada Paz Velasco, esa magnífica criminóloga cuyos generosos consejos enriquecen tanto los perfiles psicológicos de los asesinos.

¿Y Nerea Rodríguez y Xabier Guruceta? Ellos tampoco han dudado en descolgar el teléfono para escucharme dar vueltas y revueltas a las tramas.

Otros que nunca fallan son mis ertzainas de cabecera: Jana, Iñigo, Beñat, Dabid y algunos otros que pasaban por ahí y se toparon con mis disparos.

Algo más divertido se encontró Igor Rodríguez, que me ha regalado su historia personal con la trompeta. Porque sí, aunque parezca increíble, a veces el Cantábrico escupe instrumentos musicales.

No sé si dar las gracias o pedir disculpas a Maria Pellicer, mi pareja y lectora más crítica, a la que sazono cada día la comida con asesinatos, y a mi pequeña Irati, que a sus ocho años ha oído hablar más de polis y persecuciones que la hija de un narcotraficante.

¿Y qué decir del maravilloso equipo humano de Penguin Random House? ¡Es tan emocionante la ilusión con la que esperan cada una de mis novelas! Sin ellos y sin los libreros y lectores, esos que estáis al final de la cadena, pero que sois los más importantes de toda esta aventura, este sueño de vivir contando historias no sería posible.